唐荣尧——

著

大地
命名者

DADI

MINGMINGZHE

甘肃人民出版社

甘肃 · 兰州

图书在版编目（CIP）数据

大地命名者 / 唐荣尧著. -- 兰州 : 甘肃人民出版
社, 2025. 7. -- ISBN 978-7-226-06229-6

Ⅰ. I267

中国国家版本馆CIP数据核字第2025QC2810号

责任编辑：原彦平

助理编辑：焦佳瑶

装帧设计：明　珠

大地命名者

DADI MINGMINGZHE

唐荣尧　著

甘肃人民出版社出版发行

（730030　兰州市读者大道568号）

甘肃澳翔印业有限公司印刷

开本 880毫米×1230毫米　1/32　印张13.75　插页3　字数300千
2025年7月第1版　2025年7月第1次印刷
ISBN 978-7-226-06229-6　　定价：68.00 元

大地忘记了命名者的面容
我负责把他们领回故乡

目录

梨花与故乡   001

绛红色的微笑   020

墙与城的命名者   032

青草码头   048

黄金之河的第三条岸   068

银箔般的光在雪中闪耀   102

纽玛的脚步与领地   122

听，石头上的画在念诵昆仑   137

大地命名者   158

重新命名"河西走廊"   196

黄土的台词 291

月光定居在枪尖上 307

柯柯牙的"绿色命名术" 327

阳光敲击米易的鼓面 343

以诗命名一座城 356

江海相逢的"天空之城" 368

我们在梦里梦见 377

附录：这世上命名我的人呀，一直在 395

后记 429

梨花，是故乡递给春天的笑脸，是悬挂于半空的香囊。上千株梨树在花季中勾勒出一座座端坐半空中的白色金字塔，那是春天写给故乡的季节序言，是故乡、梨花和春天千百年来从不爽约的会见。

梨 花 与 故 乡

　　三月的梨园雪飘了，西凉国里动枪刀；一把战火点着了，烧焦了祁连山的胡子和眉毛；薛丁山挂帅出长安，三请樊梨花披战袍；乌兰关里屯了兵，三军一时少粮草；冬藏的香水梨端上了，看似黑铁无法咬；凉水浇，变软了，入口才觉赛蜜桃；后人念起这一段，给梨花娘娘把香烧：三月天，春深了，若想黄河的冻冰消，迎请樊梨花坐树梢！

　　四十多年前，故乡梨花盛开时，奶奶领着我前往家里的那株百年老梨树下，给我唱这段家乡小调时，说这是故乡春日社火上的迎梨花女神樊梨花的唱词。这段唱词，成了我从民间接受的关于梨花的第一堂课。

　　后来才知道，这段唱词的背后，暗含着一段故事。唐王李世民登基后不久，今甘肃武威一带的西凉国发生叛乱，李世民派大将薛仁贵的儿子薛丁山前去征讨，薛丁山知道自己的武艺与统兵能力不如妻子樊梨花，便三次邀请樊梨花随自己出兵。征剿部队急速从长安出发，行至黄河边的乌兰关——我的家乡，恰逢梨花盛开，后勤部队的粮草供应跟不上，人困马乏之际，是家乡冬藏的"软儿梨"解了饥饿之急。胯下白龙马，手中绣戎刀，樊梨花带兵渡过黄河后，直逼西凉国，平定了西凉王的叛乱。因这一功，班师回朝后樊梨花被封为威宁侯、镇国一品夫人。家乡小，没出过什么名人，也没什么名人路过，那位樊梨花的名字里恰好有"梨花"二字，便将她隔着千里请来，敬为女神，奉为梨花仙子，每每到春节社火期间要唱这段小调以作纪念。梨花盛开时，要在梨树下给樊梨花敬香磕头，祈求她保佑梨树不受虫害、梨花免遭冰冻之灾、果子个大味甜。

这让我明白，关于梨花及乡村生活的常识，大多是靠这种民间方式来传递的。

上天给每一种物产都安排好了一份供其生长的土壤，比如青稞和虫草被交付给青藏高原，哈密瓜和葡萄在天山脚下绽放出黄金般的笑脸，薰衣草被缝制成一袭紫色嫁妆送给普罗旺斯，葡萄酒在波尔多释放出有声音的香味，怒江两侧的深山和喀喇昆仑山内，捉迷藏般埋着翡翠和玉石，让大地上的名特产目录中赫然排上了"缅甸翠"与"和田玉"，等等。

一些物产一旦通过特殊的通道走入令常人仰视的境地，身份和身价都会发生巨大变化，比如产于偏远地区的荔枝，被皇妃品尝后，经过杜牧那"一骑红尘妃子笑"的诗句渲染，在时光的走廊里一路走来一路价格倍升；普洱茶经过马帮驮运进京后，一度受到茶客们的热捧；康熙皇帝喜欢上哈密瓜后，此物便将那浓香撒遍漫漫进贡之路。涪州的荔枝、哈密的瓜、云南的普洱茶、长白山的野参，这些贡物以其稀少、名贵、质优而身价高于同类物产百倍，历经数百年甚至千年后，依然有着显赫的身份和不菲的价格。

可惜，这世间大多数的物产，并不会都有上述贡物一样的命运，犹如再美丽的女性，也不一定有杨贵妃、慈禧等走进皇宫的命运，更多的物产就像生于斯、劳作于斯乃至终老于斯的村姑，命运好点的，嫁个忠厚老实人家，晚年有个几代同堂的命运。命运不济的，嫁个泼皮无赖、好吃懒做或者耍赌贪酒的，免不了终日以泪洗面。

一

有些物产的生长界限非常鲜明，一旦超出这个界限，就立即断了继续向前延伸的念想，这让它们有着不可逾越的生命疆域，这便如我老家流传的一句谚语："骆驼不愿跨过黄河，小麦无法种进沙窝。"就像青稞认青藏高原为家，一旦到海拔偏低的黄土高原区，就不大适宜种植。但有些植物却能成功地跨越青藏高原和黄土高原，比如香水梨，就只选青海省贵德县到宁夏南长滩这1000多公里的黄河南岸，移植到北岸的，味道就大打折扣，将黄河南岸盛产梨树的贵德古城、兰州什川、靖远县境内的大坝、义和与大庙及宁夏南长滩串起来，便是一条漫长蜿蜒的黄河南岸"香水梨生长线"，我的家乡就是坐落在这条线上的一个南岸乡村。

阅读一本书，精彩的序言或开篇，无疑会让读者提神。如果说故乡的春天是一本书，封面无疑是赶在其庄子里所有作物之花之前盛开的梨花：秀气、大方、素朴。

北方的春天来得晚，去得快，春风性急，不会四平八稳地走过北方大地，它急匆匆地催着农人耕种，也会催着百花吵醒枝头。杏花还挂在枝头上时，春风就像戏团跟班，催着梨花盛开；梨花还未卸妆，便是桃花、苹果花等排在后面候场的其他果类。无论是花瓣之盛大、雪白、排场，梨花的花事是排在首位的，那是和田白玉集体迁徙来后雕刻出的芬芳，是白雪退场时黄河吼出的颂歌，是十万牛羊的油脂在树梢间流泻出的河流，是全村少年集会在树下迸发出的热情，是全部新娘拿出妆镜映出的粉颜。这颂歌、光泽，让一株百年梨树在空中悬出半个麦场大的白色灯笼，每一株梨树在花季里都背着一顶白雪织就的巨大帐篷，上千株梨树在花季中就是成千上万吨的棉絮被撕开后摊开在半空，构成了一座座端坐半空中的白色金字塔，半空中飘起春天该有的香气，那是故乡春天的序言或开篇。

乡亲们对这蓬勃而来的花事，其实是早有准备且具备仪式的。我奶奶教给我的那首民谣，就是春节期间的迎神社火上村民们迎逗梨花的。这些年，社火式微了，奶奶去世了，但这迎接梨花的歌词，却清晰地印在我的脑海里，每到梨花盛开季节，那些歌词像是从土里爬出的小麦苗，从记忆的河岸边爬上来。

整个春天，从青藏高原到入海口，万里黄河两岸，简直就是两个巨大而不规则的花篮，格桑花、桃花、杏花、马兰花、白玉兰花、苹果花，等等，一朵花就是一位手持大自然邀请函的花神，从容淡定地来赴花事之宴；也像一位参加重要论坛的嘉宾，盛开的花瓣就是他的演讲词。梨花好似一个来自第三世界国家的发言者，总是被其他喧闹的花声压在角落，兀自升起一缕缕银色之雾，聆听着自己的开放与收场。梨花是信使，以绽放的声音，召唤春风来到人间；以雪白的肤色，给干旱的黄土高原盖上素缎。

黄河奔流，在群峰间劈开一条浩荡的水路，这也是一道两岸飘满香气的万里花廊，如不同的花儿开在不同的村子，像是悬挂于空的招牌，招引着昔日河上乘筏漂流于水上者、现代河边驾车者的注目或驻足，花是春天抛向他们的诱饵，撒向他们的传单。

梨花时节，家乡是一座简陋的乡村客栈，静静地坐在车门峡和黑山峡间的黄河拐弯处，两岸高山阻隔了外来的脚步，让这里的花事少有人问津。任何一个写作者，毫不吝啬对故乡的赞美，觉得拿世界上最美妙的语言来赞誉它都不过分。他们心中的故乡，就是天堂的模样，我也不例外。

千百年来，一树树梨花和春天相约于故乡，守着一份看不见的契约，互不爽约、准时相遇。梨花在清明前后而来，短短花季后便告辞，像是隔河而来串门的亲戚，不添麻烦地留一段短暂且有余香的亲情。

"万里黄河一大怪，梨花不过北岸来。"梨树给上游地段黄河两岸的乡民留下了不尽的喟叹：在河南岸，梨树长得蓬勃旺盛，百年老树比比皆是，而北岸几乎无法生长，即便有人强行栽种，也很少开花；即便勉强开花，也很难结出果实。世居北岸的人，看着对岸的梨花装扮出一个盛大而素白的春天，闻着秋日梨树上散出的果香，暗暗生出些妒意。

我是闻着位于黄河南岸的故乡梨花长大的，少年时就见证了梨花的春天，先开白花，后冒绿叶的出场顺序，让梨花成了站在季节前面的哨兵，给光秃秃的枝梢披挂上一身白。半枝风烟沧桑，一花天地芬芳，一株梨树就是一朵悬在半空的白色大蘑菇。一次，走在梨花罩着的小径上，我情不自禁地吟出那句"千树万树梨花开"来，身旁一位老乡看着我，好像要纠正一个很严肃的问题："咱这村子，咱这园子，大小加起来，撑死也就几千棵树，哪来千树万树的？"我告诉他，这是诗人进行的文学夸张。他笑着说："这个诗人的老家，或许有万棵树，你可不能以后拿着这句，到外面说咱村的梨花，做人要实诚，有啥说啥！古人说得好，桃饱肚子，杏把胃伤，吃着香水梨不撒谎。做人非不得已了可以吹吹牛，但千万不可撒谎啊！"故乡那不大不小、几千株梨树的园子，教会了我做人要诚实。

有一年，在黄河上游的青海省贵德县，遇上了梨花的盛开。千株梨树下，盛名全球的钢琴大师理查德·克莱德曼领衔，千余名琴童的小手舞动在钢琴键上，琴声和着花开的声音。1000多架钢琴合鸣，那阵势，何曾是一季花事所能承载的？现代音乐艺术和古老的黄河水流，到底是谁为谁伴奏？谁才是主角？

梨花树下，我曾问过一个当地官员："这梨花和那个老外有什么关系？花这么多的钱请人家大老远地来，还让这么多的孩子和钢琴陪着？"官员一脸不屑地回答我："这你就不懂了，这是旅游时代的炒作，让外地人来这里看梨花，增加当地旅游收入。"他的眼里，梨花是可以用来挣钱的。那大片的白色花片，在他们的眼里或许就是一枚枚闪动着诱惑与希望的银片，而这些银片又绝非美国意象派诗人希尔达·杜利特尔在其《梨树》一诗中所说的："没别的花能开出，如此坚挺纯白的花瓣，没别的花能从如此罕见的白银，再分离出白银。"我倒是真的希望这些银色的花瓣，能给贫瘠的家乡分离出白银来！如果家乡也能有如此带来收入的梨花会，该多好呀！

我曾顺着黄河，徒步旅行到故乡下游的黑山峡，穿过几十公里的峡谷进入宁夏境内的第一个村子——南长滩，那是梨花在黄河上游出现的最后一个村子。连续好几年，当地政府不遗余力地打造了一个梨花节。这本是好意，然而节会过后，梨花树下尽是游客扔的装垃圾的塑料袋，比梨花更白、更大地"盛开"在田间地头。为了宣传梨花，这里通过专家"论证"、媒体宣传，编造了比梨花更白的花环：消失近千年的西夏王朝皇室逃到了这里，村子里姓拓（tà）的村民便是西夏皇室的后裔。千年前，那支皇室姓拓跋是古老的党项羌八大部落中的一支，唐朝时，被唐朝政府赐姓李；宋朝时，赐姓赵。到了党项羌中的拓跋氏建立属于自己的大白高国——也称为西夏——政权时，干脆将两个中原王朝的赐姓都撇开，称自己为嵬名。拓跋作为姓氏，在宋朝文献和大白高国文献中陆续消失。生活在南长滩的那支姓拓的人，和我的家乡相距不远，我村附近的拓姓亲戚女子，就曾嫁到南长滩。为了招徕更多游人，南长滩的拓姓人不惜将自己的姓也卖了：没有外人时，村里其他姓的人喊他们为"tà"；有外人时，便大声喊"tuò"。

不知道他们在听别人将祖辈喊了多少年的姓氏喊走样时，是什么感受？是不是就觉得自己真成了皇室后裔了？梨花若有知，洁白的脸，会不会让一抹羞红取代？担任央视10集大型纪录片《神秘的西夏》的总编剧、总撰稿时，我认识的南长滩村民对我很有意见，认为我常年研究西夏文化，出版了好几本关于西夏的书，有了《神秘的西夏》的编剧权，就不能松一下口——把南长滩说成西夏后裔的避难之地？就不能把村里姓拓（tà）的村民，写成并让导演、摄像拍成姓拓（tuò）的皇室后裔？我的眼前仿佛飘过南长滩那一株株百年老梨树的影子，它们的枝叶在风中传来黄河沿岸的那句老话：桃饱肚子，杏把胃伤，吃着香水梨不撒谎。梨树之下，红口白牙，怎能把"tà"错念"tuò"？

大地是课堂，梨树做导师。我轻轻摇头，想起村里那个老乡在梨树下说给我的话：做人写文章，适当吹牛可以，但不能撒谎。

二

故乡梨花白，完整地伴随了我的童年、少年时光。年年春季，一株株梨树仿佛上帝精心制作的时钟，准时以一朵朵硕大的白色盛开，呈现给故乡。那时，天空的湛蓝、远山的干黄、河水的碧澈围起的天地大背景中，数千株梨树上梨花盛放，撑起一个个白色巨伞，这些白伞又像身披白色铠甲的列队将士，在故乡站成了一片白色湖面。

　　故乡是距离县城最远的乡村，前往县城要走几十里绵延的山路，翻过海拔3017米的哈思雪山（蒙古语，意为玉石之山），穿越一条几十公里的干旱山沟，才能踏上通往县城的公路。童年时期，我对县城的印象，是一个遥远的陌生之地，是一片空白，空得像萦绕在最高枝头上的那株梨枝梢上的气流，白得像梨花最盛时的脸色。故乡背靠祁连山余脉的哈思雪山，面朝冲出车门峡变得宽阔缓慢的黄河，由于身后的大山阻隔了前往县城的路，村民的姻亲、贸易、交流只能靠黄河。河对面，便是邻县的一个乡镇，乡民们更多地选择和对岸交往，两岸的不少女子，就是在梨花季节嫁到对岸的。我的太祖母、祖母、母亲，就是在梨花季节，乘着羊皮筏子从对岸踏进故乡。近百年间，筏子、木船、小机动船、大滑轮摆渡船依次出场，从近乎无声的筏板声到吱吱呀呀的划桨声，从突突的柴油机声到滑轮在半空铁索上无声划过。一筏飞渡，一船飞渡，往来间驮负着乡民们走向外界的梦想，也构建着这里和外界的联系。

　　千百年来，浑黄的水面上，一船船的摆渡，多少黄河上的故事风情随着一个个漩涡东流而去，留下的是滨河小村的百年世事。袅袅炊烟升起、飘散，悠悠民歌小调响起、散失，烟影歌声里，收录的便是小村的沧桑。

　　羊皮筏子也好，木船、机动渡船也好，大多的时光里，它们驮负的主角一直是村民，和众多散落在黄河边上无数的小渡口一样，默默地陪伴着岸边的山、水、人、事。很少有人去写这些梨树下的风情掌故，即便有几行文字出现，也是如今迎合了市场经济时期的旅游开发之景，不像杜鹏程笔下的风陵渡那样因为一纸文字而出名，也不像黄河边上的花园口、茅津渡那样因为厚重的人文历史而被历史收藏。发裕堡渡口，像一颗年老褪色的纽扣，依然别在黄河的大衣襟上，连接着故乡和外界，孤静而僻远，和那些日渐老去的梨树一样，沉默在时光之外。

遍地赏花客，几人栽梨树？文旅时代，挂在树上的梨花，一朵花蕾绽放着诗意与浪漫，犹如挂在一座美术馆墙上的画作，成了供游客、摄影师、画家、文人们以艺术名义完成的文化消费，匆匆闪过他们的眼帘，成了他们创作的素材。喧嚣过后，梨树开始履行自己的义务，一朵花蕾引领出一颗果子的幼年，它们每一天的成长，都寄藏着村民们关于收成的一寸愿景。

花事退场后，梨花的盛白，退隐到乡村的记忆深处，葱绿的树叶，给村庄撑起一把巨大的绿伞，梨在这绿色的掩隐下，悄然成长。繁忙于农事的乡民们，没时间去关心花事过后的梨树，后者就像乡里的孩子，父母忙时，被扔在田间地头自己玩耍一样。

暮秋时分，梨树的绿色枝叶间，被岁月染黄的果子探出了头，村庄弥漫在一股诱人的香气中，繁忙了一个夏天的村民们似乎才想起梨树来。去田地里干农活路过梨园时，选择梨树最低的枝梢间挂着的果子，顺手一摘，随手一捏，自然会分成两瓣金黄，梨汁濡沾在捏开的果瓣上，香气扑鼻，"香水梨"的名字由此而来。

乡民们对待植物、作物和物产有着自己的敬畏。梨花盛开前，通过社火中的迎神仪式，恭请梨花仙子下凡。梨花盛开时，是不允许折摘的，有些带着孩子路过果园的妇女，会把孩子抱起来，尽可能地让那小小的鼻孔接近梨花，却不会折一支带回家中。在她们的概念里，一株春天的花就是一串秋天的果，折断一束花枝，树会疼的。后来，每每听到那首著名的英国民歌《斯卡布罗集市》中"蕙兰芫荽，郁郁香芷；勿用针剪，无隙无疵"的歌词，更是让我不由自主地念起故乡的妇女抱着孩子到梨树下闻花香的情景来。优良的美德不分东西方，斯卡布罗集市的人们在欧芹、鼠尾草、百里香、迷迭香前，不用刀剪，和我故乡的妇女不用手去采摘花枝，有着何等的相似。

故乡人对植物的敬重，不止体现在对待梨花上。山坡上盛开的牵牛花，大人们担心孩子们去摘来玩，从小就灌输这样一个观念：谁要是用手接触到那种花，晚上吃饭时，会不小心将碗打碎。这种普通的花，在家乡有个奇特的名字——打碗花。不少农家妇女将牵牛花的种子撒在家里废弃的脸盆、小陶缸等器皿里，让夏日的农家小院墙上爬满牵牛花。那个古老的习俗在村里一代代传承着：没人去折花。

九月的果子香味浓，树下张望的是孩童；洛阳城反了王世充，惹恼了瓦岗寨的众英雄；"忽雷驳"上骑的是秦琼，四棱铜挣来的胡国公；民是草，王是龙，请下树的果子赛青铜。

九月九，梨等手，神仙都想啃一口；梨子黄，叶儿绿（liu），云梯摞到天里头；摘果子的人在树梢上，拾果子站在地上往上瞅；请到家的果子像亲戚，坐着排子（一种比羊皮筏子小、由羊皮和柳树杆制成的水上交通工具——作者注）去包头。

这两段民谣是讲秋天的梨和摘梨的。在故乡，摘梨是神圣的，像夏天开镰割麦时要祭祀一样，乡民们同样会洗手、焚香、给树神请安，请阴阳掐个吉顺的日子。村民们戏称那些长得虚胖却没力气的人为"树枝枝"，意为他们和梨树的枝干一样，看起来不细却很脆，而梨树的果子多结在树梢，乡民们认为：爬上树干是对树的不敬，爬到树梢上摘果子既会踩折枝条也不安全，站在树下用长棍棒打梨，会让梨疼，被木棍击伤的果子也不利于秋藏。他们用做好的果梯——呈梯形，一般小的高8米到9米，大的高达12米到13米，这些能穿过梨树枝杈缝直抵最高枝条的梯子，给人的感觉能插到云端里，它们便有了个浪漫而诗意的名字——云梯。云梯的制作有难度，是庄户人家农具中的奢侈品，不是每户人家都能拥有的。摘果子的季节，云梯成了大家轮流使用的工具。云梯高大，一两个人无法操作，需要几个男人选好角度与缝隙，将梯子从树梢间慢慢伸进去，尽可能地避免碰断树梢或碰落梨。有人扶梯子，有人爬上去摘，有人在树下接，有人往家里运，摘果子成了连接亲情与乡情的纽带。

那个提前好几天就剪好指甲的、身轻灵巧的男人会爬上云梯最高的一层，用手一个一个地摘梨，每碰到一颗梨，就像接触到一枚圣物，小心地用大拇指和食指的指甲尖合拢住梨把，接着，手掌朝外，将梨尽可能地半握在掌心里，指甲尖稍一用力，手向外轻轻一撇，一枚梨就离开了梨树，被轻轻放进挂在云梯横杆上的柳条笐里。一颗，两颗，三颗，梨满笐时，梯上的摘梨人朝树下轻喊一声，等候的人仰头看着柳条笾从梯上缓缓放下，及够手触到的时候，似乎迫不及待地将其迎住，一偏，笾里的梨缓缓地被倒在提前淋湿的地面——怕梨遇到干硬地面而碰伤。笾里的梨倒空了，一仰脖子，冲云梯上的人喊一声，上面的人一收手中绳子，空笾和装满梨时下沉截然相反，像一架直升机猛然离地，被快速拽上云梯。这样一次次间隔着重复的动作里，树上的梨越来越少，而堆在地面上的梨，更是被当成宝贝似的，一个一个地被反复查看，确认没有撞伤后，才被装进候在旁边的大布袋里。从手摘到装进柳条笾，从柳条笾倒在地面，从装进布袋到装上毛驴车拉回家，这一切都在一种近似神圣的仪式中进行，就是怕梨碰伤，任何一颗梨如果碰伤，是连秋天都过不去的，会感染到旁边的梨。

　　云梯仅仅是帮助采摘树怀里、高处枝条上的梨，那些隐在梯上人够不着，或者云梯伸不到的枝干上的梨，则需要摘梨者爬上树，用一把当地人叫"掠掠"的摘梨神器——长2米左右的木杆顶端，连着一个直径20厘米左右的圆形铁环，铁环下端是一个布兜。树怀里拿"掠掠"摘梨的人，小心地掌握着"掠掠"伸出的长短距离，那简直就是一个工兵小心握着一根探雷器，在浓密的树叶间，发现一个梨，便伸出"掠掠"的木杆，让梨精准地进入木杆尽头的铁环范围内，木杆轻轻向上一抬，再向外轻轻一伸，靠近摘梨人这端的铁丝口会碰断梨把，一颗梨就稳稳地、轻轻地落入布兜中。一颗，两颗，三颗，小布袋装满梨了，摘梨人掌握着平衡，慢慢将木杆往怀里拉，直到小布兜几乎进怀，便伸出手将里面的梨一个一个地轻轻取出，放进挂在旁边枝干上的大木筊里。多少年后，我每每想起拿"掠掠"摘果子的情形，大脑中立即浮现出这样的画面：木筊里的梨装满了，握着"掠掠"摘梨的人便朝树下候着的人喊一声，慢慢松绳子，让绳子牵着的木筊缓缓朝地面下降，地上的人接到木筊，也是轻轻地倾斜，将里面的梨取出，堆在地上，一一辨认、捡拾，确保没有碰伤后，才装进大布袋。

大地是祭坛，梨树是巫师，教会故乡人对待摘梨的态度，每个环节都具备仪式感。西北人在一些词汇后面一旦缀上个"子"字，就显出几分亲昵来，比如老子、儿子、女子、妗子、小舅子、小叔子，等等。乡民们将梨称为"果子"，摘梨的过程，乡民们称之为"请果子下树"，这是一条流水线，给邻里之间营造了一个团结、友爱、不同年龄段的人领受不同分工的氛围。这种凝聚乡情的画面，年年重复于故乡的秋天。

三

"请果子下树"不只是一个简单的过程，更是一堂关于植物伦理与大地生态的课，授课者是摘果子的人，听课者是他们的亲人、后人，这就让从摘果子这项农村人的活计衍生出的课程，在一代代人中间延续。留给我印象最深的是这样一个不成文的规定：那些最高或最远的枝梢上的果子，有的确实是够不着，有的摘起来危险，是不能摘尽的，要故意留下来，作为飞鸟过冬的食物。留在树上的果子是一种吸引，也是一种实在的口粮，它们吸引飞鸟视梨树为驿站，来年春天，飞鸟会捉树上的虫子，为一树梨花盛开时免除了虫害。人和树、树和人、鸟和人之间形成了一种默契，人、树、鸟之间的三角关系体现了一种来自乡民的朴素哲学：只有与自然保持和谐，给别人留有余地，才会给自己留下生机与希望。后来，我看到第92届奥斯卡最佳国际影片《蜂蜜之地》中，讲述那位在马其顿山区生活的"欧洲最后一位养蜂人"哈迪斯，沿用传统养蜂方法将寻到的野山蜂的蜂巢带回居所安置，细心饲养。收获蜂蜜时，她尊奉"我拿一半，给蜜蜂留一半"的古老原则，恪守着对陪伴了地球1.3亿年蜜蜂的承诺。这和乡民拿树上的梨对待飞鸟的态度有什么区别呢？

从开花到摘果，梨树如纸，摊开于天地间，书写着乡民们朴素的对待动植物的态度：以善赢善！这善念像梨花一样，盛开在一代代乡民的心中。

摘梨季节结束不久，霜降大地，像一支巨大而精准的画笔，一一抹过树叶。树叶变红，整个果园里像一盆盆徐徐燃起来的火。梨花暗恨春光短，梨叶不觉秋日长，秋天才是梨树展露颜值与实力的季节，果子才被请下树几天时间，大自然像个神奇的魔术师，给树叶涂上一层红褐色，在果园里搭建起了一座座硕大的、失火般的帐篷，让人在夜晚仿佛也能看见一座燃烧的果园；再过几天，有的树叶开始变成咖啡色甚至变黑，开始从树上纷落，红色的、褐色的、咖啡色的、黑色的、枯黄的，各色叶片在半空中飞舞交织，那飞旋、徘徊于半空中的状貌，犹如一个个即将出门的人，对亲人与家园的不舍、留恋，在半空中辗转飞旋，有的落在地上仍不舍母株般地奋力朝上舞动，似乎要重新回到原来的枝条上。

百叶飞舞，犹如百支唢呐吹奏起一场场告别曲，连续剧般地在这秋天之末上演，只有梨树听得见这浩大的呜咽。那时节的乡民们，忙于收割秋日庄稼，给辛苦了夏秋两个季节的土地灌冬水，果园又回到弃儿般的境地。

秋风过处，将一树叶片抖落得干干净净，剩却一株株孤兀的枝干，那是朝天空打开的一册册告别书。这时的乡民们赶着毛驴车，来到果园，拿着扫帚，将树叶扫进布袋、背篓里，拉回家。这些树叶，要么是驴、羊过冬的美食，要么用来烧土炕。如今，毛驴早就在乡下绝迹，架子车早就不见了，能爬到云梯上摘果子的人纷纷进城打工了，能捡拾果子的少年也随着乡下小学的撤销去城里就读。梨树仍在，等来的是年迈人颤巍巍地来到梨树下感慨：这金黄的果果呀，一颗颗掉在地上，掉一个就能砸得地发疼，掉一个就是一颗果子被撞得喊疼呀！果子没人摘了，掉在地上没人拾了，落在地上日渐腐烂，被一层层落叶遮盖。那隆重而盛大的"请果子下树"场景，已经变成了梨园的记忆，留守在村里的老人们，手里挽个小竹篮，往里面捡拾果子带回家，这举动何异于一个小孩，跑到大海退潮后的岸边，从万千被送到海滩上的鱼群中，捡到一条跑到水边，将其送归大海，然后再返回来捡另一条鱼。

小时候，记得一个贪玩的邻居大哥哥，在梨叶缤纷飞舞于晚秋的季节，和几个伙伴跑到果园去，落叶快尽的树，犹如退潮后的海让礁石露出，乡民们故意在树梢上留下的梨，以自己的金黄醒目于树梢，一枚果子，就是挂在半空中的一枚金锭，是从树梢上发出的诱惑。在几个小伙伴的怂恿下，那个大哥哥勇敢地沿云梯往上爬，到最顶端的梯层后，横向而动，向树梢的那颗梨爬去。突然，他踩空了，从半空中摔了下来。我和伙伴们赶到果园时，听见的是他父母撕心裂肺的号哭——他们的孩子，永远地离开这个世界了。后来，我读到俄罗斯诗人曼杰什坦姆有一句诗——"黄金在天空舞蹈"，那位大哥哥从梨树上掉下的场面，让我将其自然就篡改为"黄金在梨树梢上哭泣"。那是村里第一个，也是最后一个遭遇这种命运的孩子。从此，原本置放在果园里的云梯，被乡民们在摘完梨后都运回家了。给鸟留果子的习俗一直保留着，那些冬天栖居在树上的飞鸟，或许比其他动物更能体会古老的发裕堡被拆分为"仁和""义和"两个村的含义——这是一片仁义之地。

四

从春节社火的唱词"请樊梨花"到开花季节的"请花神"，从"请果子下树"到"请果子回家"，一个"请"字里包含着乡民的敬重。犹如对迎娶到家的新媳妇称呼随之发生变化，梨树上结的果子被请回家后，就被乡民们称之为"香水梨"了。香水梨的存放和其他水果也不一样，要用黄河上游两岸山里产的蓰茇草，编成专门盛放香水梨的背篓，高约1米，上有3厘米左右的方形透气格子，里面再用稻草、麦草等铺垫。这更多是为了便于用驴车陆运、用皮筏水运向外地，换取村落里没有的生活生产资料——那时，村民们搬运装梨的背篼，嘴里说的是"请果子上车""请果子上排子"。村民们留给自己吃的香水梨，存放方式也很独特，用树枝、麦草搭在屋顶形成一个简易小棚，堆放着挑选出的好梨，这便是"请果子上房"。

梨树带来的不只是围绕它们的一系列劳作——栽种、嫁接、剪枝、摘梨等过程，还伴生了一些专属它的动词，除了"迎梨花""请果子"，还有一个专门从水路沿黄河运往远方的词——"放排子"。

到了冬天，梨因为天气变化而变成了黑色，也不像秋天那样散发出香气，梨色和香气开始它们的冬眠。倘若家里来了客人，主人会顺着搭在房屋前的梯子上去，在屋顶取些沉睡中的冻梨——"请果子下房"。那是每位主人招呼客人的上佳礼物了。冻梨被放进凉水里，慢慢地，冰碴子消融了，融化的也是主客之间的一份情谊——这是"请客人吃果子"——乡民们历经四季，完成对梨的迎请。冬天的梨，在黄河沿岸也因此有了另一个名字——软儿梨。尤其是隆冬季节，乡下人有个头疼感冒的，几个香水梨下去，真的就有那么一份神奇的功效；男人喝酒后，冰凉凉的几个梨下去，自然也就醒了几分。

故乡曾有过一个至今令我百思不得其解的名字——塔尔湾，不知它的含义是什么。故乡也有过"发裕堡"这样一个带着小农盼富色彩的名字，更有"仁义"这样含有对教养追求的名字。它们就像父母给孩子取的乳名一样，寄托着盼望。而每想到故乡年年梨花白的景象时，我就忍不住想把它称为梨花村。那美丽但不富饶的乡村，以成片成片的小麦、水稻作为主粮，也有像戒指、项链般作为点缀的高粱、荞麦、玉米、洋芋、黄豆等杂粮，甚至还有黄河鱼、虾等水生动物的滋养，但香水梨，确因稀少而在乡民心中有种"金贵"之感。从"请梨花开""请果子下树""请果子回家""请果子上房""请果子上车""请果子上排子"到"请客人吃果子"，展现了梨在乡民中的地位。

放眼大河，从青海、甘肃到宁夏的千里长途，在河之侧，一树树梨花在春天亮出白色的素洁，一枚枚秋梨给大地悬出金黄的希望。1000多公里的流程里，一树树梨花下的青春情愫、一个个古渡盛装的江湖故事、一排排皮筏运走的生活希冀、一季季雪花后的酒歌民谣、一缕缕炊烟里的村情民事、一船船载驮着繁忙及其后的落寞，构成了一部大写的黄河之书。

梨花白，香梨黄，是黄河这部大书中的插图而已，只是这插图日渐有哑声于时光中的危险，正面临着褪色甚至消失的命运。那面对花、果、人的"请"字及衍生的仪式，已经不见了。因为粮食作物调整，大面积的水稻作物引来的黄河水，像一个个黄色杀手，呛死了一株株百年梨树，越来越少的梨树，像年轻人出外打工留在村里的那些老人，咳喘在故乡的风里，那伸向天空的枯枝，是想抓住什么呢？

梨树如古老的民俗，正在老去、死去。我能做的，是在梨树下，轻轻吟唱奶奶教的关于梨树的民谣小调，并把它写进文章里，否则，它们会被黄河水冲走。但愿它们能在故乡的梨树间多缠绕些年，让我的儿女能听得到——"三月天，春深了，若想黄河的冻冰消，迎请樊梨花坐树梢！"

少年罗桑坚赞从雪域高原学佛归来后，回到故乡。阴山和土默特草原，开始迎逅一道绛红色的背影，种植一份丰足的资粮，架设一座达到无我境界的桥梁，命名这块叫"五当召"的信仰寄托地。

绛 红 色 的 微 笑

一抹静立的绛红色，是一面隐在阴山深处的寺墙；一道漂移的绛红色，是一座披在喇嘛身上的移动寺院。我多次在梦里梦见，步入那一片或端坐或飘移于青草之上的绛红色，像一篇文章被收录到一本经典选集，被红尘裹染的心，被收录于那浓烈的绛红色中，浆洗清澈后，归还于黎明前的枕边。醒来后的晨曦里，一缕香火照见前世的容相，幻化为此世和那片绛红色相遇的机缘。

这命定的机缘，什么时候能够如愿？我的心里一直没有个预期。美好的东西，或许往往会在不期然间降临。

一

　　一场预谋日久的长行开启，踩着北方六月的一地碧绿，在黄河和阴山邂逅的包头。这个季节的北方，是一篇未完全润色好的文章、一件未打磨干净的锋刃，更像一头刚刚摆脱青黄不接的残酷季节正疯吃着还未长高的青草的幼羊，还没展露出膘肥体壮的身骨。

　　阴山的风，在车窗外硬朗地呼啸着，感觉有万千隐身大侠，集体舞动着无形的刀发出声响。御风而行，怃怃行旅中，想象着2000多年前从中原远路而至的汉家将士，在这里和骑着胡马出没的匈奴人交战的画面，这幅画面让阴山倍感血腥与危险，能让阴山偶尔松口气、感到安详与宁静的，是身披绛红色衣装，隐坐在阴山里的寺院。

　　山路越来越高，山势逐渐变得险峻，山坡上的绿色渐渐多了起来。原来，阴山这部书，封面是在包头市区内看到的枯黄，没想到，行至山内，内页中是这些绿色的插图。

　　车进吉忽伦图苏木境内时，大片的绿开始出现，高大松柏逐渐取代了刚进山时眼见的低矮灌木丛，在半空中绘出大片的绿色。绿草与林木覆盖在巨大的山体上，碧绿的间隙中，偶然有裸露的岩石，就像一个油漆匠刷绿漆时，粗心地遗留下一小块褐色或黄色。

山门上的题字、停车场上云集的车辆、排队等候的游客、不时走过的几位僧人，这些景象综合起来的信息告诉我：五当召到了。

为完成《内蒙古之书》的书写，我曾几次穿行于内蒙古东西跨越 2500 多公里的辽阔地域，一直留心所经地区的庙宇或佛教文化遗迹，也就知道了五当召的"身价"：内蒙古地区最大的藏传佛教寺院。以前只是知道它隐身于阴山的某个山坳里，也曾不止一次地想象那一片绛红色的建筑如何端坐于阴山中，想象一个个身披绛红色僧衣的喇嘛在云卷云舒、朝雾晚霞中完成着他们的修行。五当召猛然出现在眼前，就像曾经百般思念的一个友人突然出现时，带来的无措和失语。我无措于那片巨大的建筑群让眼睛看不过来，我失语于这片殊胜之地带来的敬畏。

当地的蒙古族少女塔娜，是五当召的一名导游。塔娜初见我们时的双掌合十，在山门乃至后来介绍任何一座宗教建筑时不是用某一个手指而是以五指并拢手心朝上之状去指，进庙门的刹那间自觉地低头且先迈左脚，那一袭土默特部落的蒙古袍和帽子，都在无声地显现着她的文雅、修养及礼敬。我出门是很少把自己交给导游的，喜欢一个人静静地观览、体会，这一次，却悄悄地跟在一个旅游团背后，想混迹于一个陌生队伍中白蹭一顿，旨在跟随塔娜优雅的举止和内蒙古牧区普通话的引领。从山门到最后一座建筑，我用了两个多小时，完成了对两百多年五当召时光长廊的粗略穿越、领悟、学习。对一名虔诚的五当召僧人来说，可能一生的时间都在这里完成他们的功修；对一个外地来的游客而言，两个多小时，似乎就能读完两百多年时光酿造的故事。

康熙时代的国家兴盛，为佛教的种子撒在阴山深处的这片土地上，提供了阳光、土壤和水分。那是个繁盛而伟大的时代，王朝的脸上写满了自信与开放，让信仰的天空上也屡屡出现绚烂的彩虹，藏传佛教被允许在蒙古草原上安居，便是那个王朝开放的一种证据。

阴山的时间长河中，有多少醒目的码头呀，对五当召来说，公元1691年无疑是最重要的一座码头，确切地说，五当召这部卷了边的老书，是从那一年开始被书写的。那年夏天，距离五当召800多公里之外的多伦湖边，平定叛乱后的康熙皇帝在这里召集漠南蒙古四十八旗札萨克和漠北蒙古三十六旗札萨克，举行了一场声势浩大的"会盟"。会盟期间，蒙古诸部提出"愿建寺以彰盛典"的请求，康熙皇帝从中看到佛教在统领蒙古各部中起到的作用，他决定在今多伦县旧城北两公里处敕建一座藏传佛教寺庙，并在建成后赐名为汇宗寺。

汇宗寺建成六年后，五世达赖的弟子章嘉活佛阿旺罗桑却丹前往汇宗寺驻锡，使那座青草之香中的寺院逐渐成了蒙古草原上等级最高、规模最大、僧人最多的寺庙，它像一块有着巨大磁力的宝矿，吸引着草原上热爱佛学的少年，纷纷前往深造。

二

出生于阴山北麓的土默特部落的罗桑坚赞，童年时和这片草原上的其他孩子没什么两样。他们在草原上放牧、学习骑马、去远处的寺院祈求平安。随着年龄的增长，对佛学的亲近与领悟，使他像一条当时草原上学佛大潮中的鱼，朝自己心中的大海漫游。罗桑坚赞从家乡出发，信心和定力就是搭在双肩的行囊。茫茫草原似海，少年的脚步如一叶孤舟，向东而游，千里长途的终点就是汇宗寺，也是一个学佛少年的人生新起点。

几百年后，我循着这条早被历史烟尘掩隐的求佛之路，沿着阴山之北，随着少年罗桑坚赞的脚步，踏上前往汇宗寺的路，试图体验、感悟佛心映照下的那份虔诚和执着。

黄昏时分的汇宗寺，金顶在夕阳的照射下，散发出一种威仪与慈悲。游人散去，寺院恢复了本有的宁静。大殿里，一位小喇嘛始终带着微笑，手中匀速地转着一串念珠，静然不动于这昼夜交替时分。那场景，像一把铁锹，铲去了我脑海里的一层锈。获诺贝尔文学奖的波兰女诗人辛波斯卡的那本诗集的名字——《万物静默如谜》——像一件尘封的珍贵文物，迎面扑来。是的，在寺院，人间最静默的地方，人间存放最具谜性与神性信仰之地，它曾显得那么神秘、遥远。而那个当年踩雪而来、一心学佛的少年，更是静默如斯，于草原历史中留下了谜一样的背影。

小喇嘛的模样让我恍如看到当年的罗桑坚赞，千百年来，任何成就者难道不亦如此？一袭绛红色僧袍，构成了佛学传承的黄金链条。这一脸微笑中的修持，不就是在寂寥的寺院中修持内心的一份资粮么？这份淡定与从容，不就是一座达到无我境界的桥梁？

小喇嘛向我引荐了一位对汇宗寺了若指掌的年长喇嘛，闲淡的午后，寺院一角的青石台阶上，我们的谈话打开了罗桑坚赞到这里后的一幅行踪图：踏进汇宗寺不久，罗桑坚赞就显现出同时代少年难得的慧根，加上他的勤奋学习，深受经师甘珠尔瓦呼图克图的赞许。

在汇宗寺，上千个青灯孤影的寺院苦修的日子，就像一波波浪花，淘洗着修行者的内心。起初，修行者构成了一个平面的阵仗，苦修时光将这个平面改成了一座金字塔，让真正的成就者从塔基向塔顶而行。罗桑坚赞以自己的聪慧与勤奋，从同修者中脱颖而出，向塔尖之位疾行。一条在池塘里成长的小鱼，如果具备成为巨鲸的潜力与禀赋，为何不把他送到大海中去呢？甘珠尔瓦呼图克图仿佛看到罗桑坚赞未来的模样——一位大成就者，便决定送罗桑坚赞前往拉萨深造。

几年后，罗桑坚赞以优异成绩，仿佛巨鲸歌唱一般，获得了哲蚌寺拉然巴学位和巨大声名。

深造结束后，罗桑坚赞返回多伦，潜心于佛学研究和传播。公元 1720 年，一道圣旨，从京城飞至多伦：召罗桑坚赞进京，参加蒙古文《甘珠尔》的编译工作。

对于修行者而言，身处哪里是没有区别的，在哪里成就或许有着其特殊的意义；对修行者而言，四海为家也四海无家，但他们的心中都有家乡。无论是在多伦，还是在京城，罗桑坚赞的内心，想着能够将一粒佛学的种子，播到阴山脚下的故乡。

在京编译《甘珠尔》29 年后，阴山再次召唤着罗桑坚赞回乡，他的这个心愿得到了章嘉、锡埒图、济隆等驻京呼图克图们的许可。

当年的求佛少年，回到阴山脚下时，已成一代佛学宗师。俗世人眼中的身份变了，对佛的一颗虔敬之心却没变。阴山深处的柳树山沟，罗桑坚赞摊开自己仿照日喀则扎什伦布寺设计的图纸，住在临时搭建的一间简陋小房子里，开始负责修建这里的第一座大殿。在蒙古语中，柳树被语义为"五当"，蒙古语中"召"是庙宇的意思。这座大殿建成后，这里逐渐有了一个新的名称——"五当召"。

在干旱少林的苍茫阴山，五当召就是罗桑坚赞栽在这里的一株智慧之树，开始以佛学的慈悲形成越来越大的浓荫，若干年后，来到这里的游客也有一种恍如到了扎什伦布寺的感觉。罗桑坚赞也在这里度过了生命中最后的 14 年。

五当召历经康熙、乾隆、嘉庆、道光、光绪年间的多次扩建，声名和规模犹如草原上夏日雨后的青草猛涨，逐渐成了内蒙古草原上最大的藏传佛教寺院。后世的僧人们将罗桑坚赞起初搭建的小房子建成了一座小佛堂，供奉罗桑坚赞的舍利于此。此后，五当召的七世活佛灵塔均在这里珍藏。

塔娜用她内蒙古牧区的普通话给我讲述罗桑坚赞时，一直没有称呼其名，而是双掌合十地低声敬称为"班底达"。她说的"班底达"，发音应该为"班智达"，梵语中是智者之意，名望及地位均是信徒心中的"珠穆朗玛峰"。

三

走到山顶后，我离开了那个旅游团。从山上最高的那间、罗桑坚赞刚来这里时搭建的小房子往下走时，我就感觉到自己似乎是沿着一条时间之河放舟而行，东科尔大殿无疑是这条时间之河的源头。东科尔，藏语中"时轮金刚"之意，因为罗桑坚赞通达五明，对时轮学尤为擅长，这座殿也就被称为时轮大殿，也是五当召四大学部之一的时轮学部大殿。

东科尔大殿建成六年后，也就是公元 1756 年，章嘉国师若必多吉转呈清廷理藩院，请皇帝为五当召恩赐寺名，清廷钦赐满、蒙古、汉、藏四体文字的"广觉寺"匾额，这让五当召有了皇家敕建的政治地位。

很多人将藏传佛教寺院理解为宗教信仰场合，其实，每座有规模的寺院，还担当着传授医学、哲学、天文学、建筑学等学科的职能。时轮学部大殿建成两年后，陆续建成了显教学部、密宗学部、菩提道学部等大殿。

如果说五当召是一枚黄金树叶，四大部就如这枚树叶上最核心的叶脉，传承着藏传佛教的根本。阿会独宫，就是五当召传授医学的学部，在一个医学不发达的时代和地区，五当召将医学部设置于山坡最高处，简直就是在高处安置了一双救济众生的慈悲之眼。

分布在山上的所有建筑，犹如按照次序出场的演员，菩提道学部是五当召建筑群中最晚出场的，也是整个内蒙古地区佛教寺院中唯一设立的学部。大殿正中，开始是铸造并供奉着高九米的藏传佛教格鲁派创始人宗喀巴坐像，后来，僧侣和供养人从青海、西藏迎请了一千尊一模而成的宗喀巴塑像，置放进菩提道学部大殿的两侧木龛内。

只要是晴天，站在菩提道学部的大殿，无论是仰视宗喀巴坐像，还是珍藏于佛龛中的千尊塑像，它们的脸部轮廓和眼神，均能看得清清楚楚，其原因是在二楼凸起的天窗，阳光能细细地照射进来，这是建筑科学和宗教信仰完美的结合。

四大部就像四根柱子，撑起了五当召的学问大厦。它们矫正了我们对佛学的一些浅薄认知：佛学，不是长跪于佛像前的盲目祈求或不加辩证的盲从，这里内涵哲学、讲究辩证；佛理，不是僵死于卷卷经书或喇嘛的早晚功课中，它在明辨中显现真谛。

哲学学部大殿外，楼层间的那层和上下部位墙体绛红色的细微区别，引起了我的注意：那是一层有着细孔的草。常年在青藏高原游走，让我对那种草并不陌生。它来自青藏高原，既能透气通风，又能在夏天保证清凉，冬天增加殿内的室温。在青海湖边，我曾看到过这种植物，当地人称为"鞭麻"，它的花又称"金银花"，西部音乐人王洛宾就是在那里遇见心爱的藏族姑娘卓玛的，并创作了那首浪漫的歌曲《在那遥远的地方》。早在王洛宾创作这首歌曲前 200 多年，这种高原植物，就和藏传佛教一道，被运送到了阴山一带，体现了五当召修建者的建筑智慧。

顺山而下，苏古沁大殿是五当召最低处的、最大的，也是最主要的建筑。它就像一个体面的门迎，向外人打开五当召的神秘世界。如果说四部大殿是五当召的心脏，塔陵是其灵魂，那么三层高的苏古沁大殿就是整个五当召的脸面。

出苏古沁大殿时，我特意留心了一下那道大门，足有一米厚，里面是石头所砌，外面以泥所抹，更有夏保凉冬保暖的效果。

信仰，是解决人类敬畏心问题的。阴山自古就是一座装满了战争的山脉，从匈奴到突厥，从契丹到党项，从女真到蒙古，这些游荡于阴山之侧的游牧民族，要么，马出阴山，箭指中原，和历代中原王朝厮杀于斯；要么，互相争斗，让阴山的天幕飘荡着血腥。

五当召建成之后，除了日本军队远侵而来遭到草原儿女的抵抗外，这一带还真就再没有过大的战事。

那些早晚升起于大殿里的诵经声，那些袅袅升起于佛像前的香火，或许给这片大地铺上了一层又一层的祥光。至少，那些自愿布施金钱来修建五当召建筑的信士们，那些没钱但选择来这里布施汗水或工艺的匠人们，那些不远千里来这里朝拜、礼佛的香客们，他们的身影让我看到了信仰的力量。

四

临近中午，低沉但又让人感到清爽的钟声响起。僧人们从各个僧房、大殿缓缓而出，踩着一地酷热的阳光，纷纷向五观堂而去，那是僧人们午斋的地方。他们的脚底和大地之间仿佛多了副空气鞋垫，在通往五观堂的燥热的地面上，悄无声息地留下一道道沉稳的身影。

钟声响过后，整座寺院掉进一个沉寂的时间，这意味着整齐坐在五观堂里的全体僧人，要集体进入噤声午食的环节。一座寺院，其实就是一座学校，里面藏着一部部教育、教化人的无声教材，僧人的吃饭不就是一堂课吗？

五当召，在中午的阳光下进入最慵懒的时分。按照佛学的讲究，从山门进去后，沿顺时针方向一圈走下山来，重回到山门前，便是游览五当召的一次圆满，是对人生无法走回头路的具体感悟，也自觉地领受了一堂关于秩序的课，佛寺里之所以安静、少有人产生肢体的碰撞与相向而行产生的避让，与这种顺时针方向而行的秩序感有关。

阴山下，千年间的多次战争，让人更多地读出这里的勇毅和刚硬，忽略了人们对和平的祈愿，也让更多的文人们用笔墨书写阴山的战事，给阴山披上了一件冷硬的盔甲。五当召建成后，佛音袅然的日子，何尝不是给阴山穿上了一件柔软的丝质内衣？蜿蜒千里的阴山，多数地段是一片苍黄之色，藏在大青山深处的五当召，就像是隐在这苍黄外衣下的一颗绛红色的痣，为一座枯山添加了人文色彩；也像是一只铅铸的秤砣，加重了阴山的文化分量。

几年间，我穿越阴山的日子里，叩访过班禅召、善岱召、巴音善岱召、希热召、拉僧庙、点布斯格召、阿贵召等寺院，现在，我将它们和五当召连起来，眼前便闪现出一座绛红色的千里长廊，徜徉其中，何尝不是一次领受祥和之光的长旅？

告别阴山，那一片绛红色渐渐消失了，却给我内心里留下了一道永远的印迹，那不是一次旅游意义上的观光，也不是一次笔会中领命的采风，那是前世注定的遇见，像生命中的一把榫，牢牢地楔入了记忆，一想起来，记忆的天空便布满绛红色的云彩。

这道土墙不是史料和课本中的"纸上长城"，
而是一道穿透 2000 多年岁月走廊的光，照见寒
烟山色暮、角声肠中饥；照见下令修建者的胆识
与智慧，也照见昔日修筑者的血与泪；照见占据
者的骄傲与自豪，也照见败退者的无奈与失意。

墙 与 城 的 命 名 者

战争期间，随着追击的深入，溃败的对手往往会成为一位
出乎意料的向导，会指引己方指挥官与军队的目光、脚步走向
意外之地。赵国第六代君主赵雍的军队，就是这样在追击匈奴
军队的过程中，被对手引导着，逐渐离开华北大平原，向西北
方向的草原、阴山追进，让一项在这个西进过程中被动产生的
军事工程，成了后世中华民族精神象征——长城——的起源，
也让赵雍成了中国长城的肇始者。

一

像把一头年迈的骆驼从古老的圈里牵出一样，让我替读者把"胡服骑射"的背景与催生的故事，从 2300 多年前的时光隧道中拎出来。那时，年少的赵雍在信都刚刚接过赵国的君王之位。身为赵国的第六位国君，赵雍从父亲赵肃侯手中接过的是一个四面邻敌的危局，尤其是北边接壤的林胡、楼烦和匈奴三个游牧部族，常常以当时先进的马上骑射技术与如风似电的快骑为资本，像三把带着寒光的战刀，随时向南邻的赵国头上劈来。

对手往往是最好的老师，赵雍在即位的第十六年，做出了一项令朝野震惊的决定：摒弃了以往面对北方游牧强敌时要么硬刚，要么退让的政策，他下令军队放弃穿惯了的长袖宽袍，采用北边那三个邻居的精短服饰，学习胡人用皮带束衣的办法，那种类似长方体的帽子也被插有貂尾或鸟羽的武冠替代，成了一道随着骑马移动而飘移在半空的头顶风景；将士们不分贵贱，都穿上了皮制的靴子。如此装扮的士兵，看起来一下子变得高大、英俊，也摆脱了传统长袍的约束，但这种装扮不是为了好看，而是更适合在马上进行射箭的作战训练。

训练场的草地上，来回驰骋着换上"胡服"在"胡马"上练习射箭的骑兵，他们的呐喊与冲刺，不仅是当时进行训练的真实写照，更是定格在赵雍眼中的一段精美的记忆。

这就是后来被载入史册的"胡服令"。从中原秘密购来的布料、丝绸、铁和从草原上秘密购来的兽皮、箭矢、马驹，汇聚在赵国都城"朝信宫"郊外的秘密作坊里，被裁缝赶制成大批"胡服""胡冠""胡靴"，被工匠合成了新型弓背、弓弦和马鞍、马嚼，被驯马师逐渐训练成合格的战马。

赵雍的这场军事改革，被后世很多人解读为一场对北方游牧对手发起反击前的技术储备与军事演练。梁启超在"胡服令"颁行 2210 年后，也就是 1903 年，发表了《黄帝以后第一伟人赵武灵王传》一文，对赵雍的此举给予了极高的评价："七雄中实行军国主义者，惟秦与赵。……商鞅者，秦之俾斯麦；而武灵王者，赵之大彼得也。"他把赵雍盛赞为"黄帝之后第一伟人"，和俄国的彼得大帝相提并论。

赵雍没想到，自己的这次军事改革，被后来的史籍记录为"胡服骑射"，并成功地走进了汉语词典和时下的中学历史教科书。

二

颁行"胡服令"两年后，赵雍开始"左右开弓"，上演了一只手同时射出两支箭的军事魔法，分兵三路攻打南部的中山国；同时，派兵北上，开始对那三个危险的邻居进行反击。奉命向北出发的将士，开始了一场带着故乡的远行，甚至，很多人拿青春购买的是一张人生的单程票。

胜利会留给对战役有准备的一方。正北方、东北方的东胡被击溃后，赵国的进攻方向转向了盘踞西北方向的林胡、楼烦，随着远征军取得的一次又一次的胜利，赵国的领地像一滴掉在宣纸上的墨汁，不断洇散、扩延。

一坛被时间秘密酿制的酒开始发出芬芳，对赵国将士来说，是庆功的佳酿；对溃退的对手来说，就是不堪吞咽但又必须饮下的苦酒。后者的踉跄败退足迹，成了赵军不停追击的向导，将赵国将士逐步引入一个个陌生的但充满诱惑的地域，让赵国的疆域逐步向西拓展，直至阴山下。

农耕文明和游牧文明的一个明显区别是，深受前者影响的人，无论是帝王还是百姓，对土地的深深依赖会导致其形成定居的生活模式，会出于安全考虑而构建"院墙"。赵雍就是这样深受农耕文明影响的国君，随着追击部队不断向游牧部族占领地带的深入，他身上潜伏的"院墙意识"被一次次激活。他不再像父亲赵肃侯那样，简单地将漳水、滏水的堤防连接起来，构成了一道防御敌人的"长墙"，而是在自己派出的远征军所占领土地的边界上，构筑一道能防止北方敌军战马跨越的"墙"，这就是一种新型的、昭示边界的军事建筑，也是中原王朝政权第一次以"墙"的形式，向游牧部族定义、宣示双方边界。

赵雍下令构筑的这道"边墙"，从今河北蔚县境内起步，向北至尚义县后，折向西南方向进入今内蒙古境内的草原地带，然后向西经今乌兰察布市境内进入卓资县，开始进入大青山南麓地区的土默特草原。那是赵国在平原地带、草原地带用土和汗隆起的一道国之脊梁，醒目地站立在胡天朔风中。

对手向阴山深处的溃退，对追击的赵国将士来说，就像群蜂闻花香一样，引诱着他们向阴山进发，那道跟在他们身后被修建的"边墙"，好似一条贴着大地蜿蜒爬行的巨蟒，继续开唱他们的阴山之歌。

天上没有一朵云彩是伪装的，地上不断拓展的"边墙"就是赵国实力的真实凸显。按今天的目光看，"边墙"更像是一列被调整方向的土黄色慢车，缓缓驶向阴山中。

赵国的军队不断拓展着他们的边界，那项被不断延续的、单纯的军事防御工程，逐渐被仪式化、图腾化，日渐变成了赵国宣示主权与实力的"国家院墙"。对它的守护，一度成为对国家主权捍卫的标识，这种标识在后来的历朝修建的"边墙"中得到淋漓尽致的体现。

自我设定的一项旨在考察中国长城的、"大地长旅"的人文调查，让我的脚步，在赵国将士构筑那道绵长而雄伟的"边墙"2300多年后，出现在阴山腹地的包头市石拐区国庆乡境内。这段被笼统称为"边墙"的夯土建筑，就像被一个娴熟使用簸箕的农夫，三簸两簸中将稗子和谷米分开一样，早就有了被文物考古者命名的专属名词："赵北长城"。从字眼上很好区别："赵"是其时间轴上醒目的标识；"北"是它明晰的地理方位；"长城"是它和其他长城共有的属性。这就让它和中国大地上的先秦其他国家、秦、隋和明等历朝修建的长城区分了出来；也让它和鲜卑人、女真人和契丹人修建的、隆起在大地之上的军事建筑区分了开来。

崎岖的山间公路，让我乘坐的车就像一只时左时右、时高时低的甲虫，穿越在莽莽苍苍的阴山中。在"包脑线"上的一处斜坡前下车，往旁边的克尔玛沟横穿过去，这意味着我和那些在半山腰下车后，从高处俯瞰的"长城游客"走的路线不同，入眼的景致与入耳的历史之声、入心的长城洗礼自然也不同。

不用拿出我随身带的望远镜去看，克尔玛沟两边山梁上如队列迎宾的两道气势威严、崭新如昨的"长城"和烽火台，是当地政府作为文旅资源拿出来让人观赏的"战国赵北长城"，2000多年前的那道"边墙"，低调地蛰伏在山沟里。

只有走在这被遮蔽得严严实实的山沟里，随着朝沟里移动的脚步，才能一步一步地丈量身侧的"边墙"，才能感受它沿山而上的背后修筑者的艰辛。如果在2300多年前，我就是一位巡边的将士，就得小心翼翼地防备随时从对面山岗上冲来的敌方骑兵，就得忍受冬冷夏热的塞外天气。随着脚步的挪动，海拔逐步升高，呼吸的节奏变得快了起来。这种实地体验，会让人感受到任何一项伟大的工程，都是掌权者一声令下后，万千百姓的血与泪；也让我最近距离地感受到，眼前的这土墙，不是史料和课本中的"纸上长城"，而是一道穿透2000多年岁月走廊的光，照见那时的寒烟山色暮、角声肠中饥；照见赵雍的胆识与智慧，也照见昔日修筑者的血与泪；照见败退者的无奈与失意，也照见占据者的骄傲与自豪。这蜿蜒的"边墙"，是国家间的界桩，是下令修建者的勋章，也是修建者与驻防者的吸汗器甚至坟场。

真正的"边墙"，是要行进在它起步的沟底，站在它土夯的高大身子旁，才能体会和它伴生的"高大""雄伟"等词汇背后的含义，才能明白它同样是让人仰视的；只有一步一个脚印的丈量，才能聆听到那些夯土连时光都隔不住的叙说；只有一步一抬升，才能在朝圣般的步量中，感受到它向上蜿蜒时的建筑智慧与力量；只有看到那整天风吹日晒的干硬的身骨，像一位2000多岁的门迎露出一脸肃穆，才能感受出它的问世与坚挺是多么不易。

不时有游客站在土墙下面，摆出各种姿势拍照，用自己的知识与见解，让肆无忌惮的高声评价奔蹿在山谷间。我无意间以他们的身高为参照物，目测到土夯的"边墙"应该是高过3米的，如果像那些到此拍照的游客，站在半山腰的观景台上看它，一定觉得它和那些矗立在平原、戈壁、漠缘、草场甚至山顶的"长城"相比，来这里有种上当的感觉。只有站在它高大的身影旁，你才能感受到这是一段藏着的长城，是一段真正的"中国老墙"，犹如关于它的记载暗缩在史料的角落。它长达1740米的身子，低调、沉稳地隐在这莽莽苍苍的阴山脚下，犹如一枚古老但依然清晰的邮戳，低调、沉稳地刻印在这辽远深阔的、阴山腹地的克尔玛沟中。

视角不同，所观皆异。顺着这条巨大的"黄色土龙"沿山上升的方向，不时回头，一次次感受到它阻挡来犯之敌的"身高"与威势以及构筑中体现的建筑智慧，一点不逊于那些巨人般孤兀站立在平地上的长城。尤其是其两米多"身宽"，足以行驶一辆小型汽车。整个墙体外壁，采用版筑技术。我弯下腰，选择了好几处墙体作为观察对象，一厘米、一厘米地盯着墙体，却没发现连接夹板的绳和孔，真让人怀疑它们如巴比伦空中花园般横空出现，这暗藏了多大的建筑智慧呀！"边墙"穿越的山体是一座石山，沟底尽是山洪淌过后留下的沙砾，堆砌"边墙"所需的黄土，只能是从远近不同的地方挖运来的，然后被倒进下面是火烤的铁锅里，来回翻炒烤蒸，以此防止植物种子发芽，导致墙体内裂。黄土没有性别，但让前来群山深处的那群男人，用这样的方法进行一系列操作后，具备了抵御敌人的雄性力量。

突然，一截白骨扑到眼前，不知道是动物的还是人的！这被后人称为"长城"的绵长建筑，有的地方无意中被扔进一截牛、羊或马的骨头，有的地方有意用了砖头包砌外表，有的地方塞进了木头，有的地方一定还堆积过守与攻双方将士的头颅。然而，一旦走进这宏大而绵长的诗篇，什么骨头、人头，砖头、木头，连做标点符号的资格都没有，它们就像夜晚的废铁，被无尽的暗色吸收殆尽。站在"边墙"前，一个王国的辉煌和一截白骨的瘆然，带给心灵的震撼没有轻重之分，前者是"边墙"的号角，吹奏在历史的罡风中；后者是"边墙"的隐秘，是嘴唇都被风化成灰后却依然坚守着的牙齿，更是无数隐退其中的生命的哑声哭诉，认真聆听者的耳膜，会被撞得发疼。

三

看赵国长城，替古人担忧！我开始想象眼前这"边墙"筑建的场景。古老的游牧民族对土地命名有着其一致性，这一带如今属于内蒙古包头市的石拐区，这个名字源于蒙古语"喜桂图"，意为"林草茂密的河流"，或许这个名字就是从 2000 多年前盘踞这里的游牧部族那里传下来的。有树木，有青草，有河水，自然就成了游牧者向往并试图拥有的天堂，他们都理所当然地认为，自己应该成为这里的主人。

"喜桂图"，这个诗意的名字里，潜伏着多少为抢夺水草资源而生发的战争。朔风凛冽，凉气充壑，赵国将士击退这里的游牧者后，还没来得及喘口气，就和随即而来的役夫、罪徒一道开始夯筑高墙，试图用那一道高大的土墙拦住游牧者再次反扑的脚步。这种尝试在当时甚至 1600 多年后的明朝，依然奏效，让一段土与血、汗与泪合成、凝固的历史，镶嵌在中国的历史中。土墙是一道散发着拒绝气息的篱笆，那里面暗含着刀箭的威力，逼迫着曾占据这里、试图还想占据这里的游牧部族败离这里，他们的胸腔间呀，开始咏唱怎样悲怆的一曲离歌！"亡我阴山，雪压六月草，亲人皆离散；失我阴山，雨漫敕勒川，何处是家园？念我阴山，风吹白骨现，离歌唱千年！"它比匈奴被汉军从祁连山驱离后，留下那首"亡我祁连山，使我六畜不蕃息；失我焉支山，使我妇女无颜色"的离歌，早了足足 200 多年。

草木是生态的证词，当年的"胡服骑射"者，以轻骑兵的状态快速追敌并占据阴山，从赵国境内远路运送来的粮草、军械、装备无法运送到前线。阴山深处，驻守的将士与"筑墙"者的生活给养成了问题。漫山的树木成了烧水、做饭、驱寒的燃料，青草成了大批涌来的军马的口粮。青翠的群山被扒去外衣，溪流逐渐断了行程，头顶带着雨的云朵向远方飘移，这里，剩下那土墙更加干渴的张望。

"边墙"修建过程中，为了防止对方的骑兵进攻，"边墙"外要挖壕沟以阻敌战马；为了开阔瞭望的视线，壕沟外一定范围的林木也被砍伐殆尽，那早已消失的、一片又一片的林樾上，又记录了多少反扑与坚守的血泪故事。"喜桂图"，这古老名字中展示的水草盛景渐渐萎弱，漠风卷着干黄，像一支巨大的画笔，在这曾青草遍布的大地上肆意涂抹；千年间的战火，焚烧着群山间的绿意与人间的和平愿望，众泉干涸让血和泪变成了这里流淌的主要液体。

两千年后，气候的恶劣想必并没改变多少，漫山的植物一定还是当年的物种。我试着采摘当地人说的酸果果、锦鸡儿、马肉肉等植物果实和榆树叶，一一放进嘴里，果然是酸涩无比。想当初，从赵国运输的粮草无法及时抵达这里时，山沟里的很多野生植物挽救了将士们的生命。驻守的将士，早已不在，但这些耐旱植物，却一直一岁一枯荣地伴随着长城。它们，才是长城的味道；它们，一茬又一茬地出生、死亡，就像眼前这长城，在修建与倒塌、冷寂与重修的人间轮回中，接受修建边墙与驻守边墙者给与的砍伐、焚毁、采摘、煮食等命运，那顽强出生的步伐却日渐乏力，导致曾经林木葱郁的山岗变得光秃秃的，过度放牧也超出草地的承载能力，让整个阴山呈现出疲态。修筑者、巡视者、驻守者，甚至目下的装修者、游览者，都是长城冷峻观视中的匆促过客，留下来的无非是这莽苍的群山、年年枯荣的荒草。我掏出笔记本，在上面写下了这首诗：

昔信都已化云烟，"胡服令"后生锈箭；边墙依旧傲塞风，骑射能有几人还？灵王铜像坐山巅，筑墙将士土下眠。曾是马蹄划边界，至今虚拟化空间；唯有青草不寡情，化作蓬蒿染阴山。

说来也怪，这段被熟土版筑的土墙周围，不见一棵高大的原始林木，山坡与山谷间的净是低矮的灌木林。山脚下，当初修"包脑线"公路时，犹如一把巨大的厨刀，将高大的"边墙"一切为二，让从山上冲下来的"黄色土龙"变成了被切开的两段香肠。靠近山脚的那一端顶部，奇迹般地长出了一棵榆树，根须一直顺着被切开的墙面外露，像这古老的"边墙"苍老的胡须。在阴山一带，榆树是最耐旱的植物了，它埋在地下的根须长度，要远远大于其枝干的高度。那顺着"边墙"溜到地面又钻进地下的根须，不难看出它的努力，那是给这"边墙"的伤口处竖起的一道警示牌！或许，也是给站立在阴山风雨中的"边墙"断头处，撑起一把遮阳的绿伞。我的脑海里立即闪出榆树在中国百姓眼里的"树语"：它的寓意一般是代表着勇敢，不惧怕困难和挑战，另外它还可以代表不屈服的精神。眼前的这株榆树，谁知道它存活了几百年，还是上千年？这不重要，在如此干绝之地，灌木都活得吃力，这么高大葱绿的榆树，竟然长在长城上。那是长城亮出的一面绿色旗帜，和它干黄的身躯形成鲜明对比；那不是一种颜色给另一种颜色的陪衬，而是一种生命向另一种生命的问候，一种古老向另一种沧桑的礼敬。

前人的生态欠账，后人总得偿还。20多年前，当地政府就开始动员社会各界力量，在这里植树种草、封山禁牧，既让这里变成了各种耐旱植物的生存竞技场，也让这里变成了阴山生态轮回的一部大教材。来到这里的人们，看到一片被染绿的山梁，那一抹青绿，遮掩了干黄的长城，这才是绿色战胜枯黄、和平取代战争的理想归宿。眼前面积还不大的人工绿，和远处依然光秃秃、青黛一片的山峦形成了明显对比。唯愿这片土地上绿与黄的比例，能尽早得到改变。这不仅是我的愿望，也应该是长城、阴山、内蒙古的愿望。这是另一种颜色的长城，一道绿色长城。"赵北长城"在阴山的这一段，成了一间巨大的仓库，既留存了中国最早的一段长城原貌的记忆，也收藏了当下对绿色恢复的努力。

四

不再有灌木刷着裤脚，也不再有沙砾踩在脚下，脚下是新修不久纯木的栈道，与这苍茫天地和沙土不融洽的新木的味道不时飘来。眼能看得见那古老的"边墙"样貌，脚底却沾不到任何泥土，无法零距离亲近，这是时下各处景点竞相为游客提供的一项服务内容，生怕让游客因此受了委屈，却阻隔了真正聆听历史、感受大地触摸的机会，让人有种到了内蒙古大草原上，戴着手套吃手抓肉的感觉；或者，让游客在新修的玻璃栈道上，望着滚滚而来的黄河水而蘸不到它的温度，却发出"啊，黄河之水天上来"的感叹。

从谷底探出头后，"边墙"逐渐不再藏着了，像一个从练习爬行到直起身子奔跑的少年，沿着克尔玛沟中间的那条山脊爬升，每一段山坡就像一本记录簿，认真地刻写着它的成长变化。山脊的终点处，是这段"边墙"爬山累了歇息的地方。站在这里，既可俯瞰从山谷里爬升而来的"土龙"之躯，也可朝西远望"边墙"朝更高处蜿蜒而去的气势，这种地段，自然就成了观看"赵北长城"的最佳观景台。

一尊跃马搭弓的赵武灵王塑像，是观景台上的标志性建筑。雕像底座侧面刻有历史学家翦伯赞当年来这里写下的一首诗，算是中国文人中对赵武灵王评价中最广为人知的了。雕像底座正面刻有落成时间：2008 年 10 月。塑像的设计者叫赵君，从中央美院毕业后回到当地，带着对赵武灵王的敬重，完成了这件艺术品。那是一种对历史的回望，也是对"边墙"历史开凿者的敬重，更是当地人对中国长城最先开凿者、对一粒长城文化种子的迎请。

塞地六月花始开，胡天八月正飞雪。如果从公元前 304 年赵武灵王派兵攻占今包头市境内的阴山一带算起，到公元前 299 年退位，这位"边墙基建"狂人，在 5 年时间里，不仅下令完成了"赵北长城"的阴山段，还将其向西扩延至阴山西段的"高阙塞"，让全长 800 多公里的"赵北长城"，纵越平原、草原、群山，聆听毛乌素沙漠的风声，俯瞰黄河的涛色浪花，犹如一条有力的臂膀，构筑了一道连接华北和西北的"国家院墙"。一道中国长城中的"东方老墙"。难怪"赵北长城"修成 200 多年后，司马迁在《史记·匈奴列传》中，记述赵武灵王"筑长城，自代并阴山下，至高阙为塞"。我不知道，司马迁为何将这种边界之墙称为"长城"，但他让我知道，赵武灵王是赵北长城的第一个下令建造者。仰起头，我看着半空中的赵武灵王塑像，心里感叹："先人呐！如果您再迟几年或十几年退位，中国的长城之书，该是怎样的另一种书写呀！"

赵武灵王塑像脚下，是一个新开的停车场，穿山而过的"包脑线"公路对面，是两块石碑，一尊是竖立的，上面是七个公正大气的繁体字："戰國趙長城遺跡"，旁边对应的是蒙古文字；一尊是横立的，上面是简体汉字的"战国赵北长城遗址"，下面标有"第五批全国重点文物保护单位"，再下面缀有"中华人民共和国国务院 2001 年 7 月公布"和"内蒙古自治区人民政府 2006 年 10 月立"等字样。也就是说，被司马迁命名为"长城"的这段"赵国边墙"，完成它的使命后，就逐渐淡出人们的视线，一直默默矗立在这里，忍看朔风送走一个个朝代更替，忍淋塞雨凄凄浇灌在头上，忍听牧歌萦绕、羊蹄轻踏，成了历史记忆之外的一种点缀。2000 多年后，秋风早就锈铁马，春雨不曾绿阴山，"边墙"的名字被"长城"取代，它的使命也发生了彻底改变，从最初具有强大御敌功能的军事工程，变成了需要保护的对象，犹如一位纵横疆场的年少将军，穿过漫长甚至幽暗的时光隧道后，变成了一位羸弱的老人。

顺着淹没在荒草中的"赵北长城"隐迹，继续往山顶而去。五月之末，放眼四周，绿色正顽强地在去年残留的一片干黄中表达自己在年复一年的轮回，亦如脚下的长城在年复一年的风吹日晒中顽强地挺着匍匐在地的身骨。

不到山谷，你看不到中国长城中这段埋首于谷底的低调一段，不到山顶，你看不到这段长城生命的延续。这种延续不仅是指它在这阴山中海拔的显示，而是端坐在山顶的那座障城，犹如一只逝去千年但依然雄视沟壑与远山的苍鹰标本，考古发掘明确无误地告知：这是汉代的一座"障城"。也就是说，"赵北长城"修建并投入使用 200 多年后，汉军依然用这道"边墙"防御匈奴，这可谓"赵国苦心筑墙，汉军用来御敌"。我随后又驱车，赶至距离这座障城东南方向直线距离 3 公里左右，一处叫后坝的山梁上，那里也有一座汉代"障城"。对那时驻守在这里的汉军而言，"赵北长城"依然是防御匈奴的坚固工事，这两座"障城"，就是他们的两只眼睛，雄踞高处且警惕地巡视着对方的动静。如今，虽然岁月已让它们蒙尘紧闭，但它们闪动过令进犯的匈奴军队不安的寒光。

最初修建"边墙"，就是为了明晰边界。然而，人的欲望和国家的欲望是一样的，"边"也就成了一道游移的风景！随着国家实力的增强，"边"自然会向外推进，"边墙"自然也就同样在移动中彰显国家的实力与底气。

公元前 307 年，力气很大且喜欢角斗的秦武王与大力士孟说在洛阳周王室的太庙比赛举龙文赤鼎，前者因折断膝盖骨而死。秦武王没有儿子，赵雍随即派人到燕国，将在燕国做人质的秦惠文王的儿子嬴稷迎接回秦，嬴稷就是后来的秦昭襄王。赵武灵王又怎会想到，自己下令构筑的"边墙"，或许，在潜移默化中影响了秦昭襄王下令修建先秦长城。

赵国吹奏起的"边墙雄歌"终因其衰落而哑声，那道蜿蜒在阴山的"边墙"，逐渐失去了抵御敌人的功能。赵雍去世 23 年后，"边墙"外的游牧者变成了匈奴，后者侵犯的对象成了秦。

　　嬴政统一六国后，面对匈奴的屡屡进攻，也沿袭赵武灵王和秦昭襄王的做法，下令构筑属于秦国的"边墙"，这就是著名的"秦长城"。"秦长城"是国力的雄厚与个人雄心合拍的体现，它的投入使用距"战国秦长城"建成已经58年，距离"赵国北长城"建成81年，其位置相当于将"赵国北长城"向北推进了70多公里！和"赵国北长城"主要依靠土夯不同，"秦长城"的型材主要是石片，城墙高度多在4米左右，最高处达4.5米，顶宽2.8米；在城墙内侧，每隔千米有一座烽火台，段内共有烽火台4座，完善了长城的基本建型与军事功能。这不单是建筑型材的变化，也是"国家院墙"随着国家实力增强的推进。

　　我曾几次进入阴山，印象最深的还是那曾如闪电划过天幕的"边墙"，那是先民抵御外敌时无奈但明智的选择，也是北方大地上长城的最早命名者。

走在"会盟大街"上，我感觉到金戈铁马
与香草美酒，塞外战歌与商旅波浪，一起被合
葬在那一寸寸的水泥路面下；"多伦淖尔"的
历史，犹如埋在地下文物一样，满怀希望地期
待着再次被挖掘、关注、讲述。

青草码头

700 多年前，意大利青年马可·波罗跟着威尼斯的一个商队，离开家乡，沿着古老的丝绸之路来到中国，行至祁连山东麓的甘肃武威后，他们的行程开始拐弯：沿着腾格里沙漠南缘行至贺兰山西麓的阿拉善左旗，越过贺兰山、黄河后进入今内蒙古境内，沿着一条青草掩去踪迹的草原丝路，朝东北方向行去。

1275 年夏季，马可·波罗行至当时元帝国的开平府，也就是后来著名的元上都，为了等待正在此避暑的忽必烈召见，马可·波罗开始了他在开平府逗留的时光。从马可·波罗当年的日记中，我看到了这样一幅画面：闪电河穿过宏大而热闹的开平府后，蜿蜒向东流去，在草原上形成一片又一片的湖泊。湖水变成了夏日成群的鹤、雉、鹧鸪等"天空公民"的驿站与舞台，也成了忽必烈每到夏季必来消暑度夏的"凉宫"。

那时的开平府东郊 20 公里范围内有七面大湖,犹如七面碧波荡漾、仰天而躺的镜子,湖边漫天遍地的青草,给这面镜子镶嵌出一圈又一圈的绿色之边,无尽的绿意渐渐喧宾夺主般地和湖水争起了主角,让青绿的镜边夺走了湖水的晶莹之光。开平府东郊的那片草原因此有了一个蒙古族名字:多伦淖尔!对应的汉语语义中,多伦是七个的意思,淖尔是湖水的意思。

多伦淖尔,七面湖水之地,这是当地的蒙古族牧民,出于自己直观的理解和对湖的敬重,而命名了那片似镶边的辽阔草地、七面镜子般的湖水合成的土地!

21 世纪初的十多年间,在创作《内蒙古之书》和《青草间的信仰》两本书前期的阅读储备期间,我一次次打量曾高光存活在元朝初期的"多伦淖尔",一个叫阿·马·波兹德涅耶夫的俄国人出现在我的面前。

马可·波罗抵达多伦淖尔 618 年后的初春,阿·马·波兹德涅耶夫受俄国外交部的委托,以俄国外交官的身份从北京启程来到了多伦淖尔。马可·波罗走的是翻越贺兰山后自西向东的一条草原商路,阿·马·波兹德涅耶夫走的是翻越燕山后自南向北的草原之路。无论南北,还是东西,多伦淖尔就像一枚钉子,稳稳地钉在这纵与横的古道交汇处,一任历史的层岩里积淀的草香堆出一座草原码头,见证多伦淖尔的湖面浩渺和锡林郭勒的草场辽阔。

我抵达那一面被时代建筑日益压缩了空间的湖水边,眼前的一切虽然和马可·波罗、阿·马·波兹德涅耶夫笔下描述的有了大变样，但那条隐藏在青草深处的人文历史走廊却逐渐清晰于眼前：避暑的忽必烈，远旅的马可·波罗，会盟的康熙皇帝，从北京至圣彼得堡长旅中的阿·马·波兹德涅耶夫，抗战时期的吉鸿昌将军，匆忙来去的商旅，以及牧歌于斯、长调于斯的世代牧民们，他们在南来北往、东出西进间，踩出了一座没有城墙的城，无言地矗立在青草的视野里！

一

夜色正浓，初春时节的凉寒之气充斥在北京城——当时还被称为京师——的大街小巷，家住郊区的马三（化名）早早赶到城里，将他的雇主俄国人阿·马·波兹德涅耶夫（1851—1920）和其妻子、助手的所有行李，稳妥地安放在几辆车上，然后缓缓走到马车侧前方的车板前，低头、弯腰、屈膝，一提气间脚离地、斜斜一跨，几个几乎没什么缝隙的连贯动作如行云流水，稳稳地将身子落在车板上。接着，马三像个抱枪待命的战士，两只手的五指紧拢，沿着棉袄袖口的内沿向小臂位置，旋转着往里探去，每只手探到另一条手臂连着的肘关节处，才停止了下来，横在胸前的马鞭被揣在怀里。

　　夜幕中，马三的脸上看不出任何表情，他盯着几米外打开的俄国驻中国外交使团的院门。院内高悬的马灯下，阿·马·波兹德涅耶夫心满意足地看着眼前这位中国雇工所干的活，喝完最后一杯咖啡时，他下意识地掏出怀表看了一下——时针刚好指向 1893 年 2 月 19 日凌晨 1 点。阿·马·波兹德涅耶夫坚定地挥了一下手，待命的随从迅速各就各位：有的开始再次迅速检查大车，有的将最后需要放上去的东西放在骡背上，有的掀开轿子帘布请他上轿。

一切准备就绪后，马三扬起手中的马鞭，随着鞭梢在空中画出一道漂亮的弧线，寂静的夜空中响起一道清脆的声音，鞭花在瞬间盛开。这道清脆的声响，是阿·马·波兹德涅耶夫一行人的出发令，寂寥的马路上传来马蹄、骡蹄的清脆声，这一行人的身影很快就被北京城黑铁般的夜幕淹没。不久，马车轿帘里大车上蜷在厚厚衣物里的人，开始恍恍半睡；跟在车后步行的人，也在不时而来的哈欠声中，听凭无尽涌来的倦意和眼前这北方浓浓的寒意对峙。只有斜坐在马车前板上的马三，犹如一名驾驶着一艘行驶在茫茫大海上的远洋船长，眼睛紧盯着前方，仿佛前面布满了暗礁或滔天海浪随时会涌来似的，孤独而又兴奋地开始这熟悉而陌生的旅程。

马三是一名家在北京郊区的回族人，祖辈以跑脚为生，他承袭了这种靠长途运输养家糊口的营生，别人称呼这类人时有了个专属名词：脚户。这次，脚户马三跑的是一趟前所未有的特殊路途。

19 世纪 50 年代，在外交部、陆军参谋部甚至沙皇的亲自资助下，俄国屡屡派出"旅行家""探险家"和"考察队"，前往一些国家进行情报搜集，中国自然也在这样的国家之列。受俄国外交部派遣，阿·马·波兹德涅耶夫前往中国的蒙古地区（今蒙古国和中国内蒙古自治区大片地区）调查蒙古的行政制度和现状，同时研究俄国对中国的贸易关系。

当马三被别人推荐给阿·马·波兹德涅耶夫时，前者对眼前这个高大、威严、语气冷峻、做事干练的俄国人可以说一无所知，尤其是对为什么选择他这样的"脚户"，更是纳闷。后者对前者也是满心欢喜：对一个外国探险家来说，最理想的中国雇工无非就是健硕、寡言、勤奋、敏捷，最好还能有点中国功夫，而马三的身上恰好具备了这些要素。马三驾马车拉着阿·马·波兹德涅耶夫离开北京城的那一年，是中国300年来最冷的一年，连广东也出现了"大雪三日，落如珍珠，夜积作棉瓦，地尺厚，山树俱白雪，稻尽萎，大树多枯"的场景；向来不落雪的福建竟然也"平均雪厚近20厘米"；上海的吴淞江和黄浦江"河流尽冻，不能行舟，花木多萎，百岁老人所未见"。

当时，这种极端天气被中国的老百姓视为不祥之兆，他们大多缩在狭小而寒冷的屋子里瑟瑟发抖，祈求上苍保佑他们尽快度过这个寒冷的冬天。就在这样的酷寒中，马三赶着马车，碾过一地寒冷，朝着更冷的西北方奔去，那是130多年前阿·马·波兹德涅耶夫从北京到多伦淖尔的漫长之旅。

当年，马三赶着大车，离开京城的第一个晚上就投宿在一个叫贯市的村子，那是当时出北京城前往张家口甚至更远之地的商旅的第一个投宿之地。阿·马·波兹德涅耶夫在他的《蒙古及蒙古人》中这样记述："这个镇子里住的几乎全是回族人，他们在这里有自己的清真寺，这也是周围所有回族人唯一的清真寺。"贯市，是今北京市昌平区阳坊镇的西贯市村。

2017年夏天，我再次追寻阿·马·波兹德涅耶夫在中国境内路线的足迹，来到了西贯市村。117 年前的农历七月二十日晚，八国联军入侵中国，京师沦陷，慈禧太后和光绪帝跟随保护人员出逃至此。如今，村子早没了当年的破败与贫苦，是北京市最大的回族同胞集聚的地区，村子里最醒目也最具有民族特色的建筑有两座，一是那座创建于公元 1494 年的清真寺，500 多年的历史写着沧桑；二是 2005 年建成的回族历史博物馆，无声地记录着这个村庄的风俗。两座具有民族特色的建筑，承载着当地百姓的信仰与记忆，寄托着一代代村民于此宁静生活的朴素愿望，就像两副车轮，拉着这个村庄的历史之车悄然行进，所过之处，左车辙下写着信仰的力量，右车辙下存着记忆的光芒。

走出西贯市村后，我将手中的《蒙古及蒙古人》当成指南，追随马三和阿·马·波兹德涅耶夫的脚步。走出京城的第三天，他们住宿在居庸关下的一个村子，马三的勤奋和恪守信仰就赢得了阿·马·波兹德涅耶夫的敬重——"可怜他们在这段时间里不但一直饿着肚子，就连一口水也没能喝上"。寒冷和饥渴，没能夺走生活在最底层者恪守的原则，洁净的生活习俗在一碗茶水里荡漾出该有的模样。

马三就在这寒冷与饥渴的状态中，行进了 73 天。我把《蒙古及蒙古人》中记载的地名挑出来，在地图上串联起来后，一条从北京经张家口到呼和浩特，再由呼和浩特东上经承德抵达多伦淖尔的路线图清晰地跃然纸上。也就是说，离开京城后，马三赶着马车，带着阿·马·波兹德涅耶夫一行，在燕山和阴山之北的辽阔草原上，走出了一个大写且横置的 N 字形线路，方抵达多伦淖尔。当地蒙古族牧民按照自己的思维与视角命名的"多伦淖尔",已经成了清朝晚期行政体系的一部分,被清廷命名为"多伦诺尔抚民厅",管理着察哈尔左翼四旗辖境内的一切行政事务。多伦淖尔,后面缀出的三个字,标志着这里成了晚清时期管理闪电河流域乃至锡林郭勒草原大片牧场的行政中心,它的新名字里有了被政治命名的意味。

我第一次追寻阿·马·波兹德涅耶夫的足迹来到多伦淖尔时,是2012年4月初,这里的行政建制早变成了多伦县。我比马三他们当年抵达这里整整早了一个月,这或许让我更能体会到他们穿越风寒北方的艰辛。置身于多伦4月初的傍晚,阵阵寒意从这个小城的各个角落涌来,本来就车辆稀少、人影罕见的大街上,暗暗涌起一股股雪气,犹如于无形中筑起了一道道门槛,给想了解这座神秘而袖珍的北方草原小城者,增加了难度。

第二天,上午的阳光像一间空旷房间里瓦数不高的灯泡,看起来一片灿烂,却难敌冰凉大地上透出的寒气。我走到哪个街角都甩不开、避不掉无处不在的冰凉,脚步在结冰的路面上也只能放缓,这倒也是慢慢打量这座小城的一个机会。

无意中沿着多伦淖尔镇灯棚街慢行,那块当地公安局于1987年制作的、排名第49的门牌引起了我的好奇:门牌上的绿漆已经褪色,让人感觉到那像是一枚褪色的勋章,显得有些陈旧的大门仿佛一位羸弱的老兵,坚毅地挺立在冰天雪地中,硬生生地极力耸着别有勋章的肩膀。在门牌号下面不到一米的地方,有一个没有标识制作年份但看上去较新的门牌:多伦淖尔镇灯棚街 57 号。一个大门上有两个门牌号，有趣！从 49 到 57 的编号变化背后，究竟有多少人世沧桑？

移步门内，两边是居家的后墙，墙根的泥皮掉落严重，似乎随时都能倒塌，偶尔进出的人似乎习惯了，兀自快速地走过这里。

挡住我沿墙根而行的脚步的，是一面青砖四围的照壁，白色的底面上，是三个清素但透着功底的绿色大字：清真寺！照壁的右侧，有一方不到一米的白色石碑，上面写着"多伦县县级文物保护单位"的字样。

转过照壁，已然是踏进了另一个时空！院子中间是一株古老的榆树，像一位年迈的老人孤独地站立在凛冽的冬风里，没有一丝绿意的干枯枝条，像是一根根胡须飘在初春的冷气中。铁栏杆从外面将古树围起来，看着那皴裂的身干和疏朗的枝条，我想象着它夏日的盛景：一地阴凉铺在整个院子里，尤其是正午时分，草原上的毒阳之光，被一片片树叶挡住，使树北面的大殿隐于一片凉爽中。那时，走进这座幽静大院的人们，会享受到一种怎样的清净和绿意。青色的瓦盖、蓝色的门楣漆画、绿色的大门、浅蓝色的窗楣、红色的柱子、明亮的玻璃窗，让整个大殿看上去更像一幢五彩斑斓但庄重肃穆的方盒子。

树下，几位当地的回族老人闲坐，浑然不怕飕飕叫着穿过榆树枝条间的风，看来，他们将聚集在这棵百年老树下的闲坐、谈话，当成了日常中的一部分。我便凑上前去，试图通过他们了解书籍之外的多伦淖尔。一席话下来，我似乎看见一把钥匙轻轻地转动，一扇了解多伦淖尔本土历史的门，慢慢开启。

二

"会盟"是那几位老人讲述时口中传出最多的一个词，它就像我在多伦县的一个向导，很自然地就将我引往那条当地人心目中的"长安街"——会盟大街。走在这条大街上，感觉到金戈铁马与香草美酒，塞外战歌与商旅波浪，一起被合葬在那一寸寸的水泥路面下。关注"多伦淖尔"者，在这里一定能感受到冰冷之下的历史火焰，犹如埋在地下文物一样，满怀希望地期待着再次被挖掘、关注、讲述。

东西走向的会盟大街，就是多伦县城的腰带，缓步其间，恍如伸手轻轻触摸后，方能感受到这座城的胖瘦与温凉，方能如中医号脉般触摸到这座城市历史的厚薄与宽窄。

路边，每遇到有红绿灯的十字路口，都会有标注东西方向"会盟大街"字样的路牌，当地人看了或许是一种安慰与踏实，像我这样的外地人看了，无疑是一种指示与明确。大街两边以"会盟"命名的宾馆、饭店、文具店甚至烧烤店，其密度与醒目，在暗示着"会盟"就是这条街的细胞。如果说这条街是一条旱河，以"会盟"命名的各种建筑，就像是搁浅在两岸的一艘艘船，停泊在草原月光的注视里。

会盟是古代诸侯间会面和结盟的仪式，以"会盟"命名的地方，总是给人以盛开和平之花的印象，河南的葵丘、渑池、黄池、盟津，甘肃的凉州，宁夏的灵州，都是历史上著名的会盟之地。地处锡林郭勒大草原上的多伦，是谁和谁在此"会"且"盟"？"会盟"产生了怎样的效果？

公元1691年，康熙皇帝平定噶尔丹叛乱后，在多伦淖尔会盟内外蒙古王公，经过貌似轻松的六天宴会、狩猎、饮茶、谈判，整个蒙古族的历史有了新的篇章。会盟结束，标志着曾以部落制进行管理的喀尔喀部接受清廷的盟旗制管理，此举标志着漠北（今蒙古国）喀尔喀蒙古正式并入清朝，确立了清代中国北部边疆版图。和历史上组织会盟且取得成果的帝王一样，作为对"多伦淖尔会盟"这一重大历史事件的纪念，康熙下令在会盟地多伦修建了一座寺院，大殿的屋顶因覆以青蓝色琉璃瓦，而被牧民称之为"呼和苏莫"——青色之庙！其装饰完全依照京城畅春园永宁寺的风格，因而具有皇家寺院的外观视觉。主持寺务的五世达赖大弟子章嘉呼图克图大国师据《尚书·禹贡》中"江汉朝宗于海"之意，将这座庙取名为"汇宗寺"，并得到康熙皇帝的正式赐批。

雍正继位后，继承了康熙的做法，在汇宗寺附近又修建善因寺，这两座寺庙占地面积达700多亩，使多伦淖尔发展成为蒙古高原上气势恢宏的藏传佛教之都和宗教、政治统治中心。象征和平的法螺声与桑烟在这里经年不息，让人们将这里视为一座被佛护佑的城，认为这里是皇帝和佛双双命名的地方，是一片被和平命名之地。生活在这里的官员与居民，甚至选择夏天来这里做生意的内地商人，都笃定这是一座会被兵乱遗忘之地，战火是不会烧到这座被两大寺院庇护之地的。因而，这里有一座县城具备的人口数量和官衙体制、城市规模与经济体量，却没有一座城市应该有的城墙，这是一座没有城墙的草原之城。我第二次去多伦县时，恰好国内发生了一场大地震，坐在出租车上和司机闲聊到地震时，那位司机骄傲地告诉我："我们多伦县，甚至整个锡林郭勒草原上从来没发生过地震！"接着就反问我："知道为什么不？"看到我摇头，他说出了自己的见解："古人懂风水，选择在距离县城20公里处建成了元上都，那是曾经的都城！另外，这里是佛保佑的地方！"我无法确认他的说法是否正确，但那估计也是当地人的共识。

1913年，民国政府废除了多伦诺尔抚民厅，设立了多伦县，和旧中国时许多四面被城墙围起来的县城不同，多伦成了县后，没有题写"东迎祥瑞""北拒漠风""拱护神京""西秀草原"匾额的城门，更没有晨钟暮鼓里唤醒、催眠城市的钟鼓楼。多伦县，以自己独特的建城方式命名了自己。

两代皇帝提升多伦宗教地位和政治地位的做法，直接带动了这里的商业繁华。康熙皇帝应蒙古王公的要求，准许内地商号以多伦为中心开辟内地与蒙古草原间的商道，并赐予在多伦经商的各大商号以官职，给予优惠的待遇。北京、天津、山西、陕西、山东等地商人蜂拥而至，赋予这里以"各地商业会盟"的新含义。外来的商人如条条江河奔赴大海，多伦十八条街道里，逐渐有了各族商人的叫卖声和繁忙的身影，让多伦逐渐成了一个草原码头、商业重镇。

三

当初，内地的商人踏进这一片陌生地域时，在小心与敏感中，寻到一处当地主流视线忽略的角落，悄悄放下简单的行囊，低调地开始生活，渐渐融入这里，变成了这座城的主人。

每一个地方而来的商人，就是一条涓涓细流，不断注入多伦县，让这里变成了一面商业大湖，用蒙古语命名就是"照——（长音）斯淖尔"。不同民族、不同地方、不同语言、不同习俗甚至不同信仰者，在昔日的七面湖水之地寻找着各自的生活角落，一起繁荣着这座草原之城。

窗户打开时，清新的风和苍蝇会一同进来，带来繁荣商贸和先进农耕技术的内地人纷至沓来，也招致侵略者的觊觎。

1930年代初的多伦，被侵华的日军盯上了。1933年5月1日，以日军浅田、佐藤、七田为顾问，李守信为司令的伪热河游击师占据了这座没有城墙的草原之城。

对多伦的收复，成了一个横在中国面前的巨大的试金石：两年前日军发动"九一八"事变占据东北，一年前的淞沪抗战，使国民政府的抗战底气，在日军强大的军事力量前日益消减，加上多伦和民国政府所在地之间隔着千山万水，只能眼睁睁看着多伦失陷后引发的多米诺骨牌效应扩散——周围的沽源、宝昌、张北等县相继沦陷。能否收复多伦，成了国民政府和各地抗战武装关注的话题。

当年 5 月 26 日，冯玉祥、吉鸿昌、方振武等人在张家口组织起了察哈尔民众抗日同盟军。他们的首要目标便是收复多伦。

这样的收复需要很多人的努力，在那消失于历史中的茫茫人海中，我在此留意到一个人：吉鸿昌将军。

双方军事力量悬殊，使收复多伦之战惨烈无比，收复者没有有效的掩体，而严守者却拥有当时世界上最先进的远程射击武器，一尊尊血肉之躯倒在了青草正长的旷野中，战士的血顺着草尖渗进土地里，那是守家卫国者以身殉国之精神的土壤。一个倒下的身影，本该是若干年后来这里的国人应敬读的一本教材，湮没在尘土里的这些教材，本该垒成一座没有院墙的学校。那年 5 月下旬，大地和太阳的耳膜被枪声不断冲击，吉鸿昌甚至一度亲自带着敢死队试图攻下多伦，却未能成功。久攻不下，又无退路可言，吉鸿昌一次次端起手中的望远镜，试图找到一丝破敌机遇。突然，一群头戴白帽的人闯进镜头：有的人驾着牛车，有的肩挑着东西，缓缓地走近日本军队构筑的防线，对方竟然允许这些人走进多伦！吉鸿昌带人一直等着那些人出城，拦住一问才知道：日军占领多伦后，掐断了城中和外界的联系，而那些善于从内地进货来这里销售的回族商人，成了这座草原之城和外界商贸联系的重要中介。

吉鸿昌曾主政宁夏，对当地回族群众的生活习俗和信仰深深了解，他得知多伦县内的 5 座清真寺分布在东南西北及城中5 个方位，日本军队允许进城的这些回族人是负责从外往多伦县城运送蔬菜、粮食、百货的，一个利用清真寺巧取多伦的收复计划逐渐清晰了起来。

吉鸿昌亲自安排副官带领 40 名士兵，头戴白色小圆帽，扮作往城内运柴、菜、粮的回族人。进城交付完所带的东西后，这些士兵假装闲逛，留心侦查到多伦十八街的分布与日军部署情况。傍晚，这些士兵在街上故意大声打招呼，相约去做礼拜，以此分批潜入清真寺内。

第二天凌晨，随着一声信号枪声响起，多伦城内突然枪声四起，潜伏在清真寺的 40 名士兵与闻讯而来的回、蒙古、汉等民族的群众各持枪械或棍棒，向日军营房冲去，城外待命的同盟军立即从北、西、南三面发起进攻。

三个多小时的激烈巷战后，一缕晨曦照见结局：失守 72 天的多伦城回到了中国军民手中！

整个抗战史上，留下的多是失陷领土的故事，收复失地的故事大多消散在一缕缕硝烟里。对多伦的收复，著名学者章炳麟称其为"九十余年所未有"的"恢复之功"，一句话，点中了这场战役在现代中国战争史上的地位。

收复之战带来的笑容在多伦民众脸上并没有保持多久，日军又发动了进攻。抗日同盟军被迫退出多伦，当地各族民众挥泪送别。多伦，一个被战争命名的地方！

四

多伦是以蒙古族为主体的牧区，1940 年代末，在多伦县

的汇宗寺前，人们经常可以看见一个说书人。此人祖籍是山东
德州府孟家庄，叫张永芳，年少时就随父亲来到多伦县谋生计。
这些从内地来的移民一直秉承着祖辈传下来的儒家文化，听评
书就是其中一项。张永芳从小就喜欢听评书，逐渐地，自己也
养成了爱讲故事的习惯。开始是小伙伴喜欢听他讲故事，后来，
甚至当地的蒙古族小伙伴、大人也喜欢听他讲故事。

张永芳家所在的会盟大街上，分布着铁匠铺、皮匠铺、面
点铺、蒙餐馆、客栈等。一天，立志要成为一名"说书先生"
的少年张永芳，穿着一件鼓动妈妈裁剪好的小长衫，将家里的
小桌子搬到门前，用提前削好的枣木棒做"醒木"。"醒木"敲
打桌面的清脆声，像是一朵朵盛开的花，沿街铺面经营者的
孩子仿佛一群蜜蜂被吸引过来一样。只见张永芳停住了敲"醒
木"，环顾四周后开口道："道得了三皇五帝，说得清夏后商周；
讲得了多伦古今，养得饱各位耳福。"随即，开始了像模像样的
说书。和别的"说书人"讲史书、公案书、武侠书和神怪书不
一样，张永芳讲的是自己听来后凭想象加工的《吉鸿昌智取多
伦城》。虽然"多伦之战"刚刚过去十几年，但很多人对那场战
争已经遗忘了。和传统的戏曲传人一样，张永芳以"说书"的
方式，生动甚至夸张地讲述着那场战争，这种开端，让那些小
孩子席地而坐，一双双小眼睛盯着张永芳的嘴唇，似乎一不小
心就会错过关于那场战争的最精彩的部分。

张永芳家的对面，是一家由四位蒙古族兄弟开的皮靴铺，
铺子里的活计少时，他们和沿街的那些铺面主人一样，要么聚
在一起喝酒，要么谝闲传，大家都觉得日子过得像每天早上起

来喝的奶茶，总是一个味儿，应该加点什么才对。四兄弟的几个孩子，每跑到大街对面听一次张永芳的"说书"后，回到家里就是一顿海阔天空般的夸说，那叽叽喳喳犹如春天落在路边树梢上的麻雀般的讲述、转说，挠痒痒般地落在四兄弟的心里。张永芳一开说，仿佛有一个由孩子们设计好的暗号，像春天草原上的风，飞速传遍整条大街甚至整个多伦城，没事干的孩子个个飞奔而来，将张永芳的小"书桌"围了起来，或站或坐，听书的姿势不同，但眼神和耳力都集中在了张永芳的身上。

孩子们是最好的宣传员，他们回家去，将张永芳这位"说书小先生"的魅力传给了大人，吸引越来越多的多伦人前来听书。开始，张永芳家对面皮靴铺的四兄弟放不下大人的架子，不好意思去对面听张永芳说书，但那条街就像一条小河，张永芳说书的声音就像一条小舟，轻轻地将四兄弟的注意力摆渡到了他的"说书摊"前。四兄弟中便有人趁闲工夫偷偷溜到对面，站在围听孩子的外围。不久，矛盾在四兄弟中产生了：大家总不能因听一个小孩的说书影响干活吧。四兄弟便开始抓阄，谁抓到谁就拿着小凳子，到对面听张永芳说书。时间久了，一个蒙古族汉子端坐在小凳子上，一本正经地和一群小孩子"听书"，这成了会盟大街上的一道风景；又过了一段时间，不少蒙古族、汉族、回族的大人也变成了"听书人"。

张永芳一旦"开张"，他家门前的那段路就会出现拥堵。张永芳不断研发新的"说本"，说书内容除了传统说书人口传的《三国演义》《隋唐演义》《封神演义》《济公传》《施公案》《包公案》外，最出彩的还是《康熙爷会盟多伦淖尔》《吉鸿昌智取多伦城》

《日军败走闪电河》等本土题材。随着时间的推移，那个在家门口支桌讲故事的小孩子，已经成了凭一桌子、一椅子、一醒木、一把水壶和一个茶碗的少年说书人，只要他往那儿一站，听书的便围成一圈，大人站着听，孩子们从大人中间甚至从大人腿裆间钻进去听。

时隔70多年后，我在当地向一些老人求教此事的真伪时，他们都回头瞪着我，脖子一歪，意思大多是：这个有什么可怀疑的？张永芳的古今（当地口语，意为故事——作者注）讲得那叫一个好，大街上听他讲的人挤成一圈，要放到今天，是影响交通的！有人补充道：那时的多伦县四宝是"喇嘛庙"的提浆月饼、多伦湖的抢冰花、玛瑙雕刻和"说书张"！

在当地老人的追述中，我依稀看见这样的场景：那时的会盟大街上，凭爱好说书的少年，已经变成了以说书为生计的青年。张永芳手中的小折扇就如同开课的钟声，当一个以张永芳为原点、由围听群众构成的不规则扇面形成时，随着张永芳手中的折扇一打开，周围的人们像进入课堂的学生，集体噤声，竖耳聆听张永芳口吐历史与传说的芬芳。那"扇面"的里圈往往是围坐的小孩，外圈是站立着的大人。犹如给夏日酷热的多伦县扇去一缕凉风的"折扇"，给小城扇出了一道道书香。

平时，张永芳在人流最多的汇宗寺门口，以"移动说书人"的身份说书。每逢大年刚过，张永芳就选在正月里多伦县最热闹的城隍庙正门台阶前，支起场子说起评书。每年农历二月二，张永芳的说书声，犹如一个准时的闹钟，在多伦县城的桥头茶馆响起。茶客们在品茶中等待着，随着"啪"的一声，张永芳手中的那把折扇，犹如一位顶级剑客手中之剑的凌空一击，一片剑雨于无声处盛开，唤醒大家的听书注意力。

接着，随着更响亮的醒木敲打桌面的声音，一份"说书年礼"即将送上。听书的人仿佛炎日里一地萎靡的青草被阵雨浇出一个激灵，听书的精神头立即来了。

一把折扇，就成了茶馆里的指挥棒，听书的人们随着折扇的挥舞进入不同的场景：说到文处，折扇徐徐缓缓，如微风拂过青草叶面，折扇在张永芳胸前划过一道道美丽而舒慢的弧线，那是诗歌般的抒情，是戏曲中的慢板，听众眼睛盯着这些弧线，情绪被带到慢节奏里，犹如将心灵安置在一池温泉里，慢慢享受一种熨帖；当折扇快节奏地挥动时，必定是故事进入高潮处，那是秦腔吼到高潮处的一声鼓响，是鸟儿飞到最高处的一声尖叫，是在场听众入迷时目光的一次集体追随，尤其是说武侠小说至紧要处，张永芳手中的折扇，似乎就是刀剑枪戟、斧钺钩叉，似乎他就是书中的主人公，正纵马驰骋在疆场或与武林江湖过招到生死关头处。文也好，武也罢，关键是说书人的声调与语气能调动听众的情绪。张永芳除了具备内地常见的说书人的功底外，还有一项获得在场听众之心的利器：让他能随着说书的情节，配上从山东到内蒙古的各种方言，这些诙谐有趣的方言，让张永芳的说书就如同炒菜时加进去的佐料。

桥头茶馆的生意因张永芳的说书而兴隆。每天晚上，座无虚席。尤其是小孩子们，常常是几个结伴去茶馆听书，越听越入迷，夜晚散场后方回家。开始，大人们不放心孩子们夜晚出去，得知他们去听说书，便再也不追究了。

那时的多伦县城，似乎就是一个人的声音，那就是张永芳的说书声。

1950年代中期，政府有关部门禁止评书中的武侠小说内容，这犹如抽掉了张永芳说书的脊柱，他选择离开了多伦县，只身去了张北县，在张北县文化馆主说现代小说《林海雪原》，给多伦县留下了一个"说书张"的名字和挥折扇、敲醒木的背影。

多伦，像一个熟透了的石榴，万里而来的意大利旅行家马可·波罗、俄国外交官阿·马·波兹德涅耶夫，在多伦淖尔会盟内外蒙古王公的康熙皇帝，主持汇宗寺的章嘉呼图克图大国师，赶着马车从北京一路而来的回族车夫马三，跟着父亲从山东逃荒到此的"说书张"，指挥"多伦战役"的抗日将军吉鸿昌，参与多伦收复战的回族群众，每一个路过的善良身影，每一位来去的牧民，都是这颗石榴中的石榴籽，他们或传奇或普通的故事，让这个石榴散发出迷人的香味。

路过多伦这个小城很容易，淡忘这个小城也很容易，但要精准地命名它、定义它，甚至写出它的沧桑和韵味，不是一件容易的事情。提笔在手，思凝笔端，一个词自然地涌来：青草码头！

多伦位于锡林郭勒草原上，它就像那片绿色海洋南端的一座码头，迎送过驰骋草原的草原霸主、会盟的君王和行旅的商人，承载过哲布尊丹巴的讲经说法和众多僧侣的朝拜，见证过侵略者和收复者的较量，也回荡过给当地人带来享受的说书之声。

　　帝王也好，平民也好，路过者也好，终老于此者也好，都是这座码头上的过客，都拥有各自的此岸与彼岸，涛声与浪花。留下来的，是土地和青草，前者永远沉默，后者年年更新！

那时的漠河上空，飘舞着黄金散发出的耀眼光芒和无穷吸引力；那时的漠河两岸，飘荡着它的乳名：墨河。漠河的第三条岸边，如墨时光书写了它内心的凄楚和无奈。

黄金之河的
第三条岸

白福的命运，是从 1888 年农历十月十四日上午发生改变的。那天，他走过零下 30 多摄氏度的古城。寒冷像一辆巨大的收割机，将古城的居民收割后装进口袋般的家中，让他们窝在小屋中或诅咒天气，或以唠嗑的形式憧憬未来。迫于生计走出家门行走在大街上的人，好似那一地庄稼中漏割的残穗，给冰冷的古城添了一丝人间气息。

那个冬天的古城甚至郊外的村庄，到处充满着饥饿的气息。无论是原居于此的达斡尔族人、蒙古族人、满族人，还是如一群没有方向的鱼儿似的，被闯关东的大潮推向这偏远而冷寂之地的汉族人、回族人，但凡生活在底层的人，一边焦虑地为生计发愁，一边无奈地忍受被严寒困在屋子里的命运，任一声接着一声的叹息在空荡荡的灶台、并不是很热的土炕上不停地奔窜着。

白福一边在内心里诅咒着天气——他不能开口说话，不然，冷气会毫不留情地钻进口里让他不舒服，拿当地人开玩笑的话说，冬天在户外尽量别说话，话在空中也会被冻住；一边慢腾腾地走过积雪的大街，像一只饿了好久却在警觉中觅食的孤狼。

上午的阳光像个神奇的画笔，给白福画出一道移动着的——穿着羊皮大袄、手拢在袖口里、脚步缓慢挪行——走在大街上的背影，说不上是他跟着那道孤瘦影子，还是那道影子随着他。

一

白福的祖上是随着"闯关东"潮而来的。那股大潮始自齐鲁大地，一路向北，朝东北大地澎湃涌去，山海关以北的辽阔大地像一张巨大的宣纸，"闯关东"的移民就像一道道滴在上面的墨汁，向外扩洇着自己的印迹：山海关、盛京（今辽宁省沈阳市）、扶余（今吉林省松原市），这股移民大潮犹如失控甚至决堤的江水，继续向北漫延、扩散着。

信仰之灯照耀着移民的心田。汉族人较早来到白福眼下漫行的这座古城旧址时，安顿好自己居所的同时，在居住的小屋群边上建了一座马神庙，寄托他们的信仰，成为他们祈福、求富的目标。1684年夏天，来到这里的为数不多的几户回族人，靠着自己微薄的经济和能力，盖起的五间草房成了置放他们信仰的地方，白福的先人就是这些回族人中的一户。

古城旧址所在地，像一张拉开的弓弦的中点，从内地陆续而来的移民，像一支支从这里射出的箭，向更北的区域渗透、流徙，寻找更为适宜的生存之地。潮声动地，引起了当时最高统领者的关注。白福的祖辈盖起五间草房的第二年，康熙皇帝下令，在马神庙附近设立一个驿站，便于商旅来往休整，驿站取名卜奎——当地原住民达斡尔语中"勇士"的意思。

来自四面八方的闯关东者，众鸟集林般，集聚于斯。小小的驿站、小镇已经盛不下越来越多的人、车、马、物。清廷正式准奏：在卜奎驿站的基础上建一座城。

像一张摊开的面饼，卜奎小城的面积、规模和影响力越来越大。这种影响力以清廷正式下令将黑龙江将军衙门移驻于此为标志，并以达斡尔语里的卡察哈里——"边疆"或"天然牧场"——的音译齐齐哈尔来取代卜奎，就像女真语中的"哈喇宾忒"——语义为"光荣""荣誉"——成了今天的哈尔滨；满语中的"嘉木寺屯"——语义为"驿丞"——成了今天的佳木斯；蒙古语中的"包克图"——语义为"鹿出没的地方"——成了今天的包头。坐落在北纬46度、东经124度的齐齐哈尔，成了达斡尔族留下的一份文化遗产。

当清代的黑龙江将军衙门与齐齐哈尔副都统衙门，在这座集聚也释放着令人眩晕力量的小城合署办公时，齐齐哈尔成了黑龙江地区的政治、经济、文化中心。即便是现在，当地人谈起自己所在的这座城市的辉煌时，也不由自主地将省会哈尔滨作为参照——"我们这嘎达牛气时，还没哈尔滨呢！"齐齐哈尔对黑龙江而言，犹如乌兰浩特之于内蒙古自治区、开封之于河南、保定之于河北一样，是最早的省会之城。

那天，在齐齐哈尔大街上漫无目的行走的白福意外地发现，一帮穿着厚厚棉衣、皮衣的背影，在街角围成一个圈，似乎在看墙上的什么东西，不时有人从里面挤出来，但很快有人又挤了进去。那个半圆的圈子像个皮筋似的，随着离开者和插入者的去与来，松动着。

白福踮起脚尖，没看清楚圈子里有什么。等有人出来时，白福便一个侧身往里挤，看到墙上的一张布告。有认识字的人，正大声地念着——

本督理曾于去年夏天奉旨到漠河察勘，漠河金矿矿苗旺，成色极好，现本督理已筹集好经费，亲自带领员司及一切用具，前去开办。现准备招用矿丁五百名，按矿丁人数三十至五十人立一个把头。

……

白福和齐齐哈尔的居民都知道，文告中说的督理是李金镛——一个存在于他们心中遥远的、够不着的符号，一种高大的、需要仰视但又看不到的象征，他是个大官！

文告像一块磁铁，吸引着越来越多的人往这里而来。一只看不见的大手，将他们围拢在一起，讨论文告上的事情，讨论该不该离开齐齐哈尔，前去漠河淘金。

"听说那里闹毛子（当地人对俄国人的称呼——作者注），

中国人常常被抓去为他们淘金！"

"那儿不是大清国的地盘么？官府不保护自己的百姓？"

"天高皇帝远，皇上管不到那儿呀！"

"老百姓嘛，哪儿能吃饱就去哪儿，操那么多心做什么！"

"就是，咱老百姓，哪能糊口就去哪儿！我先报个名，走！"

"我也报个名，走！"

白福也是考虑了一阵后，给自己报了去漠河淘金的名！

然而，他被拒绝加入淘金行列。原因很简单，他的姓氏！淘金者忌讳白、梅、吴这三个姓的人加入这个行列，而是最喜欢王、金、鲍这三个姓的，以前有白、梅、吴的人出外淘金，是改了姓才加入的。想想家里快揭不开锅的窘境，白福内心宽慰自己：不就改个姓嘛，只要能淘到金，有了收入，回来后，再改回来不就行了？

白福给自己报了个假名：金三！负责报名的人让他们等候消息，一旦官府同意，他们就可北上漠河。

像中榜的举子看到自己榜上有名一样，白福看到了自己的新名字：金三。白福清楚，以后，一旦听到金三这个名字，他就得答应，他要被这个新名字领着，去遥远而陌生的漠河，从事他以前从没干过的活计：淘金。白福的内心开始种下了这个新名字，他得靠这个名字引领的淘金活挣钱，养活家人。

在我的笔下，也就此以金三来替代白福了。

连着几天，金三跟着以前去过漠河淘金的齐齐哈尔人马强，被心里已经记好的一个购物清单牵着，在集市上转悠，购买此去所需的生产工具和生活用具。马强告诉他："干金活，有这个行当的行话！用的家什几乎都得带个金字，一旦离开齐齐哈尔，翻沙用的铁锹就得叫金锹，喝水用的缸子得叫金缸子，挖沙用的镐叫金镐。"

如今，从齐齐哈尔坐火车到漠河市，最快的一列火车K7039，晚上 8 点出发，经过 11 个小时的夜行，第二天清晨 7 点半才能到达。我顺着当年那批淘金者的大致路线，选择乘坐从齐齐哈尔到漠河的火车。旅游旺季，买不到卧铺票，只好挤在硬座车厢里。前半夜，车厢内充斥着外地前往漠河的游客或打工者的嘈杂声，车厢过道里也挤满了人，每隔 40 分钟左右，不知疲倦但脸上写满漠然的列车售货员，娴熟地左侧右挤地穿插于过道，机械地背着顺口溜般的"鸡蛋扑克方便面"；后半夜，车厢静了许多，单调的铁轨声压过一切声响。我在半睡半醒中，一遍遍地追问：当年，那些离开齐齐哈尔北上的淘金工，在农历十一月的严寒中，沿着怎样的路线？乘着怎样的交通工具？沿途人烟不见的地方如何吃饭住宿？这只能是一种空想，因为我在诸如《漠河县志》《黑龙江回族研究》等资料中，以及在东北期间的民间走访中，没有得到关于这些问题的答案。

车过塔河县，外面的冷气沿着车厢的空隙往里钻，很多旅客都被冻醒了。这内地裙裾飞扬的季节，车厢里的乘客纷纷往身上加衣。冷与困中，我怀想起自己曾经从事新闻记者的时光来，那时，新闻记者证很管用。我掏出自己的中国作家协会会员证，直接去找列车长，在接二连三的哈欠声中，列车长反复看着那张她人生中第一次看到的证件，仿佛那是一张外星人制作的。

"这个管什么用！就没听过作协这么个机构！"说完，证件被她那只懒洋洋的右手扔向我。

"这个管用，你看，这是中国作家协会，和中国记者协会的一样的！"我估计，他们看得到我脸上的严肃，随即，我列举了一些中国当下著名的、耳熟能详的文坛大家，并强调他们都是作协的——"我受中国作家协会的委托，前去漠河采访，休息不好，会耽误工作的"。没想到，这种以前持记者证说的话，还真管用了，让我在冷困中能拥有一张上铺，一直睡到位于北纬52度的、这趟列车终点的漠河县（时为2017年7月，2018年经国务院批准撤销漠河县，设立漠河市——作者注）火车站。此前，在哈尔滨工作的朋友姜久明已告知他的好友大勇来车站接我。

大勇刚接我上车，就说出了一句话："在漠河了解金矿的事情恐怕我最合适了！"我不解，但没好意思问他。随后我在漠河采访的几天，他一直陪着我，证实了他说得有道理。

二

被一道看不见的黄金光芒发出的幽暗吸引，金三和那些淘金客抵达漠河。他不知道吸引他离乡北上的历史背景；他不知道，在齐齐哈尔大街上看布告前几个月，在炎热的京城，北洋大臣李鸿章的目光就被漠河牵引。

金三选择前往漠河的前一年，李鸿章就屡屡接到来自黑龙江将军派人送来的情报：漠河一带发现大金矿，却被俄人占领，大量黄金流出境内。

对于财政完全陷入困境的大清帝国来说，盛产黄金的漠河，简直就是一根救命稻草。

李鸿章急需解朝廷财政之急，替朝廷找到新财源，夺回漠河金矿成了他必须完成的任务。

李鸿章一方面迅速派人前往津沪一带，募集到商银10万两；另一方面，责成黑龙江将军恭镗派人前往漠河勘察。恭镗派往漠河的负责勘察的人，就是金三在齐齐哈尔时听别人念那份布告时，钻进耳朵里的"本督理"——李金镛。那份布告中所提及的经费，就是李鸿章募集到的10万两商银和黑龙江将军恭镗下令拨的3万两库银。

看到布告，到正式北上漠河，官府安排给和金三在齐齐哈尔一起报名的500名淘金工的时间，不到一个月。这些淘金工和部分充军发配的罪犯、军人、勘察师，组成了一支由李金镛带领的"找金队伍"，他们在鄂伦春族佐领台吉善带领的20名鄂伦春族兵士的护送下，开始穿越大兴安岭，一路向北，直达漠河。

如果金三能够健康地活到1972年，在看了德国著名电影导演沃纳·赫尔佐格执导的《阿基尔，上帝的愤怒》后，或许会为1888年末抵达漠河时没有及时发出一声惊呼——"哇！我到了一块金地"——而遗憾。在那部电影里，那支由贡萨洛·皮萨罗带领的西班牙探险队，沿着亚马逊河寻找传说中的黄金城埃尔多拉多（EI Dorado），一路历尽艰险，到达目的地时已经死伤大半。一位队员看到印第安人脖子上挂着的一个小金坠时，一把扯了下来，着迷般地举在眼前，心中重新燃起了希望：走了那么久，如今终于就要找到黄金城了。队员们冲着印第安人吼道："黄金城在哪里？"那位印第安人没有回复，他只是朝着远处的河水笼统地挥了挥手。那意思是——黄金城还在远处，永远在远处。

那些和金三一起揣着淘金梦前往漠河的"找金人"，比德国电影导演沃纳·赫尔佐格执导的《阿基尔，上帝的愤怒》中那支后来丧命的西班牙探险队要幸运得多。他们跟随李金镛的脚步，在离齐齐哈尔900多公里的地方，似乎闻到了黄金的味道。

在国人眼中，晚清朝廷的官员多软弱之辈。查阅漠河开办金矿的史料时，我发现李金镛是个强硬如铁的人物。疾风知劲草，弱国看强臣。到达漠河之后，李金镛首先召见俄方代表，宣布两条规矩："一、不许俄人在华办矿。二、不许俄人过江采金。"俄人见"镛勇兵悍，颇惧其威"，只好承诺照办，也就是说，那时凭借武力在远东地区所向披靡的俄军遇到了一块硬骨头。

文献中简短的记录背后，是一场国力悬殊下的智慧较量和勇气比拼。我无法得知李金镛和俄方会见、谈判的场面，但能想到那是一场火药味极浓的、看不见枪炮的战争。俄国军队凭借武力侵略占据的漠河金矿，犹如已吞进嘴里的肥肉，岂能轻易吐出？何况，中俄之间的实力悬殊，中国能有这样强硬的声音，实属罕见。李金镛完全收复了被俄人占据和盗采十余年的漠河金矿。在今老沟金矿小北沟的那片废弃了百年之久的练兵场上，我仿佛依然能听见李金镛铿锵的声音：整顿矿务，精心创业；听得见年末时分的漠河边，飘荡着清军操练的声音。

离开齐齐哈尔时，金三这样的怀揣"金梦"的人，就开始掰着指头算日子。金三清楚地记得，在离开齐齐哈尔后的第98天，他和其他人见证了一件大事。具体地说，那天是1889年1月14日上午，金三和其他淘金工聚集在观音山下，一阵鞭炮声响后，"漠河金厂"的木制牌匾挂了起来。李金镛朗声宣布：中国第一个官督商办金矿——漠河金矿正式开工。放炮、焚香、敬酒、宣读朝廷圣旨和任命书后，李金镛带领在场的人开始集体祭山仪式，希望眼前的这座埋着黄金的山能够产出更多黄金，希望山神能保佑山中挖金、山下淘金的人。

随后几天，几近零下40摄氏度的严寒中，金三和其他淘金工、清军、当地民众开始建竖井、造房屋、制溜槽。一个新的采淘黄金点很快在观音山下建成，它像落在漠河这片宣纸般的土地上的一滴浓墨，随之在大雪覆盖的白色大地上扩散，掀起了一股在这片极寒地域修建淘金点的热潮，奇乾河、洛古河、马扎拉河、兴华沟等砂金矿点相继开采。在漠河县的地图上，我用铅笔一一将这些当年的金矿点连起来，发现它们犹如分布在一副象棋盘上的兵士，威武而雄壮地站立在黑龙江边，李金镛就是布局这些淘金战士的总指挥，他也因此被后人敬奉为"金王"。

当年的金矿点早荒废在一茬茬疯长的青草下，沟底的清水缓缓流淌。李金镛纪念馆前的"金王"石碑前，跪倒了一批又一批的游客。随机问几个人，才知道他们之前并不知道李金镛，到了漠河后，听当地导游讲述"漠河金史"后，便兴冲冲地来这里拜一下"金王"，大家都深信：这一拜，定会有流金淌银的财运。于是，供奉"金王"的香火格外旺盛。这些香客只知道眼前所拜的这个人是能带来好运的中国"金王"，至于他的其他一切，不知道，也无须知道。

金三到观音山下见到的，是被李金镛下令封存的一座成规模的金矿。望着散落一地的淘金工具和淘金人遗留的生活用品，金三心里嘀咕起来："不是说要我们来开采金矿的吗？这里不是有现成的金矿吗？为什么被封存起来呢？"

按照当时的规定，从各地征召来的矿工，每30到50人中，要选一个精通淘金业务的人当"把头"。给金三当"把头"的，是50多岁的老淘金工金成，少年时就曾到漠河淘过金。

金成的讲述像把钥匙，给金三缓缓拧开一把古老的锁，然后推开一扇漠河淘金的大门，让金三的眼前流淌过一条黄金岁月的河流。站在那条河边，金三的心激动起来了：要是和金成那样，早十年来到漠河，那我的命可能是另一个样子！

如果把李金镛于1889年1月14日上午宣布"漠河金厂"挂牌的时针，往前再拨12年，亦即1877年的漠河，我仿佛看到一片金黄映照的序幕被拉开。那年夏天，一位当地的鄂伦春族猎人路过一道长长的山沟时，猎马突然病亡。在鄂伦春族人的习俗里，是不能让马暴尸于野的。他拿起猎刀，慢慢挖土，试图土葬这个陪伴自己已久的老伙计。突然，猎刀碰到硬物，随之是一片灿烂的黄映入眼睛，让他感到一阵眩晕——拿起来一掂。没错，是沉沉的金块！

那位鄂伦春族猎人拿着金块前往漠河县城，得到了懂行人的认可——那是一块上好的沙金。当天晚上，鄂伦春族猎人和往常一样，在漠河县城的一个小餐馆里，与和他合作了很长时间的俄国商人谢利对吉娜一起吃饭、喝酒。那几年间，谢利对吉娜一直收购漠河一带的达斡尔族人、鄂伦春族人、鄂温克族人的猎物，然后将这些猎物运往俄国境内，捡到金块的鄂伦春族猎人是他的合作伙伴中的一位。

和平时期，两人相遇时总是谢利对吉娜请客且饭菜简单不同，那天晚饭前，鄂伦春族猎人就豪气地说："今天，我请你，咱俩喝一顿大酒！"

谢利对吉娜感到突然，他开玩笑地问："发财了？"

"哦，是的！而且发的还是大财。"

喝酒期间，鄂伦春族猎人将自己的山中奇遇毫不设防地讲述给了眼前的这位老朋友，并向对方展示了那块黄金。

晚饭结束后，鄂伦春族猎人跟跟跄跄地回到客店休息去了，他的话，却让谢利对吉娜失眠了——距离漠河县43公里的山沟里，一定有金矿。

鄂伦春族猎人依然回到大兴安岭的部落中，过着他从祖辈那里传承来的驯鹿、打猎生活，他展示给俄国人谢利对吉娜的那块黄金，却像一根闪着金光的鱼钩，钩起了谢利对吉娜内心的欲望。

谢利对吉娜很快就在暗地里招募到经验丰富的寻矿师，直奔鄂伦春族猎人捡到金块的那条山沟，开始找寻金矿。

大勇将我带到谢利对吉娜当年带着寻矿师到达的那条山沟

前，告诉我："一百多年前的漠河，最吃香的职业就是寻矿师。我爷爷就是一个寻矿师，他们得学会看山，看矿脊！"我对此的理解是，寻矿师得爬到山的最高处，沿着山脊而行，目光像能钻透大地似的，能看见地下的黄金，能寻找到那条暗藏于山内的黄金分布线。

"不，他们不需到山上去，好的寻矿师有和别人不一样的眼睛，他们即便站在沟底，一眼就好像能看见几亿年前，地壳隆起时形成黄金的那条线！他们的眼是真正的火眼金睛呐，能看到埋着的金线走向。这可是一门很玄的学问。我父亲也会看金线！"大勇不失时机地炫耀了他的寻矿师爷爷和淘过金的父亲，这也是他对漠河淘金史了解的佐证。

多玄的一门学问！这被谢利对吉娜找到的寻矿师掌握了。

烈酒，是漠河男人过冬的暖料。当地人和那位捡到金块的鄂伦春族猎人一样，在烈酒中提升着自己定义的幸福指数时，俄国人谢利对吉娜悄悄地带着寻矿师来到我眼前的这条山沟。那时，这里一定是寂然一片，不似现在被一大片带着对黄金崇拜的游客充斥。那时的俄国已经掌握了找寻黄金的科学方法，加上中国寻矿师的努力，谢利对吉娜得到了一个精准的数字：那条河沟中沙金的含金量达到了87.5%。在谢利对吉娜的眼里，那些藏在地下的金矿脉线随时会蹦出地面，在阳光下发出耀眼光芒，他的内心该有多么狂喜。

就像人们无法叫醒一个沉睡的人，当晚清政府陷入无法唤醒的昏沉状态时，强大的俄国淘金资本涌来就是一种威胁。

谢利对吉娜早已忘记了那位只有在贸易时才称得上朋友的

鄂伦春族猎人，他以最快的速度招募大批劳工——一支由额尔古纳河两岸的俄罗斯族人和鄂伦春族人、漠河当地的农民、来自内地的逃犯、像被一股股大潮卷上岸的鱼儿般被"闯关东"大潮卷来的内地农民、做生意失败后躲避债务的商人和无业游民构成的杂牌队伍，前往那条山沟掘沙淘金；哥萨克人、俄罗斯族人、汉族人、鄂伦春族人、达斡尔族人、满族人、回族人，不断涌来，让这支队伍的人数最多时达到五六万人。

那条寂静的大兴安岭北端脚下的无名山沟，一下子被淘金工的汗水烫热了。一个名字随之兴起：金沟（随着时光的流淌，后来的漠河人在其前面加了个老字——"老金沟"）。面包坊、酒馆、商铺、旅店、赌场、教堂，在这场淘金暴雨中开办了起来。

弱国是保护不了自己的财富和公民的尊严的。中国的矿工云集而来，挥洒汗水，俄国的商人涉河而来，渐渐成了这片山沟的主人。甚至，俄国人在此还成立了一个矿区自治政权，拥有制定法律、征收捐税的权利，俄国人将这个自治政权自称为"热尔图加共和国"；漠河，被俄国人称为"阿穆尔的加利福尼亚"。

漠河，一笔历史染黑了它内心的凄楚，一河流水漂浮着它的乳名：墨河。如墨时光，成了这条河的第三条岸。岸边国民，饮下的只能是耻辱、苦难和喟叹。

金沟为源，一条看不见的黄金之河，流向俄国。大批像谢利对吉娜这样的俄国人，躺在这条黄金之河上，发了十年的黄金之财。

三

国有难，必催有识之士发声。

得知俄国人占领了金沟的情况后，时任黑龙江的将军恭镗上奏朝廷：收回矿权，自行开采。这才有了李鸿章命吉林候补知府、江苏无锡人李金镛的漠河履职，有了金三这样的淘金客们的漠河之行。

越来越厚的雪，铺在寒冷的金沟，越来越多像金三一样的淘金工，以自己的汗水融化着积雪。他们并不知道，为了让昔日流向俄国的"黄金之河"改变航向以及矿区物资的供应，李金镛下令重修、扩展了墨尔根（嫩江）至雅克萨的古驿道，并将原来的二十五站向西延伸，第三十一站就设在老金沟。

老金沟，自然就扮演起路标的角色，开始凸显在那条以黄金命名的古道上。和那些整日在沟里劳作的矿工们一样，金三并不知道这些数字：他来的第二年，漠河金厂就出产黄金2万两，到1895年时，年出产黄金5万两，超过了有"黄金天府"之称的山东招远，居全国之首。

大勇告诉我，当地至今还流传着这样一个传说：李金镛下令，每年都要在大雪封山前，通过"黄金古道"把加工成的金锭运往京城。财政一片狼藉的大清帝国，面对这些"天降"的黄金，该是多么喜悦。慈禧太后怎能掩饰自己的开心呢？她盼咐身边的太监拿出一部分金锭，购置法国高档胭脂，供自己和后宫妃嫔们享用。这个故事传到漠河，传到金沟。金沟便有了一个新的名字：胭脂沟。

关于胭脂沟名称的这个说法，我警惕起来。往往，一个带有民间色彩的地名，其命名者往往是当地百姓。对于胭脂沟的来历，我有着这样的判设。白天，劳作不会让淘金工们感到日子难熬。到了晚上，寂寞和年轻人身上的荷尔蒙，像潜入内心的两只猫，伸出无形的爪子，挠起他们的心——这些身强力壮的男人，需要生理上的发泄。烈酒、赌博和女人，像三剂迷药，散发出迷人的味道，引领着他们开始接近这迷药的芬芳。

原本在充满着旱烟味、汗味和粗话的工棚里挤住的工友们，陆续穿过夜色开始接近那三剂迷药，给工棚腾出越来越多的空间。原本对故乡、亲人在内心许下的责任，在人性的软弱处逐渐化为云烟。

一个个新建的赌馆，像暗夜里伸出的鱼钩，分布在14公里长的金沟内。贪婪和赌性，像两个有力的、捆绑在一起的诱饵，让钓钩探向淘金工的心，诱使着他们精精神神地走进去，垂头丧气地走出来。在下一个领钱的日子里，又重复这种状态。赌馆更像一条条暗中铺向淘金客的吸血管，将陷入赌博泥沼者的血汗钱，一点点地吸进去。淘金工们经历着希望与失望的轮回。故乡和亲人，日渐被抛到了脑后。

酒味开始弥漫在金沟，酒馆给原本寂寥的山沟制造出了划拳声、开始喝酒时的碰碗声和喝多了的争执声、牢骚声以及跑到酒馆门口的呕吐声，甚至有了越来越多的打架声，夜晚的金沟逐渐被劣质酒的气味和粗话、酒话填充。

14公里长的沟内，分布着100多家妓院。淘金工的身影出入在一盏盏幽暗灯光映照的妓院门口，这里产生的短暂快乐，像一把把长短不一的剪刀，一次次剪断了淘金工对亲人的忠诚，对故乡的思念。历史无情地掩埋了那时的情景，或许你可以从美国西部电影中想象那时的金沟男人，或许你可以从日本电影《望乡》、印度电影《人世间》来想象那时的金沟妓女。葬身于此的淘金工们，没有留下任何物性的印记，然而，那些妓女，却意外地给这里留下了一点心酸的印记。大勇带我从李金镛祠堂出来后，指着不远处的山坡告诉我，那里原来有一座座妓女坟。漫步过去，若隐若现的一座座小坟包映入眼帘，像一个个不同的标点符号，镶嵌在一部看不见的苦书断句处。她们离开家乡，带着发财梦想而来，她们用身体作为工具和武器，却既没能挣到钱也没能捍卫自己的尊严。这可能是当时中国境内最国际化的妓院了，百花楼、邀月馆、飞红阁、柳翠居等66家中国妓院，川本楼、松村楼、名古屋楼等27家日本妓院，波雅克夫娜院、巴比沃斯基院、契留别瓦馆等24家俄罗斯妓院，体现了这里的妓女来源的比例。

那时的漠河金沟，一定如曼德尔施塔姆的那句诗——"黄金在天空舞蹈"——散发着耀眼的光芒和无穷的吸引力，但又暗暗传递着悲楚和无奈。来到这里的中国、日本、俄罗斯、朝鲜的淘金工达到5万人，来自这些国家的妓女也超过了1000人，分散在100多家妓院。矿工和妓女的人数比例是50：1，平均1家妓院有10名妓女。这样的比例，意味着什么？

　　上午时分，千百妓女，推门而出，摇曳着腰身，走向沟底的河边。水为镜，映照出这些胭脂难以掩饰的憔悴面孔；掬水净面，隔夜的胭脂在指缝间滑落，在晨洗中飘满沟河，将河水染成胭脂的粉红色。那条沟，便有了另一个版本的"胭脂沟"之名！

　　选择来到这里，意味着这些妓女中绝大多数的人生将终结于此。有染性病而亡的，有因为私带黄金出逃被抓后囚禁至死的，有因为长期不规律的生活而透支过度的，也有死于争风吃醋的嫖客的械斗的。李金镛知道，没有这些风尘女子的到来，金沟里的那些青壮年能安心在此么？他特地划了一块公共墓地，专门安葬这些远离亲人和故土的风尘女子。如今，人事尽非，只留下那52座妓女坟，土比金重，灰沉似石。

　　金沟夜晚的性质和功能彻底发生了变化，如果说这里的夜晚是一道看起来静静淌着的河流，那么河床上则弥漫着一种令人上瘾的舒适，一股怡人的邪恶气息。顺河水流走的，是一些人逐渐落空的希望、一些人日益失去的美貌、一些人夭折的梦想、一些人廉价的青春。从黎明的河岸上爬回现实的淘金工、妓女、看管的士兵、朝廷派来的官员，如果打开他们的记忆阀门或话匣子，哪个人的嘴里又不会流淌出关于走私、嫖娼、同性恋、赌博、酗酒、谋杀、自杀等题材的或短或长的民间故事来？

　　金三同样没有经受住那些迷药散发出的诱惑。他在那样的环境中，忘记了自己在齐齐哈尔的生活习俗和信仰，看着晚上的工棚里越来越空旷，听着夜晚的金沟传来的赌钱声、喝酒声；

白天干活时，工友们肆意地分享着他们在前一夜以及早些时候出入赌馆、酒馆和妓院的心得，那些声音、那些话语撩拨着他的心，像一道道风，吹过来，挑起他原本挂在内心的一道好奇的帘子，促使他想去那里看看。

这是一个躲避不了的坑，金三不仅掉了进去，还上瘾了，开始是进妓院、赌博。直到他带着一嘴酒气出现在夜晚的工棚时，他给金成的印象是：这个人彻底没救了！

发现金三开始进赌场，金成就将他拉到没人处，悄声而严厉地告诫他："你怎么能这样呢？"

"我知道呀，但这样苦苦地淘金，什么时候才能发财呢？还不如赌博来得快！"

看到金三喝酒，金成又找他谈话。然而，望着一嘴酒气且意识混乱的金三，金成感到对方已经掉进一个爬不出来的黑洞里了！

看到妓院、酒馆、赌馆能够让矿工们更加安心于此，当地官员对其采取了默许的态度。胭脂与黄金，构成了一个巨大的泥淖，越来越多的矿工和妓女往下掉着、沉着，浮上来的，则是一出出畸形的悲欢离合。

带着淘金梦的民工，被一股看不见的力量，牢牢地拴在了金沟。那时的金三或许也想过在自家田地里春耕秋收的喜悦，或许怀念过走街串巷收毛皮的小生意时光，但念想总像漠河一带的夏天那样短暂，各种欲望则像满山遍野的青草一般无边际，铺天盖地地笼着他的时光。金三如果读过古罗马哲学家塞涅卡的书，那他一定会对这句话有着别人没有的理解："茅草屋顶下住着自由的人；大理石和黄金下栖息着奴隶。"他和那些沟里生活的人一样，都成了黄金的奴隶！

底层劳工有闲暇时间并在这段时间里放纵自己，李金镛却没有休闲时间。站在此岸，他常常看到俄国的舰艇肆无忌惮地穿梭于黑龙江两岸，踏上中国领土如进自家厨房。李金镛深知，他得为大清帝国出更多的黄金，只有这样才能让国家富裕起来，才能抵御俄国人的嚣张。唯其如此，他到矿井巡查的密度更大了，他的休息时间越来越少了。一方面要督修"黄金大道"以保证产出的黄金运往京城，一方面要管理金矿、巡查边防。到漠河第二年的夏天，李金镛开始不时咳喘吐血，6月的一天，金三和淘金工们接到矿上的通知，放一天假。很多人借机去漠河县城游玩，金三因为输钱太多，没心思也没钱外出，便待在矿区，这让他又一次见到了李金镛。

那一天，李金镛在矿区接待了一个特殊的客人——黑龙江对面、俄国阿穆尔省的总督廓尔孚夫妇。后者的目的很明确：假借巡边之名来探测中方的虚实。

席间，廓尔孚傲慢地说："今年夏天，我们的边防军队要换防，想必你也看到了我们的军队、轮船在江上的威风了，你们不怕吗？"

李金镛冷冷地回复："我们在边境地区大力剿匪、整饬边防，凯旋时营垒连云、战歌嘹亮，数万驻军在沿江地区演习，害怕的应该是你们吧！我这两年常在军营中，岂有因你们的正常调防而惧怕之理？"

一个弱时代的边境官员，面对强大的对手，能有如此不怯壮语，确是镇守晚清数万里边境线的官员中的一抹亮色。廓尔孚确被李金镛折服，回去后，双方尊奉此前定的条约，各自相安无事。

金沟及其他矿区淘金工的数量跟不上矿区扩大的步伐，不少困苦境遇中的俄国人也渡江而来，加入淘金工的行列。就在李金镛接见廓尔孚后不多几天，金三又看到了令他感到吃惊的一幕：几个俄国淘金工私藏金砂被发现，这件事上报到李金镛那里。了解完事情经过后，李金镛按照金矿的章程，下令棍打那几名俄国淘金工，并将其驱逐出矿区。这件事，不仅让中国的淘金工看到李金镛的执法之严，从此矿上杜绝了私藏金砂，也让这些中国底层民众看到了一个中国官员不惧强俄的勇毅。连廓尔孚也为此事赞许李金镛是"一只虎"。不久，"一只虎"的名号在俄国人中间传开了。

然而，这是一只已经生病了的虎，大量事务耗去了这只虎最后的生命能量。1890年农历八月初四，李金镛病逝于漠河金矿，他管理的漠河金矿为大清帝国产了近5万两黄金。辞世后，身边的人整理李金镛的私囊时，竟然发现他没有积蓄。确切地说，他连丧葬费都没有留下。直到黑龙江特使到来，得知这一情况后，向朝廷申请到3000两恤银作为归葬费用。

随着"黄金大道"上各个驿站的完善，从漠河运往北京的黄金越来越多，经朝廷批准，漠河金厂改称"漠河金矿总局"，管辖黑龙江沿岸所有金厂。

在中国，评价一个人的方式很多，其中，对死者的挽联就是一种。在李金镛纪念馆里，我心怀敬重，拿出笔，认真地抄录着那些挽联，几十副挽联一一走进我的采访本。这一副确令我眼前一亮：

> 彼族包东溟而远跨华离地错，惟漠河犹扼边衡，君是充国一流，苍天悠悠胡不愁遗斯老；
>
> 此事关北徼之大防保障功高，独珂里先留祠宇，生值中原多故，忠灵耿耿尚期默济时艰。

好一个"充国一流"，确是如此！这副联是李鸿章写的。晚清朝臣中，只有李鸿章最懂李金镛。

除了李鸿章的那副挽联外，另一个人的挽联引起了我的格外关注——

> 虚堂悬镜，洞彻民情，荐丹荔黄柑，父老从头思惠政；
>
> 先我着鞭，经营边要，过白山黑水，生平低首拜公祠。

仔细一看，这副对联的作者姓名扑入眼帘：程德全。联中的"先我着鞭"说明了他和李金镛的工作关系：程德全是后来掌管漠河金矿的。

四

如果能找到一份公元1890年的国子监肄业生名单，我深信，程德全会出现在我眼前。肄业这件事，对这个四川云阳（今属重庆）的年轻人似乎没造成多大的影响，他反而将更多的时间和精力放在了一件看起来和他没有丝毫关系的事情上：他对中国东北的形势产生了浓厚兴趣。和周围的人闲聊起来，他很快就能将话题转到东北。大家逐渐知道，这个地处西南的年轻人变成了一个东北迷。

和程德全交往的人中，有人或对其钻研东北局势发出几声赞叹，有人或觉得他此举傻得不靠谱。但这件事，却无意中在京城传了开来，直到袁寿山知道这个人后，国子监肄业生程德全的命运开始发生大变化。

袁寿山是谁？至今知道的人也不多，但他的八辈先祖兵部尚书袁崇焕可谓无人不知。袁寿山出生于黑龙江爱辉，闻听到程德全关注东北的事情后，便让人找到程德全，并于1891年推荐他到东北做幕僚。

1894年，中日甲午战争爆发，袁寿山率部参加草河岭、四棵树、凤凰城等战斗，受到清廷嘉许，擢升知府，赏花翎。第二年年底，袁寿山升任黑龙江副都统，程德全担任袁寿山的幕僚。

李金镛病逝漠河十余年后，随着日俄战争爆发，他苦心经营起来的黑龙江沿岸地区的金矿几乎全被沙俄武装强占。

1900年2月，袁寿山赴齐齐哈尔任署理黑龙江将军，程德全随行。不久，袁寿山出任黑龙江银元局总董，兼办将军文案。也就是这一年，爆发了中国近代史上著名的"庚子之乱"。6月21日，清政府发布宣战诏书，向俄国等十一国宣战。

这一道诏书，让沙俄军队找到了出兵中国东北的理由。8月28日，俄军逼近齐齐哈尔，并炮击城内。

国难显忠骨。袁寿山给守军留下了"军覆则死"的诺言，命人买来一口棺材，自己卧于其中，命令卫士朝自己开枪，以这种方式殉国。这一幕，让我常常想起那个软而弱的时代，为了不让英、俄抢走新疆，湖南人左宗棠也命人买来一口棺材，抬着它沿着河西走廊出玉门关，率军进入新疆，终使那片疆土和祖国紧紧连在了一起。只是左宗棠的功名和业绩，使那口从黄土高原走近天山脚下的棺材，成了一面高扬的旗帜，猎猎于历史的罡风中，而袁寿山的这口棺材，却黯然于今黑龙江省杜尔伯特蒙古族自治县内的一座不起眼的坟茔下。

袁寿山殉国前，曾派程德全作为清军方面的和谈代表，和俄军有过几次斡旋，其胆识和为人赢得俄军赞许。俄军入城后，其首领派人找到程德全——

"这里不能没有官员，我们决定立你为黑龙江将军，和我们一起管理这里！"

"这违背我朝体制，不得我朝任命，断然不可！"

"你必须这么做！"

"没有必须！"

"只有一天的考虑时间，你看着办！"

"不用考虑，你们看着办！"

走出俄军军营后，程德全径直走向江边，没有一丝迟疑地将自己的身子投向江水。然而，他连死都不能——他被江边巡逻的俄军救起。

8月末的东北之北，夜晚被凉意浸透，投江后被救起的程德全，给自己的内心架起了一把火炉，火苗闪耀着自己的家国理念！江涛阵阵，他披衣执笔，向俄国方面写信——

（寒冬将至）应由大皇帝（俄国沙皇——作者注）撤回兵队，

以靖地方而振商务。日昨带兵官奉到伯利总督来电称奉大皇帝谕旨，欲以德全担任将军职务。

闻之怵惶万状。德全以羁旅之人，寄居江省，值此变乱，初意本以保全生灵为主，今荷大皇帝笃重邦交，省城得以安然无恙，德全受赐已多，今乃以将军殉难，主任无人，欲德全便宜行事，无论德全未奉我敝国大皇帝谕旨，固不敢擅专，而自思失律之臣，偷生人世，已属厚颜，有何面目冒居将军之任？反复思维，万无生理，是以投江自尽，而带兵官复设法将德全救活，并派人多方劝解，妥为照料，务使德全不再寻短见而后已。但此刻敝国大皇帝消息不知，德全椎心泣血，忧惧昏迷，苟延残喘，何能办理地方政务？

他在信中，提出九条建议。

一求不伤害生灵；二求不夺人财产；三求毋奸淫妇女；四求中国人民照旧优待；五求毋更张大清国政令；六求官员人民有愿迁徙者发给护照；七求发给各城各站人民执照，饬速归业；八求前往呼兰等处收抚，不必多带人马，免民间惊恐；九求先发告示，大张晓谕，俾众周知。

显然，这是一个典型的中国知识分子美好而又单纯的想法，他不但没能从强盗手中哀求回属于祖国的土地，不但没能阻止强盗奸淫妇女，自己反而被俄军挟往赤塔，途经呼伦布雨尔（今海拉尔），因天寒患病，由俄国红十字会治疗后释回，返抵齐齐哈尔，从此身罹风寒之病。

真正的帝国，哪怕疆域再辽阔，也不会觉得哪一寸土地是多余的。边地漠河的风吹草动，因"中华第一产金地"的名头，牵引了晚清时从慈禧到李鸿章等朝廷高层的神经。现在，又引起了另一个晚清政坛上重要人物的关注。1903年正月的一天，北洋大臣兼直隶总督袁世凯上奏朝廷："黑龙江省漠河、观音山、奇乾河等处金厂，向归北洋派员督理。各该厂前因变乱停办，现在时局已定，亟应力图规复。经黑龙江将军奏请饬催派员前往重办。本大臣查有候补道刘俊，堪以派委前往。"

朝廷准奏后，袁世凯立即派刘俊到黑龙江察看各金矿情形。7月31日，俄军再度侵占漠河金矿。此时被朝廷任命为黑龙江将军的程德全，照会俄国驻黑龙江省领事，坚决要求入侵中国金矿的俄人一律退回，并将具体事宜交刘俊办理。

1904年，日俄战争爆发，黑龙江将军程德全再次强硬照会俄国领事，要求俄人速将各金厂退还中国。程德全前去和俄国人交涉时，身边带着马六舟！

五

就像罗马统帅恺撒影响后来的法国皇帝拿破仑，拿破仑又触动了英国首相丘吉尔一样，一个个有力量且影响后来者的人物串联起来的黄金链条，就是一个榜样的河流，渐渐会浩荡起来，他们如丹麦那句谚语说的——"好榜样就像把人们召集到教堂的钟声"。如果说李鸿章在京城敲响了第一道钟声，那么，在恭镗、李金镛、袁寿山、程德全、马六舟之间，这道钟声就渐渐地洪亮了起来，渐渐轰鸣于祖国边地、轰鸣于一个衰国时期。蝉鸣于南国，雁翔过北方，至今，这道轰鸣却仍哑声于历史的暗礁、边地的淡漠中。

翻阅《黑龙江省志·黄金志》时，马六舟，这个来自成都的回族人引起了我的注意。我盯着一幅中华人民共和国的地图，从他家乡成都开始，开始了一次纸上之旅，目光在地图上缓缓移动，跨过长江、黄河、山海关、东北平原，直至中国的最北端——漠河！不错，这确是他的生命轨迹，他生命之花最璀璨时，恰在漠河。

公元 1903 年农历十一月十一日，程德全被慈禧太后、光绪皇帝加赏为齐齐哈尔副总统。他们希望李金镛式的奇迹再次发生在这个人身上。

程德全在上任前特意邀请同乡马六舟一起北上，帮助自己和俄国人谈判。

俄军的军营里，一场艰难的谈判正在进行，俄军的一个传令兵进来，向伯利总督请示，希望他下令炮轰齐齐哈尔城。伯利不顾正在谈判的晚清政权代表程德全、马六舟等人，当场下令：马上开炮，轰击齐齐哈尔城！

程德全一脸愕然，他茫然地看着领命的俄国传令兵匆匆向军营外走去，一时不知道该怎么办。突然，伯利发现程德全身边坐着的马六舟站起身来，快速向军营外走去，跑步去追那个传令兵。

传令兵走到炮兵营，传递了伯利的开炮口令。俄国炮兵们开始发炮前的准备工作，他们似乎已经准备好了，要为即将飞去的炮弹炸开齐齐哈尔古城带来的胜利而欢呼。

　　突发的一幕让在场的俄国士兵，以及跟随而至的伯利和程德全惊讶：只见马六舟迅速跑到距离自己最近的那尊炮的炮口处，伸开双臂，将自己的身子挡在炮口前。伯利总督立即意识到，这个瘦小的中国官员试图以自己的身躯，阻止一场战争；程德全意识到，这个手下以单薄的身子挡住的是一场野蛮袭击的开始；那群俄国炮兵意识到，这个中国官员挡住了他们立功的机会。

　　全场陷入了寂静！

　　一个人能做到连对手都敬服，可见需要多大勇气。那一刻，俄国军人确实被震惊了，炮弹没有发出。伯利和程德全也好，俄军也好，齐齐哈尔的百姓也好，都记住了这样一个中国人：马六舟！

　　这样的手下，哪有识才的领导不举荐的？1904年，身为齐齐哈尔副都统的程德全举荐马六舟，以候任知县的身份在黑龙江任职，被程德全委任为朝阳山煤矿矿务委员。

　　这个从四川一路而来的青年，深知洋务运动"实业救国"的维新思想对东北的作用，他到任后就着手调验煤样、进行地质勘查、修筑运输路线，开始振兴朝阳煤矿，这使他扮演了黑龙江省矿产资源开发先驱之一的角色。

　　弱国经济发展何其艰难，强大的沙俄政府岂能容忍中国人开采煤矿——哪怕是在中国人自己的国土上。那时在东北甚至今内蒙古呼伦贝尔地区的大地上，走过的任何一个俄国人，都如一只高昂着头的骄傲公鸡，他们中有谍报人员，有小商贩，也有利用中国劳工开采煤矿、金矿的，在最后这类人的眼里，驻守在东北边境上的中国军人就是一个个"稻草人"，他们经常越境到黑河、漠河，甚至深入到距哈尔滨较近的地方，开采金矿、煤矿，进而抢占了都鲁河金矿。

刚刚经营朝阳山煤矿不久的马六舟，又接到新任务：前往都鲁河，收回金矿。

黄金，边地的黄金再次开始哭泣，呼唤属于自己的主人。我看到了马六舟的两个面孔：暮色浓时，黑衣夜行，深入盗采金矿的近百名华工中，讲述国家利益和个人利益间的关系，制止他们私挖盗采；白天，衣着整洁，以中国代表的身份，前往俄国人开在矿山的办公室，进行交涉。那是两个力量悬殊的国家之间的谈判，其间的对话是不对等的。史料中没有留下他如何艰难谈判的片言只语，时光之潮退后，礁石露出微笑：几个月后，中国收回了都鲁河金矿。

得到消息，已升任黑龙江将军的程德全忍不住内心喜悦，如此赞美马六舟："论外交，则矿权收回，主权不致旁落；论内政，则盗踪销灭，地方赖以乂安。"

为了给马六舟的这些壮举找到更为可靠的官方资料，离开漠河的前一天上午，我在雨地里急匆匆地赶到漠河县县志办公室。上午的时光里，我坐在县志办的会议室里，一个人静静地翻阅着，轻轻地抄录着。或许是穿越大半个北方——从西北到东北来的举动感动了主任，他将自己手头唯一的那本《漠河县志》大度地送给我。

遗憾的是，《漠河县志》中竟然没有关于马六舟的任何一点记载。在当地考察、采访后，我给读者能描绘这样一幅图景：马六舟率兵百余人前往都鲁河金矿，到达矿区时正值中午，他一面让士兵在矿区外休息、吃饭，一面派人告知俄国人，中国军队要进沟清匪，让他们离开中国领土，退回俄国境内。俄方人员却坚持不退出矿区，并在矿区外设置防线，进行武装对峙。

没有强硬的态度，对手不会轻易就范。马六舟给俄方下了最后通牒：如一天之内不退出矿区，中国军队将消灭所有的抵抗人员。同时，他下令，让10名士兵换上普通百姓服装待命，30名士兵正面与俄方人员对峙，其余人分两路，从侧面包围。等到第二天天黑后，看到俄方人员住所起火，即发动进攻。

第二天中午时分，给俄方的撤退期限已到。俄方见中国军队没有动静，更加放心了，在"木刻楞"里放心地喝起了酒，还大肆嘲笑中国人的懦弱无能。夜色里，马六舟下令采取行动，换好便装的10名士兵带着大量煤油，悄然赶往俄国人的驻地，往"木刻楞"上泼煤油，随之点火。火光就是信号，看到火光的中国士兵，从三面同时发起进攻。俄兵猝不及防，死伤30多人，剩下的在慌乱中逃窜。

担心俄国人卷土重来，马六舟又命所有士兵脱下军服与淘金工们对换，让穿了军服的淘金工每人拿一根木棍留在矿区待命。50名士兵则在都鲁河与观音山之间的有利地势修筑工事，建起第一道防线，并派50名新兵协助这些士兵防守在工事上。其余人员在金矿四周修工事，建立第二道防线。一切准备好后，除岗哨之外其余人抓紧时间休息，准备新的战斗。

两天以后，马六舟得知俄匪一百多人朝都鲁河方向赶来，便命令第一道防线士兵隐藏在工事里，并把枪露在外面，而令穿军服的淘金工退到工事后方一百多米的山坡上，藏在树后，却故意露出一部分军服让俄匪能够看见。

俄匪行至距第一道防线一百多米处时，清晰地看到了中方新筑的工事和露出的一排排枪支，远处的山坡上也埋伏着上百的"士兵"。俄匪发动进攻后，立即遭到中国军人和淘金工的反击，俄方伤亡20多人后最终撤退。

马六舟因收复金矿有功，由候补知县提升为候补知府。

漠河县的观音山下，我聆听到的是水掩黄金的声音。整整100年前，也就是1906年的3月，冰封漠河，受程德全所派，马六舟来到这里，他听见河流在冰下流淌着屈辱，这次的使命是收回被俄国人占据的观音山金矿。观音山的金矿产量占当时漠河金矿局所属金矿砂金产量的57%，观音山矿产的经营者是俄国财政大臣掌控的"满洲矿业公司"。

那时的马六舟，心里一定也紧张不已，他确实遇到了硬骨头！马六舟采取了刚柔并济的外交策略，他先派人与"满洲矿业公司"全权代表高培里进行交涉，高培里以其开采观音山金矿需得到黑龙江将军所发的开采执照为由，拒不交出矿权，后又提出"中俄合办"的要求，这均遭到马六舟的严厉拒绝。谈判无效后，马六舟便亲自前往哈尔滨，三次约见高培里却未果。

马六舟决定亲赴观音山金矿视察。按照现在的交通条件，需先从哈尔滨坐高铁到齐齐哈尔，然后转乘十多个小时的火车到漠河，接着，从漠河县坐汽车前往观音山。那时，从哈尔滨到观音山，马六舟在那样的气候条件和交通条件下，来回于这样的长旅，该有多艰辛。

抵达观音山，马六舟看到俄国人在李金镛时期修建的金矿上建造了不少具有俄国风格的房屋，招聘大量的华工为其服务，对抗清政府收复观音山金矿。

有了收复都鲁河金矿的经验，马六舟没有同俄方硬碰硬。他发现观音山的淘金工大多是中国人，他们和都鲁河的淘金工也比较熟络，于是派人说服这些淘金工，不要再为俄国人干活。中国方面不但能保护他们的安全，而且能分地段地让他们在都鲁河金矿筛金，等收复了观音山金矿再让他们回去。

观音山的淘金工纷纷跑到了都鲁河矿区，导致观音山金矿停产。马六舟把士兵分成几个队，轮流到观音山下的太平沟放冷枪。俄国人经不住惊吓，只得回到谈判桌上，要求对金矿的房屋和财产作价赎买，经过多次协商，最终于10月11日，中方以一万两千卢布赎回观音山金矿。

观音山金矿记住了那个特殊的日子：1907年4月21日，马六舟以观音山金矿代收委员督办的身份，派夏冕前往观音山办理交接金矿事宜。

后来，马六舟又和俄国人斗智斗勇，相继收回了松花江、黑龙江的航权。

黄金与流水，记住了马六舟！

1908年3月，程德全再次上奏光绪皇帝，举荐马六舟。光绪皇帝御批，委任马六舟为黑龙江省矿政调查局会办，并让他总办筹备该局的一切工作。一个月后，马六舟出任黑龙江省木兰县知县兼东兴镇协领，他是清末黑龙江省协领中唯一的一位回族人。两年后，他结束木兰县知县的职业生涯，调回省城齐齐哈尔负责筹集军饷。1913年9月27日，他再次被委任为木兰县知事。

一年多的时间里，他因大力发展当地商业而被黑龙江巡按使公署财政厅以"救国人才"之名，授予金质单鹤章一枚；他也是一个大力发展民族教育的人，他万里修书，让京师大学堂毕业的长子马汝郊到齐齐哈尔，就任清真小学校长，也曾让自己的侄女、入四川两等女学及蚕业中学学习的马汝邺来到黑龙江女子师范学校和齐齐哈尔清真女子小学任教；1916年5月，他借被调回齐齐哈尔工作的机会，亲任清真小学校长，并让自己的长子和次子任教于该校。

查阅马六舟的生平事迹过程中，我不时唏嘘于他的才干和胆识，但最大的感慨莫过于他后来出任黑龙江省巴彦县知事期间，在去齐齐哈尔出差返途时，被匪徒绑架而命丧巴彦县境内。他的侄女马汝邺离开齐齐哈尔前往天津，担任北洋财政总长张弧女儿的家庭教师。一天，时任绥远都统的西北军政大员马福祥正好前来张府拜访，深为马汝邺的才华及容貌折服，当即向才女正式求婚。1926年农历五月的一天，50岁的马福祥在北京迎娶了32岁的马汝邺。两人共同走过了六年的幸福时光。马福祥去世后，马汝邺被马福祥的儿子、时任宁夏省政府主席马鸿逵接往宁夏。后来，马汝邺随马鸿逵前往美国洛杉矶定居，直到去世。

离开漠河时，我才发觉，万里长旅，抵达祖国的最北端，并不是为了打捞沉于历史长河的一艘褪色的金船，也不是为了寻找一段"闯关东者"抵达边远极地的淘金史，更不是为了擦拭那些应该闪耀于史籍却沉默于历史死角的名字上的蒙尘。行走在中国大陆最北端的黑龙江之畔，更能感受一个国家实力更迭时，生活于边陲之地的民众及管辖它的官员，无论何种民族，爱国总是一面展飘于头顶之上的旗帜，这面旗，一直会飘下去。

返回北京，漫步于高楼疯长的阜成门外，三里河的水依旧缓缓流淌。谁还能记得，马六舟和这里有关？1925年秋天，马汝郴在这里为马六舟修建了衣冠冢。随着北京城的修建，这个城市放不下这样一处衣冠冢，就像煌煌的《漠河县志》里搁不下这样一个人的名字。

盛夏的京师，我寻找马六舟衣冠冢的脚步印在酷热中，一滴汗水随手甩出去的刹那，我猛然发现自己站在成都和漠河的中间点上。马六舟，乘着时代给他打造的一艘小舟，从成都起航，一路向北，不断进入一处处陌生的境遇，直到漠河、木兰、齐齐哈尔，给生命的轨迹留下一株茫茫宿草的顽强。而在成都和漠河之间的北京，恰是马六舟从南到北的长旅中点，衣冠冢落居于此，也是人生的一个巧合吧！

抬头看时，天空中一片金黄。我知道，那时夕阳，不是黄金被悬在云层之下，黄金，在谁的记忆里舞蹈或者沉睡？

青藏铁路上的 85 个车站，就像一条河流的 85 个渡口，一条长路的 85 个驿站，一部长篇的 85 个篇目，一件长衫的 85 颗衣扣，它们在雪域高原闪着银箔般的光。

银箔般的
光在雪中闪耀

乌尔塔夏日郭勒草原上，正午的阳光将一天中最足的热量毫不吝啬地投射在大地上。青藏高原似乎是地球上接纳这些热量最充足的地域。牧民索南达吉和我坐在草地上喝奶茶、聊天，他不时朝不远处的牦牛群瞥去一眼，仿佛这样才能让牦牛感觉到主人没忽略它们，才能安心地吃草。

突然，索南达吉的右手食指竖起在努起的嘴唇前，发出了一道轻微的"嘘"声，随即将头偏向东边，眼睛认真地朝远处的关角山望去，似乎那里马上要有一场盛大的文娱演出。看着他认真的样子，我赶紧也偏过头，顺着他的目光望去。漫山遍野的绿草把耸立入云端的关角山装扮成一个巨大的稻草人，威严地立在乌尔塔夏日郭勒草原东边，让人感觉是这片草原在那儿突然站立起来一般，山顶的积雪像是老天给这个稻草人扣上了一顶白色的帽子。

就在我的目光在那白色的帽子到碧绿的山体间来回巡视时，从半山腰的隧洞里突然钻出来一列火车，刚出隧洞就发出一声嘹亮而悠长的鸣笛声，犹如一头快速出洞的猎豹发出的呼啸，似乎是在向群山喊道："注意，我来了！"

索南达吉家的牧场就在关角山下，不远处就是如两条细绳铺在牧场上的青藏铁路。常年在这里放牧，让索南达吉对每趟路过列车时间的掌握，精准得如自己了解自家牧群里的牦牛数量。那辆从半山腰钻出的火车，在山坡上划出一条又一条弯曲的弧线后，摇摇摆摆地行至山下，然后又提速向西而去，这给我俩开启了一个关于火车的话题。我给索南达吉讲述当年慈禧太后担心惊扰龙脉，下令拆除中国最早修建的、通往西陵的那趟列车的内燃机，改用马拉火车头的笑话。索南达吉听完忍不住也笑了起来："哎呀呀，这个慈禧也太笨了！不过也难怪，当初修青藏铁路时，上一代牧民中不少人也是认为火车穿过关角山，也是坏了神山的身子，是不吉利的。"

我说："这其实难怪，新事物总能检验人的智力。慈禧在闹这个笑话之前，不懂也没见过火车，以为骡马拉火车是正常。"

索南达吉问我："可不嘛，在我们乌尔塔夏日郭勒草原上，很多牧民第一次看到火车时，也总纳闷那得多少头牦牛才能拉得动呢，但又看不见有牦牛站在车头前拉呀！火车是外国人发明的，你说老外是不是就不会有这样的笑话？"

我告诉他，英国人斯蒂芬森在成功发明蒸汽机车之前，"火车"的车厢确实是用马拉着的。

索南达吉听后，用他那高原牧民式的想象力告诉我："当初，青藏铁路刚修通，老牧民们看见第一辆火车像一头大得不得了的野牦牛，扯着嗓子从关角山的山洞里钻了出来，都吓坏了，以为从神山的肚子里跑出了怪兽。大家都纳闷，那么大的铁家伙，怎么就从山里钻了出来，怎么能从山上跑下来还不摔跟头？下了山后，都没歇上一阵，嘴里吐着气就继续朝西面跑去！后来，大家才知道，铁家伙虽然没像点着的牦牛粪烧起来，但它的名字里却有个'火'字，是靠一个接一个的车站连起来才跑的。火车钻出关角山后，停靠在半山腰的那个站，就是关角站。"

跟随吃草的牦牛的脚步，我和索南达吉谈话、喝茶的地点慢慢挪到了铁路边，看见那两条贴着大地向远方伸去的铁轨，犹如两条穿行在青草间的长龙，像两道不离不弃的弯曲弧线走过雪山的注视，或越河或穿山，连接着青海省省会西宁和西藏自治区的首府拉萨，这条长达 1956 公里的"通天之路"，就是青藏铁路。

青藏铁路沿途的牦牛如果有人类一样的记忆，看到这些穿过白昼、不知疲倦、匆匆来去于高原的铁头怪兽，拉着数量不少的人和物，一定会开心：它们的祖辈们曾经被人类征用，从青藏高原屋檐下起步，驮着茶与丝绸、兵器与日用品，缓缓走过一个个海拔较高的部落、庄园、村寨或帐篷；从青藏腹地返回时，搬运着青稞与牛羊、将士与酥油。如今，那一头头沿着铁路飞奔的钢铁怪兽替代了牦牛，发出轰鸣般的喘息，钻山越河、顶风冒雨、霜染雪浸地穿昼跨夜，尤其是夜行在高原时，它们的眼里射出切开夜色的光，惊动夜眠的群山、羚羊、群狼和牧民的毡帐，以载人运物的状态，穿过青藏高原的视野。隔一段距离就出现在铁道边的车站，那是这些钢铁怪兽休息的地方。当初，坐落在半山腰上的关角站，就是任何一趟穿越关角山腹腔的火车艰难爬出关角隧道后吐着粗气歇息的地方。如今，随着新修的关角隧道投入使用，挂在半山腰的关角站已经废弃，但连接关角山两侧的乌兰站和天峻站的关角隧道，依然是青藏铁路沿线最艰险的路段。

一

下午的时光，高原的太阳照在铁轨上，让我和索南达吉坐在铁轨上有种暖乎乎的感觉，感觉像是坐在一堆刚刚拉下的热牦牛粪上，让我能长时间地感受高原阳光下的铁轨和内地铁路的匆忙相比之下的悠闲。一趟列车过去后腾出的时间，像是处于一群演员刚刚撤台而另一群演员还没动手化妆的空白期。我打开手机上的高德地图，搜索到青藏铁路在关角山的这一段，就像我看到地图上的澜沧江在上游的青海、西藏与云南段走出的各种曲线，时而蜿蜒出个"Ω"的造型，时而像一截被随意丢在一张大床上的丝绸，有时形成了一个完整的360度弧线，有三处甚至走出了圈中套圈的线路。这些在高原大山上划出的曲线，呈现在手机中让人忍不住发出抒情般的赞叹，但我深知，这种视觉上的美好是当初设计者与建设者的无奈和艰辛。

青藏铁路的开通，给雪域高原带去的不仅是物流、人流、技术等，也给铁路沿线的牧民带去了时间观念的改变。在高原牧民眼中，他们在"牦牛时代"是以年或月为计量单位的；公路时代，他们是以天为计量单位的；铁路时代，时间的计量单位变成了小时。有些沿线牧区的人们，也有了这样一个衡量人本事的新标准：旅游旺季，看一个人能否有本事，就看他能否买到一张到拉萨、兰州或北京的火车票！铁路时代，改写了雪域高原上基本上以男人出远门旅行、经商的历史，如今常常是车厢里载着一个个家庭出外。

青藏铁路的修通，更是改变了西方人对中国的看法。具有代表性的看法是美国旅行作家保罗·索鲁在他的《骑乘铁公鸡》一书中说的："倘若昆仑山山脉在，火车便永远开不到拉萨。"通往拉萨的铁路修通，颠覆了西方人的认知，其中，关角隧道的建设，更是出乎西方建筑工程师们的意料。如果这位著名的旅行作家乘坐火车前往拉萨，想必会修订他的《骑乘铁公鸡》。

索南达吉被他那缓缓移动的牦牛群带着向远处走去，留下我一个人望着空荡荡的铁轨，眼前却浮现出 K 的模样和他在西宁接受我采访时说的话。

见证一条铁路的变化或者体验其中的滋味，最权威的莫过于火车司机了。K 是第一期青藏铁路的第一代火车司机。犹记得采访那天的情景，他的声音，就像车轮划过铁轨时的声音，匀速而带着节奏，恍如他从第一天开着火车到退休的几十年时光，就像我们面谈时眼前冒着热气的茶杯里泡着的茶叶，有点发黄但酽淡正好。他给我讲述青藏铁路沿线小站的故事，像一个农人天天路过村里的小卖部，熟悉那里面的货物摆放和主人的脾气。

K熟悉青藏铁路上从西宁到格尔木沿线的每个小站，在铁路的左边还是右边，车站的规模大小、海拔及列车到站时间，也熟悉晚上打信号灯的工务段人员的背影；熟悉列车进站时站在阳光下举手致敬的乘务员的大致身高，也熟悉沿途的小站名字如熟悉老婆的脾气，他更知道流传在铁路沿线司机口中的各种"小站故事"。如果说这些小站的故事连成了一部"青藏铁路词典"，关角无疑是这些故事中的经典。

如今，K退休多年了，青藏铁路早已经全线贯通。

二

如果把从西宁到格尔木的第一期青藏铁路比作一篇精彩的小说，从格尔木到拉萨，从拉萨到林芝的铁路，就是这篇小说延伸出的、更为精彩的续篇。从西宁到拉萨，坐火车需要21个小时，在铁路没有修通之前，只能步行、骑着牦牛前往，沿途变幻莫测的气候条件，谁都不能保证一个单程需要多长时间，甚至连生命都没基本的保证。

每走过一个地方，我都对地名产生浓厚兴趣。我知道，地名常常是一个地方文化记忆的容器，储存着这个地方的人文历史和秘密，书写着独属于这个地方的故事，就像一座博物馆的题字标识着这个地方的辨识度，它或许也寄托着某种美好的愿望。

对青藏铁路的认识，我也想从铁路沿线的站名入手，它们是散落在古老大地上的地名中的新品种，既有和铁路绑在一起的属性，也有铁轨在太阳或星星下泛散的光泽，又有朝夕晨昏伴随列车驶过铁轨时的时光，更有火车轰鸣声唤醒高原的记忆。

对一条传奇之路的接近或其秘密揭晓，方式有很多，解读站名背后的密码，是我走进青藏铁路的一种方式。从西宁到拉萨的青藏铁路上，我能清楚地报出全线 85 个站名，那就像一条河流上的 85 个渡口，一条长路上的 85 个驿站，一部长篇小说的 85 个篇目。它们有的分布在铁路左边，有的落居在右边，像青藏铁路这件长衫上缝上去的 85 颗衣扣，大小不一、高度不同，但职责一致，甚至很多站台的建筑模样也一致，但关角是它们中最令第一代司机们感到恐惧的——那简直就是一座死亡之站。

1990 年代最后的十年时间里，我是一家财经报纸负责西北片区的记者，常常去西宁乃至青海湖以西、柴达木盆地内的格尔木采访。那时，能选择的最理想的交通工具是火车。那时的青藏铁路，指的是从西宁到格尔木的一期工程。这条铁路像青藏高原这件大衣上的衣襟，西宁站就是我看到的、触摸到的第一颗纽扣。那时的西宁车站大厅里，最初是贴上去的手写列车趟次、沿途经过车站和票价，后来变成毛笔字写上去的。它们被装进一个高两米的大木框内，旁边是一幅用毛笔绘制的全国铁路线路图，每个站名都用红色标注出来。

每次站在西宁站的售票大厅，我在等车之余都会盯着那张用毛笔手绘的全国铁路图，看着密密麻麻、血管般纵横交错的铁路线，感觉是一条条粗细不同的蚯蚓在上面爬行，西宁往西就只有一条细若蝴蝶呼吸般的线路——青藏铁路。毫不起眼的"西宁站"三个字，让我在短暂的"纸上旅行"中一次次感知西宁在全国铁路线路图中的位置，感觉那是中国铁路从内地延伸至青藏大地的终点，是一本连接青藏高原和内地的列车之书的终篇，从它向西延伸出的青藏铁路在硕大的铁路图上显得十分纤弱，从西宁发往格尔木的几趟列车，就像缀在那本书后面的参考书目似的，有种可有可无的感觉。

随着我乘车往西的次数增加，西宁常常成了我"青藏铁路之旅"的起点，车轮和铁轨碰撞发出的声音，听起来和内地的火车没什么区别。然而，我了解了从西宁到格尔木的青藏铁路修建历史后，便带着一份因敬畏而竖起聆听的耳朵，似乎在一个个小站之间，听到车轮碾过时的各种声音：当年的筑路大军挥着铁镐的喘息声、歌声、笑声，阳光下穿越草原时引来天空中兀鹫和金雕惊讶的呼叫声，月光下受到惊扰的羚羊或野狐们奔跑时敲碎宁静的蹄音，等等。

一条青藏铁路就是一部书，西宁站无疑是扉页，唐古拉站是最醒目的一页，拉萨是封底，其间的一座座车站就像书中的插图。每页插图都有背后的故事，关角的插图故事显得另类而精彩。

三

铁路是现代文明的产物，一个个车站名像一辆辆推土机一样碾过，将铁路沿线古老的名字埋在了铁轨下。随着铁路向青藏高原腹地的延伸，这种碾压力度就显得越来越弱，到离开西宁站的第二十一座车站关角时，其语义的陌生感，让人觉得它像一座自平地上突兀而耸立的高山，冷峻而嶙峋。关角隧道是从西宁出发的进藏列车抵达关角站的必经之路，是一堂认知"关角"的必修课。

英国作家克里斯蒂安·沃尔玛在他的《通向世界尽头：跨西伯利亚大铁路的故事》一书中，称近 10 英里（约 16.09 公里）长的塞韦罗穆伊斯基隧道，是全长 9298 公里的西伯利亚大铁路中贝阿干线上的祸根。那项始于 1978 年的工程，当时预计在 6 年后结束，不料最终完工却是在 20 年后。看完了这本书，我特意留心中国铁路线上的隧道，尤其是在采访 K 之后，我忍不住想：如果克里斯蒂安·沃尔玛了解到中国的铁路中，一条只有 4.01 公里的隧道，前后用了 25 年的时间，他会怎么想？

我问 K，如果让你选一个地方作为青藏铁路的象征，你会选哪个地方？问完后，我还点出了几个备选答案给他：是唐古拉、格尔木、西宁、拉萨呢，还是沿途那些更多的、闪着雪山般光芒的地名？

"关角！"这两个字犹如两把匕首从他的嘴里冲出来时，一下就刺痛了我：这是一座很少有人知道的高原小站，把它和青藏铁路上其他 84 个车站放在一起，它就像青藏高原上一头夹在羊群里吃草的瞪羚，一头混在群羊中起跳于悬崖上的岩羊；像一盏在青海诸多寺院里供奉于佛案前的酥油灯，像一株在青藏高原上随处迎风摇曳的格桑花。

如果让乘坐火车去过拉萨的游客来选择，哪个车站能代表修建青藏铁路的艰辛、智慧或者体现青藏铁路沿线车站的特色，相信很多人会选择那些闪耀着黄金光芒的地名：青海湖、格尔木、昆仑山、唐古拉、羊八井，等等，谁会想起"关角"呢？

关角的名字很容易让人联想起牦牛、盘羊、角马等食草动物头顶上的那两道尖利的角来。其实，标在青海地图上的"关角"是一道山脉，它犹如一条大致平行的、呈西北到东南走向的肋骨，镶嵌在位于青藏高原东北部长达 1000 公里、宽达 300 公里的青海南山的肌肤中。如果把青海南山比拟成一匹骏马，关角山就是它的一副马鞍，从马鞍上耷拉下来的两个马镫，装着两面内含巨大财富的大湖，一面是有丰富钾盐资源的察尔汗盐湖，一面是有迷人旅游资源的青海湖。

青藏铁路沿线的车站名，从另一个角度体现着民族交融的历史，藏语的、蒙古语的、汉语的名字交错于沿线。关角，在藏语里是"登天的梯子"。关角山东边的沿线火车站中，哈尔盖、刚察、托勒等是蒙古语地名，关角山西边的茶卡、柯柯、察汗、格尔木等车站也是蒙古语地名，这让关角像一位藏族牧民，走进一圈正在喝茶饮酒的蒙古族牧民中，自然而友好地坐在中间，端起茶碗或酒碗，聊起家常。

修青藏铁路，关角山是绕不开的天阻，必须在海拔 3817 米处修建隧道。

4.01 公里长的关角隧道，犹如一颗巨大的子弹，试图穿破横亘在天峻县和乌兰县之间的关角山，然而"让子弹停一会儿"的状态远远长于"让子弹飞一会儿"，从施工到正式通车历经了25 年时间，算下来平均一年修 0.16 公里。这是多么艰难的推进！这是一块卡在青藏铁路咽喉部位的坚硬岩石，是横在青藏铁路通道中的巨大岛礁。移除或清理这些岩石与岛礁的突破口，是突破"展线"设置在这里的难度。

"展线"是铁路规划与建设中的一个专用名词，是指用于爬坡的铁路线路。记得采访 K 的那天，他像一位认真的老师给我进行名词解释：当地面自然纵坡大于线路允许的最大纵坡，铁路铺设受到地形限制的时候，展线就应运而生。听完 K 的讲解，我感到"展线"就是铁路线沿山坡盘旋而上时划出的曲线，那是一种藏着残酷和艰辛的美丽。关角，无疑是青藏铁路在青海南山 3800 多米处亮出的展线示范，在中国著名的铁路十大展线中，它是唯一因展线密集而被称为展线群的。

四

K 后来才知道，像一粒青稞一样小的关角站，命运竟然是和整个青藏铁路连在一起的，甚至有着标杆意义。K 是在内地当了几年火车司机后，才被调到青藏铁路上的。不久，他就熟悉了青藏铁路一期工程全长814公里的沿线站点，也了解到青藏铁路一期工程的很多故事。

早在1958年初，全长834.5公里的青藏铁路西宁至格尔木段就计划开工建设，格尔木至拉萨段的《踏勘报告书》也编制完成，但因为国家力量有限，被迫下马。

工程建设按下了暂停键，兰州第一铁道勘察设计院的勘探人员却没停止工作，他们背着仪器和简单的行囊，对格尔木至拉萨之间的路段进行勘测设计。那是一场棋盘上没有任何落子声音的秘密行动，那是和时间赛跑的一场特殊战斗。半年时间，他们就完成了全线踏勘报告，年底通过了选线方案。

修建青藏铁路是一盘缺少棋子的棋盘，手谈的另一方是谁？大自然，还是更为神秘的力量？中国政府从1958年就开始谋划将铁路作为棋子，试图让铁轨穿越青藏高原这张大棋盘，那是走在时间之前的战略选择，是赶在未知之前的先知谋划。两条铁轨像两条悠长而有力的腿，将中国疆域中最难抵达的地方和中国的心脏乃至其他部位连起来。和全长1956公里的青藏铁路工程相比，4.01公里的关角隧道似乎算不了什么，就像万里长城淹没在沙漠中的一截，像万里长江途经一个乡村的那一小段。然而，由于复杂的地质条件、环境影响、施工技术和当时国内诸多条件等因素的制约，修了三年的关角隧道被迫停工封闭。

关角，就处在青藏铁路这条腿的膝盖部位，关角不通，青藏铁路就只能永远停留在橡皮山以东，只能让青海湖给它画个巨大的蓝色句号。

K用笔指着他在纸上标出的老关角车站位置告诉我：关角展线的修建是青藏铁路一期工程中难度最大的。没想到，凿修关角隧道的难度超越了关角展线的修建。

停工13年后，再次启动关角隧道的修建时，工程兵走进去才发现，洞内的积水深达3米，一昼夜最大涌水量达到1万吨。13年前凿挖的隧洞，成了蹲在3800多米以上的一个大水库，更像是对关角山头颅进行了一场失败的手术后遗留的一处大面积积水。重新施工时，最大的困难是面对洞内超强涌水，关角山顶的万年积雪积累的水仿佛都向隧道涌来，平均每天涌水量达17万立方米，相当于输送来一座小型水库的水量。更为严峻的是，隧道内每隔800多米就有一处断层带，随时有可能发生塌方。

就像大海退潮后岛礁露出，积水被排出后，洞内近5万立方米的弃渣杂物堆积其中，工程兵用了一年半才算清除完。这条"死亡通道"的背后，死亡的不仅是时间，连空气似乎都死了。隧道所在部位在海拔3800米以上的地带氧气更加稀缺，工程兵在洞内施工时，常常连火柴都划不燃，他们因为缺氧而昏厥的情况很普遍，一次最多昏倒过32人。

复工三年后，施工人员才在关角隧道里铺上铁轨。

关角铁路展线像一幅画作完全呈现出来时，已经是1982年了。那一年，K以第一批青藏铁路火车司机的身份，驾驶着火车接近关角隧道，他逐渐体会到了"开着火车登天"般的感觉。担心用语言讲述不清楚，K要过我手中的笔，在我的采访本上认真地描画出一幅关角展线示意图。在那张图上，我明显看到：

蹲在半山腰的关角车站，就像一个壮实的挑夫，青藏铁路像是被关角挑起来的一根扁担，关角山东西两侧的"天棚"和"察汗诺"两个火车站，犹如这扁担两头的货筐。

关角隧道没有修通之前，火车从天棚站爬升到关角站，需要四个多小时。每次开着火车行至天棚站，K明显地能感受到火车仿佛也有了高原反应，爬行得越来越吃力，每走完一道展线，火车吭哧吭哧地像缺氧状态中负重爬山的马，车头冒出的蒸汽，酷似老马鼻孔喷出的热气。夜行车还好，在黑夜带来的钝感中，麻木地听着车轮碾过铁轨时单调的声音，不知不觉中就爬过了关角隧道。白天从这里经过，尤其是冬天过隧道，K感觉时间像是凝固了似的。每当列车钻进关角隧道，虽然前方有刺目的车头灯照亮隧道，K还是觉得自己像是骑着一头巨鲸潜入海底似的，感觉脚下的铁轨在战栗，似乎整个隧洞即将被摇塌。进入隧道的列车必须减速，时间到这里就像蘸满了水的海绵，肿胀、迟缓、沉重，难怪青藏铁路上的火车司机都把开车通过关角隧道称为"过关"，暗指小心翼翼地通过死亡关口。

多年后，K回忆起当年驾驶火车经过关角隧道的情形，就像讲述昨天才发生的一件事，脸上似乎仍留着那时留下的惊悚与恐惧，但这并没影响他清晰而有条理的讲述："知道了关角隧道修建的历史，我们驾驶列车通过时，真是把心悬在舌尖上。列车通过隧道时，在灯光照射下，能看见道床整体开裂、上鼓。除了工程人员，恐怕只有我们这些司机留心隧道里那些不为人注意的细节：不到两年，道床就抬高300多毫米，导致隧道两边的水沟破裂，边墙也逐渐脱落变形，拱顶裂纹掉块，这就需要施工人员常常进去维修，我们常常会在隧道外看到指挥人员摇着红旗示意，让我们在洞外等候。隧道的维修工作像山顶的雪，不分夏冬和昼夜，随时都可能进行。那可是 3000 米以上的高山之上呀，时间非常难熬，人又不能离开车。"

关角隧道就像一个刚生下来就遭遇各种疾病的婴儿，工程师、施工人员像医术高超的医生、护士，根治一个跟着一个的病害。

K 继续给我讲述几十年前他驾驶火车通过这段路的艰险："穿过隧道时，可以说是心里默默地、一米一米地计算着通过，隧道里的缺氧让人心里闷得慌。春天通过隧道时，除了留心拱顶掉块、边墙开裂、墙脚疏松脱落等现象，最让我担心的是打冰人。"

"打冰人？"还有这种职业？我对这个名词背后的身份产生了好奇。

"这是因为青藏铁路、因为关角隧道而出现的一个新职业，在世界上恐怕只有青藏铁路上才有。关角隧道顶部渗出的水经常形成冰挂，遇上下雪降温，夏天也会有冰挂。这些冰挂悬挂在隧道里，一旦接触到为列车供电的电线，就可能造成电线短路或断线，导致列车无法运行。那些专门敲打冰挂的职工，被我们称为打冰人。他们在里面作业时，我们就在外面等着。即便信号员告诉我们，打冰人撤出了，我们还是睁大眼睛、提着心吊着胆，火车的速度降到最低，那小心的呀，像是穿过一头半张着嘴的狮子的牙缝间。"

"打冰人"，青藏铁路上独有的从业者。每年 12 月到次年 3

月，是关角隧道除冰工作最艰巨的时候，铁路供电部门会派出"打冰人"进入黑暗幽长的隧道中。他们用冰镐敲击洞壁或地面上的冰凌，敲击声回荡在空荡荡的隧道里，像一曲合奏飘荡在歌剧院里。他们用背篓将冰块搬出隧道，这种职业让他们的脊背日渐弯曲，这种弯曲是为了让铁轨永远在这里保持平直的状态。对那些悬挂在洞壁高处的粗大冰柱，"打冰人"还得架起梯子爬到高处凿冰。铁和冰相遇在暗黑的隧道里，发出别人看不见的、晶莹的冰花，形成一道道孤绝的白色火焰，他们是这些白色之花的制造者和观赏者。

就像一个生下来就不断患病的孩子一般，关角隧道里衍生的各种危害威胁着行车安全。K清楚地记得，从1990年开始，铁道部门就不断进行拆除上鼓地段的整体道床、增加钢筋混凝土仰拱、铺设轨枕板、拆除部分边墙以再次进行衬砌后压浆补强等工作，让关角隧道就如一间屋顶漏水、窗户破裂、门板挡不住寒风入侵的危房，总是在修修补补中延续着脆弱的生命。

列车从东往西穿过关角隧道后，就进入关角山西侧，从关角隧道到察汗诺车站全是下坡路。站在关角山对面的山坡上，我通过望远镜观察关角山西麓的铁路展线，映入眼帘的是360多米的海拔落差中，由5个连续的展线构成的青藏铁路最美的铁路弧线群，其中包括一个马蹄形展线、三个"8"字形展线、一个螺旋形展线。

我气喘吁吁地爬到山顶，随身带的海拔表显示已经超过3800米，站在那里俯视这人类铁路建筑史上的奇观：铁路展线。螺旋形和"8"字形的展线，打破了我们对铁轨那种冰冷地、笔直地伸向远方的概念。在关角山，铁轨像一个个身段美妙的杂技少女，在展示近乎不可能的身型，挑战着铁路修建的极限。

我的眼前仿佛出现 K 当年驾驶火车驶出关角隧道时的情景，列车像一条有蓝色头颅的巨蟒，驾驶员和副驾驶前的大玻璃窗，像巨蟒的一对明亮的眼睛，眼眶下的一抹蓝色因为和车头的整体颜色近乎一致，活像巨蟒那不起眼的鼻子，鼻子下面是一张永远不闭上的灰白色巨嘴。和巨蟒爬过山地或森林不出声不一样，列车驶过，像一只骄傲的公鸡一路高鸣着走过螺旋形的展线。

走出隧道，是不是就能快点呢？ K 继续的讲述颠覆了我的这个疑问："千万不要以为火车走出隧道后，下山的路会快，其实它比上山更慢。下山途中，在南山站就有连续的几个近乎 340 度的大转弯；到二郎站是两个紧紧相连的大 S，其中还内含着两个 360 度的大圆圈，那简直像是一条蚯蚓钻在板结的土壤中，需要慢慢地盘山而行，至少需要两个小时。"

列车在关角山西麓的下坡路段转弯时，火车司机们会偶尔伸出头，不由自主地朝后望一眼，像是给关角隧道告别，也是对那些"打冰人"的一种致敬。就在回头时，司机们也能看到一种奇观：长长的车厢，让火车像一条头朝下慢行的蛇，黑色车厢的货车、绿色车厢的客车，在铁路展线上展示着最大限度蜷曲的黑蛇与绿蛇。

如果说世代居住于此的索南达吉的先民是关角山最初的命名者，那么青藏铁路的勘察者、建设者、打冰人和铁路司机则以不同身份命名"关角隧道"与附近的铁路。

五

30 年，让一个人能从婴儿到而立之年，然而，关角隧道在施工前后历时的 30 多年里，除停工的 13 年外，正式开挖建设花去 5 年半，整治病害就耗时 9 年多，仿佛一个人在吃药、打针、做手术等过程中，走过 30 多年的岁月，到而立之年依然是病恹恹的一副身子。

驻扎在关角沟的铁道兵某部的战士，曾在一面山坡上尝试翻地种菜。一天，一名战士挖地时挖出了一块瓦当，上面刻有四个字，后经青海省文物考古研究所的文物专家汤惠生先生鉴定，内容为"长乐未央"，后来又陆续发现了"常乐万亿"等带字瓦当，证明这里曾有过一座规模不小的建筑。那块菜地对面的一处石室，被当地百姓奉为西王母室。关角隧道的修建与停工，当时在关角山一带的牧区引起了很大的轰动，一部分牧民认为铁路穿越神圣的关角山，犹如一把巨大钢针穿过神山的腹腔，会伤害神山，他们不赞成修建穿山而过的铁路与隧道，认为关角隧道施工过程中的各种艰难是神的阻挡；一部分认为铁路的修建是造福牧区，遇到困难应该祈求神佛，附近最大的神便是传说中的西王母，便有不少人前往西王母室祈求护佑。

进入 21 世纪，青藏铁路日益繁忙，关角隧道成了青藏铁路上的一段盲肠，就像中世纪西方贵妇们追求细腰，却被勒得常常喘不上气来的那道束腰。新隧道的建设迫在眉睫，直到2014年12月，历时7年修建的新关角隧道正式通车，它穿过关角山的位置，比旧隧道低100米；新隧道不再让火车耍杂技般地在一个展线中爬上弓背，再下来走一个抛物线轨迹，而是像一支强有力的箭，被现代科技之手射出，穿越32.69公里关角山，直接沿着天棚、关角和察汗诺三个火车站之间拉开的弓之弦而行。

关角隧道与青藏铁路贯通及关角新隧道的建成，让从内地而来的列车成为新时期的神驹。每位乘坐火车翻越关角山的乘客，就是一位周天子，在火车出关角隧道后往下而行时，都能和传说中的西王母"会面"。

如果说青藏铁路一期工程是一首激情澎湃的抒情长诗，那么这首长诗是由勘探者、筑路者、"打冰人"、车站值班者、铁路警察等无数人参与创作完成的。青藏铁路二期工程的建成，将这条天路擀面般拉长至拉萨，它像一位顺着海拔逐步升高的青藏高原斜躺的巨人。西宁是它起步的脚板，哈尔盖是支撑起一期工程的脚踝，关角隧道是让这位巨人站起来的膝盖，德令哈是闪现着黄金般财富的肚脐眼，格尔木是闪着金光的腰带，五道梁是敏感而脆弱的心脏，唐古拉山则是它分开青藏高原的咽喉，美丽的那曲因为辽阔和高远而成了巨人之脸，拉萨当之无愧的是它的皇冠。K曾以开玩笑的口气问我："别以你们的文学语气，而是以最通俗的说法来比喻关角的话，你该怎么形容？"我想了想回答道："拉萨是头顶，纳木错是眼睛，唐古拉山是咽喉，昆仑山一带是胸部，柴达木是腹部，关角就是它的睾丸！青海湖湟水上游是腿，西宁是脚。"关角是敏感、重要但又很少有人去留意的部位！

无论是 K 当年驾驶的，还是我后来几次乘坐的、从西宁出发向西而行的列车，任何一趟青藏高原的列车，驶出关角隧道后就像一条从关角山开始俯冲的巨蟒，跌跌撞撞地闯进柴达木盆地。保罗·索鲁在《火车大巴扎》一书里说过："火车是小说家的市集，无论是谁，只要有耐心，就可以带走一段记忆，日后私下里回味。"K 给我讲述关角隧道的故事，让他这个耐心的讲述者重新掘井般挖出一段他可以带走的回忆，也让我这个耐心的聆听者有了可以写进本书的一段精彩经历。

新关角隧道开通后，K 退休了。但他还是念念不忘那个让他每一次战战兢兢地走过的"阎王通道"。K 特意买了张火车票，他不是以一个老火车司机的身份，而是以一名乘客的身份体验了一次"关角穿行"："原来的老隧道，每次让我都有一种从黑暗地狱中爬往人间的感觉，新隧道敞亮、安全，原来我们开车需要攀爬 2 个小时的老关角隧道，现在只需要 20 分钟；我们那会儿开火车到这里的速度最快是每小时 60 公里，现在，提升到了每小时 140 公里。"

K 乘坐的那趟列车和我，甚至全部乘坐列车路过这里的乘客，都是关角山视野里匆匆来去的过客，唯有索南达吉这样世代居住在铁路沿线的高原牧民和深深嵌在青藏高原地表、穿过关角隧道的铁轨，才是这里的新、旧主人，是这片土地的记录者、记忆者。

*一根根纽玛就是牧民从地里领回的
勋章，是给村寨里酝酿笑声的道具；是
松赞干布或格萨尔王远征部队的军粮，
是长途跋涉朝圣的信徒们随身带的干粮。*

纽玛的脚步与领地

一

那天一大早，我和囊谦县文联主席江才桑宝从县城出发，沿途翻过海拔 4096 米的雪坝亚俄拉山和海拔 4712 米的肖容多盖拉山，它们就是我来到这澜沧江源腹地 100 多公里的路途中，必须跨过的两道高大的白色门槛。两座高山的垭口处飞雪飘舞，落在平日里随风飘扬的风马旗上，在阳光下发出玻璃片般的光芒，犹如一面面散落在地的斑驳的镜子。在这连飞鸟都惧怕的江源腹地，新修的穿山公路对当地牧民来说算是"高速公路"

了，但这100多公里路，却费去了我们三个多小时。道路是一个地方经贸发展的晴雨表，十多年前我来这里时，走的是一条牦牛驮队踩出来的、供当地群众往出运送土特产和从外面往里运送生活必需品的简易土路，那简直就是一条条蚯蚓蛰伏在群山之间，如今，这条条蚯蚓被串起来盘旋于山河间。

一边是陡峭冷峻的山崖，一边是急促奔跑的河水，山路变成了一条被山和水挤压得不规则的细长麻绳，向前方扭扭弯弯地伸去；这更像是一篇情节跌宕起伏的剧本，高潮迭起、包袱不断，一个急转弯或眼前突然出现的奇异景致就是这个剧本里突然跳出来的细节。

我的目的地是位于达那河边的达那寺，那是唯一一座格萨尔岭国寺院。早上出门时买的两个置放在后备箱里的大饼，早就被冻得硬邦邦的，拿在手里，像是掷铁饼的运动员攥着的铁饼。站在4500多米的山顶上，朝山下望去，那个如一艘孤舟被浪推到澜沧江上游的重要支流吉曲边上的小村子，十多户人家的房子像是十多粒青稞，静静地躺在四周群山围成的锅底般的河谷。

麻古村的居民是从远处的雪山下移民到吉曲边来的，简易的平房代替了传统的帐篷，手机也有了信号。走进村子已经是下午两点多了，早错过了午饭时间，我和江才桑宝心照不宣地看了一眼对方，会心一笑：这个点，谁家的房屋冒烟，就意味着谁家在烧茶。那袅袅向天空散去的、村里唯一的一缕炊烟，像站在屋顶的导游，指引着我们的脚步，推门、走进。

这是我第一次在高原上看见整个院子堆放着"纽玛"（即

芫根）的场景。每个物种在大地上都能找寻到适宜的命运宿地，纽玛和青稞、虫草一样，犹如守卫皇宫的侍卫，是经过青藏高原严格挑选，才定居于海拔3500米以上、4500米以下的西藏自治区那曲市、昌都市和青海省玉树州一带。这种小范围的领地与产量少，导致纽玛在中国的植物榜单上知名度很低，但就像宁夏回族自治区中宁县人夸家乡产的枸杞、云南省普洱市人盛赞家乡产的普洱茶一样，玉树州囊谦县人也像夸这里产的藏獒和虫草"天下第一"一样，认为这里的纽玛是天下最好的，是囊谦的脸和胆。囊谦是整个玉树州海拔最低的，气候条件相对较好，传统的唐蕃古道穿过这里，内地的农耕技术传来得较早，当地百姓长期积累了一套熟练的种、收、藏、食纽玛的经验。和牧区人的日常离不开酥油茶一样，这里的百姓生活中离不开纽玛。夏天，那藏在一丛丛碧绿叶子下、正在发育成长的纽玛是当地百姓的蔬菜；晚秋，长好了的纽玛就像在外面自由吃草、嬉戏的小牦牛要回家一样，牧民们提前几天就邀请亲戚朋友来家中帮忙收纽玛。挖纽玛的日子，简直是当地牧民的另一个节日。那时的纽玛就是一件件埋在地下的文物，每个收纽玛的牧民仿佛文物队员，将这些散落在山坡上、滨河耕地里的纽玛从地下挖出，然后装进口袋，像把熟睡的孩子背回家似的，小心地将装有纽玛的口袋背到地头上，然后用牦牛驮回家。在这一带牧民心中，春种青稞，夏挖虫草，秋储纽玛，冬过藏历年，是江源一带牧民一年中的四件大事。

在囊谦遇见纽玛，改变了我对青藏高原的看法：这片辽阔的高地，不完全是雪山和牦牛构成的牧场，在一条条切割群山的江河之畔，散落着一个个能种植粮食、蔬菜的村落，相对于高山之上青草葱绿的牧区，麻古这样的小村就是青藏高原上的"农区"。

眼前，这满院子的纽玛，一个个被主人整齐码在地上，像是要参加一场比赛前抓紧休息的运动员。那一根根还沾着泥土香味的、白白胖乎乎的纽玛，让我想起第一次遇见纽玛的情景来。那是二十多年前，我在囊谦县境内澜沧江上游支流的扎曲边援建一所孤贫学校，夏天去那里支教，看到学校的孩子整天吃糌粑，很少吃到蔬菜，便自作主张地去县城买来土豆，带领孩子们在学校前面的一片空地上种土豆。短暂的支教生活结束了，我返回了内地，心里一直想当然地认为那些种进土里的土豆一定在茁壮成长。秋天到了，新的学年开始了，我再次前往孤贫学校，看到土豆地里并没我想象到的蓬勃长势，带着孩子们挖土豆时，从地里挖出来的是一个个营养不良的羸弱土豆，事实证明土豆在那里"水土不服"。高原的秋天，霜会一天染黄青草的脸，雪会一夜间染白群山的头，气温说降就降！一个周末，我向学校附近的一个牧民借了摩托车，带着一个家在雪山深处的学生，前往他们家做家访。车过扎曲后不久，崎岖的山路像是一条随意被丢向山里的皮绳，引导着我向越来越高处而去，摩托车的排气筒发出的烟越来越浓、越来越黑，远处的山顶白雪皑皑，四周的山坡干黄一片。突然，不远处出现了一抹绿色，仿佛在一幅巨大的干黄画布上涂上了一块绿漆，那是多么强的一种视觉冲击呀！车到那块绿前，原来是一畦绿色，猛一看就是一地萝卜，不畏风霜地露出一抹顽强。心想：这不就是小时候见过的萝卜缨么？那一段支教时间里，常常是喝酥油茶吃糌粑，很少吃到青菜，看到如此绿色植物，岂不快乐？便忍不住跳下摩托车拔出一根圆圆的、胖乎乎的、青色中隐隐透出一片淡红的、连着绿叶带着根须的小家伙来，急不可待地掏出随身带的纸擦去泥土，剥了皮，一口咬下去，一股辛辣立即奔窜在齿缝间。车上带的那个学生告诉我那种植物的名字："纽玛！"他说，眼下，还不是纽玛收获的时节，如果再过一段时间，它们就像看藏戏时，在幕后换好衣装的演员，从地下走到牧民的院子里，晾晒几天后就开始腌制。

走进那家主人的土房，一股酥油茶香和热乎乎的气息迎面而来。由于错过了午饭时间，女主人扎西措姆给我们端上奶茶。那天，扎西措姆请来邻居们帮忙，计划将院子里的纽玛收拾干净后，再打包运往县城去卖。我们围坐在火炉边，扎西措姆给前来帮忙的邻居烧茶，从炉膛里升腾而起的，是顺着炉筒爬出房屋的、村子里此时升起的唯一一缕炊烟。在主人友好的目光和无声的招呼中，我坐定于小地桌边，拿出在县城买好的大饼，准备就着奶茶吃。突然，觉得就着奶茶吃大饼，似乎缺了点什么。院子里晾晒的纽玛发出的味道，像长了翅膀似的向我的鼻子里蹿来。通过江才桑宝的翻译，扎西措姆明白了我想吃纽玛的意思，飞快跑到院子里，挑选了半盆子她认为是长得好看的纽玛。

扎西措姆洗干净纽玛后，端到地桌上；转身，从橱柜里拿出一把切肉用的藏刀，刀柄朝向我，递了过来。我明白，或许她是怕我不习惯纽玛的辛辣，让我切成一小块、一小块地吃；或许是她认为纽玛和牛羊肉一样珍贵，需要用刀切成一小块一小块地吃。她低下头去慢慢呷着奶茶，听我和她的丈夫、儿子、邻居们聊天。我张开嘴朝纽玛咬去，扎西措姆抬头看见我大口咀嚼纽玛的样子，惊得发出了一声呼叫！

那声惊呼从扎西措姆的嘴里急促地传出，如一头慌乱中的幼牦牛闷声的呼叫，像一束从逼仄的山谷里快速挤来的光，冲向我的耳膜。我抬起头，藏式小地桌对面，扎西措姆的眼睛睁到了最大极限，惊奇地盯着我。我似乎在她的眼眶里看见了自己的形象：腮帮子鼓得圆圆的，随着嘴里咀嚼"纽玛"的节奏，喉结偶尔动一下——那是被嚼碎的"纽玛"通过咽喉送到肠胃去的标识。在她的眼里，我丝毫没有来自内地的斯文样子，随即，她将头扭向在座的其他人，用藏语开始交流。

江才桑宝将扎西措姆的话翻译给我：从来没见过这样吃纽玛的人，因为纽玛太辛辣，就是当地牧民也很少这样吃的！是的，知道我在青藏大地行走经历的人老问我：靠什么连续 40 天徒步走过喜马拉雅？怎么会在海拔 5231 米的唐古拉山口独饮青稞酒？为何能在无人区里行走？只有我知道答案：纽玛、奶茶、糌粑、青稞酒等高地物产，这些青藏高原上百姓的日常，构成了一个高地民族生存的基础，它们和我的身体相遇，让我和青藏高原没了距离。

后来，我才知道，当地人吃纽玛时，大多像切牛肉似的，切一小块放在嘴里细细咀嚼。出门在外时，当地人常常把晾干的纽玛带上，可不就变成了脱水蔬菜？纽玛的生长环境赋予它抗缺氧、抗疲劳和缓解水土不服的作用，纽玛就是松赞干布或格萨尔王统帅的远征部队的军粮，是长途跋涉朝圣的信徒们随身带的干粮。

我抵达麻古村时，正是纽玛收获的季节。纽玛是村民们通过土地给自己的奖励，是牧民从地里领回的勋章，是给村寨里酝酿笑声的道具，是混合进战马饲料中的营养添加剂。

告别扎西措姆家的时间到了，从藏式小地桌前起身时，我无意间看到小房子的侧面土墙上，挂着一个内地住房里都很少见的老式挂钟，嘀嗒嘀嗒的秒针走动着，它像一艘澜沧江边的渡船，摆渡着属于这里的时间。走出院门时，我下意识地掏出手机，给院子里的纽玛拍了几张照片，往兜里装手机时，我清楚地看到手机上显示的时刻：2018年10月14日下午3点40分。

二

扎西措姆朝我发出那道低声的惊呼时，我来到囊谦县一带的三江源地区已经一个多月了，这一次是完成一份自定的作业：考察千年前在澜沧江和通天河流域崛起的一个古老而神秘的政权——昂欠王朝。我从贺兰山下出发，穿越两千多公里来到巴颜喀拉山南麓、澜沧江源头，考察绵延了七十多代、从宋到清代的昂欠王朝，其核心地就在今囊谦县，纽玛的领地。

当时，青藏高原上的青稞早已收割，霜像勤奋的画师，每天给河谷与山坡上的青草油漆上一道金黄，让牧草变成了一根根倒伏的金条；雪像一个勤快的酒店服务员，每一夜都给群山铺上一层白色床单，让高山戴上了银色桂冠。然而，在一些高海拔的牧点附近，干黄的山坡上却常常有一块绿色，仿佛一片干黄的海域中停泊着一艘外壳刷着绿漆的小船。我知道，那是一块块纽玛地，就像内地北方的秋天最后出场的作物荞麦，给晚秋的黄土山坡上亮出一块又一块的粉色花蕊，也像腊梅在南方的冰雪中挂出一年中最后一道红艳。纽玛，是青藏大地上一年中最后谢幕的一抹绿色，是给过冬的牧民写去的一封安心信件，也是给枯燥单一的高原山坡送来的温暖。牧民把纽玛种在高处，认为那是一片不容烟火气息漫延、惊扰的干净之地。纽玛是洁净的象征，是神赐的物产，是和虫草并列的圣物，但又是和青稞一样入锅进碗的普通食物。

昂欠王朝经历了从宋朝赐封的王到万户、千户、百户乃至最终于 20 世纪中期逐渐消亡的千年传奇，那就是一块深藏在青藏腹地的纽玛：神秘、高贵、传奇却又实实在在地活在当地人的口传历史与大众记忆中。其疆域或文化影响力一度辐射到今青海、西藏、四川、甘肃、内蒙古和宁夏等省区，它就像一块巨大的纽玛，将属于自己的那份辛辣留在青藏高原的文化史上。然而，迄今为止，没有一本成型的书——无论藏文字的还是汉文字的——来完整地解读、描摹、书写它。这种巨大的空白，成了横在我考察途中的一座巍峨雪山。从 2003 年开始，我就像一位猎人，追逐这个看不见的猎物。二十多年来，每次来到囊谦县采访、寻觅，所得到的结果都像挤牙膏般，感觉到自己原本想俘获一头豹子，却总提着两只兔子而归。昂欠王朝就像一株挺立在江河之远、之高处的纽玛，碧玉一般在历史的镜面上留下一道绿意，成为三江源人文历史中的一道精神食粮。

扎西措姆如果知道我一个多月来的生活经历，估计就不会发出那声惊呼了：我这一次孤身来到三江源地区追寻昂欠王朝，仅海拔超过4000米的雪山，已经翻越了37座；在巴颜喀拉山脚下的称多县境内，在牧区连续几天没有任何信号，那是长江的源头地区，在牧人家好几天都是吃生肉；途中乘坐的汽车爆胎，等了一个上午才等来修车的师傅；前去考察和昂欠王朝有关的西藏昌都市境内的嘎玛乡，返回时，遇到修路阻隔和大雪，夜行了大半夜（后来，这种夜行变成了常态）；在囊谦县的着晓乡一天都没吃到东西，到乡政府所在地时，才买到方便面，等等。

生活中的困难并不是首要的，最重要的是，每次往乡下走，都得找翻译，否则，我会掉进一个巨大的陌生世界。玉树州佛学院、藏地著名的学者丹曲达瓦仁波切，称多县作协主席嘎·旦增普措，玉树州作协主席秋加才仁，我在囊谦县觉拉乡援建的孤儿院副校长格桑，囊谦县吉曲乡热永教学点校长嘎玛，囊谦县吉曲乡副乡长江才，乃至后来我遇到的杂多县文化学者丹玛达英和白日慈城、治多县著名作家文扎、称多县文联主席仁青尼玛等人，都曾义务给我担任过翻译。

50多天的时间里，我的足迹踏遍了面积达12741平方公里——比中东国家卡塔尔还大——的囊谦的1个镇9个乡，那是青藏高原腹地的一块遍地栽种纽玛的沃土。后来，我走遍玉树州的全部县市及三江源地区，甚至一度深入到西藏昌都市的卡若区和类乌齐县，经过地区的平均海拔超过了4493米、面积超过 30 万平方公里，比意大利和芬兰的面积都大，那些印在高原上的足迹，一直有纽玛在相陪相伴。原来，当年的昂欠王朝境内，全是纽玛的领地，纽玛，才是昂欠王朝的口粮与伴当，灵魂与精神。

后来的事实证明，循着纽玛的足迹和气息，我才能找得见那个千年前就屹立在江源高地的王朝，找到它留给高原的文明印记。纽玛，更是昂欠王朝的向导与卫士。

三

三江源，是黄河、长江和澜沧江的童年时光，一个由雪山、莽原、草场、河流、峡谷、森林构成的世界，神秘而高远，让这里一度成为信息和外界认知的死角，同时也意味着这里的生态遭到工业文明伤害的程度要相对弱些。在旅游时代，这里散发着一种神秘而诗意的召唤。

山水之外，有着人类的生活与繁衍、创造与历史。人类，使这里的山水构成了另一块超越之地：滋生了笑声、哀叹、征伐、和亲、繁衍。这片土地上，目下的人们更关注的是黄金被磨研成金粉定居在菩萨的双颊，虫草展翅飞向万里之外的高消费场合。很多人总是以为三江源是一片被牧歌萦绕的地区，很少有人知道纽玛和青稞面组合出的耕种文明下的美食。

有一年深秋，我和江才桑宝选择澜沧江支流子曲和 214 国道交汇处一个叫凯口的地方作为起点，开始穿越托玛索和扎玛索两条山脉之间的子曲。昂欠王朝建立前，那条偏远的峡谷，是其主体建构民族生活的地区，这样一趟，也算是一次对囊谦县境内的子曲的考察。车子贴着山脚的简易公路而行，不久就进到江才桑宝曾工作过的毛庄乡境内，沿途看到的江水，已经变得浑浊。高原地带的生态在前些年也不同程度地受到伤害，穿峡而过的河水，因沿途水土流失而失去我们对青藏高原之水的美好想象，河水像一群生气的牦牛发出沉闷低吼，阳光下，水面像是那些牦牛泛光的脊背。低缓地带，两岸的树木被砍伐得犹如一个中年男子早谢的头顶，在这样高海拔地区，一棵树木的成长，时间代价远非内地所能比。唯有进到深峡中，两岸人迹无法抵达的悬崖上，才有高大的原始林木，给这里留下一份生态证词。这样的峡谷里，是无法种植青稞和纽玛的，这让我很容易把这里理解为纯牧区，认为这里和纽玛无缘。

车行到一处有手机信号的地方，江才桑宝用手机和他在乡上工作时的同事通话后，问我晚饭想吃什么。我毫不犹豫但觉得有点为难他地回答："纽玛青稞面。"江才桑宝吃惊地看着我，眼神里立即飘浮出一种质疑：这个内地来的人，怎么会知道纽玛和青稞的这种传奇组合呢？他便在手机里吩咐前同事：准备纽玛青稞面。

一条江会滋润两岸不同地段的植物，澜沧江的上游就盛产纽玛这种神奇植物。牧草枯黄、雪落大地的深秋季节，如果有一方耀眼的绿色挂在山坡上，铺在河谷里，那一定是还没被挖走的纽玛，是飘在雪白草原的大地上的绿色旗帜，是这个季节中的大地宠儿，不仅是这里牧民的庄稼与蔬菜，也是他们谈起地方物产时的一份骄傲。

　　我到达江才桑宝工作过的毛庄乡政府，还没走进乡政府食堂，就似乎闻到了熟纽玛的味道。乡上雇来做饭的大姐掀开卧在炉膛中的那口铁锅时，一锅热气顿时从锅沿边升腾而起，碰到屋顶后像一朵炸裂的蘑菇，热气沿着屋顶向外洇开。大半天没吃饭，让我对锅里的纽玛面充满了期待。然而，当大姐将满碗纽玛面端到我眼前时，我愣住了：简直是一碗黏稠的浆糊。江才桑宝解释道：纽玛面，其实就是面条里面放上切碎后的纽玛片。囊谦县盛产黑青稞，当地海拔高，牦牛粪火不能将水完全烧开，更不容易将黑青稞面和纽玛煮熟，以前的纽玛面其实就是一锅浆糊，有了高压锅和替代青稞面的小麦面粉，纽玛面已经变得很稀了。

　　毛庄收留我的那个夜晚，我觉得吃纽玛面不过瘾，随后便是吃着切碎的纽玛、喝着青稞酒。这让我将青稞和纽玛很自然地联系在一起：它们是产自青藏高原上的两份食粮，都从暗黑的土地里起步、成长。纽玛的叶片冒出大地，向蓝天、太阳、空气、雨水伸出求助之手，不断向地下的果实输送营养，成就了它叶片葱绿茂盛而果实却扁圆、辛辣；青稞的根须向大地深处延伸，向地下的土壤求助养分，给地上的株秆、麦穗输送营养，成就了挺拔于大地上的一株株金黄。纽玛的生命句号是走进水和盐比例合适搭配好的缸或罐子里，成了高原餐桌上的佐料；青稞的宿命要么是青藏高原牧民的主要食粮、燃料和牲畜饲料，要么是经过发酵后，从固体变成了液体，丰富着高原牧民的酒桌，成了移动在高原上的一道酒香。

纽玛和青稞，青藏高原上的两种作物，在很多人眼里或许没任何关系，但它们就像青藏高原上的两名古老的歌手，相遇时便有了类似弹拨的六弦扎木聂和铜管乐的筒钦在一起演奏的混搭风格，那是外界的听众难以理解的妙音合成。

在高原上，纽玛也和青稞一样，被牧民认为是神赐的礼物，是应该受到尊重的吃食。在麻古村，村民就曾告诉我：收获纽玛时，需要提前请喇嘛占卜日子，然后邀请村子里和周围牧点的邻居、亲戚、朋友前来帮忙，几十人甚至上百人在地里拔纽玛，地头是几十个少年牵着牦牛等着驮运，那场景，和收青稞一样壮观。

我多年援建、支教的那个孤贫学校位于囊谦县东北部的觉拉乡，我在扎西措姆家吃纽玛所在的吉尼塞乡在囊谦县中西部，毛庄乡则地处囊谦县的东南端。将和纽玛相遇的这几个点连接起来，不难发现囊谦县可谓遍地纽玛。囊谦，完全可以扮演地球上的"纽玛（芫根）之乡"。

毛庄之夜，我因为有了一碗"纽玛青稞面"及作为喝青稞酒佐料的纽玛，给那次澜沧江之旅添加了一份趣味。晚饭过后，我和几个毛庄乡的干部围坐在牦牛粪燃起的炉火旁聊天，向当地的老者请教纽玛的栽种历史和昂欠部落在这里的历史。给我们做"纽玛青稞面"的那位女厨师中途唱歌助兴，那一嗓子的好民歌，是当地牧民给纽玛的一份有声礼敬。我禁不住问那几位干部：平时吃"纽玛青稞面"时，也会有酒有歌助兴吗？他们反问道：这个难道还要怀疑吗？

哦，两种古老而神圣的作物相遇在一只碗里时，会得到这种待遇的，恐怕也就只有纽玛和青稞了。

四

这片土地高远而神秘，就像澜沧江边石头上盛开着先民凿刻的艺术之花，就像身着绛红色僧袍的传法者出入渡口、寺院和求知路上的身影一样，这里独一无二的地理气候环境，孕育出了具有食、药、饲、商四用的纽玛。如果看待纽玛的目光出现偏差，生育它的土地就会出现疲惫甚至透支。河谷地带的一些村庄将适合种植纽玛的土地集中起来进行规模化、集体化种植，而山坡上那在晚秋时节顽强地露着一小块绿意的纽玛地，犹如上天不小心将一小桶绿色油漆泼洒在一面干黄的画布上，依然保持着我十多年前见到的规模。我曾经就此问过不少牧民："为什么不将如此能赚钱的纽玛多种些呢？"

"不想！"

"如果嫌用牛累且慢的话，可以雇农机耕地栽种呀！"我自以为是地建议道。

"不是这样子的道理。"

"那是怎样的道理？"

"山坡是牦牛吃草的地方，我们种一点自己吃的纽玛，已经是占了牦牛的地了！牛吃草，不伤山；人拿锄头刨地、挖地种纽玛，挖的地多了，会伤着地！"

这就是生活这片土地上的百姓心里的土地观、生态观！那一句话，比我在大量讲述生态概念的书里、在专家教授的生态环保课及生态文学作品里感受到的要深得多！从此，行走在三江源大地上，我不再贸然地问牧民申请吃纽玛或"纽玛青稞面"了，不是它们不好吃，而是怕给这里的土地增加一分伤害！

纽玛，是种植它的高原牧民写给土地的一份生态证词，是树立在它的领地内的一张生态晴雨表。我每到高原上去一次，希望这份证词响亮地回旋在那里的江河间，希望纽玛的领地上，每一寸都是被生态命名的。

岩画说：我是留恋人世的生灵通过石头的再次复活，是昆仑山胸膛里凝固的歌词，是凿刻者留在石头上的时光卡尺与生活记忆，是人、动物和石头在昆仑山中久远回荡的一曲大合唱。

听，石头上的画在念诵昆仑

画以艺术形式被人类创制出来后，有各种形式的命名，而且其归宿多是走进博物馆或个人的收藏中，唯有那些刻在石头上的、没被强行搬进博物馆的"岩画"，永远在天地日月的注视中，叙说着它们描绘的、见证过的岁月。人类生活的几个大洲上，陆续发现了这些躺在石头上的画。昆仑山，是神置放身体的床板，是安放神话与神器的厅堂，更是神最近距离观赏岩画的地方，那是神和人共享的一份艺术。

去昆仑山，有人想着是前往青藏高原的一次美丽路过，有人理解为是遇见西王母和周天子的邂逅之地，也有人会当作和温润的昆仑玉产地的一次相遇。很少有人知道，隐藏在昆仑山深处、高处的一块块刻有图案的石头，就是一面面朝天敞开的大画板，绚烂美丽却藏在地球的第三极腹地。走近昆仑山，就是接近那些被雪水和阳光洗净的画面，能够和这些距离太阳最近的岩画相遇，该是多么难得的一份艺术福利。

没去昆仑山之前，很多人或许臆想着那是一座神话垒砌起来的山，想象着周穆王在温泉般的瑶池边，在鲜花、仙桃、美女、圣乐的陪伴下，和西王母对歌吟诗、乐而忘归，那是众山中浪漫的代表。现实中的昆仑山，和天山、喜马拉雅山、高黎贡山、阿尔泰山一样，是一条跨越国界的山脉。迄今为止，因为地缘因素和地质地貌的复杂性，还没人能够完成一次完整的考察与丈量。即便是国内部分，昆仑山横贯新疆、西藏和青海三省区间，全长约 2500 公里，而且平均海拔 5500 米到 6000 米的恶劣气候条件和诸多无人区镶嵌其间，决定了人类对它的完整丈量不可能完成。即便是想纵越 130 公里到 200 公里的昆仑山，其间诸多如插在雪山之上、朝天亮出一把把白色匕首的冰川，就是一道道竖起的白色禁令，那冰冷而冷峻的寒光，足以让任何贸然闯进者命丧其间。这给昆仑山的腹地造就了一片巨大的无人区，人类在这片土地上生活的证据，就像飘在这里的氧气一样稀缺，那些古老先民凿刻在石头上的画，就是这稀缺证据中的一种，它们不是神话中的西王母的笑脸，也不是祖先望着层峦叠嶂的想象，它们是先民手中的刀和昆仑山上的石面相遇后的真实存在，是一朵朵定居在石头上的云，是古人刻画在石头上的心音，看这些云、听这些音是有难度的。

神话是人类创造的，但承载神话的地方却是大自然。盛产神话的昆仑山里，大量古人凿刻在石头上的岩画，是人类献给大自然的一种神话。

寻访昆仑山，是几千年来一些文人、学者或道教信徒、西王母的粉丝们热衷的一种奢望，对昆仑山岩画进行科学意义上的探险与求证，是一个有门槛的奢侈之梦。

一

每年夏天，那位家在新疆若羌县南部、昆仑山北麓的哈萨克族牧民，就会赶着他的牛羊，向南穿过昆仑山，进入新疆和青海交界的可可西里无人区游牧，甚至会跟着那些脑海里没有行政规划意识的牛羊，慢悠悠地深入到青海省境内的昆仑河源区，那里除了从新疆若羌县境内过来的哈萨克族牧民和青海省格尔木市境内流牧的蒙古族、藏族牧民外，很少有外来人的足迹，野牦牛是那里规模最大的"原住民"，那条贴着昆仑河走向的沟被牧人们称为"野牛沟"。

1987年初秋的一天，在海拔4000多米的野牛沟口，那位哈萨克族牧民突然看到有四个人跟在驮着行李的牦牛后面，从沟口缓缓进来，这引起牧民的紧张和不解：野牛沟里，除了像他这样的牧民，是很少有人出入的！那四个人逐渐走近，走在前面的那位向导向牧民打听："听说这条沟里有刻在石头上的画，请问您知道吗？"

牧民和向导简单对谈后，很快了解到，向导是从昆仑山下找来的当地蒙古族牧民，另外三个人从穿着打扮与脸上没被高原阳光晒黑等细节判断，他们绝对不是牧民，也不是那些在夏季来盗猎的不法分子。

蒙古族向导告诉哈萨克族牧民，那三位是青海省文物考古研究所的年轻研究员汤惠生、张文华和孙宝旗。一听这三人要找那些散布在野牛沟两边山梁上的石头画，牧民替他们担忧起来：再往野牛沟里走，就是那些体型庞大、性情古怪而暴烈的野牦牛的地盘，只要它们活着，天上的鹰和地上的狼都拿它们无可奈何，何况，山沟里不乏狼与熊出没。

牧人会以望天、观地、看云、盯草、寻找刻在石头上的画等，打发寂寥的放牧时光。他们对那些刻在石头上的画并不陌生，这是他们的先民在大山中放牧时打发时间的一种主要方式，他们是藏在山石上那些刻画的制造者，也是阅读者、欣赏者，他们的后人也是发现这些岩画的最佳捕手。在无聊的放牧日子里，想念一头跟随自己多年但前不久去世的牛了，牧人就凿刻出一头牛，好像这样就能挽留住那头牛的生命，是那头牛生命的另一种延续，反正日子充足得像从天空洒下来的阳光，刻完一头牛后，那就刻第二头牛，这也是野牛沟里那些石头上的画中超过 60% 的内容是牛的原因之一吧。牧人看到公牦牛和母牦牛在草地上交配的场景时，或许就想起了和心爱的女人一起欢爱的情景，就拿起刀子在石头上刻画那种私密的场景，尤其是将男性的性器、女性的乳房与阴部极尽夸张地放大。没有人要求他们在凿刻过程中要遵循这个规律、服从那个规定的，他们将观察和想象结合得非常完美，恨不得刻画出一柄柄世界上最坚硬、硕大且挺拔的男人性器，赋予它们能穿过山间之石和岁月之墙的力量。在这些创作者的刀下，石头发出欢快的呻吟，完成的画面上，女性的胸部丰硕得能盛得下群山，也能放得下他们那幻想着吮吸出黄金蜜汁的嘴唇。除了牛羊题材和男女性爱的画面，衔着白云在天上巡查的鹰，奔窜于青草间的兔子，捕食牛羊的虎和狼，都缓缓地走进了他们的刀下，成了刻在石头上的文身与记忆，也给眼前的这三位从西宁出发前来昆仑山里找"石画"的人，留下了研究的资源。

距离汤惠生和哈萨克族牧民相遇 34 年后，我出现在野牛沟。指引我前往昆仑山的"向导"，是汤惠生所著的《经历原始：青海游牧地区文物调查随笔》一书。那本书里，有他在青海南部、西部调查岩画的多篇文章。2004 年夏天，我看完那本书后，"什么时候能够去看看那些岩画"的愿望，像高原上一场隆重法事前的煨桑，在我的内心里袅袅生成。

我和汤惠生的第一次相遇是在银川举办的一场国际岩画研讨会上，最后一次是 2021 年 10 月 18 日在成都召开的一个学术会议上，谈起《经历原始：青海游牧地区文物调查随笔》记述的情景，他依然历历在目。1987 年 7 月，汤惠生和同事张文华、孙宝旗组成的岩画考察小组，前往位于格尔木市郭勒木德乡的野牛沟进行岩画调查。那时，他们从格尔木出发前往野牛沟里的四道沟，来回骑马需要八天时间。

那时的郭勒木德乡已经改为镇了，昔日从格尔木前往西藏的简易公路已经变成了宽敞、平坦的京藏公路了，从格尔木市区出发，大半天时间就能抵达四道沟。曾经，属于哈萨克族人夏牧场的四道沟，像一个古老的战场在硝烟散尽后徒留残垣断壁，只是留下了哈萨坟、哈萨沟等地名，再也没了哈萨克族牧民的生活印迹，变成了郭勒木德镇辖内的蒙古族牧民的牧场。

那年，从格尔木出发四天后，汤惠生和同事、向导才进入野牛沟，那是昆仑山中的河水最饱满的季节，冰雪融化让河源地像一个个近乎被挤爆的、刚生完孩子的少妇乳房，往外喷射着乳汁般的河水，暴涨的河水淹没了牧人和牛羊在河边踩出的小道，增加了这个季节进入野牛沟的难度。逆着昆仑河而上，我一边徒步而行，一边仔细对照汤惠生在书中记述的、他当年涉水过河的几处地方，那儿都已经修建了桥梁，估计也是为了方便牧民赶着牛羊越过昆仑河。按照一年中过桥的车辆和牛羊数量算下来，这几座小桥应该是世界上最闲的桥。当年，他们骑马走过的河边滩地上，早已修好了一条旅游公路，路边不时出现文旅部门竖着的景点提示性质的水泥牌。那时，汤惠生和同事骑马进入野牛沟，过河时，马背上的食品袋与睡袋被水打湿，食品袋里装的方便面与饼干全部掺在一起成了面团，他们只好吃哈萨克族牧民打的兔子肉。抵达四道沟的下午，一场骤降的大雪改变了这里的景象，一夜间，白茫茫的雪盖住了山川，他们要找寻的岩画犹如玩捉迷藏游戏似的藏在了雪下面。他们只好等太阳出来，覆盖在地面上、岩石上的雪融化后，那位哈萨克族牧民才凭着记忆带着他们找到南坡那些刻有图案的岩石群，30 余幅动物岩画才亮出面容：野牛、骆驼、马、鹰、熊等动物，也有放牧、出行、狩猎、舞蹈等场景。汤惠生和同事根据微腐蚀方法测定，这些岩画是公元前 1000 年左右的作品，也就是说，它们在这里已经沉默了 3000 年左右的时光。在汤惠生的眼里，这些岩画中弥足珍贵的一幅是上面有众人手拉手舞蹈的场面，这与青海省东部的大通和宗日发现的著名的马家窑彩陶盆上的舞蹈场面非常相似。这让汤惠生通过岩画将新石器时代农业文化和青铜时代游牧文化之间的继承或渊源关系联系在了一起。

二

我没有汤惠生先生那样幸运地和野牛沟的岩画有那么早的邂逅。我第一次抵达昆仑山下时，是 20 世纪最后的一年秋天了。20 世纪 80 年代末期涌起的淘金潮，把来自内地的一批又一批淘金大军推到这里，开始在源出昆仑山脉的一条条河沟边疯狂淘金，留给生态本就脆弱的高原一个个伤疤。他们不是这片高地净土的主人，不会像岩画的创作者那样热爱这里并留下美好的印记。高原上没有我们理解的道路，只有动物迁徙时在青草与荒山间踩出的一条条浅浅的印迹，能提供给动物与牧人足够的记忆、提醒。淘金大军来后，皮卡车、拖拉机、摩托车在突突突的马达声中，排气管里冒出的黑烟熏坏了青草的肺，吵醒了沉睡的高原。淘金潮伴生的是猎杀高原动物的热潮，各种车辆在一道梁到七道梁间的原始草场上压出的路，像一个刚学会理发的人，在别人那一头浓密的黑发间乱剪出一条不规则的线条，醒目而丑陋。那一条条宽窄不一、车辙深浅不一的山路上，或通往山背后的高原湖畔，或通向高山草甸深处，驶过山路的各种车辆上，曾驮载过多少高原生态的杀手，他们让野牛沟河水也失去了清澈容颜。

听当地牧民讲，淘金大军和盗猎大军没来之前，在一道梁便可见到羚羊、黄羊、狼、野牛等动物，现在到了七道梁都很难见到这些动物的踪影。它们带着惊恐的心理逃离了本该属于它们的家乡，它们的体内埋下了恐惧的种子。最初的逃离者一定用它们的语言告诫后来者：这里的水和草不再能养活我们，来这里的人拿的那种叫枪的东西，从枪管里飞出的子弹跑得比我们快，它能夺走我们的生命。这种告诫，一定在动物们中间暗暗传递。动物们的撤离，让那些刻在石头上的动物，永远地失去了它们在这里曾生活过的有力佐证。

我最后一次进入野牛沟，是2021年的"五一"假期期间，看到了另一种对高原草场的伤害正像场场积雪一样累积着：从野牛沟到瑶池的公路三期工程已全线通车，这条旅游公路全长110公里，就像一把尖刀划过昆仑河谷，沿途其实没有多少游客，偶尔一辆挂着外地牌照的越野车呼啸而过，排气管里飞出的阵阵黑烟落在路边的青草上，就像撒下了一层毒药，汽车发出刺耳的轰鸣声和下车拍照的游客兴奋的尖叫声，成了这片土地上的主调。那些车辆，在寂寥的昆仑河谷里，就像大海里行驶的快艇一样，对当地的文旅经济发展究竟能有多大的促进作用呢？任何一辆汽车和游人都是这里的过客，一毫克的废气，落在如此高海拔的青草上，就是一场黑色的梦魇；一分贝的噪声，飘在如此寂静的高原上，就是一群红色的杀手。生态平衡不仅是指动植物的数量平衡，更是声音、气体等非生物因素间的空间平衡。

写有"野马滩岩画"的红底白字路牌，像一位盛情的门迎，邀请我往公路北边的那片草地走去。5月初的高原，从河边往山脚下，地上的枯草像是铺了一道宽阔的黄色地毯，说是野马滩，已经看不到一匹野马了。这些敏感、警觉的高原精灵，早在大量淘金者和盗猎者来到这里时，就已带着惊恐撤离了它们的祖先固守的家园，向昆仑河源头地区及两岸群山背后而去，让羚羊和野驴变成了这条大毯上的主角。我踩着脚下的荒草慢慢行走，不时看到不远处的羚羊抬起头来，它们一定惊奇于穿着红色冲锋衣的我，像是一堆滚动的火，闯入了它们的领地。刚出现在昆仑河北岸的野马滩岩画点，就听见一阵摩托车的轰鸣打破山谷的宁静。抬起头朝发出轰鸣的方位望去，只见一团绿色骑着一团红色飞卷而来。当那团红绿相间的云状物停在我眼前时，我才看清是一位穿着军大衣的年轻人驾驶着一辆红色摩托车。车子还没完全停稳，年轻人就一边熄火，一边急忙将右腿一抬，从摩托车右边的脚踏板向地面上划出一道近乎180度的弧线，双脚并齐停稳的同时，眼睛却一直盯着我，一句带有严厉口气的话从他口中飞来："跑这里干什么来的？"语气中透露着他的恼怒。

把摩托车停稳后，他冲到我眼前，继续用严厉的口气责问我是干什么的，跑这里来做什么。他仔细而严苛的盘查，让我也心生不快：这么大的青藏高原，你又是干什么的？外地游客到这里来，难道就得接受这样的待遇？

我们之间简短的一段对话后，误会像太阳出来后很快融化的薄雪一样消除了，我们开始向对方表达敬意：得知我万里之遥来这里，是为了修订之前创作的《青海之书》中关于昆仑山岩画的内容，他脸上绷紧的肌肉放松了，随着带歉意的笑而露出了远处山顶上积雪般洁白的牙齿。他的经历也赢得我的敬重：他叫金宝山，家就在河对岸低洼处的一片草场上，作为全乡第一个考到北京的大学生，在中国人民大学读法学专业，毕业后被分配到格尔木市公安机关。在京求学让他知道了岩画的意义和价值，他既为野牛沟里分布有这种古老的文化遗产而自豪，也为那些孤独蹲在一块块石面上的岩画没人看管而担忧。在格尔木工作期间，他每次回野牛沟的老家时，总要去看看那些离家近的岩画。这种对岩画的放不下，像一层又一层雪积累着，终于让他以放弃公职、回家守护岩画这种方式形成了他内心的雪崩。他也是全乡第一个放弃公职回到老家，重新回归牧民身份的人：一边放牧，一边义务看护岩画。夏天，他骑着摩托车，赶着牛羊到昆仑河北岸高山上的夏牧场，羊在山坡上吃草，他的眼睛像是架在山梁上的雷达，警惕地巡视着那些岩画点。一旦发现有人走近岩画，他就像一名发现异样情况的侦察兵，迅速端起自己买的那台望远镜，一旦确定是陌生人接近岩画点，便立即骑上停在身边的摩托车，犹如一只主人的牧场受到外来动物侵扰的藏獒，奋力朝入侵者奔去——他就是这样身穿绿色军大衣、骑着摩托车来到我身边的。

位于昆仑河北岸的"野马滩岩画"点，其实是一座小山包，远远看上去像是一头朝北边群山叩拜的小狮子，被一道近乎2

米高的绿色铁丝网完整地保护了起来，就像牧民防止狼群伤害牛羊而用牦牛粪垒起的一道羊圈，这道铁丝网就是那头趴在地上的"石狮子"的安全网，也为我这样不远万里来这里考察、书写岩画的人，增添了难度。金宝山直接将我带到那头"石狮子"右臀部位，指着那上面的一组岩画："哎，真要找的话会费你不少时间呢，岩画全在那块石头上！"岩画距离铁丝网不是很远，虽然分布在山包的东侧，在下午时分有些逆光，我将头尽力贴近铁丝网，在那一块约 3 平方米的岩石上面，逐一看到那些敲打而成的图案。隔着铁丝网，我像一位清点归牧牛羊的牧民，数着卧在大石头上的岩画，总共有 41 幅，以骆驼、羊、鹿、牦牛等形象为主，有的岩画上还有类似文字的符号。和我这些年为了考察中国的岩画分布到达的北方地区岩画内容基本相似，无论是新疆阿尔泰山、内蒙古阴山，还是甘肃祁连山、宁夏贺兰山境内分布的岩画，它们的内容似乎都惊人地一致，都是游牧在北方大地上的那些生灵们的生活图景。是那时人类的审美与表达有着惊人的一致性吗？

看完野马滩的岩画点，我和金宝山席地而坐，向他了解昆仑河谷的生态、历史、牧民生活。得知他喜欢喝酒，出于对他守护岩画的一份敬重，我从后备箱里拿出之前准备好的，打算到一些垭口、文化遗址敬献的白酒送给他！

辞别金宝山和他看护的"野马滩岩画"点，按照金宝山指的方向，我朝昆仑河南岸而去，那里有数量更多、内容更丰富的岩画点。

在一座连着一座、一座长得像另一座的干黄山脉中，找一座藏着岩画的山梁，是一件很不容易的事情。幸好有金宝山给指出的大致路线，让我跨过昆仑河上的那座简易的水泥桥不久，就看到围在一处山脚下的绿色铁丝网，犹如给那条黄色的山梁围上了一道绿色的裙边，在满眼枯黄的高原5月之初，那道醒目的绿色成了一种强有力的信号，走到山脚下，"野牛沟岩画"点字样的水泥碑明确无误地告诉我：目的地到了。

水泥碑像是一位尽职的哨兵，守卫着身后那一条爬满岩画的山梁！在昆仑河之侧、昆仑山腹地，在海拔超过4000米的这道山梁上，能看到岩画该是多么不易。踩在一条条石头缝隙间，我小心地寻找安放脚的合适位子，然后像一头猎豹似的在一块块石面上寻找岩画，尽管每一个动作都缓慢如老人，高海拔还是让我气喘吁吁，但每看到一幅岩画带来的激动又是下一脚迈出的动力，我简直就是闯入了一座岩画的仓库，看一幅我记一次数，数着，数着，嘴里轻声念叨的数字快接近"200"时，脚下突然一滑，一声"哎哟"中竟然忘了数着的岩画排序。除了常规的牛、马、狼、羊、驼等动物和人骑在马上的图案外，给我印象很深的有这样几幅：高大的双峰驼；犄角比较形象且夸张的牦牛；性器比较夸张地近乎垂到地上，让人猛地一看像一头长着五条腿的牦牛。最令我感到惊奇的是这一幅：一匹马的后面，站立着一个从比例上看非常高大的女性，马的身子才到她的腰部，这是一位穿着连衣裙的女性，右手握着一只鸟儿，那鸟儿的身材比例比女性的脸稍微小些，让我立即想象到它是一只巨大的、类似高原秃鹫的巨鸟，它代表着女性掌握着一种神秘力量？还是想放飞什么？女性的左手臂下垂但和腰部保持着一定距离，这样和右手形成了一种协调的姿势；女性的脸部比例也有些夸张，上面清晰地刻着嘴和眉毛，但却形象地展示了她的相貌；最为夸张且醒目的，是女性头顶的刻画，猛一看是非洲女性般的蓬发，却又让人联想到那是一顶桂冠，无论是头发，还是桂冠，其在整个岩画画面中所占的比例，近乎女性身边站着的那匹马的大小。要我评选这个长满岩画的山梁中的最佳岩画，或者从岩画角度出发的镇山之宝，无论从构图的夸张与形象及带来的美感，还是凿刻的清晰与集合的元素及表达的意境，眼前的这幅岩画都是当之无愧的"昆仑岩画之王"。

当那幅模糊的车轮状岩画出现在我眼前时，我的内心犹如一面小湖里掉进一块大陨石。在长期漫游于中国岩画区的考察中，我在阴山和贺兰山发现车辆形象，就足以让我感到震惊；在通天河流域的岩画群里，我发现车辆的岩画内容时，内心里已经涌起一层层惊奇的浪花：通天河流域的车辆岩画从车辆的拉载形式上看，基本分为三种，第一种是牛驾车辆，第二种是马驾车辆，第三种是无挽畜车辆。其中，牛驾车辆的挽畜为役力较强的犏牛；马驾车辆一般为单辕双轮车，有位于车辕左右的服马，也有位于服马两侧的骖马。这类岩画主要分布在曲麻莱、称多两县。位于昆仑河上游的野牛沟，岩画中竟然也出现了车的图形，这不仅说明这些岩画的创作主体是中国境内青铜时代的族群，而且还为这些古人是本土的还是外来者埋下了谜面。按照今天的思维来理解，车辆形状出现在岩画里，确实有些匪夷所思——别说它们在几千年前的高原上没路可行，就是几十年前的昆仑河边，也没有可供这种简易的双轮大车行驶的路呀。

美国匹兹堡大学的华人历史学家许倬云在他的《万古江河》一书中曾提出："在公元前第二千年纪的中期，西亚、南亚、东欧、北非的族群移动十分频繁……这些族群移动，都伴随着战车的传播。"没有文献资料为他的这种提法提供例证，但岩画或许能提供一些线索：沿着一条自欧洲到亚洲的岩画之路，我们会发现这也是一条车的蔓延之路，而岩画中的车辆画面进入中国的北方大地后，就出现在了昆仑山—天山—祁连山—贺兰山—阴山这条线上。如果深居昆仑山中的岩画创作主体是沿着欧洲到亚洲的岩画之路而来的，那么青海大地上的古人类中就有了一群神秘的"外宾"。

在天山和祁连山这样一个连接西域、中亚的大通道上，出现岩画中的车的形象不难理解，然而，从昆仑山的野牛沟到通天河流域的岩画带上出现的车的形象，确实不可思议，它和昆仑山的神话一样更能激起人的想象。无论是昆仑山里的野牛沟，还是通天河流经的曲麻莱县和称多县的滨河岩画点，当地至今也没有可供车辆通行的道路，这些石头上的"车辆"简直就是从天上掉下来的，这些躺在石头上的车，其实是躺在云彩之上的，是真正的高车。一个消失在历史深处的古老族群"高车"很快从我的脑海里蹦了出来，随之是已故的青海著名诗人昌耀的那首《高车》："从地平线渐次隆起者 / 是青海的高车。// 从北斗星宫之侧悄然轧过者 / 是青海的高车。// 而从岁月间摇撼着远去者 / 仍还是青海的高车呀。// 高车的青海于我是威武的巨人。/ 青海的高车于我是巨人之轶诗。"诗人呀，把高车从冰凉的石头上唤回烟火人间，把高车从古老的史籍中拽回诗歌的领地。

在 20 世纪 50 年代的青藏公路修通之前，人类抵达野牛沟或穿越通天河流域基本依靠步行或依赖牦牛驮载物品，没有可供车辆行走的道路。那么，这些车辆形象的出现，该作何解释呢？昆仑山和通天河流域的车辆岩画形象，说明生活在这里的民众在几千年前已经拥有了成熟的造车技能吗？还是从外地传来了这样一个奇特的"物件"？昆仑山的这些岩画车辆图，足以让学者们费解不已，可惜，岩画学者并没有注意到这个问题。

那个带领汤惠生前往野牛沟的哈萨克族牧民的身份和他后来撤回到新疆老家的故事提醒了我，让我从这样一个角度来解释通天河与野牛沟的岩画车辆：3000 多年前，青藏高原在地壳运动中仍处于抬升阶段，但海拔没有今天这样高，可能是游牧于新疆的牧民，"引进"了新疆岩画中的车辆。出现在昆仑山和通天河流域的车的岩画，是碾过云彩没能挽留住的时间肌肤，将车辙刻印在了石头上，是俯视地平线的记忆容器，是时间托付牧人和石头锻造的记忆巨人。

岩画学者认为，野牛沟岩画系用铁制工具打凿而成，这些古老艺术品的完成，需要多少铁制工具？然而，在一个连人都很难抵达的地方，铁器是从哪里传来的？周围几百公里都是无人区，甭说炼铁遗址，连铁矿也没有，何来铁器？创造这些神奇之物的人，究竟是谁？

野牛沟里的岩画约有 200 个个体形象。从内容上可分为牛、鹿、骆驼、狼、豹、鹰、狩猎、出行等。牛的形象在岩画中占很大的比例。除了少数处于被狩猎状态外，大多为单独的、静态的牛。不难推测出，这里的动物中数量最多的应该是牛。

　　野牛沟和通天河流域的岩画发现，无疑宣告了这里是中国北方大地上海拔最高的岩画区，也成了解读青海大地上史前人类在这里生活的一个重要渠道，是昆仑山的另一种神话书写方式与艺术创造方式。神话的特色在于其虚无缥缈，而岩画却将昆仑山的另一种神话以图像方式展现。

　　天色渐渐暗了下来，那些长久隐居于此的岩画，像它们的身世一样也渐渐变得模糊了。站在背负着野牛沟岩画的那座山梁上，我感到脚下传来成千上万在石头上休息了数千年的动物们的呼吸，感到脚下的山岗不是一座看起来很普通的、和周围山梁一样的石头堆，而是由200多幅岩画构成的一座储存时间与艺术的仓库，一场关于昆仑山先民的记忆沉淀。那些岩画的凿刻者，或许是和我在本文开篇中说的哈萨克族牧民一样，是时光之眼中的过客，但他们把和无聊抗衡作为动力，在石头上刻留了他们生活的印迹，留下了一份后人追忆他们的念想，一份文化口粮。随着太阳往远处的昆仑山深处下沉，远处的昆仑河逐渐改变了肤色，从黄昏时的金灿灿变得银光粼粼，从泛着银光变得黯淡下去，仿佛有一层层淡淡的墨粉细细落在上面。昆仑山像一位在紧促变场间抓紧更换戏装的演员，在漫天星光的注目下，又亮出另一种颜色来，映衬着装满岩画的这片山岗和周围群山的幽暗。我像是卡在看完一场精彩演出、等待另一场演出上演的空隙处，在暮色中匆忙扎好帐篷，吃完用昆仑河水泡得半软半硬的方便面，开始坐在岩画点所处的山岗前，俯视着昆仑河，怀抱着穿插在天地间的夜色，聆听那些从岩画上爬出来的声音，那才是这片土地没有受现代文明折磨之前的真实呼吸。岩画创作者早已不在，作为岩画创作者模特儿的那些动物也早已不在，但它们的后代像山坡上的青草一茬又一茬生生死死于此，像不远处的昆仑河的后浪不断推送着前浪奔向远方，岩画是昆仑河的庄稼与风景、记忆与财富。岩画上的动物仿佛从夜色中起身，再次观察它们曾经生活过的土地有什么变化，聆听它们的后代发出的声音有什么不同。夜色渐浓，昆仑河的夜流在寂静的高原上荡漾，像一股细细的风在吹拂。这是高原打开另一副嗓音的时候，从牛的胃里传出草被反刍的声音，从河床边传来流水离开这里的忧郁，从山岗上传来狼要出外觅食的呼唤声，从山顶上传来白天的落雪在冰川上被冻结的声音，从地表下不远处传来草的籽粒积蓄力量想奔赴地面上的春天而发出的喘息声，从牧场上传来野牦牛勾引家牦牛的发情声，从远处流牧的帐篷里传出男女牧民的呢喃声。每一道声音都是那些躺在石头上沉睡数千年的生灵们的一次复活，这种复活也仅仅在夜晚上演。一幅岩画，就是这高原上昼夜之间的距离，昼夜间潜伏的、惊蛰的声音，是昆仑山胸膛里的歌词，是这些声音的主人为各自生活所谱写、弹奏的颂歌，这些颂歌集成了高原独有的夜晚大合唱。每一幅岩画，就是那些躺在石面上的生灵在世时的声音舞台。千百年来，变的是什么，不变的又是什么？今夜，我在万物以另一种方式沸腾的高原，聆听那些石头上定居的动物与人类的声音再现，寻找高原上几千年前的文明证据。岩画说：我就是昆仑山、昆仑河、青藏腹地中人与动物、石头一起生活的证据，我是声音的凝固，我是生育的封藏，我是留恋人世的生灵通过石头的再次复活！

三

告别野牛沟，我沿着汤惠生当年在青海西部的岩画足迹，贴着昆仑山脚而行。

昆仑山像一个孕育了岩画的母亲，它的岩画儿女长大后要出门远行，它们在昆仑山下友好地告别，掩起不再相遇的悲伤，开始在青藏高原东部边缘的漫游，不带行李和盘缠，不带山的预言与水的纠缠，带着青稞的心和青草的注目。其中的一路沿着通天河向东，在江水的涛声里留下足迹，那是江水映照中，悬挂在崖壁间的一封封信，等待着像我这样远路而来的读者；另一路则顺着昆仑山北支布尔汗布达山的走向，奔向青海南山、祁连山方向，末梢处和从天山延伸向祁连山的岩画之路融合。这一路上的岩画点，像是一座古老钱庄里叮当作响的零钱，珍贵而发亮，构成了中国北方一片辽阔的岩画王国。这两条线路，就像是从昆仑山腹地长出的一对岩画的翅膀，让昆仑山成了一座"载着文身飞翔的山"。位于天峻县江河乡卢山东坡上的卢山岩画，是这个岩画王国里的一个小部落，好似昆仑山岩画往东延伸途中的一处重要驿站，里面长期驻守着20多组岩画，最大的一组有20平方米左右，上面刻凿着200余个岩画形象。

神话时代和人类信史时期的空白，是考古学家和历史学家定义的史前人类时期。现代人的直接祖先智人是填补这个历史空白期的主角，他们留在大地上的生活痕迹成了今天我们解读彼时人类生活的重要信息。在考古界甚至有这样的说法：正因为智人创造的岩画文化，才被认为是完全意义上的人类。

古人的生存智慧有很多表现形式，岩画就是其中之一。游牧者在山与水之间寻找一个巧妙的距离或平衡，通天河边的岩画就反映着游牧者处理山水关系的高超技巧，卢山岩画同样如此，它既在高山草场上，又保持和青海湖80公里左右的距离。岩画区周围水源充足，牧草肥美。在江河乡，我向当地牧民打听卢山岩画时，几个牧民哈哈笑起来："那有什么好看，是男人和女人乱搞的。"朴实而精准的描述，和那些岩画真实反映当时游牧生活一样，这片土地保持着一种从祖先那里一直传承下来的真。

牧民们说的流氓画出现在了我的眼前：男女交配图。高原和草原上，生命的延续很重要，古人将这种有关生殖和交配的愿望刻印在石头上，这些图案在祁连山、贺兰山和阴山已经很常见了。

汤惠生从卢山岩画中的一幅"蹲踞式人形"和虎的形象，推测卢山岩画乃至青海地区岩画是由匈奴人从北方草原地区带到这里的。但我却纳闷：昆仑山和通天河流域可从没出现过匈奴人呀。何况，据后来的岩画学者们研究，野牛沟岩画距今已经3200多年，天峻县江河乡的卢山和天棚乡发现的两处岩画，距今2000多年和2300多年。到目前为止，青海境内共发现岩画地点15处，主要分布于海北、海南、海西和玉树地区，也就是说，昆仑山的岩画至少在青海境内是一个巨大的源头，如江河之流沿源头向外流去一样，卢山和天棚的岩画点，就是青海岩画的中下游了。

昆仑山东麓、青海高原西部出现的岩画中，和中国其他地方不同的一个特色在于其独特的题材——牦牛、马、犬、羊、鹿、骆驼等动物出现，表明这些先民已经成功地驯服了这些高原上的精灵，尤其是卢山岩画中骑马人的形象则表明生活在这里的古人类已经骑马出猎，和野牛沟里那些不见骑猎的岩画相比，证明马的生活区域主要集中在柴达木盆地中东部，也从侧面说明卢山岩画要比野牛沟岩画晚，或许更能说明青海的先民是以昆仑山为原点四处迁徙的，昆仑人是青海当之无愧的最早先民。

我仿佛沿着一条岩画之河，继续顺流而下，位于祁连山西麓、青海湖北岸的刚察县哈龙沟，就是这条低调但澎湃的岩画之河上的码头。1970年代末，哈龙沟里的一组岩画被发现的消息刊登在《青海社会科学》上，这是岩画在青海被正式发现并向外推介的标志。1980年代初的一天，长期寂然的哈龙沟里出现了原青海省文物考古队的苏生秀、许新国和刘小何的身影，他们对哈龙沟岩画从考古学角度重新加以考察，并与青海省都兰县巴哈莫力沟发现的一处新的岩画地点一起加以报道，发表在《文物》杂志上。这标志着从昆仑山腹地出发的岩画之河，蜿蜒数千里，穿过柴达木盆地抵达祁连山西麓，在中国的岩画版图上，犁出了一道壮阔的庄稼。

从野牛沟到巴哈莫力沟再到哈龙沟，从昆仑河到香日德河再到布哈河，游牧的先民，用刀和石合成的鞋底，在辽阔的高原上留下的印迹，也是我顺着昆仑山的走向之一，寻找一幅幅挂在地球高处的石画的路途——以昆仑山腹地的野牛沟为起点，以祁连山西麓的哈龙沟为终点。

柴达木盆地的每一个地名，是一枚朝天而立的银针，闪耀着命名者的智慧和乐观、期许与希望；每一个地名，不仅是一处地理标识，也是一根永不褪色的文化标杆，顽强地存活在这片大地的注视中。

大地命名者

命名大地是人类在地球上的一项特权，这项特权的使用有着不同的缘由：敬畏、热爱、浪漫甚至仇恨。但缘于恐惧的一面，却很少人知，尤其是命名者遇到、深入一片陌生之地，或因自然原因，或因战争等人为因素，常常会被莫名的恐惧左右，这种恐惧渐渐随着时间的推移而隐退在被命名之地名后，甚至还会被演化为一种谈资。

那是一片相当于英国本土面积的荒原，像一头巨兽倒地的僵尸，丘陵、荒滩、沟谷、雅丹地貌、咸水湖泊是它的纹理或胎记，对这片死亡之地的进入，要克服怎样的恐惧才能完成？对这片荒凉之地的命名，该需要怎样的勇气与智慧？这种命名，是偶然相遇后初恋般的感觉下喊出对方的乳名，还是需要长时间接触后中医把脉般地诊断出其病名？

那片25万平方公里的土地上，一群人、一代人甚至两三代人在进行勘探、打井、出油、运输等工作中，完成了对分布其中的很多地点、地段的命名，那是一个浩大且漫长的过程。

青藏高原边缘的阿尔金山、昆仑山和祁连山，像一只古老而神秘大鼎的外沿，鼎的内壁像一个凹下去的、平均海拔2800多米的大火盆，朝天张着巨大而干渴的嘴，口腔内植被稀少且没有定居的人类，湖水是咸的，山体大多是被太阳晒得发红的雅丹地貌。一旦起风，山谷里厚积的黄沙会卷出一层隔绝大地和天空的厚毯。

这个大火盆下，地火在人类的视线外日夜不停地炙烤。地下演奏的黑色之歌，让听众的耳朵陷入沉睡状态。那燃烧的地火，它的灰烬是什么？1950年代以前，这些都没有答案。

一

命名一个地方的人，该拥有多大的话语权。他们或拥有丰厚而高端的政治资源，哪怕对一个地方随口一说，就让那里有了相对于"乳名"的"官名"；他们或长久生活于此，根据地理环境、物产、地形等取名；他们或匆忙路过，睹物观形地拿故乡或沿途地方为参照物，定义了他旅途中的一个地方，但被后来的更多路过者沿用；他们或为政一方，根据这个地方的经济发展，将新出现的地名逐步上报，经国家权威部门认定。

那片荒原叫柴达木盆地：这里的山、湖、沟、泉、梁，大多是一群时代的邀约者，从千里之外的不同地方集聚于此，在完成他们的工作过程中，无意中成了这片大地的命名者。他们嘴里轻轻吐出的地名，像生长在这里的一株株生命力顽强的植物，被历史装进了这片大地的档案袋中，以各种颜色或姿态，深深地锲进荒凉与寂寥。

古老的柴达木盆地中，那些年轻的地名，让我想起电影《你的名字》中的那句台词："我想重新认识你，从你叫什么名字开始。"那些地名，是我了解这片荒原的向导，它们带着我，一次次翻越橡皮山、祁连山、阿尔金山，进入柴达木荒凉的体腔内。

认识柴达木，首先从"柴达木"这个地名开始。百度一下即可得到答案：柴达木，蒙古语"盐泽"。常年的跟踪、整理、书写，让我对和硕特部落非常熟悉。在和硕特蒙古语中，"查""柴""察"等发音相近的词汇，都有着白色的意思；"汗"和"旦""达"等发音相近的词汇有着湖、池的意思，这在内蒙古阿拉善盟境内的盐湖"查汉池"和青海西北部的"柴达木""察汗"等地名有着体现；木，后缀在"柴达"组成的词汇后面，就有了"地方"的意味，比如"格尔木"就是河流密布的地方。"柴达木"合起来，就是"白色盐湖之地"。

语言如风，随着游牧民的足迹，在昆仑山、祁连山和阿尔金山之间的山峦与草地间穿梭，牧民对沿途所经牧点的命名，就带有明显的民间意味，简单、精准、形象。

柴达木，这个地名就出自蒙古族牧民之口。

青藏高原向东北方向低倾时，甩包袱般地想把这块高海拔的干旱之地扔出去，形成一片辽阔的泄洪之地般的高地；阿尔金山和祁连山又像两道耸立的高坝，分别从北、东两个方向，拦住了这片从高处泄来的干枯与旱黄，犹如奔涌的江河遇到大坝拦截后形成平静的湖面，避免了让这道巨大的旱流和新疆南部戈壁、内蒙古高原、黄土高原连成地球上最大的荒凉之地，这也导致了这片泄洪之地处于一种与世隔绝的窒息状态。

四周绵延的大山，给这片相对凹下去的盆地镶了个不规则的盆沿，最高处会有常年不化的积雪，向试图进入这里的人发出白色封条般的禁令，将这片大盆地和外界切断。偶尔有通气口般的山间小路，崎岖难行得连动物都懒得穿越，让柴达木渐渐变成了人类记忆之外的角落。

人类进入柴达木的探险脚步，像夜空中偶尔划过的一两颗流星，流光飘过天幕后将幽静归还给这片土地。翻越群山后偶尔闯入盆地的牧民，像一艘艘贸然飘过这茫茫荒海的小舟，驼铃、羊咩、马蹄声构成的细弱之音，很快就被这里巨大的冷寂淹没。吐谷浑王朝通过这里进入西域的古道，早已消失在荒滩上；民国政府时期修建的、从青海通往新疆的简易公路，没跑过一辆汽车就终结了它的使命，犹如一块石子掉进大湖中，一两朵浪花之后，平静如初。

走进柴达木之前，我尽可能地补课，找各种文史资料，试图在大脑中勾勒出关于柴达木的理想状态，这种想法在各种尝试后失败了。游牧时代留给这里的人文历史，像这片土地的表层呈现出的景象：荒芜！进入工业时代，地球上似乎没有人类唤不醒的地方。1953年，这片沉睡的大地开始被钻井、运输车、勘探者的脚步吵醒，那是源自一场国家对石油依赖却严重缺乏石油的恐惧。

北京市海淀区东边，北五环和北三环之间连接南北的那条路，因为集中着新中国成立后的八大高校，而得名"学院路"。21世纪第十个年头的后几年，我北京的工作室就在学院路旁、紧邻北京林业大学的一个工业园内。早上跑步、黄昏散步时，穿过清华东路就能到中国石油大学；沿着清华东路向西而行，就能走到清华大学。一个叫葛泰生的人，让我将这两座学府联系在了一起。

如果说清华大学地质系1952届的学生是一盏盏灯，那届毕业生档案中最闪亮的一位应该是葛泰生。那时，以"工业血液"之称的石油，在启动的大规模经济建设中要唱主角，最高领导人毛泽东面对那种需要进口但花钱也买不到的战略资源——石油——面临的窘境指出："要进行建设，石油是不可缺少的，天上飞的，地下跑的，没有石油都转不动。"

找石油，成了中国当时的大课题；石油，是克服国家恐惧的一剂良药。时任国家副主席朱德的焦虑，印证了这种恐惧："一个钢铁，一个石油。五百万吨钢铁，五百万吨石油，就能够战胜任何侵略者！"

500万吨，这是中国大港油田如今一年的石油产量，但在70年前，就是能决定当时的中国经济发展的重要因素，是中国这个巨人能否快速行走的口粮。最高领导人的担忧、国家发展面临的难题，让"找石油"成了一种形势呼唤与政治号召，清华大学地质系的毕业生葛泰生就是这种召唤的响应者。

拿到毕业证的那一刹那，葛泰生看着红色毕业证上年龄一栏上"23"的数字，仿佛看见自己和同时代的大学生一样，沸腾的青春和热血将要和毕业证的封面一样，成为那个年龄该有的颜色。"为祖国找石油"，成了那个时代一名地质专业毕业的大学生最自豪的事情。

走出清华园，葛泰生怀揣着毕业证和"找石油"的梦想，被分配到西北石油管理局勘探处第一地质队任技术员，参与延长油田青化砭油矿的勘探工作。

二

1954 年 3 月 1 日上午，阳光在国家燃料工业部石油管理总局会议室拉严的窗帘外徘徊：里面，举行着一个连阳光都听不见的秘密报告。受康世恩局长的邀请，著名地质学家李四光在作《从大地构造看我国石油勘探远景》报告，他时而脱稿讲述，时而在黑板上写写画画，整个会议室里回荡着李四光的声音。后来的事实证明，那场报告就像一粒子弹，穿破了西方定义的"中国贫油"气球。李四光指出，中国石油勘探远景最大的地区有三处：青、康、滇、缅大地槽，阿拉善—陕北盆地，东北平原—华北平原。

那天上午，与会人员的思绪仿佛被李四光的"上帝之眼"

带着，透过北京到青藏高原的 2200 多公里，抵达李四光所说的第一个大地槽中的柴达木盆地。按照李四光激情而科学的描述，与会者的目光，像一只只飞翔的钻头，从北京起飞，落地遥远的柴达木盆地后，钻探至地面以下几百米，他们似乎看到一面在地下凝固的黑色之湖，一座沉睡的黑色金矿，一团等待燃烧的黑色之火；他们的内心不止一次低声惊呼：石油，石油！石油，是死亡的大海封存在大地深处的呼吸与运动，它们也在等待人类用科技呼唤再生。

在古希腊神话中，普罗米修斯为了给人类造福，冒着生命危险从太阳神阿波罗那里偷走了火种，却被囚禁在高加索山的一个陡峭悬崖上，且让他永远不能入睡，疲惫的双膝也不能弯曲，在他起伏的胸脯上还钉着一颗金刚石的钉子。普罗米修斯从天上盗红色火种到人间，开启了人类的原始文明；李四光的讲座，让聆听的年轻人心中产生从地下盗来黑色之火、开启中国工业文明的想法。普罗米修斯遭到被天神惩罚的命运，被囚在高加索山上；中国的这批"盗火者"，却被围拢柴达木的昆仑山、祁连山和阿尔金山铭记。

全国第五次石油勘探会议在西安召开，确定了第一个五年计划的石油勘探任务，明确提出要开展柴达木盆地的石油勘探工作。会后，葛泰生就被抽调来担任 5 个地质队中编号为酒泉地质大队 103 队的队长，在玉门至敦煌间从事地质勘探。

第二年，茫茫柴达木盆地就迎来了葛泰生和他的队友。纸上的资料，丰富不了你要写的内容；别人的地图，标注不出你要走的路；借来的尺子，丈量不了你要过的人生。时隔几十年后，为了探究柴达木如何像酒醉似的，将体内的黑色胃液喷吐而出的那一段历史，我沿着葛泰生当年的路线，前往柴达木，试图丈量一下当年的"石油人"脚下的柴达木，为柴达木绘制另一幅人文地图。

以当时的交通条件，要前往柴达木盆地进行现代科学勘探，最理想的线路是从甘肃省的酒泉市出发，向西而行经过敦煌市境内的古玉门关遗址一带进入新疆境内，这样可绕开常年积雪、几乎没路的阿尔金山，从若羌县中段东端的依吞布拉克进入柴达木盆地的西北角。我在地图上，将酒泉、玉门关、依吞布拉克三个地方找出来，用一条线将它们连起来后，发现它们之间构成了一个等腰三角形。如今，通过 G312、G3011 和 G315 连起来的一条高速通道，开车 11 个小时就能走完这近 1000 公里的等腰三角形的底边。

当年，因为没有直接从敦煌进入柴达木盆地的公路，葛泰生和他的队友们，只能选择沿着我在地图上连起来的那个三角形的两个边曲折而行，沿途是大片的荒原无人区。

沿着传统的丝绸之路，出酒泉市往西 120 公里就是瓜州，那条古老而伟大的道路至此分为两条，向北而去的那条，是前往新疆哈密市境内的主道，也就是今天连接内地和新疆的连霍高速公路；向西而行的，是通往库木塔格沙漠深处的一条危险之路、无名之路甚至死亡之路。古老的道路像一枝古老的树干，长出两条形状与命运都不同的枝条，这树干和两支悠长、茁壮的枝条，构成了一个大写的 Y 字状，瓜州就蹲在这 Y 字形的中间部位。

外界很少有人知道，从瓜州往西南通向柴达木盆地方向，还有一条牧人和骆驼、牛羊在数千年间踩出的秘道，翻越阿尔金山后，朝阿尔金山的腹地蜿蜒而去。勘探大队的向导是1948年曾被征调进修筑南疆公路队伍的孙鸿章，他们就沿着这条密道进入柴达木。

几年后，这条不知名的小道，被勘探队员的足迹命名成了一条寻找石油的"黑金秘道"。

80多峰骆驼像新招入伍的80多名士兵，被26位驼工编成队列，驮着一支远征柴达木的青春力量，沿着那条密道前行。骑在骆驼上，葛泰生不时会拿起手中攥着的那份1947年的地质报告，里面提到一个叫"油砂山"的地方，除此之外，前往柴达木盆地没有太多其他任何指向性的资料，没有任何坐标或参照物。这支队伍就像黑夜里的一豆微光，摸索着前行，每天只能走十几公里，多半时间无法做饭，只能啃干饼，喝凉水。

离开敦煌第二十八天，到一个叫索尔库里（当地人称为硝尔库勒，维吾尔语中是盐碱之湖的意思，位于新疆若羌县东南角、塔里木盆地和库姆塔格沙漠分界处，至今仍是50公里内无乡镇驻地分布，100公里外才有青海省于1964年设的海西蒙古族藏族自治州茫崖镇和新疆维吾尔自治区于1983年设的若羌县依吞布拉克镇）的地方，葛泰生清楚，这里距离敦煌已经600多公里了。

1954年的中国像一辆等待上路的汽车，油箱却空着，对石油的期盼，像庄稼等水、行旅盼店一样着急。葛泰生和队友们于夏初抵达的一个地方，汩汩渗出的一眼泉水，细若筷子，旁边长着一丛红柳。暴晒与炎热天气带来的蒸发，让那一眼泉水几乎干枯且含大量硫酸镁，但他们还是忍不住狂饮了一通。半夜时分，几位队员开始拉肚子了，有人因为肚子疼得厉害而呻吟、哭泣。帐篷里黑乎乎的，帐篷外面气温骤然下降，远处隐约传来狼嚎，大家都感到不安起来。

第二天早上，大队长郝清江决定带领全体队员向 10 里外的一支驻军求援。在土坯垒起来的营房，队员看到驻军身上穿的棉军服都由灰色变为白色，和晒得黑黑的脸庞形成很强的对比，战士们由于长期没条件修面理发，全变成了大胡子，头发都披到了肩膀上，如果不是他们手中握的现代化枪支，很容易让人误解为是当地的一个原始部落成员。

这支守军是四年前进行甘、青、新三省区联合围剿消灭匪帮之后，就单独驻守在青海、新疆交界处，四年间依靠一部电台和外界保持"见不上面的联系"，犹如一丛在此扎了根的沙漠红柳，屹立在荒原上。

在和驻军战士的交谈中，葛泰生才知道，这个地方叫阿拉尔，战士们当初能够顺利地从新疆进入柴达木盆地，将乌斯满土匪残部追击至此，完全得益于那个叫穆迈努斯·依沙阿吉的向导，后者带领战士们三进三出柴达木盆地，才在这里终结了剿匪任务，而穆迈努斯·依沙阿吉的家就在索尔库里。

三

穆迈努斯·依沙阿吉，就是一把进入柴达木的不锈钥匙。战士们的描述，让葛泰生在大脑里勾勒出了七年前，发生在这里的一段历史：1947年，国民政府决定在兰州成立一支前往柴达木西部地区的调查探勘队，抽调国民政府资源委员会中国石油公司甘青分公司探勘处地质调查所地形测量员周宗浚为队长。周宗浚和20多名勘探队员赶往敦煌，很快购买到55峰骆驼、2匹马，招募到数名驼工及向导。离开敦煌后，这支队伍一路克服物资储备不够、设备落后和土匪袭击等困难，小心翼翼地贴着党金山、阿尔金山北麓而行，抵达索尔库里时已经是冬天了，他们试图从这里进入柴达木。

在索尔库里，通哈萨克语、蒙古语、维吾尔语和汉语的穆迈努斯·依沙阿吉替换了原来的向导，开始带领周宗浚一行前往柴达木。地貌变得陌生了，所经的地方连名字都没有，天空中连鸟儿都懒得飞过，大地上植被稀少，天地间是一片苍黄与空白。如今，开车半天的路程，当年，却让这支队伍付出了很大代价，探勘队的骆驼死亡率达四分之一。在冰天冻地的柴达木北缘，本来就稀缺的泉水，如冬眠的蛇沉睡在地下，这让探勘队员们很难发现水源。茫茫地面上几乎没有醒目的参照物，队员们常常走错路。

缺水、迷路，像两柄剑，时时悬在探勘队每个人的头顶。

翻过一座小山头，走在最前面的穆迈努斯·依沙阿吉对紧随其后的周宗浚说："看！"

周宗浚和队员们看到不远处的低洼地上呈现出红色，像一瓶无意中碰翻的红墨水倒在一张黄纸上一样铺在荒凉的大地上，也像一道伤口流出的血凝固在一张枯黄的脸上，在灰蒙蒙的天空下显得非常刺目。周宗浚警惕地问："那是什么？"

"红柳！"穆迈努斯·依沙阿吉回答道。

红柳的出现，意味着地下会有水。走进一片长满红柳的荒滩，他们意外地发现了一眼泉水溢出后冻成的冰，挖开泉眼上的冰后，泉水露出。

那一眼泉水就像一缕穿破云层的太阳，拂去了缺水的恐惧，周宗浚和队员们将那个地方取名为"红柳泉"。队员们迫不及待地拿出水壶准备灌水喝，穆迈努斯·依沙阿吉伸手阻拦："这个水，不能喝！有毒呢。"

在辽阔苍茫、地表参照物极其缺少的柴达木，一个能留得住的、有生命力的地名，就是给后来者树立起的路标或灯塔。1990年代末，我第一次进入柴达木采访时，随身带的一本1993年版的《最新实用中国地理图册》上，从索尔库里到红柳泉之间的路上，还没有一个地名。

红柳泉，是中国最早的一支石油勘探队，在茫茫柴达木盆地中，带着克服缺水恐惧后的喜悦，命名的第一个地方。这种如江河源头般在柴达木盆地内命名的传统，逐渐在以后的一代代石油勘探者身上得以秉承，形成了一条蓬勃的地名之河。

　　在红柳泉，周宗浚无意中听穆迈努斯·依沙阿吉讲到，东边不远的一处山坡下，有人用干枯的红柳烧火取暖后，想用周围的土块掩埋火星，防止借风助燃的火星烧毁红柳林。没想到那种土块放到火势已弱的火堆上，反而像泼了油般地燃烧了起来。会燃烧的土块？这个念头在周宗浚的脑海里快速闪过：难道那里面含有石油成分？

　　那是柴达木盆地最冷的 12 月，穆迈努斯·依沙阿吉所讲的"会燃烧的土块"，蹿进周宗浚的耳朵，就像是一束寒冬里点燃的火苗，一座茫茫夜航中的灯塔呀！周宗浚赶紧带着队员们向泉水东边的小山丘快速奔去。在荒寂的大断层崖头，周宗浚发现了那种能燃烧的黑色硬块；他用地质锤随便一敲，硬度介于土块和石块之间的黑色硬块便落了下来，不用拿到鼻孔下闻，一股浓厚的对地质勘探者而言犹如蜜蜂闻到花香一样的味道直扑鼻孔，这种味道令周宗浚兴奋不已，那是中国极其缺少但又急需的石油味道，是饥饿的人盼望着的油饼、面包的味道，是久病在床的人闻到中药味道的感觉。周宗浚迫不及待地揣着敲下的几块"硬黑土"，快速向山沟里的营地上奔去，像一个已经洞悉了病情的医生，需要经过仪器再确诊一下。他将"硬黑土"扔进燃烧的红柳堆，"呼"一下，立即蹿出 2 米多高的火苗。

　　火光映红了全体队员的脸庞，周宗浚的目光从那几张带着笑容的脸庞上很快移开，他目测山沟到崖头的距离有 150 多米，整个山坡上全是这些硬块层。看着那些含油丰富的黑色砂石，看着这片没有名字的山谷，周宗浚想到了一个名字，并在实测图上写下了"油砂山"三个字。这是现代中国地质工作者在柴达木盆地中，命名之地中第一个带"油"的名字，后来的中国地理版图上，便有了柴达木盆地西部的"油砂山"。

后来的探测证明，"油砂山"位于海拔2950米的地层上，像浮出海面后凝结的黑色波浪，最厚处足有一栋50层楼房高。地下丰富的油层阻断了动植物的生长，让这里在期待开发的岁月里一直恪守寂荒，等待着现代勘探技术的唤醒，等待着和工业时代的美丽邂逅：不是掰下几块放在红柳枝上燃烧取暖，而是苏醒后奔赴现代工业的战场。

周宗浚没想到，自己带领的探勘队进入柴达木盆地西北角七年后，中国政府会再次派出一支油田勘探队伍深入柴达木，也就是葛泰生带领的探勘队。

四

听完驻军战士讲述周宗浚带领的探勘队和穆迈努斯·依沙阿吉的故事后，葛泰生这才明白，他们经过索尔库里时错过的是一个好向导，后者是一张进入柴达木的活地图。驻军指挥官听说了探勘队的情况后，立即派专人前往索尔库里寻找穆迈努斯·依沙阿吉。

老伴目睹了穆迈努斯·依沙阿吉几十年来穿越在柴达木盆地的岁月，不忍心丈夫61岁时再进柴达木了。听完葛泰生的讲述后，穆迈努斯·依沙阿吉告诉妻子："这些人来找那些能烧着的硬土块，他们说那叫石油；其实，柴达木还有海一样的盐，有发光的宝石，都是国家需要的宝贝。这一次，共产党是拿着一把金钥匙来的，我知道柴达木的锁孔在什么地方，我得带他们去！"

我只能从那张拍摄于1954年的黑白照片，来解读穆迈努斯·依沙阿吉的信息：照片上有四个人，最左边也是最前面的是穆迈努斯·依沙阿吉，头戴乌孜别克族的毡帽，胡须花白但精神矍铄，骑驼走在最前面给队员带路。老人左手攥着缰绳，放在大腿上，右手食指伸出指向远方，左侧的两名队员顺着老人的手指往远方看去，他们分别是地质师张维亚和葛泰生，身后不远处还有一个人骑着骆驼正往这边赶，那是两年后被评为青海油田第一个全国先进生产者马忠义。

巍峨的阿尔金山是柴达木盆地北部的门槛，跨过这道门槛，就意味着进入干旱少雨、缺少参照地标的无人区。葛泰生和其他队员们跟在骑着头驼的穆迈努斯·依沙阿吉后面，开始向戈壁荒漠中行进。头顶的太阳，是一盏精力充沛、毫不疲倦的灯盏，孤独地悬在苍白而寂寥的天空，炙烤着大地；驼掌下的大地总是哭丧着脸，干旱伸出无形的双手剥去了地上的覆盖物，眼前总是干黄连着干黄，每天的日子几乎都是复制着前一天的枯燥与单调，连骆驼似乎都有些麻木，天气的燥热让人和驼的水分蒸发量陡增。穆迈努斯·依沙阿吉也迷糊在茫茫一片的地貌中，荒漠中最可怕的事情发生了：迷路。

骆驼这样的"沙漠之舟"，随时都面临着搁浅在旱海上的危险，有的骆驼实在难忍饥渴而倒地，无助地向天张着大嘴，渴求着救命的水，呻吟声砸得大地上都能冒烟。骆驼的眼里，开始流露出对死亡的恐惧。从酒泉招募来的一名年轻的驼工，看到自己牵的那峰骆驼倒卧在地，无力再站起，便向葛泰生哀求："把我喝的水匀给它一点吧，我不喝都行，它可是帮我们运输器材和设备的。"

葛泰生将求助的目光转向穆迈努斯·依沙阿吉，想从那里得到答案。然而，他看到穆迈努斯·依沙阿吉将目光投向全队仅剩下的那两桶水，无奈地摇摇头，那也是残酷的环境向这些闯入者发出的无言指令：保人比保驼更重要。

队员们明白，没有这些骆驼，勘探队是无法从敦煌走到这里的，丢弃骆驼就意味着丢弃队友，丢弃人和骆驼之间的一份契约。每个人的内心都耸起了一座纠结之山，在人与驼之间的那道选择题前，大家都默契地选择了救自己。

一峰健壮的骆驼就是一艘航行在旱海中的船，一旦生病或累倒，就成了一种搁浅，一种多余与累赘，勘探队只好舍弃倒地不起的骆驼往前走。没走出几步，驼工们忍不住回头，只见干旱的沙地上，倒在地上的骆驼一边挣扎着想站起来，一边发出不甘死于荒漠的低吼，瞳孔睁得能装下整个天空的绝望与悲悯，那庞大的身躯在骄阳下却无力站起来，留在荒地上的，是一堆黄色的抽搐，一场徒劳的挣扎。

没有养过骆驼的人，是无法理解驼工对骆驼的情感的。年轻的驼工再次跪倒在地，失声求助："给点水，救救它吧……"

队员们的脚下似乎也被什么东西粘住了，迈不开步了。穆迈努斯·依沙阿吉无奈地将头扭向一边，身为一个沙漠中长大的牧民，他比在场的任何人都了解这种选择的艰难，一滴、两滴清泪悄然从穆迈努斯·依沙阿吉的脸颊流下，队员、驼工们也纷纷低下头，给周围腾出了一阵巨大的沉寂。

突然，传来子弹声。

大家朝枪声传出的地方望去，只见一名警卫战士紧握的枪口还冒着烟，他的脸上也挂满了泪水。那枪声仿佛是向那峰被击毙的骆驼致歉，也是向在场的队员发出信息：我们的任务不是抢救渴死、累死的骆驼，而是尽快深入到戈壁深处，找到国家急需的石油！国家等着石油，石油等着开采，开采等着勘探，勘探等着他们。

第二天，为了节省子弹，警卫排的战士不再毙杀倒地的骆驼了，只能任其慢慢渴死在荒原上。傍晚，抵达新的露宿点时，一名从酒泉招募来的驼工范建民，不忍自己的骆驼被遗弃。趁大家忙着晚上露营的各种事情，悄悄灌上半桶水，要返回原路去救骆驼。

穆迈努斯·依沙阿吉拦住了他："这个地方，一会就看不见我们来的路了，你会找不回来的。"

范建民指着天空自信地说："一会儿月亮起来了，月光能照见驼踪，能看得见我们白天走的路。"

穆迈努斯·依沙阿吉和其他队员们熟睡后，范建民悄悄走出帐篷，月光下，那拎着水的身影，移动在白天来的路上。

内地长大的范建民小看了柴达木的风，即便没有卷起沙尘的那种细细的看不见的风，也像一个个勤奋而认真的清洁工，会很快将白天刚刚走过的驼印，清扫得干干净净，何况，那晚的柴达木起了风。

范建民身边的驼工半夜醒来后，发现旁边的位置空着，便推醒了睡在另一边的驼工，大家很快都知道了范建民出走的消息。大家都睡不着，祈祷着、等待着年轻的驼工能牵着骆驼返回营地，那是全体队员的第一个集体失眠之夜。

队长派随队的警卫人员，顺着昨天来的路往回找寻，但没找见。队长发动全体人员以昨天的来路为中轴，扩大搜寻范围，在一片盐碱滩上发现了年轻驼工范建民的尸体。

柴达木的风和月光欺骗了他：风很快就吹走了他们白天走过的足迹，月光照在没有任何参照物的大地上，让范建民很快就迷路了，他不仅没找到骆驼，反而丢了性命。队员们在范建民的上衣兜里，发现了5元人民币，那是勘探队提前支付给他的第一个月工资，他舍不得花，准备寄给河北老家双目失明的老母亲。

队员们就地掩埋了范建民。年轻驼工长眠在了异乡的地下，但他从故乡到敦煌，从被召进驼队到长眠柴达木的故事，从一张嘴跑到了另一张嘴，在后来者的口传历史中扎下了根。柴达木的开发历史档案里，将驼工范建民视为第一个牺牲在柴达木盆地的石油人。

掩埋范建民的地方，连个名字都没有。为了日后能找到这里，穆迈努斯·依沙阿吉望着不远处的那座山梁，取了个乌兹别克语的名字"开特米里克"，意思是一片山包。

这片荒凉得连名字都没有的大地上，牧民、驼工、战士、向导、石油勘探者和后来进驻的石油工人，陆续成为命名者。

迷路是勘探队要面对的第一号杀手，缺水则是第二号杀手。

没有淡水，这些生命随时会被命运的绳索吊死在茫茫戈壁中的某一角落，会让死亡的恐惧像头顶的太阳，一直罩在头上。

缺水的威胁随时都在队员身边，没法洗漱，洗脸都成了奢侈的事情。一天傍晚，他们行到昆仑山下一片海拔2800多米的地方，选择把这里当作当天的营地，此时距离他们离开敦煌已经半个多月了。葛泰生和队员扎好帐篷后，望着周围光秃秃的地貌，心里却涌上阵阵喜悦和兴奋。葛泰生手里的地图显示，这里就是周宗浚在七年前郑重地写在测量图上的"油砂山"。

大地隆起或形成石油层的千万年间，这片土地拒绝了土壤的生成和粮食、花朵的生长。如今，无论是当地人还是外地来的游客、探险者，很少有人知道"油砂山"这个名字，它早就被"花土沟"这个带有浪漫色彩的名字取代了。

几十年前，初来到这片荒凉之地，勘探队员仿佛看到这里日后会土地肥沃，繁花似锦，便取名为"花土沟"。这是多么浪漫的想象，让厚厚的油层上长出花草，彩色的花朵摇曳在黑黑的油层之上，摇曳在枯黄的天空下。黑油、黄土、鲜花、绿叶，在这里展现出绚丽的色彩，让花成为美丽的信使，给这片死寂的土地写下美好的情书。

"花土沟"的名字从美好的梦里冲出来，落地生根，标在了新中国的地图上。勘探队员来到这里一年多后的秋天，在花土沟终于打出了第一口油井，那是沉闷多年的大海解封后再次发出的涛声，石油工人们看着一股黑色的喷泉，携带着巨大能量从地下喷薄而出，在完全克服了打不出油的恐惧后，这里有了一个新的名字："油泉子"。

以后的岁月里，在柴达木盆地相继又有了油嘴子、油墩子、油湾子、石油丘、大油沙山等"油字号"的名字，这些名字，犹如一个个带"油"字的码头，蹲守在一条石油奔腾的河流两岸。

在葛泰生的人生记忆里，记住的日子很多，但那年的7月1日，应该是他最难以忘记的：柴达木盆地的第一个油田——油泉子出油的消息传到北京，分管石油工业的邓小平副总理赞赏道："这个油田发现得好！这个名字起得好！"

我第一次、第二次去时，在花土沟一带，看到的是干黄的地表上，一台台不知疲倦地保持着磕头状态的采油机，多像中国人给上天、神灵和祖先的磕头，它们一直保持这样均匀的磕头动作，每一次磕头，便会有一股石油冲破幽黑的管道，从地下来到人间，从沉睡的废物变成人类进入机械时代后的能源。

青海省的行政架构中，是1985年才出现了花土沟镇的，这意味着昔日荒芜得连动物都无法生存的死亡之地，成了人类克服荒寂恐惧后的小规模聚集地。40年后，花土沟已经成了一个现代化的集镇，是茫崖市的所在地，有了一座6400平方米的现代生态园。我穿越荒凉依旧的库木塔格沙漠、白雪皑皑的党金山垭口、昆仑山下的格尔木市、乌素特（水上）雅丹地质公园等不同方位抵达过这里。无论路向如何不同，"历经艰险"的感觉都是一致的，基本都得出类似的结论：花土沟是宇宙的尽头！和沿途穿越的辽阔干黄旱海相比，眼前这点人工努力40年才造就的绿洲，就显得渺小而珍贵。慢慢走过小镇，无论是镇子里的小公园，还是路两边的林带，确实是随处见花、遍地生绿，和当地一位园林工人聊天，才知道这里有 300 多种花卉。

地球的壮美呈现出很多种，其中一项就是大自然创造缤纷的色彩和色彩组合的能力，而人类的创造之美，其中一种就是他们能在诸如花土沟这样一种地方，以种植出花草的能力，在这片植物的绝缘地带创造出了缤纷与异彩。花草在人类的帮助下，克服了生存的恐惧，在这里顽强地亮出生命的力量。老石油人以带有理想与浪漫色彩的"花土沟"命名这片荒凉之地时，哪会想到，这个看起来梦幻般的想法，在一个强大、富足并注重生态的时代实现了。

五

油田找到了，出油了，大批采油工人随之而来，本来就缺水的荒地上，真的出现了"水比油贵"的情况，水危机更加突出了。

探勘队员们将求助的目光再次投向穆迈努斯·依沙阿吉，在大家的眼里，这位慈祥、博闻、认真的向导，双眼仿佛有透视功能，是能透过厚厚土层看到水的，他就是找到水的希望。

地质大队大队长郝清江对穆迈努斯·依沙阿吉说："出油仅仅是第一步，随后，会有更多的勘探人员、采油工人、后勤人员到来，会有更多、更大的出油点出现，会建立更大的石油基地，这一切都需要水呀！哪里能找到人能喝的水呢？"

穆迈努斯·依沙阿吉环顾四周："这周围找不到大的水源，

得往远处走。"穆迈努斯·依沙阿吉最初的任务本来只负责带探勘队进入柴达木盆地，现在，他的身上又添加了一份在荒原上找水的重任。穆迈努斯·依沙阿吉带着探勘队的队员继续向柴达木盆地深处前进。一天，穆迈努斯·依沙阿吉来到一块平坦的荒地，指着远处耸立的阿卡腾能山与阿喀祁漫塔格山，告诉葛泰生："你看，那两座山多像一个人的脸颊骨，那被两座山夹在中间的地方，多像那个人突出去的额头。在那一带曾放牧的蒙古人将那儿称作'芒来'，蒙古语意思就指人的额头，'芒来'的名字，被人们叫着叫着变成了芒崖（ái），那里就有水！"

在这茫茫的荒原中，水是迷路者的钟声，是寒夜里夜行人的灯塔，是召唤与指示。很快，越来越多的人集聚茫崖，一顶顶帐篷像旱地里长出的蘑菇，在荒寂万年的戈壁滩上出现了一座帐篷城。

每座城市都有着它的前世今生，有的是从古堡演化而来的，有的是从小镇脱身而出的，有的出生时就带有古都的尊贵气息，有的是半路夭折后重新站起来的。在现代工业发展背景里，从一顶顶帐篷起步的，也只有柴达木盆地里的茫崖、冷湖、格尔木这样的城市，它们的产房是荒野，它们的助产士是来自五湖四海的建设者，它们的出生证上，流淌着荒凉的底色与创业者的汗水。

如今，茫崖是海西蒙古族藏族自治州下辖的一个县级市，它的出身在全球城市中显得那么独特，与促成很多城市问世的战争、文化、交通等因素无关，也和很多城市在初期时就轰轰烈烈地建设、宣传不同，茫崖的问世与初建是在近乎保密的状态下悄悄完成的，它的今生也因为地处偏远而不为人所知，被誉为中国最孤独的市。

这座帐篷城的发展，见证了以现代能源开发为背景的一部城市史的另类书写。

在今天的地图上，柴达木盆地内有两个"茫崖"。一个是位于青海与新疆交界处的茫崖镇，也就是如今的茫崖市；另一个是距离茫崖东南约97公里的茫崖，为了区别这两个茫崖，当地人习惯在当年那座帐篷城——茫崖前缀一个"老"字。这个前缀还真形象，就像一件陈旧的外套，披在被时光冷落的小城身上，当年的3000顶帐篷之地，曾经的中国第三大油田的起步之地，只剩下孤零零的几间房屋和一个小商店，酷似一场追悼会上零零散散的几个在场者，低下头，没言辞。

跟在石油勘探者后面的，是公路的修建。和昔日穿过这里的"吐谷浑古道"不同，现代公路上穿梭的主角，不再是人类徒步的脚印、马蹄印、木轮车辙，而是汽车驶过后浓烟的短暂飘荡或马达声的快速鸣响。汽车时代，物资的交流、交换，陌生地域间的打通和距离的缩短，成了公路担负的重要职责。

有一次，顺着315国道朝东南方向而行，是我从新疆境内进入柴达木盆地后的选择。和逐渐爬向身居云层中的、青藏高原的"天路"相比，这是一条真正的"地路"，一条懒洋洋地贴在地上的路，懒得连个起伏都不愿意，像天空和黄土构成的一张大嘴里远远伸出来的黑色舌头，舔舐着大地的荒凉。这条漫长的黑色之舌，恍如要接吻般探伸进柴达木张开的口腔里，由于它的偏远，这条黑色之舌上来往的车辆绝大部分是长途货运汽车，它们是这条黑舌递向对方嘴唇的礼物，那些石油勘察者、开采者、运输者命名的地方，就是沿着这条舌尖延伸之路上的界桩、地标。

离开两省分界的检查站后70公里，路牌上"花土沟"的字样被高原强烈的日照晒得褪了色，建筑物和店铺门牌上不时有"茫崖"的字样，像一层新吹来的风沙覆盖昨夜的车辙一样，这里以茫崖镇的身份，取代了97公里外的那个3000顶帐篷撑起的、石油从地下冒出后浇灌出的黑色小镇——老茫崖。

午饭是在路边一家小餐馆将就的，一听我要追寻当年的柴达木开发时的故事，小饭馆的老板说："咱这里是年轻的茫崖，你要去的是老茫崖，离这还远着呢撒。"

多年以后，从青海石油勘探局退休下来的好多人，回忆起1955年的儿童节时，不禁会想起一件和自己后来的命运紧紧相连的事：那年的6月1日，国家燃料化学工业部石油管理总局在西宁挂牌成立青海勘探局。11月24日，一条喜讯就从该局传向北京，位于柴达木盆地的第一口深探井"油泉子构造泉一井"开钻。18天后，当钻头触及地下650米的地层时，现代钻探工具钻开了沉睡亿年的油层，黑色的原油突破厚厚的地衣蓬勃而出。

沉睡的黑色巨龙从地下冲出，宣告了柴达木的新时代到来。青海勘探局的人员，用两个小瓶分别装着"油泉子构造泉一井"喷出的原油和地蜡，专门送呈给国务院总理周恩来。看到这两个从青海远路而来的"宝瓶"，周恩来称赞其为"柴达木之宝"。

1956年1月18日，国务院批准成立了"柴达木茫崖临时工作委员会"，茫崖不再是以一个地名出现在柴达木盆地，而是作为柴达木工作委员会的派出机构，出现在青海省的行政架构和地图上，不久，青海省石油勘探局的机关也搬迁到了茫崖。中国的经济发展版图上，出现了一个新名字：柴达木油田，是排在当时中国的玉门、新疆、四川之后的第四大油田。

和"柴达木"这个名字不同的是，"柴达木油田"这个名字，就不再是牧民、向导和探勘队员将"柴达木"和"油田"进行简单组合，它是国家命名的一个经济板块。

城镇建成的标准是什么？高楼、自来水、浴室、公交车、银行或储蓄所、俱乐部、邮局？还是汽车站、商场、医院、通勤车、加油站、电报大楼？这些都算其中的硬件之一，在我的眼里，应该还有供职于城镇各个运转环节上的女职工，她们或许在机关部门上班，或许在商业网点值班。有了她们，城镇才变得温柔、生动，才有生机。

出现在柴达木的女子地质队和女子测量队，是两座由一朵朵青春之花组成的花园：最大的24岁，最小的17岁，她们给荒芜的茫崖，甚至给整个广袤的柴达木带来了一种温软的、女性的气息。这些女队员们常常将自己无性别化，同样是厚厚的、统一的野外勘探服，同样是很多天出外测量、勘探，同样是因为缺水而几天时间无法刷牙、洗脸，长达几周时间不能洗衣服，同样和男队员一样每天只能有一茶缸的用水定量，同样在收工回来时，脱下的衣衫因为被汗水和泥水浸透而硬得能在地上立起来。那时，在柴达木人的眼里，没有男人和女人之分，只有石油人。

青海石油勘探局的机关搬迁到茫崖的第五年，穆迈努斯·依沙阿吉去世了。老人临终前就嘱咐老伴：死后，按照自己的民族习俗，葬在油砂山下。在老人的理解中，长眠于此，老人的那双似乎能透过地面看见水的眼睛，看得见远处的尕斯库勒湖和祁曼塔格雪山；老人那似乎闻得见埋在沙漠深处之水的鼻子，也一定会被柴达木的原油味陪伴着。

1975年，穆迈努斯·依沙阿吉的墓葬迁到花土沟镇东山阳坡烈士公墓。在整座公墓群中，老人的墓很好找，那是用砖头垒砌的一座20多平方米的墓地，碑石上写着："新疆且末县红旗公社木买努斯·伊沙阿吉之墓。一九六一年十月七日七十四岁病故。"穆迈努斯·依沙阿吉是柴达木的传奇和筋骨，传奇到他的身份也像柴达木的风一样来无影去有踪，著名诗人徐迟在1956年9月纵贯柴达木盆地时的日记中将他记成"维族老汉"；同时期的作家李若冰在他的《柴达木手记》称穆迈努斯·依沙阿吉为"维吾尔族老人"；《康世恩传》一书中，称其为"藏族牧人依沙·阿吉"。是哪个民族的并不重要，重要的是后人应该记住这把打开柴达木大门的钥匙。还好，柴达木并没忘记这位最初的找油功臣，在老人安息地540多公里之外的敦煌石油基地，就有一尊老人的塑像；在花土沟石油大厦的前厅，有一组老人与勘探队员在一起的浮雕。

石油勘探大军集聚茫崖时，老人的老伴阿吉罕·伊沙克就离开故乡，来陪伴穆迈努斯·依沙阿吉，1987年11月20日病逝于茫崖镇。走在油砂山下，我望着那块写有"开发油砂山石油而光荣牺牲的烈士永垂不朽"的纪念碑，轻声念叨着那个河北青年范建民的名字，他的名字没出现在这里，甚至，还有不少和范建民一样牺牲在柴达木却没把名字留在这里的年轻人，像一株株枯黄的草被风吹走了，他们长眠在柴达木的各个角落，这片土地就是他们的纪念碑。

写下这篇文章时，我不知道有没有一座柴达木油田博物馆，即便有，即便去了，又如何感受这片土地的温度与脉动？这片土地何尝不就是一座博物馆？它收容了多少石油人的青春和汗水、荣誉与生命，也留下撤离后的废墟、败北于时光前的沮丧，这才是一个博物馆该有的容量和家底，而不是一张张挂在墙上的黑白照片，大量堆在墙角的当年生活情境的复制品，以及隔着一层玻璃看到躺在柜子里的奖状与证书、票据与日记，更不乏题词与号召。

要离开老茫崖了，沿途还能见到一些采油机，体现着人类向大地索取时最虔诚的动作：那多像中国人秉承千年的给上天、神灵和祖先的磕头，区别是它们不分节日与仪式，一直会保持这样均匀的磕头动作，每一次磕头，便会有一股石油冲破幽黑的管道，从地下来到人间，从沉睡的废物变成人类进入机械时代后的能源。和柴达木腹地那些森林般密集的采油机相比，这些采油机只是一丛丛黄色的林地而已，它们就是这里的石油资源日渐减少、枯竭的见证。

打草搂兔子！青海人常用这句话打比方，说的是柴达木开发过程中，本来是单一找石油，没想到却开发了盐湖。当年的石油勘探人员，进入柴达木盆地是为了寻找石油，没想到却在柴达木盆地内发现了大面积的硫酸镁亚型盐湖。谈起柴达木盆地的盐湖，很多人自然会想起盆地南部的茶卡、察尔汗等经过大量宣传后的景观之地，它们在工业时代的使命还在持续。文旅时代，这些盐湖成为越来越多的外地游客到青海的打卡地。谁会想到，在柴达木盆地的北部，也有不少这样的盐湖呢？茫崖附近就有一处总面积达40平方公里的盐湖，这意味着如果将1500艘航空母舰放在这里，一个紧挨一个，完全能全部装进去。这片盐湖不仅颠覆了我对柴达木盆地北部只有石油的概念，还颠覆了我认知中盐湖是白色的概念，眼前的这面湖水像一块巨大的翡翠被上天遗落在这里，难怪当地人称为"茫崖翡翠湖"。和我在其他地方看到白色的湖面映山照塔不同，这面巨大的翡翠之上，清晰地倒映着东边的油砂山，也装着西边的昆仑山。

六

人类对能源的开发模式有着惊人的相似性，当开发之路走到尽头时，如果觉得转型的成本高，就会毫不客气地抛弃那些昔日的福地。石油的开采也没能打破这个魔咒。

油砂山一带的开采量日益增加时，新的恐惧就产生了：一旦这里没油了怎么办？恐惧往往是人类前进的动力，探索又是克服恐惧的良药，中国石油之所以能前进，就在于一代代石油人没有默默饮下恐惧之酒，而是端起了探索之杯并往里面不断注入发现新基地的信息。石油资源采尽时，曾经的喧嚣就会成为地球的伤口和无数人青春的悼词，就像一座牧场的水草殆尽后，牧人会带着牛羊追寻新的水草之地一样，石油人的脚步也随着旧油田面临枯竭、新油田的发现而移动。

早在 1958 年，青海石油勘探局的工程人员就开始追问：柴达木盆地西北角的茫崖一带发现了油田，柴达木的中部、东部、南部有没有石油呢？

在地图上，今天的柴达木盆地四个角上，有四个标志性地点：西北角的茫崖市、东北角的冷湖镇、西南角的格尔木市、东南角的都兰县。如果将这四个地方连起来，就呈现出一个不规则的四边形，这也就是柴达木的大概样貌。这四个地点，都是人类对柴达木边缘地带的命名。

当年，国民政府派周宗浚带领的探勘队前往柴达木盆地，因为当时的战乱而无法翻越党金山进入柴达木盆地的东北角。十年后，新中国组建的中央地质部柴达木石油普查大队，弥补了周宗浚等人的遗憾，从东北角翻越党金山，进入柴达木。

当时，出于保密性质，中央地质部柴达木石油普查大队对外有个代号：632（先后与 636、678 地质队、大柴旦硼砂队等队伍几经重组改制后，发展壮大成今天的青海省柴达木综合地质矿产勘查院）。这支队伍的足迹遍及柴达木盆地内的察尔汗盐湖、东台吉乃尔湖、西台吉乃尔湖、大柴旦湖、小柴旦湖及大浪滩等一系列大中型盐湖四周，让那些翡翠般的湖，开始泛起工业之光，为后来的盐湖工业找到了矿源。

站在湖边，碧绿的湖面上泛着幽蓝的光。中午的高原阳光，毫不吝啬它的热量，铺天盖地般地洒了下来，让我感到上半身被晒得要流汗，挨近湖面的脚底却明显感到从湖边渗来的阵阵凉意，不难想到这里夜与昼的气温反差。而当年来到这里的勘探队员们，就得忍受这种反差很大的气温，既要严格按照自然规律和科学规律进行作业，缓缓推进，也要突破当地的气候与地理极限，加快完成自己的工作，这多么像古罗马时期奥古斯都金币正反两面的隐喻：上面分别是蝴蝶与螃蟹的图案，它源自奥古斯都那句著名的座右铭"Festina Lente"（慢慢地，快进）。它提醒执政的奥古斯都，一位伟大的君主应具备这两种品质：规范治理，像螃蟹一样稳重，不能肆意横行；发展业务，像蝴蝶一样灵动，避免过于缓行。那些来到这里的地质勘探队员们，既要像蝴蝶，也要适当扮演螃蟹般的角色。

几十年前，从茫崖转战至此的勘探队员，头顶骄阳、难耐酷热，他们并不知道，这一带全年日照超过 3000 小时，如果草木和湖水有知，看见天空降雨一定也会惊奇的。这里的日照百分率超过 80%，是地球上仅次于撒哈拉沙漠和南美洲安第斯山的日照之地，决定了这里一年中多数时间处于高温暴晒中。

在冷湖上空炎热的高原太阳下，我的手机界面显示，温度已经飙升到 32 摄氏度了，我的眼前仿佛看到几十年前发生在这里的一幕：那支抵达这里的石油探勘队员们，连日在荒原奔波考察却看不到水与草，头顶的太阳毫不吝啬地泼洒阳光，炙烤着大地。队员们来到这里时，忍不住掏出温度计进行气温数据采集，看着温度计上的红色水银柱飙升到 30 多摄氏度的刻度位置，队员们多希望那标识温度的红点能往下移动呀！数据无情地揭示了这里的高温，眼前出现这一面湖水又是有多大诱惑呀。

队员们忍不住想掬一捧水洗洗脸，不料，当他们将手探进湖水中时，脸上浮现出一个个几乎被复制的神情：呲着牙，将手很快缩了回来。他们喊着：这么冷的水！

大湖像一个镶嵌在低地处的脸盆，朝天张嘴、态度谦卑，迎迓并接纳了来自阿尔金山融化的雪水，让这里在最热的季节，也保持着冰凉的水温。这是一片无人区，队员们并不知道这面湖水曾被偶尔路过的蒙古族牧民称为"呼通诺尔"，他们给大湖取名为"冷湖"，和牧民们的意思是一致的。

勘探人员按照他们的科学分类，在这片土地上依次编号，"冷湖一号"到"冷湖五号"，像是五位孪生兄弟并排躺在这片寂寥而广阔的荒原上。那天，钻机钻到冷湖五号构造地的地下650米深时，一股黑色的原油像从地面升腾而起的龙卷风，向半空中飞去，很快又像一柄伞似的向四周落下，形成一个黑色的巨大烟花，在太阳下发出黑金般的光。落在地上，又像一条条身子紧挨着的黑蛇，吐露着黑色的信子，贴着地面向四周蹿去，不时在地面上形成一个个不规则的黑圈，黑色的圆圈不断扩大着流动半径，逼得在场的采油工向后退却。当大家明白过来出油了，在兴奋又紧张的心理中，赶紧找草袋子等堵塞之物，试图堵住这些黑蛇的流窜。然而，人类的力量在地下喷薄而出的黑色洪流前，显得多么弱小，那亿万条黑蛇聚拢着、奔窜着，构成了一个不断变大的黑蛇阵，不断覆盖着脚下这干黄了千万年的大地。

在场的人除了惊喜，还能有什么？这意味着继柴达木西北角的油砂山后，东北角的冷湖周围也出油了。一山一湖，342

公里之间，柴达木睁开了两颗黑色的眼睛，这不再是被干黄蒙住视线的蛮荒之地，而是埋在地下的黑金变成液体钻出了大地的子宫。石油人，无论是勘探者还是开采者，都是这群黑色孩子的接生者，将它们从幽暗的地下迎接到人间，他们也是这片点燃光明的地方的命名者：地中四号。

浓稠的原油以日喷 800 吨的能量，向四周流泻了三天三夜，2000 多吨原油很快在荒滩上形成一面黑亮的油湖。任何一个奇观，都会引来观众，这面黑色之湖竟然招惹得野鸭子以为又出现了一个可以游弋的地方，竟然纷纷飞往这面油湖，却被粘住了双脚，只能扇动翅膀。它们先是惊慌地鸣叫后来是恐惧地哀鸣，最后被这黑色的沼泽夺走了生命。和野鸭子的哀鸣不同，石油人的喜悦却像突破困境者冲出胸腔、喉咙后发出的惊叹。当时，著名诗人李季正远在 700 公里外的玉门油田采风，闻听冷湖出石油的消息后，连夜创作出了《一听说冷湖喷了油》，让更多的人通过文学作品知道了柴达木的另一个角色："地球上的聚宝盆""祖国的大油田"：一听说冷湖喷了油 / 原油流满戈壁滩 / 戈壁变成大油海 / 油光闪闪波浪翻。一听说冷湖喷了油 / 人人争把喜讯传 / 盆地原是聚宝盆 / 柴达木是祖国的大油田……

国家对石油的需求，让柴达木盆地的石油勘探和开采的范围越来越大，钻头向一片又一片沉睡的、板结的、凝固的土地深处探去，钻得大地发出低沉的叫唤。随着一个个无名之地喷出石油，这些地方被勘探者和采掘者匆促命名：地中一号井被命名后，像一个母亲生的第一个孩子被叫"一"，紧接着生的孩子叫"二"，后来陆续有了地中三井和地中四井，被石油人称为

"地中三"和"地中四"。如今，"地中一""地中二"和"地中三"早已从地图和人们的视线中消失，"地中四"成了一个定格下来的地名，作为中国石油集团爱国主义教育基地。

站在基地内的那座水泥碑前，我仰起头，一个字一个字地念着上面的十个字："英雄地中四，美名天下扬。"那是十盏曾闪亮的油灯，照见这里的辉煌与忙碌，照见石油人脸上写的自豪与自信。如今，它们陷入油熬干、光变暗的境地，任凭风沙一年年吹来，吹模糊了脸面，也吹散了心思，整座纪念碑面犹如一个常年没洗脸的老妪，面垢身枯。其实，何止这座碑逐渐被人们冷落，就是整个"地中四"也随着出油量日渐减少而淡出人们的视线。人类和大自然的荒凉之地打过一个热情的招呼后，回报给它的，最终仍将是陌生与荒凉；在这片土地上，开发仅仅是亿万年间的时光插曲，荒凉才是永恒的控制这里的王。

石油是向导，也是召唤，新的油田一旦被发现，就会有机关人员、职工、后勤人员和家属组成迁徙队伍，朝新的"不适之地"奔赴，在随后的岁月里把它变成新的家园。冷湖油田被发现后，青海石油勘探局的机关像一支庞大的牧油队伍，从万人帐篷城的茫崖撤离，迁至大柴旦，这里位于祁连山西麓、塔塔棱河北岸，条件相对较好。从荒凉到帐篷城再回归荒凉，茫崖走过了属于自己的轮回——直到 2018 年 2 月，民政部批复同意撤销茫崖行政委员会和冷湖行政委员会，设立县级茫崖市。2021 年夏天，我再次抵达茫崖时，当地人告诉我全市人口也就 1 万多。

1958 年，中共海西州委、海西州人民政府迁至大柴旦。后来的几十年里，大柴旦走过了柴达木行委、大柴旦市、大柴旦镇等名称变化。海西州的政府驻地搬到德令哈后，大柴旦和茫崖一样，也走过了从新兴小镇到海西州的政治、经济中心再到一个小镇的轮回之路。如今，虽然柳格高速公路和314省道穿过小镇，但还是难掩这里的衰败。小镇由南北走向的建设路、人民路和团结路构成主动脉，只有"大柴旦矿区人民法院""大柴旦汽车站""大柴旦镇政府""大柴旦行政委员会""大柴旦西海明珠大酒店"等牌子，尤其是大街两边的不少酒店、宾馆和餐馆，前面冠以"大柴旦"三个字，让入住、就餐的客人感到一种纪念和提醒。从当年的州政府到如今的小镇，大柴旦变化的是行政名称与城镇的规模，它那源自当地蒙古族牧民口中的地名，像一枚从闪亮到生锈的钉子，钉在了那片土地上。

在柴达木盆地，只有冷湖走过了从没有名字到小镇到市，再回归到小镇角色的轮回之路。1959年，冷湖的人文热度高涨的一个标志是这里设立了冷湖市，此后的30年时间里，这里一直是青海石油管理局的机关所在地。

冷湖，一个曾经的偏远之城。距省会西宁900多公里，距最近的铁路站（柳园）340多公里，距州府德令哈400多公里。这样一个高海拔又偏远的地方，是中国年降水日数最少的地方之一和中国日照时间最长的地方之一。这样的反差导致这里并不适宜人类居住，迎合短暂性的经济开发后，废弃是它注定的宿命，这也决定了它是中国最短命的城市：设市5年后，冷湖市就像一位没有犯错却受到处罚的学生，从冷湖市降为冷湖镇。过山车式的城市降格之路，加上经济发展随着采油量渐少而放慢了脚步，人口急剧外流成了它不可摆脱的命运，不到几年，就从原来的 10 万人到目前的 1 万人左右。

人类和自然签订的契约是有限期的，一旦石油的开采使命完成，冷湖收到的就是时间交还的荒凉。在维吾尔语中，"雅丹"是魔鬼的意思，人类一旦退守，魔鬼就重新收复他们固守的荒凉，冷湖地处一片辽阔的"雅丹"之中。1991 年，青海石油管理局搬迁到敦煌后，冷湖开始真正变冷了。如今，走进"老基地""五号"等当年的繁华之地，呈现的是满目凄凉、一片废墟，所有房子都被揭了顶、挖去了门窗，连埋在地下的管子都被挖出，基地上到处都是挖走管子后遗留的深沟。柏油路面龟裂得像是一面被多次撞击后破碎的旧镜子，那时热闹的基地已经是不见人影、不闻声音的死城。如果不是"五号"原来油矿机关院子大门上的"冷湖油矿"四个字，真让人以为自己走进了一片死寂之地。

现在去冷湖的游人，更多想看的是雅丹地貌，至于几代人的努力和青春，谁又去留意呢？尤其那块写有"冷湖石油基地遗址"的黑色水泥碑上的"遗址"字样，更是让人感到这是一个曾经醒来但很快又睡去的地方。

在冷湖，有着中国其他地方没有的地名：四号、五号、老基地、公司等。所谓"四号""五号"是地质构造的编号，以此作为地名。老基地，意思是最早的基地。整个冷湖油田的三个基地大致在一条线上，四号居中，五号居南，老基地居北。油田最热闹时，每天有多趟交通车往返行驶在各个基地间。那时，每个基地有近万人口，但只有一个商店且由冷湖矿区贸易公司所开，所以，大家都把那座唯一的商店叫"公司"。在冷湖还有着"土八路""北京学生""阿木溜"等外界难以理解的词汇。从 20 世纪 60 年代初到 70 年代初，冷湖来了几批新石油工人，从北京来的知识青年，大家俗称"北京学生"；从部队转业来的士兵，大家俗称"土八路"；从青海西宁来的知识青年，大家俗称"阿木溜"。

和最初在柴达木西北角勘探和开采时命名一样，地处柴达木盆地东北角的冷湖开发过程中，同样留下了当时的地质人、石油人在荒原上的命名，有的体现着苍凉，有的暗藏着辛酸，有的充满着希望，有的则带有无奈，这些新命名的地名中，流传最广的应该是"南八仙"。

听起来浪漫的地名背后，隐藏的是悲伤。八名女石油地质队员进入柴达木的荒原深处，就像被风吹进一片荒凉海域上的八艘小艇。一天，狂风卷着满天飞沙走石，八名地质队员很快就迷失在风暴里。直到半年后，人们才发现三具身下压着测量图和地质包的女尸，其他五人尸骨未见。人们为了纪念那八位女地质工作者，便把她们迷失的地方——海西州大柴旦和冷湖之间的风蚀土林群叫作"南八仙"。她们才是柴达木久远的居民，不死的灵魂。

在冷湖镇走访的日子里，我还听到过一个令人心碎的故事：一对夫妻将寄放在内地父母家的儿女接到柴达木。艰苦的环境和长年的分离，导致孩子对父母的隔阂、反感，以致产生抵触情绪。不久，两个孩子忍不了当地艰苦的生活，便决定暗地里相携而逃。孩子怎么知道，柴达木 800 公里的瀚海中，连飞鸟都难以越过。孩子离家出走的消息震惊了整个基地，没人组织、没人号召，基地的职工们自发地走进柴达木，试图将孩子找回来。汽车和人兵分八路，从中午到傍晚，终于在一处风蚀土林背后，找到了经历饥饿和风寒、绝望地倒下后被风沙快要掩埋的两个孩子。

如果我像那些人——这片大地上的真正主人一样有命名权，我会把夺走那两个孩子生命的地方，称作"两个孩子"。

七

给荒滩上长满红柳的一眼泉水命名"红柳泉"，把遍布石油层的山谷叫"油砂山"，手伸进冰凉湖水时惊呼出"冷湖"的名字，将一条看起来像卧着的狮子的山沟称为"狮子沟"，把遍布贝壳的山梁命名为"贝壳梁"，把一种美好的想象植入没花没土的山沟，并称其为"花土沟"。

从蒙古族牧民命名的伊克柴达木、伊克拉、鄂博梁等地名，到乌孜别克族向导命名的开特米里克；从维吾尔族人命名的雅丹地貌，到石油勘探者和采油人命名的钻头站、英雄岭、自流井、油泉子、沥青嘴、南八仙，等等。和帝王们带着权力及威严指着江河命名不同，和行吟的作家、歌手与诗人创造出并不存在于地球上的香格里拉式的地名不同，柴达木的每一处地名，浸含着劳动者的汗水、希望、青春和歌声，寄托着他们单纯的理想、美好的愿景。

那些为大地命名的劳作者，他们真实、善意地给这片几十万公里的地方留下了一个又一个地名，每一处地名，就是一枚朝天而立的银针，闪耀着命名者的智慧、乐观；每一处地名，不仅是一处地理标识，也是一根永不褪色的文化标杆，它们从诞生时开始，就一直顽强地存活在这片大地的注视中。

进入21世纪，柴达木盆地又开始为中国贡献天然气，并使之成为柴达木资源开发中精彩而华丽的大手笔。从格尔木出发，沿着格尔木往柳园的格柳公路往北行驶260多公里，柴达木盆地的开发者将其命名为"涩北"。涩北气田是中国四大气田之一，也是中国目前发现的最大的第四系天然气田。随着"涩宁兰"（涩北—西宁—兰州）管道的建成，从柴达木起步的"西气东输"拉开了序幕。

2009年8月3日，在柴达木盆地的西北角、昆仑山北段，随着一个新的油田诞生，一个新的地标性地名诞生了：昆北。不久，在当年的地质勘探者命名的"英雄岭"东侧，发现了一个2亿吨储量的油田。"英东"这个新地名，也添进了柴达木大地上如花盛开般的地名花园中。只要有劳动者在这片土地上，只要有这些大地的命名者在，再死寂的土地都会有生机，睡得再沉的土地，也会被劳动者唤醒。命名，这件看起来普通而简单的事情，在这片大地上还会持续下去。

每次离开柴达木时，心里都念着一路走过后，装进记忆之囊中的那些名字，总想起电影《你的名字》中的那句台词："如果能再次遇见你，我想重新认识你，从你叫什么名字开始。"

如果你想从地名认识柴达木，那该找我，听我给你讲述那一个个地名的来历与背后的故事。

从羊肠小道到现代公路，从传统公路到高速铁通道，每一种道路新形态的出现，都体现着速度的变化和人类享用其福利的提升。"河西走廊"就是这种变化与提升的样板，既保持了实用的功能，也被时间赋予了文化的意味，完成了一条"时光通道"的重新命名。

重新命名
"河西走廊"

从黄河岸边起步，贴着祁连山而行。从腾格里沙漠到合黎山下的戈壁滩，从巴丹吉林沙漠西缘到茫茫雅丹无人区，从浇灌出武威绿洲的石羊河到将干涸的河床延伸进罗布泊的疏勒河，骄阳也好，星月也好，总安排影子伴我，一次次走过这条大走廊。

和乘坐高铁呼啸而过、在高速公路上匆匆而过的游客不同，缓慢而从容的丈量方式，让我能欣赏到、挖掘到那些如大海中漂浮的银针般的白色小片：贝壳。和它们托身的枯黄沙漠、黑色戈壁与红色的雅丹地貌相比，这些贝壳虽然显得瘦小，但它们海量散落在这片辽阔区域内，以及它们自身携带的生命信息，再结合地理学者的研究成果，让我读到了一本古老的生命之书。

翻开这本书的首页，其时间标识是大约 180 万年到 370 万年间。那时，我们今天看到的内蒙古西部和甘肃北部相接的大片干黄土地，被浩渺无际的蓝色大洋覆盖，那是镶嵌在大地上的一面巨大的镜子，装着北方天空与巨量海水。渐渐地，一块块岛屿般不断抬升的地方，在这面镜子中凸显，开始以我们今天所说的山脉形状露出洋面且不断抬升。这些集体成长的"岛屿"，就像一群参加赛跑的学生，因为速度的不同而导致我们今天看到它们耸立的海拔不同，但总体上都是以高耸入云、俯视大地的姿态出现，构成了被古人称为"祁连"的群山。也就是说，如今我们看到的遍地枯黄，曾是一片古海。我们今天看到的祁连山，是古老的蓝色大海递给蓝天的一个绵长之吻。

在古老的游牧民族语境里，"祁连"就是"天之山"。

祁连山东麓、北麓的那面蓝色巨镜，后来因为水量被蒸发殆尽而变成了今天我们看到的戈壁、沙漠，隐藏在沙地深处的贝壳和恐龙化石，让我们对曾生活于此的那些灭绝动物产生浪漫的想象。

那古老但消失的大海，浪花变成了海市蜃楼，涛声变成了大地的呓语，和高大的祁连山相比，那些曾经"努力向上"抬升的"小岛"，变成了今天我们看到的猎虎山、焉支山、龙首山、合黎山、马鬃山。这些大小山峦，忽高忽低、断断续续，与祁连山相伴而行。它们和高大的祁连山之间，是被大自然之手抠出的一条时而宽阔达 300 多公里、时而瘦窄才几十公里的蜿蜒如绳的大廊道。这条大廊道，是一篇书写生命进化的长文。

地球从不塑造多余的道路，这条大廊道同样是大自然留给人类与动物的实用之路。从最初的鱼、鲸自由游弋，到恐龙和犀牛等动物纵横穿行，再到供牛羊、战马和骆驼贴地而行，以及远征的将士、弘佛的僧侣、贸易的商人、和谈的使者、秘行的探子、被俘的匠人、域外的探险家，不同身份者的"摆渡者"来去于这条旱河之间。当然，它还接受雄鹰、雕和秃鹫等"天空公民"来自高处的检阅；也接受蚂蚁、田鼠、蚯蚓等"地下公民"在它的腹腔内构筑迷宫般的住所；更何况，它还接受被驯化后为人所驱使的骆驼、马和牛羊，因人类的活动、生产而招致的蜘蛛、苍蝇和蚊子的穿门进入。这条大廊道，是一首抒写穿行的长诗，是一幅丝绸之路长卷中最为精彩的肖像，是时间赐予甘肃的一份厚礼。

这条狭长、丰富而有趣的大廊道，因为飞禽的穿越、河流的横越、种子的漫延、长城的相伴、王朝的更迭，尤其是动物和人类的走动，便有了"走廊"之名。

谁来命名这条"走廊"？谁最早命名了这条"走廊"？今天，还有被重新命名的需要和可能吗？如果有，命名者为谁？

一

公元前 112 年夏天，汉武帝刘彻带兵，翻越陇山，兵临黄河岸边的鹯阴渡口，望着朝北奔腾而去的河水隐入狭长、蜿蜒的红山峡中。对岸，祁连山的余脉如长虹吸水般探入黄河。那时，汉朝和西域的联系主要是通过鹯阴渡口。直到 333 年后，也就是魏文帝黄初二年（221 年），游牧于凉州（今武威）一带的卢水胡（匈奴一支）起兵，曹丕任命京兆尹张既为凉州刺史讨伐。张既带兵到金城（今兰州）后，发现没有理想的渡口，便打算顺河而下，前往在下游三百里处的鹯阴渡河。

亲临鹯阴渡口那年，44 岁的刘彻依然保持着少年般的激情，犹如他统领的汉朝，裹挟着不可阻挡的青春力量。夏日黄河的宽阔水面，暂时阻挡住刘彻渡河西去的念头，但阻隔不了他的目光像一只飞旋过河面的雄鹰，朝对面远处那高耸入云的群山望去。

刘彻知道，在黄河西岸的连绵群山中，有一条漫长的走廊，一直通往遥远的西域。

9 年前，刘彻就曾派战将霍去病带兵，两次渡过黄河后挺进那条"大走廊"，击溃了盘踞那里的汉朝的劲敌匈奴，并设置了武威和酒泉两个郡。从霍去病的汇报中，刘彻知道，连接武威和酒泉的那座绵延大山，就是"大走廊"左手的傍依，被匈奴人称为"祁连"。山已经被匈奴人命名，贴山而行的那条大走廊的命名权该掌握在自己的手里。

将目光收回，刘彻看到夏日的黄河，将硕壮的身子扑进群山间的峡谷，朝北流去。那条大走廊，就在黄河的西面。

"河西走廊！"四个大字宛若从丹田里涌出的四只鼓槌，在刘彻的内心敲出了四道回响。那四个字从汉武帝口中缓缓走出，就是四根铺在千里走廊上的醒目界桩，四道跃动在千里走廊上的心跳，将其连起来，就不仅仅是一个名词，而是一条伟大道路的身份，一个被后世王朝关注的焦点。

或许，在丝绸为主的贸易亮相这条大通道之前，那些带着美玉，从西域到中原的贸易者、敬献者，蹚出一条"玉石之路"时，就有了这个名字；或许，那些从中原出发的将士，跟着霍去病渡过黄河后，一路朝西征伐时，就取了这个名字；或许，是汉武帝驻足黄河边时，看着浪花奔涌的走向，得到启发而命名。

究竟是谁命名了"河西走廊"并不重要，重要的是先民在这四个字的命名里，分别透露出了走廊的重要信息。

地理位置：黄河以西；

参照物：黄河；

形状：狭长的走廊；

功能：保障从那里通往西域的商贸和驻守其间的将士们的安全。

"河西走廊"，成了那条沿着祁连山而行的人间大道之乳名！它在襁褓时期，迎来汉朝政府下令施行的移民屯边、筑塞布防和商贸流通，就像乳汁一样哺育着它的成长与壮大，它在少年时期，就和汉朝一样洋溢着青春气息，迸发着激情与动力。后来添置的张掖和敦煌两个郡，让"河西走廊"变成了一道狭长的棋盘，汉朝设在这里的四个郡，就像四枚嵌在这里的铁质棋子，保障着越来越多的人流、物流和信息流，从连接黄土高原的西部和西域大地间的咽喉部位安全通过。

刘彻的驻足仅仅是鹯阴渡口送走的万千场景中的一个，来往于此的脚步与面容，皆被涛声送走，能被历史留下的是什么？"河西走廊"的命名，不仅驻留在历史典籍中，还如风而行，穿城过镇，拂过祁连山下，向远方延宕。2000多年间，"河西走廊"就像一条文明之河，时而溢出，助力各种文明在这里融合、共生，时而枯水期般地领受战争、荒年带来的萧条。

距离汉武帝出巡黄河边1989年后，确切说是1877年，德国地理学家李希霍芬在他的著作《中国》一书中，将"从公元前114年至公元前127年间，中国与中亚、中国与印度间以丝绸贸易为媒介的这条西域交通道路"命名为"丝绸之路"，"河西走廊"是其中一段。

从黄河边回到长安城，从"河西走廊"上不断传来的信息，让刘彻不时读到危险的信息。他或许也知道，漫长的走廊两侧，潜藏着无数的眼睛，打量着来往的商旅与将士，也默默收藏着沿途的风土人情、历史风云、生态变化，更是小心翼翼地盯着来自任何一处可能带来危险的角落。

一只山羊能感受到来自狼的危险，一只兔子能感受到来自秃鹫的危险，一峰骆驼能感受到缺水的危险，一支商队能感受到劫匪的危险，一匹战马能感受到敌方箭镞的危险。

古代，穿过"河西走廊"的不同地理单元，可谓所见多危景，所遇少安境。"河西走廊"是一条飞跃着危险浪花的长河，是一条随时就有危险埋在暗处的长路。这种危险有来自大自然的，也有土著部落对经过"河西走廊"的商队的觊觎，更有交战双方带来的厮杀与争夺。张骞率使团行进时，"河西走廊"就像一盒没拆封的巧克力，谁也无法预知下一颗是什么味道。汉朝的远征军行进时，"河西走廊"就是一个大盲盒，谁也不知道死亡和胜利哪个来得更快。高适和岑参等大唐诗人策马祁连山下时，身下的战马一定听到山岗后突厥伏兵粗粝的呼吸里传出的危险。党项羌的骑兵逼近河湟时，从唃厮啰骑兵刀剑上跃动的寒光里读到了危险。驻守在长城沿线军堡的明代戍边将士，从瓦剌、鞑靼骑兵越山而来的进攻中，读到的是危险。

衍生在"河西走廊"上的危险，陪伴着一个又一个朝代的盛衰，成了"河西走廊"沿途的一种异样风物，一种镶嵌在"河西走廊"漫长岁月中的齿轮，一种与和平时光交错的轮回，一茬茬时光之镰割不尽的庄稼。

消弭这种危险的方式并不多，汉代选择了筑"塞"的方式。西巡黄河的第二年，刘彻就下令，在今永登县境内的祁连山中，修建一座军事要塞，这便是汉朝在今甘肃境内修建的第一座要塞：令居塞。它像一位屹立在山岗上的巨人，伸出的两臂就是从这里延伸出的土墙；它更像是一滴丰盈饱满的墨汁，滴在祁连山东麓的这张大宣纸上，顺着祁连山走向朝北、西方蜿蜒而去，构成了一道壮观的汉塞。

后来，沿着祁连山走向陆续修建的一座座军事要塞和土夯长城，就是我们今天所说的"汉长城"样貌，它就像一条跃出地面、匍匐而行的巨大蚯蚓，贴着祁连山东麓的山根，一直延续到酒泉郡境内。它伟岸的身躯内侧，就是它护佑的"河西走廊"。

今天我们说的长城，在秦代，因沿途驻扎守军的"城"多，称之为"长城"；汉代，在"河西走廊"沿线筑建的那条防御性工程中，用来驻军的"塞"多，称之为河西汉塞，它从今永登县境内的令居塞起步，一直延续到敦煌市境内的玉门关，较为完整地陪伴了"河西走廊";明代，大致沿着汉塞走向，重新构筑起了一道高大的土墙，但起点和终点分别变成了今景泰县境内的索桥和今嘉峪关，相比河西汉塞缩水了500多公里。

汉塞，就是"河西走廊"的带刀侍卫与长情陪伴，它穿越过雪山、高原、沙漠、绿洲、湿地、戈壁、雅丹等地貌，酷似一只贴着祁连山伸向远方的耳朵，聆听着沿途的牧歌、佛音、马蹄声、脚步声;也像一个移动的巨大胃口，消化着沿途所遇的故事和事故、历史和现实。

那是一条移动的走廊! 汉武帝驻足黄河岸边时，汉朝的军力还未对从兰州经过乌鞘岭抵达武威的祁连山一带形成有效控制。从长安到武威的路途，大致是翻过陇山后，向西北方向经过今宁夏海原县、甘肃靖远县境内，在靖远县渡过黄河进入景泰县后，直抵武威境内，然后才融入我们今天说的"河西走廊"。这从一枚王莽时期的汉简上得到证明:从长安到张掖共设有二十个置。置是设在翻越陇山后，进入陇山之西，在河西汉塞沿途修建的专门用于接待、供给来往使者的驿站。从这枚汉简的记载中，我仿佛看见那时从长安出发的使者或商人，大抵沿着今天的312国道，穿行在陇山东麓的黄土高原后，抵达设在今宁夏固原的"高平置"。翻越陇山后，进入陇山西麓的黄土高原区，穿过今宁夏海原县和甘肃靖远县，抵达黄河边，这是从长安出发的"丝绸之路"汇入"河西走廊"最短的一条路。

按照"自古黄河不夜渡"的说法，那些从长安出发的商旅或使者，应该是在黄河东岸的靖远县境内的渡口附近休息，这里，是告别黄土高原的最后一个置。第二天，东岸的渡口，望着渡船划过晨曦中的河面，递上长情的送别；西岸的渡口，望着闪耀着的波光泛出诗意的召唤。渡河后，进入河西地区整修、停留的第一个置，就是位于今景泰县芦阳镇境内的媼围。这说明，至少在王莽时期之前，"河西走廊"是以媼围作为起点，悬泉置作为终点的。

从"河西走廊"东端的媼围置到西端的悬泉置，大致有二十个置之间的长度。按照古人最快一天穿行两个置之间的距离来估算，加上中间必要的休整，从媼围到悬泉的"河西走廊"大穿越，至少需要一个月的时间。

史前时期，古人在"河西走廊"两侧的一面面石壁上凿刻的岩画，仿佛一座座悬在半空中的动物园和植物园，清楚地记录了他们跟在牛羊后面，时而出现在西侧的祁连山中，时而出现在东侧的沙漠戈壁中。群山与沙漠中间的"河西走廊"，默默收藏着先民缓缓移动的脚印。那是一条被脚步丈量的慢行走廊，走廊上铺满牛羊的叫声。如果要给那段漫长的岁月挑选出代表性的人或事，我一定会推选羌、月氏，他们是那些岩画凿刻的主力军。

马背时代，求佛弘法的玄奘和鸠摩罗什，高歌而过的边塞诗人高适、岑参、王昌龄，征战的将士和快马的驿使，吐谷浑、回鹘、西夏等相继亮相的马背王朝，斯坦因、科兹洛夫、普尔热瓦尔斯基等西方探险家，纪晓岚、林则徐等流放者，身份或使命不同，但他们几乎都是骑在马上丈量这条走廊的。人、马、驴、驼或徐或急的背影，犹如一艘艘小船划过这条漫长的人工运河，让沿途的城市和村镇变成了规模不一的码头，在慢时光里留下了一份从容与淡定，"河西走廊"上收藏着一群又一群走过的马队背影。

汽车时代，马达声和喇叭声里，走廊变宽了，提速了。路边的农田上传来农机的轰鸣声，牛羊马鹿的叫声也向距离走廊越来越远的山区退去。从汽车通行以来，有两支驶过河西走廊的车队，让我特别留心。1937年夏天，受国民政府委托，美国伊利诺伊州地质调查局的古生物学家马文·韦勒和他的伙伴——美孚公司的地质学家弗雷德·萨顿前来中国，和中国的地质学家孙健初以及曾经当过外交官的金城银行秘书史悠明组成的考察队，雇了两辆当时世界上最先进的汽车，从兰州到酒泉花费了18天。1944年夏季的一天，在秦岭腹地办培黎学校的新西兰人路易·艾黎，迎来了一位特殊的造访者：英国剑桥大学著名科学家约瑟夫·尼达姆（李约瑟）博士。李约瑟当时以中英科学合作馆馆长的身份，前往甘肃西部的玉门进行科学调查。正为抗战时期的培黎学校西迁发愁的艾黎，向李约瑟提出，可否搭乘汽车前往河西走廊寻找理想校址。李约瑟爽快地答应了艾黎的请求，邀请对方和自己的团队一起西行。艾黎在这次考察中，在地处"河西走廊"最窄处的山丹县，为培黎学校找到新校址。1944年12月21日，艾黎租用了一辆汽车，将他的培黎学校从秦岭腹地"拉"到了祁连山下的山丹县。

艾黎怎会想到，他租用汽车穿行"河西走廊"71年后，一条从连云港到霍尔果斯的高速公路建成通车，就有上千公里穿过了"河西走廊"。

铁路时代，"河西走廊"上衍生出一条新路。铁轨成了爬行上千公里的两条贴地黑蛇，黑色的货车和绿色的客车，是穿过"河西走廊"的两道长影。道路，不仅是向远方的一种延伸，更是带着人类的科技理想和征服欲望，向陌生领域的试探。"河西走廊"像一个庞大的记忆容器，铭记的时间、年份很多。1952年无疑是其记忆长廊中闪亮的年份，这一年，以兰州为起点、乌鲁木齐为终点的"兰新铁路"破土动工，意味着古老的"河西走廊"迎来现代铁路的铺设。这一年，三万劳动大军从"河西走廊"起点的乌鞘岭开始，拉开了在古老走廊上铺设铁轨的序幕。10 年后，"兰新铁路"全线竣工，两条并行的铁轨，像两条黑色的曲线，划过这片古老的大地，机车的轰鸣遮盖住了昔日的马车驼铃，火车头上的灯光，刺破河西夜晚的寂寥。大批的物资和乘客，在火车上感受新的行走体验。2012 年，甘肃敦煌至青海格尔木铁路开工建设，标志着古老的"河西走廊"开始拓展新的轨道、朝青藏高原延伸。2023 年 11 月 21 日，"敦煌号"（敦煌—天津港—泰国）铁海联运国际货运班列首发，"河西走廊"伸开双臂，一头连着东南亚，一头连起亚洲腹地。这条绵延了 2000 多年的东方走廊，在时间洗礼下，沉淀为一条更宽广的臂膀，向时代需求的诗和远方延伸。

高铁时代，穿越祁连山腹地和连接兰州、西宁、张掖、酒泉、乌鲁木齐的高铁建成，祁连山西麓被铁路网纳入新的"河西走廊"，这不仅让这条走廊延伸进祁连山西麓的青藏高原东北部山区，而且比原来的路途多出 100 多公里。穿越祁连山腹地与东麓的"兰州—武威"的高铁建成和直奔欧洲的"天马号"中欧班列开通后，"河西走廊"的速度更快了，也把起点逐渐命名在兰州，把甘肃和新疆交界处的星星峡视为终点，相比汉代从媪围置到悬泉置，时光之手，像是一位西北面馆中的拉面师傅，一下子将传统的走廊抻长了几百公里。

道路是向远方延伸的一头动物，要么像蛇那样伸出信子触摸陌生的气息，要么像马匹那样伸出蹄子踩踏迎面而来的青草，不同的道路承载着不同的速度与使命。从羊肠小道到现代公路，从传统公路到高速铁通道，每一种道路新形态的出现，都体现着速度的变化和人类享用其福利的提升。"河西走廊"就是这种变化与提升的样板，既保持了实用的功能，也被时间赋予了文化的意味，完成了一条"时光通道"的重新命名。

信息时代的"河西走廊"上，各种乡间小路、省道或县道、国道或高速公路上，奔忙其间的三轮车、四轮拖拉机和汽车，兰新铁路与高铁上驶过的货列、客列、专列，都是速度和形态不同的各种"铁兽"，它们替传统的牛车、驿马、骆驼重新命名"河西走廊"。特高压铁塔连起来的电线输送的电流、气象台搜集的气流信息、信号塔传输的无线信号、雷达扫描后传输的信息，等等，搭建了一条条空中的走廊，让无数看不见的飞鸟扇动着信息的翅膀，划过天空。天然气和光缆信息，犹如成千上亿的土行孙穿行地下，快速通往远方，改写了玄奘当年看到的"上无飞鸟，下无走兽"的状貌。最初作为军城和驿站的敦煌、酒泉、张掖，都有了供飞机起降的机场。白天，"河西走廊"上空响起一道道银色"铁鸟"的轰鸣，打破天空的寂静；晚上，"红眼航班"在星空中眨出红色的光，在蓝色夜空划过一道红色的弧线。

"商旅往来，无有停绝。"这是古人对"河西走廊"的描绘，也是先民对这条走廊后世命运的期盼。这条古老的走廊，变化着自己的体量和速度，羊肠小路、快马驿道、现代公路、油气管廊、高铁、特高压输电线路、空中航线、光缆通道，从地下到地面再到空中，昔日驼马踩踏过的"河西走廊"，已经变成了一个空中、地面和地下合成的立体走廊。驼铃叮当、牛哞驴叫、高铁呼啸、飞机轰鸣、风车旋转，各种声响在这条走廊上汇聚、合奏，以声音命名着这条时光大走廊。

从走向到路途，从交通工具到速度，"河西走廊"没有辜负先民的期望。

站在"河西走廊"的任何一地，我仿佛看到那些被青草喂壮的羊，要么走进人类的饮食记忆，要么被牧民刻进岩石，为游牧时光保存了一份久远的记忆；那些匆匆来去的马，要么带着政令、军令穿行过军营或州府，要么驮着征战将士、边塞诗人的梦想；那些把肥壮的身子走瘦的毛驴，要么驮着经卷，不时摇摆的尾巴吸引着紧跟在后面的僧侣脚步，要么以拉车耕种的形象走进一幅"河西走廊耕种图"中，终老在田间地头和磨坊里；那些把古老的走廊促成现代公路的汽车，不仅彻底改变了走廊的样貌与速度，也赋予了走廊新的使命。那些呼啸而过的列车，如长鲸越海，巨鳃张合吸纳时，便是人流、货物、信息的吞吐；那些空中眨眼的飞机，俯瞰着整条"河西走廊"在新时期的繁忙！

二

丹霞、峡谷、河流、雪山、草原、沙漠、戈壁、湿地等交错分布的地貌，在今天的游客眼里，构成了一道风景长廊。

文旅时代，山川依旧，沿途的各种地貌，因新奇瑰丽而吸引着远方的游人。变成景点的各种地貌，犹如栽种在"河西走廊"两边不同品种的林木，把"河西走廊"变成了"景观走廊"，构成了一个多元而精彩的景观博物带，承载着瑰丽的自然风光、人文历史与不朽传奇。

离开兰州，过黄河后西行不久，眼前就是一片四季披着彩霞般红衣的群山，地质学上的术语叫"丹霞地貌"，一片片丹霞，就是黄土高山上凝固的红色云彩。近年来，随着降雨量增多与生态恢复，原本以黄土沟壑为底座、红色丹霞为桂冠的地理景观得到改写，红色山梁上渐渐出现了星星点点的绿色植被，犹如红色海面上停泊着的无数绿色小帆船。红、黄、绿三色映衬的斑斓与绚丽，织就了一件阔大舒适的彩衣，一直沿着黄河北岸的群山铺呈，到庄浪河流入黄河时，像是被折叠了一下，逆着庄浪河而行，在两岸的山坡上持续了十多公里。诸如丹霞这样的特殊地貌，就像一个个彩色插图，不时出现在"河西走廊"的长卷叙述中。

从黄河和庄浪河交汇的河口镇起步，就像是踩在一副渐渐隆起的弓背上。海拔逐渐抬升，不同地貌上生长着不同植物、作物，自然植被和人文历史的结合，自然也就合成出了不同风物。标志性植物从旱柳、杨树到松树，作物从玫瑰、小麦、青稞到高原冷凉蔬菜。农耕文化与游牧文化，在武胜驿形成了非常明显的一道分水岭，这里也是兰州市管辖的永登县和武威市管辖的天祝县的分界线。

天祝藏族自治县是新中国设立的第一个少数民族自治县，县城就位于庄浪河边，一座座藏式建筑、一个个身着民族服饰的当地"华锐"牧民，一间间充满民族风情的餐馆与茶馆，远处的马牙雪山和穿县城而过的金强河，织就了一幅高原小城的风貌。

乌鞘岭是传统意义上进入"河西走廊"的门槛，公路隧道和铁路隧道的凿通，让载货装人的汽车、火车、高铁，成了一条条穿越乌鞘岭腹腔的铁蚯蚓，淡化了乌鞘岭扮演的"河西走廊"门槛角色。少年时代，我曾乘坐长途汽车，用7个小时翻越雪中的乌鞘岭；青年时代，曾乘坐火车翻越乌鞘岭，那时的火车需要两个蒸汽机车头牵引，时速不超过三四十公里，当地人戏说，扒火车的人中有心急者，在半坡上跳下去，步行上山，坐等火车爬上来再重新爬上去。如今，我乘坐新开通的从兰州到武威的高铁，穿越乌鞘岭仅仅需几分钟。

如果开车，我至今还是喜欢沿着那条几近被废弃的古道，像是约会一位老朋友似的，去那座地标性的亭子前。手机屏幕上，清楚地显示这里的海拔是3211米。凭窗向南远眺，是白色岩石构成的马牙雪山，像一匹卧在草原上的白色老马，让人误以为那是四季不变色的一座大冰川；向北远眺，是连绵起伏的葱绿长岭，那是一片又一片高山草甸连起来的祁连山夏色。无论是民族特色，还是自然风光，乌鞘岭就是一道精美的帘布，揭开它继续前行，无疑就是走进一个"风景走廊"。

离开乌鞘岭进入"河西走廊"，昔日的驼马大道，早变成了和全国其他地方形制、设置、标识一样的现代公路。无论是行在国道上，还是高速公路上，各种景观如两边站立的士兵阵容，有着西北式的豪迈和空旷，这在公路西侧逐渐升高、厚重、逶迤的祁连山和公路东侧一路相陪的绿洲、沙漠和戈壁中有着明显体现。

中国旅游标志的铜奔马就出自河西走廊的第一座大城：武威。这里的武威文庙、天梯山石窟、西夏博物馆、鸠摩罗什寺等人文景观所散发出的光芒，遮蔽了冰沟河、沙漠公园、沙漠水库等自然风光的知名度。河流是这片大地上景观的塑造者或影响者，也是养活这方土地上生灵的乳汁，石羊河流量充足的上中游造就了城市与绿洲，水瘦沙重的下游地带，就是大片沙漠与荒滩，这也是整个河西走廊上景观分布的一个典型：走廊西侧靠近祁连山，多是充满历史沧桑感的人文景观；走廊东侧靠近沙漠、戈壁、荒山，是从祁连山流出的每条河的埋葬地，人类治沙的艰辛与努力也在这里得到体现：治沙人靠多年辛苦，在漫漫黄色沙海中筑造出了一片片面积少得可怜但充满着希望的绿色小岛，每一座这样的小岛，就是一部人工治沙的教材——内容相似但书写者名字不同。

"河西走廊"虽然长约一千公里，最宽处超过 300 公里，但其最窄处却只有 30 多公里，这让走廊整体看起来像是一件古老的沙漏，这柄沙漏的束腰地带，就在金昌市的永昌县、张掖市的山丹县和内蒙古阿拉善右旗的交界地带。旧时，突兀响起的一声狼嚎，会惊跑两省三地的蜥蜴与驼、马；如今，车行于此，一声夜行车的喇叭，可以惊醒两省三县的梦境。河西走廊到这里，像是一个因饥渴、疲倦而生气的行人，左边的祁连山和右边的龙首山，是他努起的两片嘴唇，横越而过的公路和铁路，就是穿过这两片嘴唇间露出的沥青色牙齿和一枚黑铁色的舌头，映照着走廊在这个时代的繁忙。

沿着"河西走廊"而行的人，至此自然就开启"左眼饱览大漠风光，右眼尽收高山草原"的赏景模式。

祁连山是个公平的家长，将冰川、草原当成家产，分给山脉东西两侧的甘肃和青海，让这里的冰川成为穿越群山的河流子宫，形成了中国最大的高山草甸。连绵冰川和碧绿草甸，仿佛端坐在海拔 3000 米以上和 2300—2700 米的白色之神、绿色之神，慈悲地俯瞰着、护佑着河西走廊。"河西走廊"的高山草原，构成了一个庞大、丰富的绿色家族：温性草原、温性荒漠草原、高寒草甸、高寒草原、温性荒漠、高寒荒漠、低地草甸、山地草甸、高寒草甸等九大类，是"河西走廊"不弃的伙计、忠诚的朋友、长情的陪伴。古时徒步孤行、骑马奔驰者或今天的驱车自驾者，他们那被干黄染疼的眼眶里，因这草场而塞进一抹眼药般的绿色。

汉武帝曾以"河西大马，横行天下"来赞誉"河西走廊"一带的骏马。"河西走廊"的精灵无疑是马，那是走廊人文景观中最具灵性的一笔。祁连山上的一片片高山草原，就是铺在夏日山坡上的一片片绿色地毯，秋天到冬天，逐渐变成了金黄、淡黄、枯黄的挂毯，那是漫山遍野的草与花寄居的肠胃，是食草动物和食肉动物展开生存游戏的舞台。马是这个舞台上的一号主角，一直穿梭在"河西走廊"的巨大肠胃中，在不同朝代，蠕动着一曲曲马的壮歌，马家庄、天马城、西马营、大马营等留存的地名里，贡马场、马王庙、赛马等与马有关的建筑或习俗里，跃动着一匹匹马生前光鲜的故事和矫健的背影。一部河西走廊史，可谓是被马串联起来的。

"河西走廊"上诸多与马有关的地名中，我对大马营格外关注。"大""马""营"这三个字分开细读，每个字背后都有着一种看不见的气势或硬朗，合起来就成了马的操场与营房、故乡与归宿，写着一部庞大、威武、光荣的、有关马的家族历史。大马营原本是一处马场，它的原始职责是养育牛羊和马匹，供草原上的牧民生存。当马场前被冠以大马营时，其绝美的高原风景与丰沛的人文历史，就让它成了两道耸立在祁连山腹地的景观，成了亚洲最大的军马场。如今，战马从"河西走廊"的视线里消失了，它们的后代成了文旅时代的道具与景观。马场的功能一旦丧失，就变成了一户移民人家遗留在墙上的窗棂，一段被遗弃的历史。

原住的游牧部族将领、战士也好，越过马场的霍去病、隋炀帝也好，他们乘骑的战马嘶鸣，像千年前这里的牧民煮茶时的牦牛粪烟被风吹散一样，消失在祁连山的视线外。

马场一直竖着耳朵、睁着眼睛，听着、看着马蹄声和马背上的人来来去去，也听着、看着汽车、火车和高铁催生的"河西走廊"新速度。我曾几次特意在山丹马场的高铁站走下车，在那短短的停留时间里，朝西南方向望去，岗什卡雪峰亮出它5254.5 米的高度，那是"河西走廊"在祁连山东段最高处的一座银色灯塔，一直是千百年来的行路者的路标，也是一座白色的哑钟，悬在人们听不见的寂静里。

将目光收回，看着空旷的站台上挂着的"山丹站"铁牌，双颊明显能感受到风的速度与硬度。风，能掀开记忆的盖子，也能埋葬记忆。耳边似乎听得见风吹得烟头在明灭之间的喘息，仿佛听见战马作为一个时代的产物远去的蹄音。

两条穿越祁连山高铁道路的修建与通行，让"河西走廊"有了新的车道，拓宽了传统的走廊范围。一趟趟犹如银箭射出般的高铁，让古老的"河西走廊"成了一种速度的陪衬，在祁连山的瞳孔中划过一道道优雅的弧线。白天，无论是朝阳、夕阳还是正午阳光，照在高铁光洁的车厢顶部后被反射出快速而迷人的光晕；晚上，列车头部的车灯划破夜空，亮着灯的车厢犹如一条闪光的飞龙，和大地保持着平行的距离，以新的速度丈量着"河西走廊"。乘坐高铁的人们，无法目睹曾驰骋在这里的战马速度，无法听到游牧时代的战马嘶鸣。他们的身下，是轻微如儿童睡眠中呼吸般的铁轨声，几乎没有任何摇晃的平稳驰行，让高铁给夜行车上的乘客带来熨帖的抚慰。这新时代速度的钢铁快兽，风驰电掣般地疾驶而过。高铁呼啸的身影，让生活于此的藏羚羊、雪豹、藏狐、岩羊、白唇鹿、狼、棕熊等高原野生动物，一定惊讶不已，它们身体密码中保留的速度记忆，怎能了解如此快速的钢铁怪兽呢？借用崔健的那首歌词来形容，倒是很恰当——"不是我不明白，是'河西走廊'变化快"。

古老的"驼马走廊"，在现代科技的加持和现代中国的需求驱动下，在忙碌中变得更加繁忙。从牛马小路到驼铃古道，从汽车大道到高铁专线，逐渐演化出新的"东方大道"，成了"丝绸之路"上最青春的一段。

三

"河西走廊"不仅是一条铺在地上、贴山而行的人间大道，高卧在山顶的冰川，挂在崖壁的岩画，蜿蜒在地面的径流，山下遍布的绿洲，流水在地下形成流动的迷宫，飞旋在半空中的那些"天空公民"，山中栖居与地下穴居的动物，共同构成了一条"生态走廊"。

从天空到大地再到地下，这三重空间里存留的人类生活印迹及其伴生的各种建筑，这三重空间里生活着的动物身影，构成了这条走廊上立体的图景——有的明亮如初，有的灰败如烬，但都跳动着生命的脉息。

柏拉图将眼睛视为神赋予人类的第一感觉器官，认为神在设计人的脸部时，最先造的器官就是位于脸上部的眼睛，由此产生的视觉可以直达灵魂。柏拉图留给我们一个多精美的比喻，他把眼睛喻为"给我们带来最大福气的通道"。冰川，就是大自然安置在祁连山最高处的眼睛。朝天而睁，迎迓一片片雪花落进眼眶；打量半空，望见鹰的影子飞过林梢、狼的号叫惊醒岩石上的苔藓；朝下俯瞰，眼中便是人间往来的"河西走廊"上，一直袅袅着的人间烟火、红尘故事。

冰川，也是祁连山的耳朵。它们聆听着雨雪如花，在阴天里野蛮绽放，静静落下，也听着响晴之日时的阳光照在群山上，一道道反射向天穹的耀眼光晕，发出舞蹈的声音；这白色的巨耳，当然也熟悉了山林间各种动物厮杀、争斗、交媾、繁衍的声音，更是听惯了从车马慢到高铁快的"河西走廊"的速度变换。

冰川是祁连山的胃，在大地隆起的漫长岁月中，它在逐步抬升中收留了多少三趾马、猛犸象和恐龙等古老动物的遗骸，容纳了多少变成了化石的海洋生物、昆虫等动物以及植物，也像一位极力想遮掩孩子犯下错的母亲，在体内埋藏了多少病菌和疫病、战争和杀戮，硬是将大量生物消化成了铁、镍、铜和金，消化成了煤矿。

冰川，更是祁连山的乳房：硕大而洁白。祁连山4000米以上的山地面积占全部山区的三分之一，这些高大的山峰拦截了经过这里的气流和云团，对靠山而活的人而言，这种拦截就是赐予财富：群山之中发育出了3066条冰川，储水量约为1320亿立方米。这些冰川把祁连山变成了一件古老、冰凉、晶莹的时光容器，一座丰满的"白色乳房"，为"河西走廊"上的城市、村庄、水库、农田赐予了成长的乳汁。

人类对地球改造最为强烈的时代里，冰川，这些镶嵌在群山高处俯瞰"河西走廊"的眼睛，视力渐渐下降；这些在寂静处聆听雪落的耳朵，听力渐渐受损；这些孕育着乳汁的乳房，也患上了乳腺癌。

祁连山滋生的病，自然会传染到贴山、越山、穿山而行的"河西走廊"。和冰川零距离接触的高山牧场上，冰川是填满牧民帐篷窗口的一道白色帘幕。距离雪山很近的村庄里，古老的炊烟是农民的闹钟，离开烟囱不久就能落在冰川的脚面上。山脚下的城市里，居民在晨起推窗的刹那，就能让一抹白色入眼。牧民、农民、市民，都是冰川滋育的生灵，领受着冰川的恩惠。

祁连山上的那些冰川，成了地球上众多冰川中距离人类最近的清纯水源。它们以马牙、七一、八一、祁连一号（摆浪河21号）、老虎沟12号（透明梦柯）等，更为形象、细致的方式命名着祁连山高处的冷寂与洁白。朝天而立，冰川是高峰常年佩戴的银色桂冠，勾勒着祁连山威猛、壮美的轮廓；横空平视，冰川拦截着云层的激荡回旋，成了孕育雨雪流霞的灶台；朝地而望，从冰川的体内渗出的乳汁，养育着一条条以"河西走廊"为驿站的河流，上面飘荡着母性与慈悲的波光。

越是美的东西，往往躲藏在人类的视线之外，越不容易被人类的脚步触及。一座又一座端居祁连山巅的冰川，成了山下定居者和"河西走廊"路过者心中"熟悉的陌生"，他们能清晰地看到冰川的模样，他们伸出的舌尖似乎能舔到冰川传来的冰凉，但他们的脚步却不能抵达冰川。这遥远的亲近，这领受冰川慈悲的关注，这被冰川目送的祝福，是"河西走廊"领受的另一份福利。

冷峻而高白的冰川，是递送给"河西走廊"的夏日凉爽，也是给星夜赶路者竖起的一座座空中塔台。

冰川，有时是藏着的，群山是她的盖头与遮面；有时是露着的，抬头就能看到她晶莹的脸庞与不同的身形：星状冰川，如同群星在沉醉于夜晚后来不及回撤留到白昼的人间；米斗冰川，如上天像一位厨娘盛面做饭时手一抖，将盆里的面粉洒落在祁连山顶；平顶冰川，仿佛一座刚刚在山顶建完的飞机场，被一场骤然降临的大雪覆盖；白帽冰川，像是一位站在高处给"河西走廊"放哨的卫兵，站姿亘古不变，头上的那顶乳白色钢盔发出耀眼的银光，是它身份的注脚。天下的冰川，都是白的，都在山的最高处，都是山下众水的家，但地球上没有相同的两座冰川，它们不是铸币般出自统一的模与范，也不是在复制键操控下被装进打印机的A4打印纸上映显的内容，更不是秋霜拂过枫叶林后整齐划一地染出一种集体的红。祁连山上的冰川，无论被专家命名为什么，都洁白而古老，就像一把上好的刀剑需要在水火中无数次锻造。在人类未出现以前，它们就已经过五次冰期（四个间冰期，一个冰后期）的冰寒锻造历练，它们见证了后来活跃于"河西走廊"上的动植物发育，目击了三趾马在漫长的孕育中繁衍出野马和野驴，也见证了猛犸象和恐龙的繁衍与灭绝，迎来了类人猿演化成初级阶段的人，如今，依然见证着生态与环境的变化。

冰川，这"河西走廊"的长情伴侣，是提醒行人添棉备伞的天气预报，是见证穿过"河西走廊"的河流肥瘦变化的证词，是敏感而精准把握"河西走廊"生态平衡的银色巨尺，或许，也是祁连山这座大舞台上站得最高、最后排的那群演员——它们最先敏感地感受到舞台倾斜或倒塌，也能最先敏感地看到台下观众的表情或逃离。

山体是冰川的底座，托着它虚弱的身骨。冰川，为站得最高的山峰加冕，宣读着后者的巍峨与气势，也为造山运动中努力抬升的山峰添加了一件厚重的白色棉衣。

从见证生态变化的角度出发，那些冰川，在我眼里，更像是一头头卧在山顶的白色巨象，饮风食雪般成长。然而，随着全球气候变暖，它们的身形逐渐变小，它们曾经甜美而晶洁的梦，成了殓布在高空燃烧后留下的灰烬。随着所居之地的海拔逐渐抬升，它们的床与梦，都在承受坍塌的威胁。

在金强河的源头附近，抓喜秀龙镇白水村的藏族牧民秦加才让坐在浅浅的河床边，我顺着他手指的方向看到，河水的位置明显下降，最高水位和目前的水位之间，是一条非常明显的钢铁生锈般的宽带，这是水位下降的直接证据，说明从不远处的马牙冰川渗出的水逐年减少。他的忧思被羸弱的水流带走了："再穷的牧民都有一顶帽子，雪山就像牧民的头，怎么没帽子呢？我们的马牙雪山呀，把自己的帽子丢掉了。"

我明白，这个当地的藏族牧民说的帽子，就是家乡的冰川！

我曾几次徒步，接近位于肃南裕固族自治县境内的祁连山一号冰川，仰视那伸向天空的巨大冰川，总觉得那是一座用不完的固体水库。感谢这个时代，让我们能在乘坐飞机时，有俯瞰冰川的机缘。每每乘坐飞机从乌鲁木齐或敦煌返回兰州，我都打开手机上的"航旅纵横"，眼盯着飞机在空中的移动路线。

飞机临近冰川时，我会朝舷窗外迫不及待地望去，映入眼帘的冰川却令我感到意外、失望，和在地面上看到的不一样，一路绵长而苍茫的祁连山成了一幅干黄的大幕布，冰川，就像晚秋大草原上一座衰败的、被废弃的白色帐篷，毫无气势与生机而言。纵越祁连山的航班上，一座座冰川看上去犹如镶在一条黄褐色绸缎上的钻石。在几趟白天航班的响晴天气中，我看到的祁连山冰川景象，逐渐在大脑中定格了，即便是阴天或夜晚航行，也仿佛看到冰川上升腾起的冷气直冲云霄，给过往的航班底部吹来阵阵冷凉。后来，和当地的一位裕固族朋友聊起自己对冰川的感受时，他冷冷地回复："冰看起来硬得像刀子，其实脆弱得像婴儿的脸。我是看着'一号'冰川在几十年间变瘦了的，真担心它在我们这一代就不见了。"

我明白，这位当地的裕固族农民所担心的，是家乡的冰川不能长寿。

有一年冬天，我陪一位研究冰川的学者前往他常年关注的一处祁连山的冰川观测点。当我眉飞色舞地谈起对冰川的感受时，那位研究者一定从我的眼里看到他惊恐的神情：你究竟对冰川了解多少，竟然就可以对它大谈特谈？我笑着解释：对某一领域的一知半解，是文学创作中的最佳的通行证，这意味着能让作家对其展开足够的想象和诗意的描述。如果他完全了解这些，尤其是考古学之类的知识，大脑就会被那些硬邦邦的知识塞得满当当的。

每年的春、夏、秋三个季节，中国科学院设在兰州的一个负责研究冰川的机构，会派出人员驻守那个观测点，收集冰川的土壤、气象、周围植被等数据。到了冬天，因为大雪封山，交通中断、气温太低，研究人员就集体撤出，雇了一名山下的蒙古族牧民，隔几天去观测点的房子里转转，看看设备是否完好，这成了那位牧民每年冬天的一项工作。我和那位牧民聊起离观测点最近的冰川，他朝那座冰川望了一眼，自言自语地说："恐怕到我的下一代，连看观测点房子的工作都没了！"

我明白，这位蒙古族牧民所指的，是担心冰川融化了，观测点的意义不存在了，会没人再雇他了。

冰川，一直是"河西走廊"的忠实陪跑员。车行"河西走廊"，如果你驾驶在嘉峪关至敦煌市的400多公里的路途中，无论哪个季节，随时朝左手方向望去，总会看见一顶扣在祁连山上的白色巨盔，发出耀眼而迷人的银光，那就是陪伴这一段"河西走廊"的冰川，它有个梦幻般浪漫的名字：透明梦柯。后来，我前往设在兰州的中国科学院寒区旱区环境与工程研究所，在展室的"祁连山冰川分布示意图"的沙盘上，透明梦柯的正确标注是"老虎沟冰川"。这个名字很容易让人联想起这样的场景：高处，是洁白的冰川；山间，出入着呼啸山林的老虎。在肃南县境内祁连山中的岩画上，确实有老虎的形象，证明老虎确实曾是这里的"原住民"。如今，老虎已经彻底消失了，留下的是岩画上的图案与地名，成了见证走廊生态变化的两份悼词。

这些年，环保行为与科技力量的介入，使2730座祁连山冰川被纳入祁连山国家公园创建区。这意味着，沉睡在祁连山顶上的2730头"白象"被保护了起来，但谁又能阻挡它们在梦中的缩身呢？这些沉睡的"白象"中，最令我牵挂、着迷的，是有着中国最美六大冰川之一的透明梦柯。

透明梦柯是一头常年沉睡在海拔 4260 米以上的白色巨象，它的身高达 1583 米、体积达 21.9 平方千米，腹内储藏的冰量达 2.63 立方千米。虽然位于祁连山国家公园创建区的核心部位，透明梦柯是亚洲距铁路线、机场和公路最近的山谷型冰川，最容易听见汽车马达声、最容易闻见汽车尾气。这头巨象呀，最容易被现代文明伤害，原始森林减少、地表温度升高、臭氧损耗，都是伤害这头巨象的无形杀手。

正午时分，站在透明梦柯山脚下的草地上，感觉那巨大的晶莹体散发出的寒气，就在眉毛间穿梭、在肩膀上徜徉、在眼眶里回荡，冰川在阳光下发出的银光，让人无法盯它良久。我一方面为透明梦柯的命名者给予如此精妙的名字而敬赞，另一方面也为冰川近在咫尺却美得让人无法直视而感叹。它就像一尊白得没有一丝瑕疵的瓷器，尊贵而冷漠地立在那里，内里却不断热情地渗出乳汁般的雪水，流向山下的绿洲、城市、村镇、农田、工地、水库。我和一起而行的几位当地文友席地而坐，让对面的冰川成了炎热时光中的凉意话题。很快，这种凉意骤然如一柄从烈火中抽身的生铁投入凉水一般，大家不由自主地谈起了冰川在这全球变暖时代里的命运遭际。文友们逐渐像是相约参加一场肃穆的活动，话题变得冷峻起来，眼神里都写满了忧虑与不安。他们中有的曾在不远处的乡镇工作过十多年，变成了草原上的百姓说的"二牧民"；有的就在山下这片牧场出生、长大，将来一定也会终老于此；有的在一年的不同季节里，变换着不同的身份和职业，但心中的忧虑是一致的：雪线的退缩，就像一辆刹车失灵的老车，让冰川在退却。一位常年拍摄冰川的摄影师朋友告诉我，在过去的 50 多年中，透明梦柯退缩了 300 余米。这个数据，让我仿佛看到一位美人，在沉睡中被人一直偷偷剪着裙子，这种偷剪行为，还在持续着。

晚上，在入住的蒙古族牧民家里，我向牧场主人求证白天遇见的那位摄影师的说法，他点着头肯定："你们说的冰川，是倒扣在雪山上的银碗呐，碗里是养活我们的一切，这银碗一旦没了，祁连山还能活吗？牧场、牛羊和我们还能活吗？"

我明白，这位当地的蒙古族牧民担心，那"倒扣的银碗"一旦消失，就是他们丢失了祁连山！

当年，匈奴人败离焉支山时，留下"失我焉支山，使我妇女无颜色"的哀歌。如今或未来，祁连山倘若失去冰川，那就会为我们留下"使我山河无颜色"的悲唱，那才是这座山失去生命时的哀绝之歌。

月亮升起，温顺得像恋爱中的少女，把身子慢慢靠向祁连山的肩膀，山顶的冰晶在月光下出现了神话般的光晕，给祁连山披上了一层银色的纱衣。从山顶奔涌而下的月色，给祁连山织就了一件通体的银衫：尊贵而晶莹。冰川，以这样的样貌存活了千万年了，它的退化，无疑会让这件银衫不再合身，甚至会让祁连山迎来"衣衫褴褛"的窘况，让"河西走廊"的生命养分变少、变小。

时间的小舟，向夜域的深处缓缓驶去，群山沉睡，冰川梦酣。我能感到冰川浑身散发出的冰凉，正细若波光地洒落在双肩。那些从冰川上翻滚而来的凉气，成功地驱赶了白天的溽热，让一条"河西走廊"变得清澈而冰爽。冰川呐,不分昼夜地以不同方式滋养着"河西走廊"。夜色最深处,我背靠蒙古包前的一块石头,像一束依着石头的芨芨草,感受着身边这片大地的温凉与历史。我仿佛在自己端起的那只装着酒的银碗里,看到雪山驮着冰川,邮轮般驶向远处。我仿佛看到那头沉睡在高处的大象,在梦中被日益变暖的气候之手抬着,平均每年向山顶后退6米多。或许有一天,这头白色巨象消失了,它分娩出的一条条河流一旦消失,那时,还会有"河西走廊"吗?

在肃北蒙古族自治县和玉门市接壤地带,抬起头,我看到来自高处的冰川之水,汇聚成了白色的河流。环顾四周,我看到河流向远方奔走的途中,滋养出大片绿色的湿地和庄稼、成群的楼宇和街道。目光朝下,我仿佛看到地下原本密封着的石油,通过一条条管道,完成了从地层深处奔涌至地上的过程,形成了能源时代的人类从地下抽取而成的黑色之河,成就了玉门这座石油之城。

白、绿、黑,是写在"河西走廊"上的三行醒目的生态诗。

冰川之白、湿地之绿和石油之黑,像三位肤色不同的人,在几十公里的范围相遇、相处,仿佛一个镜框内装着的白、绿、黑三幅颜色的照片,书写着有关生态的故事。冰川、湿地和石油,又多么像三位禁不住时光侵蚀、韶华与风韵已逝的女性:白象般的冰川在朝山顶后撤中变瘦,绿毯般的湿地面临着源自祁连山冰川的河流水量变少而缩减,石油被开采完后留下近乎废弃的"石油城"。

从冰川内腔渗出的雪水,流淌到众多河流中,我曾沿着

"鸭儿河"做过一次长途考察。这条小河，或许是河水不急，河面开阔并在两岸出现浅湖或湿地，吸引无数鸭子游荡、栖居而得名。1934 年 6 月下旬，陈赓雅以《申报》记者的身份，开始了他从兰州到哈密的考察，在祁连山北麓的赤金堡，闻听到了这样一条消息：当地人在同治年间就进山采金，在鸭儿河边的一块台地上，发现从石头缝中渗出的一种黏稠的黑油，像泉水一样流淌。采金工试着点火取暖时，竟然产生熊熊烈焰。他们将这种石头里流出的油称为"石油"，流出石油的地方被称为"石油泉"，鸭儿河的名称也逐渐被当地人以"石油河"取代。这种带有神秘色彩能用不能吃的黑色之油，自然被当地人敬奉为"神物"，他们在"石油泉"附近的台地上，修建了一座老君庙。

在陈赓雅考察 5 年后，国民政府投资，在石油河边的老君庙以北 15 米处，以人工方式打出了中国第一口油井，日产石油达到 10 吨！祁连山，从耸入云天的冰川到山间的绿色森林，从地上的庄稼到地下的石油及煤炭、黄金等资源，以一座立体仓库的形象亮相于世。

一桶黑色的地下之油，对"河西走廊"意味着什么？抗日战争爆发后，石油成了稀缺的战略资源，日本对所占领的中国铁路、公路、码头等实行军事封锁，国际上的援华物资运输不进来，石油的重要性，尤其是在苏联援华物资进入中国境内的"河西走廊"上，凸显出了前所未有的战略价值。中国政府在这种背景下，下令抢修了甘（肃）新（疆）简易公路，不仅让石油提升了"河西走廊"的速度，也让传统的"河西走廊"得到了一个新的命名：抗日物资运输通道。那些运输抗战物资的苏联汽车，因为对外宣传是运输羊毛的，它们在"河西走廊"上有了"羊毛车"的名称。玉门油田也因为在抗战期间占全国原油产量的 90% 以上，成为中国的功勋油田。

从祁连山高处的冰川流出的泉水、河水，汇聚成了"河西走廊"上的生命之水，是走廊两侧的城市、田地、绿洲的白色乳汁；祁连山北麓地下黑色的石油，扮演的工业乳汁的角色，成就了玉门这样的油矿和城市，千里"河西走廊"上，也因此开始了从牛马驿站到汽车加油站林立的变化。

高山上依然存活的白色冰川，给"河西走廊"的半空，亮出一片灯塔式的白色光晕；地底下渐渐枯竭的黑色原油，在"河西走廊"的身下，压埋了一条见证工业文明的黑色管道。我行走在"河西走廊"的日子里，也是将自己单瘦的身子置放在黑、白、绿三色构成的大图景中，尤其是站在那巨大的、地上与地下的白黑交错地带：玉门市，不由想起英国作家罗伯特·麦克法伦在他的《深时之旅》中的那句话："冰，和油，在很长时间里都不愿服从人类的分类。它会滑落，会移动，从不静止。它混淆了概念，扰乱所有试图将它变得平庸的行为。"冰川与石油，遇见"河西走廊"后，就注定要变得拒绝平庸，一个是高居云端的冰白，一个是从地下被抽取而出的油黑，组装出了原始古老与现代文明对话的场景。

在基本废弃的"老玉门"，我晚上入住一家老旧的宾馆，推开窗户就能望见冰川，几十年来萦绕于此的"石油味"闻不到了。冰川，在星光的映衬下显得神秘而晶莹，在生态关注者的眼里瘦了、小了，在当地人或游客的眼里并没变，依然是和人间保持着距离的一顶冰凉之冠。油田，却变得令那些来寻找旧时光的"老玉门人"唏嘘不已。他们已经听见，那曾经蓬勃、壮观的黑色战歌，已经哑了，濒临停止演唱的地步。

恰好遇见一个从外地来的老石油人组成的"探亲团"。白天，他们匆匆地"重游"曾经工作过的车间、基地、宿舍、食堂的遗址；晚上，这些"无家可归"的老人，宁愿住几十年前就有的招待所改装的简易宾馆，也不愿去几十公里外繁华的玉门市住宿。或许，他们希望枕着今夜的祁连月，回忆留在这里的青春岁月。一位已经在北京定居多年的老石油人告诉我："以前在这里，忙工作，忙生活，忙照顾家人，像一只急匆匆爬行的蚂蚁，几十年间都在这个火柴盒大的地方。今晚才静静地看祁连山的月亮，你看，你看！哈，多像一枚煮熟的蛋黄，卧在一只银色大锅里。那锅要是变小了，就盛不下蛋黄了！"

我明白，这位曾经生活于斯的石油职工，担心那巨大的银色之锅炒不出蛋黄般的风景。

四

从2023年夏天开始，我几次踏上"河西走廊"，完成了我离开甘肃20多年后重新归来、完整叩访的"西行记"。永登、天祝、武威、山丹、高台、嘉峪关、敦煌等地名，像一个个从汉代的梦里直接跳出来的驿使，指引着我一站一站地丈量这千万次也走不够的大走廊。它们又像一支支插在时间沃土中的记忆棒，收藏着围绕这些地方发生的故事。我在一股股凌厉、肃杀的祁连秋风里，闻听到的是令居、姑臧、焉支、疏勒、敦煌等古老的地名和月氏、匈奴、回鹘、党项等古老的族群之名。地名里藏着文明的密码和历史的纠缠，每一个古老的地名就像一座炉膛，里面卧着盛满故事的铁锅，时而沸腾如春天的花事，时而寂静如冬天的积雪。

任何一位"河西走廊"的认真叩访者，一定怀揣着一柄铁勺，在一座古城、一处遗迹、一截土墙前，从那柄大铁锅里打捞、品咂、消化适合自己胃口的一道粗粮或菜肴，那是"河西走廊"给它的阅读者、敬拜者、传播者赐予的一份精神口粮，一道文明的符咒。

我再次进入"河西走廊"的终点：敦煌和新疆交界的雅丹地貌，那里目前仍是一片无人区和无信号区。稍微一踢，脚下的干土便会升腾而起，这是一道干涸的河床，从这里曾向西顽强延伸的疏勒河，早被葬身于此多年，辽阔的雅丹成了一条躺倒的纪念碑。一艘艘战舰般排列的雅丹造型，仿佛来不及乘着潮水退下海而瘫在干滩上的废舰，风在它们的底部不停来回旋刮。在行者的眼里，这是一片死亡之地，毫无生机与情趣而言，内心的失望一定比那旷野还辽阔；在诗人的眼里，这里或许是一场场不歇息的诗歌灵感器在运转，眼前的空旷与荒寂，可能是酝酿一首诗的温床。站在那古老但却因干涸数百年而皲裂出无数干缝的河床上，夕阳从祁连山、阿尔金山的右肩滑落，朝西北边的天山方向缓缓移动，将圆滚滚的身影落在天山和祁连山之间的辽阔洼地上，就像一枚蛋黄被丢进一把炒勺中，干涸的疏勒河就是这炒勺的底端，雅丹地貌、不时轻轻扬起的黄沙、落在地上的霞光，等等，这些在大地上轻舞慢动的风物，就是这份炒鸡蛋的佐料。眼前的这道景观，让我突然想起了一句一千多年前诞生的诗句："大漠孤烟直，长河落日圆。"一千多年间，昔日的大漠依然存在，曾浩浩汤汤的疏勒河早就消失在距离这里几十公里的上游地带，沙石裸露的样貌，既是疏勒河被晒干水分后的干尸，也是时间这伟大的雕刻家成就的一道风景。我知道王维当年写"大漠孤烟直，长河落日圆"的诗句不在这里，但好的诗句描绘的景观会让很多地方"对号入座"，这就是好诗的魅力。

如今，雅丹地貌被开发成了景区，进入其中须乘坐摆渡车。返回时，摆渡车上的游客正疲倦地眯着眼睛休息。突然，一道雄浑的歌声响起：

寒沙茫茫风打边

劲草低头丘连绵

这春雨时节响起惊雷般的一嗓子，就像一位祖父严厉中带着慈祥的呼唤，让小孙子、小孙女们从梦中苏醒，继而是一车人跟着合唱起来——

哎哟　哎哟　月儿空照千里酒

哎哟　哎哟　抬头遥望北飞雁

黄河远上白云间

一片孤城万仞山

羌笛何须怨杨柳

春风不度玉门关

我没想到这首歌的威力这么大，半空中犹如有一双看不见的手在指挥着，竟然能让一车人合唱。"黄河远上白云间，一片孤城万仞山。"这首唐代诗人王之涣的《凉州词》，因为被收录进小学教材，可谓全民皆知，可谓中国之诗，可谓"河西走廊"诗意呈现的代表作！时隔千年之后，王之涣和苏阳，一位唐代诗人，一位当今音乐人的隔空相遇，成就了这首从"河西走廊"传唱到大江南北的"新凉州词"。原来，这辆摆渡车上坐的，是一群以"丝绸之路艺术创作"为主题的国家艺术基金的学员，来自全国各地的学员早已熟悉了我的朋友、著名音乐人苏阳改编的这首歌曲。

一车人合唱《凉州词》的情景，一直在我脑海里萦绕。我后来曾问一位导游，在"河西走廊"的游车上，外地来的游客最喜欢唱的歌是哪首？她毫不犹豫地回答道："《凉州词》！"

我明白她指的就是王之涣、苏阳作词的这首《凉州词》！唐代诗人中，除王之涣之外，薛逢、张籍、王翰等人都曾以《凉州词》为题，创作了属于他们的诗歌。"葡萄美酒夜光杯，欲饮琵琶马上催。醉卧沙场君莫笑，古来征战几人回。"如果把中国诗歌表盘上的时针回拨千年，王翰的这首《凉州词》，可能要夺魁了，它被明代王世贞推为唐代七绝的压卷之作。

"河西走廊"上流传着这样一句民谚：祁连山淌来多大一股水，就能浇湿山下多大一块地。每一条源自祁连山东麓的河流，在奔向沙漠、戈壁的远途中，在两岸浇灌出一种特殊的"庄稼"——湿地。湿润的土地，在河西地区是一种奢侈，是资源也是货币，是争夺的对象也是呵护的宝贝，无论是游牧时代的来往于此的马背民族，还是移民屯田来到这里的农夫民户，对前者来说，湿地是胯下良驹战马的口粮保证，对后者来说，湿地是能改造成良田厚土的可能与保证。湿地的基础是牧场，被改造成能产庄稼的就是绿洲，再被改造得适宜筑墙建楼的，就是城市。"河西走廊"，是游牧民和农耕民争夺湿地的棋盘与战场，是路过"河西走廊"上的诗人们的一种精神领地与写作课堂。

河流与大漠的相遇，是"河西走廊"穿越在祁连山东麓时遇见的三大"常态景观"：石羊河与腾格里沙漠、黑河与巴丹吉林沙漠、疏勒河与罗布泊荒漠，等等。遇见河流，自然也就遇见"湿地"。石羊河、金川河、黑河、陶勒河、疏勒河、党河沿岸很多地方，造就了肃北盐池湾、高台大湖湾、敦煌西湖、嘉峪关草湖等湿地，每一片湿地，在古代是影响通行的泥淖，如今变成了鸟类的家园和充满诗意的公园景观，它们都是"河西走廊"的肾，也是王维那句诗的原型地。

从海拔 3000 多米的金强河源头造就的高原草甸，到海拔超过 4000 米的疏勒河源头附近的高山湿地，再到党河在上游缔造的盐池湾湿地，在游牧部族的眼中，这些湿地就是一块块喂养牛羊的夏季牧场。源自祁连山的那些河流，和"河西走廊"相遇时，那些湿地就成了文旅时代的景观。

在"河西走廊"上，河流能吞下一块干燥，就能吐出一片湿地。湿地，曾是"河西走廊"上的障碍与陷阱。让这条路变得不安全甚至危险。诗人眼中的湿地，一旦遇上古道、大漠和长河的重叠景观，那便是他们以笔为犁开垦出的一片诗地。

前往"河西走廊"的一次普通的外出，是商旅担心钱物安全的忧虑，是游客从内心一次次涌出的惊叹，是官员带着高升后踏上远路的喜悦。一旦被诗人路过，这条路就洒满了诗篇。山峦与长河同存于夕阳造就的一个镜框时，或许是一个异乡行进者闪过的一缕乡愁，或许是一位画师等待日久的画面，在诗人的笔下就变成了充满浪漫情调的题材。

这样的景观，不唯"河西走廊"，但这样的诗人，唯有王维！

公元737年的初春，河西节度副大使崔希逸大破吐蕃军。唐玄宗闻讯后内心大喜，命王维以监察御史的身份奉使凉州，任务是出塞宣慰，察访军情，并出任河西节度使判官。

那轮普通如往日的夕阳，犹如一个被染红的圆饼，悬在祁连山的肩膀上久久不愿离去，在从祁连山流出的河水静静地奔向大漠，那越来越变瘦的水面上，印着一道孤烟和一轮夕阳的投影，眼前的景观，让王维的内心奔涌出诗意，这便是他在《使至塞上》中写的"大漠孤烟直，长河落日圆"。

如今，很多有沙漠和河流相遇的地方，都在落日的余晖中争这句诗的"家乡"。无论是在腾格里沙漠、毛乌素沙漠与黄河相遇的宁夏平原，还是在库布齐沙漠、乌兰布和沙漠与黄河相遇的河套平原，以及巴丹吉林沙漠、腾格里沙漠与石羊河、黑河相遇的河西绿洲，都认为自己是这句诗的原产地。

"河西走廊"自开通后，一个又一个路过诗人留下的诗歌，犹如给走廊两边栽下了一棵又一棵诗歌的苗木，铺出了一条浩荡蓬勃的"诗歌走廊"。试问，天山走廊、瓦罕走廊、良渚文化大走廊，中国的著名走廊中，有哪一条像"河西走廊"如此连绵不绝地接受着无数优秀诗人的礼赞？一部中国诗歌史中，"河西走廊"占据着重要的席位。看看那些路过"河西走廊"的诗人，他们或者记录经过，或者抒写心情，尤其是盛唐一代，更是将"河西走廊"变成了一部"边塞诗"的盛大容器，岑参、高适等亲历者留下了一首首非虚构的景象描写，没有到过的诗人，如李白、白居易等也是西望祁连山，拉满想象之弓，让诗歌的箭头带着呼啸之声，越过陇山与黄河，落在"河西走廊"上，给一部《全唐诗》填充进去了朔风般的硬气。

晚清到民国时期，林则徐、左宗棠、纪晓岚、于右任等人，路过"河西走廊"时留下的"河西"诗篇，延续着这条诗歌走廊的伟大使命与文学角色。

一次次穿越"河西走廊"时，我的脑海里总是闪过乌鞘岭、武威、高台、张掖、锁阳、金塔等硬气的地名。在古时来犯的敌人眼中，这些硬得令人吸冷气的地名，就是一枚枚撒在"河西走廊"上的钉子，冷如渡夜祁连月，硬似穿沙民勤风。这些地名，一旦走进诗人的笔下，就是剑光般的诗行。

旧时离开中原前往西域的人，刚踏入"河西走廊"的第一座城武威，它那个"凉州"的古名，就可能体会到踩在一柄带着寒气的钢刀之上的感觉。走出武威，迎面而来的千里大走廊上，越往前走，纬度越高，人烟越稀少，自然就感到踩在一条"冷凉大道"上。自然界的温热，人类无法调节，但有了诗歌，内心的悲凉或许会多些排遣的渠道。

1990年代，"河西走廊"像是一位孕期的母亲，现代诗歌的奶汁如井喷之状，让祁连山下的大通道上洋溢着现代诗歌的笑脸。这条走廊，吸引着外地而来的青年诗人们。我那时就被眼前一直晃动的诗歌金饼诱惑着，大学毕业后就沿着"河西走廊"而行，选择留驻在这条走廊大门部位的一个县城教书。那里的地形完全是一张典型的"河西走廊"之脸：西侧是从乌鞘岭向东北方向漫冲下来的连绵山势，犹如一头猛虎直扑县城西南郊，当地人也形象地称之为"老虎山"。它意犹未尽似的朝西北方向又卷了一道，像是给县城西侧围了一道栅栏，当地人称之为"一条山"。至今，县城所在地仍叫"一条山镇"。县城东郊和北缘就连着茫茫的腾格里沙漠。

那时的我，以一个青年教师的身份工作糊口，也以一名青年诗人的身份常常游荡在县城两侧的山、沙之间，认真地书写着我后来出版的诗集《腾格里之南的幻像》中的诗句，以此来喂养我的精神之胃。后来，面积 5485 平方公里的景泰县似乎装不下我日益膨胀的诗歌激情，我便利用节假日，顺着西北方向出县域的那条贴沙之路，摇摇晃晃中就进入丝绸之路上的凉州境内。

"河西走廊"上，诗人就像沿途的绿洲上站立的庄稼，只是有的如纪念碑一样矗立在城乡入口处，醒目而张扬，有的在拐弯处悄悄迎候，低调如一粒秋天的糜子，有的成名后负着一捆诗歌当盘缠，远走他乡，给"河西走廊"留下一道令人咂摸不已的诗歌背影。

从武威到敦煌，甚至更远点的阿克塞哈萨克族自治县、肃北蒙古族自治县，那时的"河西走廊"，哪一公里的路上，不站立或埋伏一个诗人的面孔？哪一座小城的角落，不生活着一个孵化诗歌之梦的少年？"河西走廊"上，谁选择了诗歌写作，那就意味着和生活缔结了一道高级盟约。

一次次前往"河西走廊"深处，我看见诗歌之光照亮那些清秀的脸庞，聆听他们的脚步，有的人把自己写成了传说，有的人把自己写成了纪念碑，有的人把诗念叨成了记录簿，他们用诗歌成就自己时，也把"河西走廊"变成了一条"诗歌走廊"。

"河西走廊"，因为他们成了一条流淌着诗音的河，每个诗人就是一座码头，迎来送往着穿越"河西走廊"的外地诗人。

即便是今天，"河西走廊"依然是一柄被诗歌薪火烧热的大锅，里面沸腾着诗人的背影、诗句的光芒、诗事的有趣。在那柄锅里，武威诗人，试图和王维碰杯高歌；张掖诗人，梦想着能和岑参猜拳行令，向李白遥发邀请函；酒泉诗人，集体从那眼泉中舀着诗句，让一地月光蘸着诗歌入酒；敦煌的诗人，目送吟诵《出塞曲》的边塞诗人西出阳关。

千里"河西走廊"上，那些有着大月氏、匈奴血统的诗人，早已忘了腹腔内回荡的诗意来向。藏族诗人把乌鞘岭的雪吟成一条冲天而献的哈达，裕固族诗人能充当回鹘王朝宴请党项羌首领时的翻译，蒙古族诗人把那达慕赞颂为天上的运动，哈萨克族诗人自诩为"河西走廊"的诗歌门神，为阿克塞留下了一座巍峨的诗歌纪念碑。"河西走廊"上最有趣的诗人，我认为，应当属于几十年来生活在肃北裕固族自治县的马旭祖。他曾在肃北县两个地方工作过：一个是位于"河西走廊"南侧的祁连山腹地、甘肃和青海交界的塔吾陶勒盖，他驻守在那里的矿产执法队，经过严格训练后配枪进入祁连山更深处的金矿点执法；另一个地方是位于"河西走廊"北侧的马鬃山镇，那是一个北邻蒙古国的边境镇。他在马鬃山镇东边紧连内蒙古额济纳旗的矿山工作时，他的妻子在镇西边靠新疆哈密的另一座矿山工作。他要看望同在一个镇辖域的妻子时，不仅要开边境证，还只能在妻子所在矿区的大门外，隔着木栅栏谈话。塔吾陶勒盖，距离兰州 1400 多公里，马鬃山镇，距离兰州超过 1000 公里，我称马旭祖为"甘肃最远的诗人"。

五

在周朝的王室贵族的宴席、聚会、祭祀等场合上，常常会出现这样的场景：一块制作精良的玉器，先由王炫耀一番，那就像一头被驯化的袖珍动物，已经变得美丽而乖巧，供人观赏。玉器在一双双手间传递、欣赏时，一声声赞叹不时从那些人的口中传出，大家的心里一定涌起对这件玉器拥有者的羡慕。这样的场景，在周王室逐渐成了一种惯例，玉器，成了频频出现在王室盛宴上的"特殊客人"。

一天，又一件玉器出现在王的宴席上，依然重复着以前被大臣传递、欣赏、赞叹的情景。突然，随着一声刺耳的声音传来，在场者的目光被吸引到地面上，那件玉器被人失手掉在地上，碎片四下散开。刚才不绝如缕的赞叹声立即变成了叹息声，接着又变成了"这该如何是好"的问询声，刚才盯着看玉器的目光很快就投向王。

"没事，完后再让月氏进一批来！"那天，王的心情一定很高兴，不仅没责怪失手打碎玉的人，不经意间还透露出这些珍贵玉器来自何人之手。

"月氏？"在场有人听到这个名字，心中涌起疑问：这是些什么人？他们居住在何方？他们是自己做的还是从别人手里弄到的这些玉器，然后再流通到周的王室中？月氏生活的地方离周王室有多远？

这些疑问，就像散落在地上的玉石碎片很快被侍从扫出去一样，不久也就被人们淡忘。周王室的贵族们对月氏只保存着粗略而简单的印象：月氏，居住在远离周朝的西部，这些人不仅善于游牧，还善于经商，从更西部的地区引进玉石，再运往周朝乃至后来的中原王朝。

周人对月氏的这种概念，是对殷商时期这一概念的延续，这在几千年后的一场场考古中得到印证。1976年，考古工作者在殷墟进行发掘时，在商王武丁的妃子妇好墓中，发现了750多件玉制品，其中相当一部分的原料竟然来自于阗。时隔13年后，考古工作者在江西新干的商代墓葬中，同样出土了一批玉石器皿，其原料同样来自于阗。

从新石器时代晚期开始，中原地区的人们就开始用玉制作祭祀的器皿，商、周时期，玉制品更是成为贵族礼乐制度中的重要组成部分。但那时的文献中，并没说明这些玉究竟来自何方，由何人加工，经过何人之手才出现在贵族礼乐中。司马迁在《史记》中才明确记载：汉朝派出的使者，探究黄河的源头，发现其源头在于阗，那里的山上就产玉，这就是秦始皇喜欢的"昆山之玉"。

殷商时期也好，秦时期也好，那些几千年前的玉，是什么人从遥远的于阗运来的呢？

西周亡后，历史的时针依次划过了时间表盘上的春秋、战国时期，在诸侯国的割据与纷争状态中，谁还有兴趣去探究那些当年和周进行玉生意的人群呢？

秦人占据陇山之西后，一片开阔的疆域向他们打开。秦、汉政权更是不遗余力地将军队、使者的脚步向西推进，从陇山到祁连山之间的山河样貌与居住族群，逐渐被内地人了解。一个叫"月氏"的族群，开始被人们更多地了解：从商、西周到春秋、战国、秦，月氏是连接西域和中原王朝的纽带，是祁连山下的一股强劲之风，自由而肆意地吹送着自身的力量与强悍，他们生活的核心地带，就在后来的"河西走廊"上。

一股风吹来，总会吹送走以前的枯草与羊群的咩叫，自然也会被后面的风掩埋，这种循环就是风的使命与宿命。祁连山下的"河西走廊"，就是一个被风不断搭建、吹毁，再搭建、再吹毁的一次次轮回。古老的羌人，就是被乌孙这股风吹跑的，月氏这股风，同样吹跑了乌孙，但最终也迎来了被匈奴这股风吹得灰飞烟灭的命运。

月氏的主力不仅被赶出了旧有的地盘，甚至一路西撤到比乌孙更遥远的天山北麓西段的伊犁河流域，他们就是出现在《史记》中的"大月氏"，留居当地的被称为"小月氏"，后者的身影逐渐消失在与"河西走廊"上其他族群的大融合浪潮中了。"河西走廊"就是一座舞台，各个在此留下身影的民族，就是你上我下、你来我往的一幕幕大戏的主角，上演的戏份中有悲怆与败离，也有胜利与欢歌。

月氏扮演祁连山的主人角色时，在这里留下了生活的印迹与传奇，他们唱着离歌远遁他乡后，却在无意中成就了"河西走廊"甚至丝绸之路。西汉政权成立之初，北方和西北方的匈奴势力一直威胁着新帝国的安全。汉武帝刘彻急盼着能有一支对付匈奴的联军，流徙到匈奴势力西北方的大月氏，简直就是向汉朝发出的一场遥远而美幻的召唤，犹如一张黄金大饼悬在中亚的上空，诱惑着刘彻屡屡朝遥远的西域张望。公元前138年，汉武帝派遣张骞出使西域，旨在联系被匈奴赶走的大月氏，双方对匈奴形成夹击。

西域归来后，刘彻通过张骞了解到：早在秦朝初期，月氏的势力最为强盛，曾打败过匈奴，让匈奴首领头曼单于曾把儿子冒顿送到月氏领地，充当人质。

后来冒顿逃离月氏的监控，回到匈奴人领地，袭杀了父亲头曼单于后，成为匈奴的首领。汉朝建立初期，冒顿就派人发兵进攻月氏，将后者赶出《史记》中记述的"居敦煌、祁连间"的地界。

张骞出使西域时，绕过祁连山西侧，从祁连山中段翻山，进入祁连山东麓的狭长走廊，成为汉帝国打通那条大走廊的标志性事件。自汉朝以降，每一次被马背民族袭扰或占领，都会令中原王朝的统治者感到睾丸被狠狠攥了一下。

"河西走廊"正式贯通后，从中原内地和西域各国出发的人们，怀揣不同梦想与使命，开启了一次次的双向奔赴。"河西走廊"像一道文明的宴席，来往的、原住的、借武力占据的，等等，不同民族奉上了不同的菜肴。物质的也好，精神的也好，各种文明的食材或佳肴，发出诱人的香味，让"河西走廊"变成了一条珠光宝气的"财富走廊"，这自然会引起盘踞在两边高山和沙漠中的各种游牧武装力量的觊觎与侵扰。

"河西走廊"就像一枚硬币，有着文明交往、货物交易的角色，但也有着面临各种危险、承接各种战争的角色。如何稳固"河西四郡"，如何保护大走廊上往返穿梭的商队与使者的安全，如何对那些侵扰势力给以威慑，这成了汉武帝甚至后世不少统治者思虑的大事。

匈奴的强大，威胁着燕、赵和秦汉。再辽阔的地域，在游牧民族的马下，都是家园，但在有着强烈院墙意识的农耕民族那里，扩张的脚步到哪里，哪里就是自己权力院落的边界，就要在那里筑道篱笆。无论土夯，还是石砌，这种篱笆都是防御性的大型军事工程，是被对手逼出的一种被动应对。

最先缔造这种大型工程的，是赵武灵王下令修建的，被后人称为"战国北赵长城"，它给后世的中原王朝在防御北方马背民族侵扰时打了个样，这就有了匈奴的威胁，让燕、赵、秦修筑"长城"。

赶走匈奴后，汉朝除了继续沿用先秦和秦筑造"国家院墙"的做法，还能有什么更好的防御手段呢？突然，一个词汇及其背后凸显的工程出现在汉武帝脑海里：长城！那是赵武灵王、秦昭王、秦始皇等人，在执政期间，为了防御来自北方的林胡、楼烦和匈奴等游牧武装，投入大量军力、民力修建的一项巨大的边防工程，对那些一次次南下侵扰中原王朝的游牧军事力量确实产生了威慑、防御的功效。

汉武帝决心效仿赵武灵王、秦昭王和秦始皇等前辈，沿着"河西走廊"修建一条边防工程。距张骞出使西域29年后，汉武帝常常被距都城长安800多公里的祁连山南段牵挂。在今天的永登县境内祁连山的一处山坡上，征调而至的军人和役夫，正在效仿战国长城和秦长城的做法，修筑属于汉朝的"国家院墙"，建在这里的令居塞，是"河西走廊"上修筑的第一座要塞。

此后，汉朝政府陆续征调民夫、军丁，以令居塞为原点，夯土筑造出一条黄色的巨蟒，沿着"河西走廊"开始蜿蜒前行，它时而穿过山梁，时而越过河谷，沿途陆续修建的一座座军事要塞和土夯的高墙、驻守将士的方城、要塞，既是给往来的商旅递上一碗又一碗温热而安全的面汤，又是在他们的心里筑起了一道安全之墙；那条巨蟒向北延伸，犹如朝敌方一次又一次伸出信子，波浪涌动般地不断产生一波又一波的威慑力。

汉时，称秦代的长城为"长城"，称同时代修建的边防为"塞"，那条陪伴着"河西走廊"的汉塞，就有了一个独属它的名字：河西汉塞。

在阴山下的古长城沿线，我曾看到过先秦和秦时修筑的鸡鹿塞、眩雷塞、高阙塞，这些古塞以地形、地貌等特点命名，没有时代感，而河西的这些古塞，以一个"汉"字前缀，命名了一道军事工程，完成了对"河西走廊"的漫长呵护，就像汉服、汉语、汉人、汉朝等一样，让一道隆起在"河西走廊"之侧的土墙，成了一个时代地理标志与精神象征。

河西汉塞，简短四个字的命名，既突出了一道军事工程地处黄河以西的地理位势，也体现了汉朝在茫茫西部亮出的军事实力与文化自信。

和先秦在纵贯阴山中部、自东向西修筑长城不同，和秦以洮河东岸的临洮为起点，自西向东修筑长城不同，随着疆域的拓展、对手盘踞的地域不同以及能依仗的地形与材质不同，汉朝构筑的河西汉塞，基本顺着祁连山东麓的走向，以土夯为主的形制，成为黄土书写给"河西走廊"的另一种台词。

从自然地理的视角看，左手的祁连山，右手的腾格里沙漠、巴丹吉林沙漠和龙首山、合黎山、马鬃山，像两道长长的围墙，逼出了一道瘦长绵延的"河西走廊"。这条走廊上，看不到围栏与亭阁，也看不到桨影与渔火，却断断续续看到带刀侍卫般守护走廊的河西汉塞，它们完整地陪伴"河西走廊"走完全程。有了河西汉塞的呵护与庇佑，丝绸、茶叶、纸张、葡萄、调料、萝卜等从各自的故乡出发，像两列相向开通的专列，穿越在"河西走廊"上，奔赴在绵长的"丝绸之路"上。携带、运送这些物资的不同部族、肤色的人们，循着这条长廊奔赴他们的远方、书写他们的文章，传递、融合了各种文明，让"河西走廊"变成了名副其实的"文明走廊"。这条大道上，既有被物质之火点燃的欲望所照亮的面孔，也有被精神之水浇灌的沃土长出的灵魂。

在匈奴和突厥等北方游牧部族前，河西汉塞发挥了作用。有时，一道道游牧武装的骑影横越而过，跨过这道貌似强大的土墙，甚至在"河西走廊"上建立了政权、王朝。氐、羯、吐蕃、吐谷浑、回鹘、党项等少数部族，分别建立了属于他们的政权或王朝。也给"河西走廊"上留下了敦煌、祁连、姑臧、疏勒、陶勒、焉支、亦集乃等带有游牧民族色彩的地名，它们隐藏着命名者所属的民族文化与文明密码，是留给"河西走廊"、留给后世的精神财富，有的地名至今仍在沿用。

河西汉塞一直贴着祁连山走向，从令居塞延续到今甘肃和新疆交界的罗布泊，总长度超过 1500 公里，保障着政令、物资、信息、军队、商人、僧侣在大走廊上的通畅。

我不止一次从令居塞开始，丈量分别修建于 2000 多年前、600 多年前的、加起来长达 3245 公里的两道老墙：河西汉塞和明长城。永登县境内的汉塞基本上看不到清晰的体貌了。在天祝县城东侧马家湾村的山梁上，有一座保存完整的长城墩台，地方政府立的石碑上明确显示它的出身——明长城。它像一只死去多年的雄鹰，和河西汉塞、明长城沿途很多墩台一样，仍保持着当年雄踞山巅的姿态，俯瞰山下金强河的流水或浮冰，那应该是河西汉塞和明长城置放在高处的眼，即便枯死也不闭上，目睹这人间的沧桑和战火的明灭。

在 312 国道横跨金强河后的安门村，河西汉塞早已不见踪迹，当地文物部门立的一块石碑清楚地显示，那些朝山脊爬去的土墙，是残高约 4 米的明长城，这是祁连山南麓、流入黄河的金强河沿岸长城的终点。站在这里，朝西北方向望去，云雾像是萦绕在祁连山高处的一道头巾，那就是车马时代的"河西走廊"的大门：乌鞘岭。

乌鞘岭上的那座凉亭，犹如骑在一峰停下来休息的骆驼背上，分别发源于乌鞘岭南北两侧的金强河（庄浪河）和石羊河，犹如搭在驼背上的两件殷实的行李包，前者蜿蜒流过天祝县、永登县境内，最终汇入黄河，后者流经古浪县和民勤县，终于腾格里沙漠的青土湖。两条河流，在乌鞘岭分手后各奔前程，老死再没能相见，沿途浇灌出了城市、乡村和绿洲。

站在乌鞘岭上，才能清晰地辨别出：从黄河边的河口镇至此的通道，大致保持着南北走向，一直在黄河北边，按照地理方位来命名的话，应该叫"河北走廊"；翻过乌鞘岭后，这条道路才开始逐渐有了东南—西北的走向，而从黄河的走向来看，大约100公里外的黄河才算真正进入"河西走廊"。

站在乌鞘岭上，才能清楚地看到，脚下是河西汉塞和明代长城的海拔最高处，两者在此形成了穿越祁连山时的抛物线最高处，是沿着"河北走廊"和"河西走廊"连绵前行时弓起的脊梁。

从乌鞘岭开始，河西汉塞像一位赶路人在爬至山顶后开始下坡，一路小跑似的呵护着"河西走廊"朝北而行。

河西汉塞翻过乌鞘岭后，基本就呈现出贴着山脚而行的走向，按现在的行政规划来看，就进入石羊河流域的古浪县和凉州区，这是传统意义上的绿洲区，和明长城伴行、重叠的部分逐渐增多。

河西汉塞和明长城就像两位长跑运动员，"河西走廊"旁的峻岭、河谷、绿洲、沙漠都是它的跑道，它以壮硕的样貌跑过今天甘肃地图上的五市十五县，这趟长跑被庄浪河、石羊河、黑河和疏勒河四条源自祁连山的河流分成四个赛区。

河西汉塞也好，后来的明长城也好，像两条铺在祁连山东麓的软尺，蜿蜒前行但标度清晰。沿途是文献中所记载的"五里一燧、十里一墩、卅里一堡、百里一城"。燧、墩、堡、城等辅助建筑，就像一个个严谨、均匀的刻度，标注在这把软尺上。它们的高度、数量都有严格的要求，比如，永乐十二年（1414年），明朝政府就专门发文对堡寨的规制进行了规范——"每小屯五七所或四五所，择近便地筑一大堡，环以土城，高七八尺或一二丈"。这种特殊的高度，让这些带有军事性质的建筑，远远望去像是一个个威武的哨兵，给敌人以警示，给它保护的民众或商旅以安全。燧、墩、堡、城距离的标注，其实也是奔赴在"河西走廊"上的人与动物的一种时间要求，一种速度保证。

这些辅助建筑及其里面的驻军，就是"河西走廊"的安全保障，而它们的修建往往也考虑了地势、风向和水源等因素，这也吻合走廊上来往行人的需求。燧、墩、堡、城之间的距离，恰好让"河西走廊"变成了一条理想的"速度走廊"。随着现代公路、高速公路、隧道、桥梁的出现，如今的人们驱车、乘车过往的"河西走廊"，早已不是从前车马慢的走廊，那些古老的军事建筑，不少已经消逝在人们的视线之外，燧、墩、堡、城，也失去了计量"河西走廊"的功能。

烽燧，显得古老而沧桑。在和烽燧的对望、凝视中，我看见了它们的角色：那是汉塞安在一道道山岗上的探照灯，它们随着狼烟退出历史舞台而孤独地接受寒风拂面，但似乎从没闭上过眼，见证山下"河西走廊"的兴衰变化。

土墩，是汉塞和后来修建的明长城的骨节，一节又一节地串联着那连绵的躯体。它们在今天变成了一个个失语的长者，留守在养育它们的故乡，兀自追忆曾经少年般的警觉与灵敏，不少土墩成了所在村庄的乳名。

古堡，活脱脱是一个个插在明长城这部巨著般的长墙里的惊叹号，它们也以顽强的生命力命名了一个个村庄，胎记般刻在后者的肌肤里。

城，不是我们现在理解的集聚人口、财富与信息的城市。汉塞沿线的古城，有的因为长城防御功能的消逝而变成了废城，如永泰城、松山城；有的因为水源缺少而被放弃，如小方盘城；有的被河水冲毁，如镇夷城；有的因为以其为根据地、都城的政权消亡而消逝，如北凉段业建都的骆驼城，等等。

对长城的畸形礼赞与美化，无形中淡化、削弱了它的血腥与血性，忽略了它被动甚至狼狈的一面。汉塞也好，长城也好，其实都是被动应对的军事防御。河西汉塞可谓是被匈奴骑兵倒逼出的防御工程，随着时间的流逝，它就像一个衰败的老人，难以抵挡千年后的另一支草原武装力量的侵扰，这就是距离河西汉塞修建后 1483 年，来自蒙古残余势力的威胁，同样作为一种被动应对，明朝政府下令，大体沿着河西汉塞的走向，历时 200 多年建成了一条长达 1738 公里的军事防御长墙，这便是我们今天说的甘肃境内的明长城。

和河西汉塞相比，明长城明显少了一分汉家王朝的野心与狂放。长墙之上，写的是明王朝的内敛与经营"河西走廊"的谨慎。它既延续了河西汉塞严密布局的骨骼与精神，又有着自己的规划与走向，保持了墙、燧、墩、堡、城的建构形制。如今，那些如老人身躯般的墙体不再蜿蜒连续，犹如被岁月之刀切开的香肠，也像一条被水电站阻隔的河流，更像一部曾流畅播出的电视剧被一段又一段的广告分割，一截截地散落在"河西走廊"边上。

缓缓行进的时光，逐渐合拢成一幅大相框，让河西汉塞和明长城不时同框亮相，这种跨越千年的相逢之景，最经典的地段位于山丹县境内的"河西走廊"最窄处：硖口。

硖口古堡和对面的东洼梁烽火台相望，两名卫兵似的守护着这蜂腰般纤细却硬朗的部位。站在海拔2000多米的东洼梁烽燧上，向东能看到巴丹吉林沙漠从这里起步，浩浩荡荡地朝内蒙古阿拉善右旗境内铺展过去；站在硖口古堡，朝西望去，便是莽莽苍苍的祁连山，山前是穿了一件伪装衣般的青褐色，转过山后一直延伸到青海境内，全是青绿遮蔽的高山草原。"河西走廊"至此像一位身材高挑纤细却拥有大权的公主：左手执浩瀚沙漠，右手挽群山苍翠。

河西汉塞更像是一条从汉代发源的河流，不仅汇集了千年后修建的明长城，从地貌特征看，也接纳了从景泰、古浪、民勤等县域漫铺而来的修建在沙漠、戈壁之上的长城，让流淌在祁连山下的长城之河的样貌变得丰富起来，对"河西走廊"的保护角色也更加凸显。沿途的黑松驿、土门、校尉、古城、西营、东寨等乡镇，名字里似乎依然透露着古老而彪悍的汉代气息，仿佛这些地方的塞、堡和 2000 年前的那个伟大王朝隔着一轮月亮的距离。

"河西走廊"也是一条"颜色走廊"，千百年来不变的红色丹霞地貌、黄色雅丹地貌和沙漠、马鬃山一带的黑戈壁、积在祁连山顶的白色冰川，而那些人工参与后，永登县的苦水玫瑰、天祝县的高山冷凉菜、腾格里沙漠边缘的民勤西瓜、张掖的制种玉米、肃南高山草原上的羊群、瓜州戈壁滩上暗青色的光伏发电板，等等。就连汉塞和明长城也是色彩缤纷的：在"河西走廊"武威到张掖段重要节点永昌县境内，我特意爬上圣容寺北侧的一段山坡，清晰地看到这里的长城一度出现汉、明两道长墙，时而上下起伏，时而左右盘旋，时而分开并行，时而又合二为一。河西汉塞所处的位置低些，墙体所用的土呈现出暗红色；明长城则高些，墙体呈现出土黄色。当地百姓并不了解其具体的历史背景，但给它们安了个形象的名字：红边墙、黄边墙。

汉塞也好，明长城也好，就色彩带来的想象力与美感莫过于"紫塞"这个词。晋武帝时的典行王乡饮酒礼博士崔豹，在他的《古今注·都邑》里这样说："秦筑长城，土色皆紫，汉塞亦然，故称紫塞焉。"也就是说，这项就地取材的工程，遇到石头地段，就以石堆砌；遇到黄土地段，就以土夯筑；遇到沙漠地段，就以草与沙叠压而成的"沙漠长城"。紫塞，一定是汉塞遇到紫色的土壤，在空旷而苍茫的"河西走廊"之侧，夯起了一道紫色的走龙。抛开它简单的军事防御功能外还有一种教材意义，这在唐代诗人罗邺的《边将》诗中有着体现："若无紫塞烟尘事，谁识青楼歌舞人。"说的是，边塞战事犹如一面镜子，守边将士的辛苦风寒，映照出青楼歌舞人的醉生梦死。写紫塞的诗人中，最有名的恐怕是《三国演义》开篇词作者杨慎，他的"紫塞朝朝烽火，青楼夜夜弦歌"和罗邺有着相同的忧患。明代中期名臣岳正被贬戍肃州时，写的那首《紫塞平沙》，在标题中就直接点出了"河西走廊"上的边塞之色。

进入山丹地界，祁连山和巴丹吉林沙漠酷似两位角力的斗士，将"河西走廊"挤压成30多公里的蜂腰地带。站在祁连山这端的硖口古堡，我端起望远镜朝西北方向望去，五公里外的那座叫金山子的山顶上，一座高约十米的黄土夯筑烽燧，在夕阳下犹如一尊全身披着金甲的武士，威严而警惕地盯着山下的走廊。考古学者依据从烽燧中发现的汉陶残片，推断这座烽燧为汉代烽燧。我缓缓转过头，朝东北方向远望，映入望远镜镜头的是依稀可见的壕沟、烽燧构成的河西汉塞，以匍匐在大地上的样子展示它古老而模糊的身躯，以壕沟代替墙垣的建筑状态，让它更像一条古老的犁铧划过这片土地。这是先民在当时的历史条件下完成的建筑智慧，既适应了当地的地形地貌，又充分利用了有限的资源。

时而傍行、时而重叠河西汉塞的明长城，让我产生了这样的联想，它们就是时而忠贞相伴而行、时而交尾相爱的两条巨蛇，两者虽然时隔千年，却有着一种隐秘的传承，那是中原王朝持续捍卫"河西走廊"决心的延续。独自展示身段的明长城，清晰地呈露着黄土夯筑的墙、墩、列障等形制，它们抗拒敌人时硝烟弥漫的场景早遁入历史记忆的仓库，但那些彰显人类利用黄土夯筑技术构建大型军事防御工程的智慧，像落在这片大地上的一道流星残留的光，虽然蒙尘却真实而宝贵。

走出硖口古堡，顺着山路步入峡谷，这才是昔日的"河西走廊"。古老的商贸大道早被荒草掩埋，虽然时值2023年11月3日，古老的黄土墙体挡不住远处祁连山上的落雪随风而来的寒气，也挡不住"河西走廊"在汽车时代改道后滋生的落寞。我顺着古老的"河西走廊"遗迹，徒步丈量着它曾经的威猛，贴地而行，河西汉塞其实只剩下凹进地中的壕沟印迹，时而还被冬日绿莹莹的苜蓿地当头拦断。不远处，矗立在天地视野中的明长城，有的地方像是一列已经退役、颓然停在生锈铁轨上的"黄皮"小火车。走近前去，我一遍遍抚摸着那黄色的墙体，感受着那里面蕴含的历史温度。顺着这道老墙继续前行，有的地方，明长城只剩下孤独兀立却顽强挺拔的老身子，让我想起一座座黄土陵墓的模样。

山丹县和金塔县，分居于"河西走廊"中部张掖市和酒泉市的南北两端，河西汉塞和明长城像横过来的一根扁担，两头挑着山丹和金塔。设立河西汉塞后，汉朝开始在"河西走廊"所经的每条河流浇灌出的绿洲上，强化渡口和隘口的防务，并调集民夫修建城堡，构筑军事基地。这些城堡和军事基地同河西汉塞及后来筑建的明长城连接在一起，形成了缜密的边防体系。

河西汉塞在酒泉境内有着不同的样貌，酒泉以东，结构以堑壕为主；酒泉以西，主要以堑壕与墙垣相结合；酒泉以北，尤其是在肩水金关都尉辖区，堑壕将黑河两岸的屯田区围于塞内，在居延都尉辖区，堑壕也将额济纳河下游三角洲围于塞内，这或许是从驻兵屯田、收割粮食时的安全考虑。

嘉峪关，因关得名！是明长城的西端，和山海关互为万里长城的起点或终点。无论是著名的城楼建筑，还是那位在关门前书写通关文牒、以"关照"在嘉峪关市境内寻找河西汉塞的人，都得把目光和脚步从嘉峪关城楼往北推移几公里，在黑山的深处寻找汉塞古老的身影。黑山不会让寻找汉塞者失望，它以偏远保护了那道古墙走过千年时光后的体面与尊严，历经风雨洗礼的墙体，依稀顽强地穿山越沟，叙说着东方老墙在中国西部的强劲蜿蜒。这不同于年轻人求爱期间给对方送的镀金纪念品，底座上写的诸如"永远爱你"的字样几年后就锈迹斑斑，汉塞承领的是塞风洗面、朔霜刺喉的日子，在漫长岁月里抵御的不仅是风的雕刻和霜的侵蚀，更是寂寞、凋落与被遗忘。黑山峡谷北侧的山脚下，一块巨大的题有"玉门关"的石碑，犹如一块风化的标本，静静卧在地上。陪同我的当地文友开玩笑说，大家目前耳熟能详的、位于敦煌市境内的玉门关是唐代设立的，而眼前的这块碑标明的地理位置，是汉代玉门关所在；明代实行闭关政策，又将唐时的玉门关撤移至此。玉门关是中国关隘中最早的，也是最晚亮相的，同一个地方，记述了相隔千年的两个王朝对这里的关照，也默默书写了汉塞的命运。

黑山也是汉塞的一道分水岭，河西汉塞穿过黑山就进入疏勒河流域。就像一条河流开始分汊一样，河西汉塞在疏勒河流域走出两条路径。一条是很多人都熟悉的，从玉门饮马农场蜿蜒向西，穿过今玉门市境内的布隆吉、桥湾等戈壁地带，进入今瓜州县和敦煌境内，经过敦煌北部的哈拉诺尔、唐代时期的玉门关、河仓城折向西南，抵达榆树泉盆地，从令居塞起步的河西汉塞至此也算是画上了句号。另外一条是在疏勒河流域的桥湾一带，逆着疏勒河（昌马河）而上，像一位将孤独身影探向祁连山腹地的探险者，延伸至今肃北蒙古族自治县的盐池湾、马圈湾，给祁连山西端留下了长达 11 公里的汉塞。

河西汉塞也好，明长城也好，都不是简简单单的一堵边防长墙，而是集合了预警、屯田、后勤、保障和邮递等系统在内的一整套完整的体系，这成就了它们的"物流走廊""信息走廊"的角色。随着"河西走廊"上的道路样貌更迭、交通工具进化、物流数量增加、信息流速变快，"河西走廊"被时代一次次赋予新的命名。

驿站，是与汉塞防御体系配套的众多工程中的一项，用于公文传递、物资运转、人员接待等，汉代称其为"置"。

汉简就是一部解读河西汉塞的简明词典。从悬泉置出土的汉简上，我们能清楚地知道，设在瓜州县与敦煌市之间的悬泉置，是目前所知从长安出发后最后的一处置。驿置间距大概在 50 汉里至 90 汉里，换算成今天的计量单位，就是 20.8 公里至 37.4 公里。也就是说，置不仅是沿着汉塞布局的驿站，也是对河西汉塞的另一种刻度与丈量。

古老的置大多是要么被风化，要么被后来的人们在诸如平田整地的农业活动中拆毁，只能存活于文献资料中。悬泉置是个幸运的异数，侥幸于上述两种命运之外。考古与保护，让悬泉置有了理想的结局，成了迄今为止考古规模最大、保存最完整的古代邮驿接待机构。这里出土的 2.3 万余枚汉简、帛书、纸张和各种遗物，是我解读"河西走廊"的一把重要钥匙。

汉简既有关于汉塞的丰富记载，也有记录塞垣延袤的；既有日常巡视关隘的兵士，也有沿着"河西走廊"出入关的使节和商旅；既有出塞的将军，也有修筑烽火台的民夫。其中对守边生活简要但生动记录的一些汉简，构成了一本关于"河西走廊"的记事簿，一部沿着"河西走廊"铺开的教科书，书写了走廊上各种政治、军事力量的角逐，也记录了它们打开各自文化的罐，让里面的盐或糖带来的味道，被对方的舌尖舔舐、充分咀嚼、消化殆尽。

从令居塞到悬泉置，沿线起伏于山间、隆起于平地的河西汉塞与明长城，就像两条细长而锈迹斑斑的试管，里面装着战斗与守护、荣耀与失败的故事，对这些故事的搜集、整理与书写，就是对护着"河西走廊"的两道东方老墙的追寻与丈量，对汉王朝与明王朝经营河西走廊的触摸，对那些长眠于此的修建者、驻守者的一场礼敬。

六

行走在"河西走廊"，脚步会被山上那些如佛陀慈眼般注视的石窟盯着，一步一步地，丈量着菩提的微笑，这时的"河西走廊"，就是站在"战争走廊"对面的"佛光走廊""和平走廊"。

如果要评出穿越过"河西走廊"的十大历史名人，鸠摩罗什和玄奘一定会身列其中的。

如果鸠摩罗什活到现在，按照我们今天所填写的表格，他在"籍贯"一栏中填写的应该是今天的印度，"出生地"一栏中填写的应该是今天的新疆维吾尔自治区阿克苏地区的库车市。我曾受《中华遗产》杂志之邀前往库车，书写佛教传入中国的第一座石窟——克孜尔石窟，石窟前的那尊鸠摩罗什雕像，让我看到了尊者的模样并了解到他从这里起步的生命历程。7岁那年，鸠摩罗什就跟随母亲出家，初学小乘。青年时期，前往古代中亚内陆地区的罽宾国及当时西域的沙勒国、莎车国学习佛法后，返回龟兹。

公元382年，前秦国王氏人苻坚遣吕光带兵穿过"河西走廊"后，一路向西攻伐，攻陷龟兹国的都城。王室的财富和美女、特产与珍宝，就像天山脚下的云雾一样，在吕光的眼前轻轻散去，他的目的不在这些，而是都城郊外的克孜尔石窟。在一处洞窟里，吕光找到静修的鸠摩罗什并邀请他前往前秦的国都长安。"河西走廊"上发生的战争故事中，多是动兵千万、行程千里，抢的是资源、财富、人口、土地等，吕光是第一位发兵抢"僧人"者。

一个高僧虽然有出生地，但四海都是他的家乡。来到河西首郡凉州后，鸠摩罗什在这里度过了17年的时光。那时，"河西走廊"上燃烧的战火、匆匆往来的人流，和鸠摩罗什没关系，他在这里完成了一项大工程前的积淀与准备。

19年后，吕光发兵龟兹的一幕，再次上演在凉州。公元401年，后秦国王姚兴攻伐后凉后，亲迎鸠摩罗什前往长安，以国师礼待，并在长安组织了规模宏大的译场，请鸠摩罗什主持译经事业，成就了后者作为佛经翻译家的身份。

那时，"河西走廊"上屡屡上演抢僧人大战，或许是战火烧得太久，从掌权者到普通百姓，都希望佛法的甘霖能够滋润那些被战火炙烤的心。姚兴把鸠摩罗什从凉州"抢"到长安20年后，北凉王沮渠蒙逊带兵攻占敦煌，也是冲冠一怒为高僧，将从天竺来敦煌居住的僧人昙无谶"抢"到了凉州，后者安居凉州期间翻译出了影响中国佛教义理思想发展的《大般涅槃经》三十六卷。甚至在10世纪晚期到11世纪初，从占据"河西走廊"的回鹘王朝出发，前往宋朝开封的僧人，也往往被党项羌建立的西夏王朝派人"抢"到他们的国都。

2024年夏天，我再次来到克孜尔石窟，到鸠摩罗什雕像前，同行的一位《世界文学》的资深编辑和一位国内著名的翻译家，立即恭恭敬敬地施礼敬拜。我明白，他们拜的是自己的"祖师爷"，在他们心中，鸠摩罗什是国内第一位具有国际视野的大翻译家，是他开启了一条日渐宽阔的翻译之路。如果说这条路有个具体形态或模样，那它最理想的地段就是"河西走廊"，沿着这条路，走来了鸠摩罗什和昙无谶，也有玄奘等一代代求佛的信徒、翻译家走向远方。

鸠摩罗什从龟兹出发，前往凉州后247年后，长安城内，27岁的僧人玄奘，立志要前往鸠摩罗什祖籍地天竺求佛，采取和鸠摩罗什前往长安城相反的路线，穿过"河西走廊"后，朝遥远的天竺而去。这场相隔247年的双向奔赴，踏出了佛学在中国的来往双车道。

鸠摩罗什和玄奘，两个相隔了247年的僧人，虽然出生地和最初出家修行的地点不同，却都有沿着"丝绸之路"西去求佛的经历，都穿过"河西走廊"回归长安。

鸠摩罗什自西而东穿过"河西走廊"的行程，不仅推动了佛教向中原地区的发展，他翻译了《大品般若经》《妙法莲华经》《维摩诘经》《阿弥陀经》《金刚经》等经和《中论》《百论》《十二门论》《大智度论》《成实论》等论。至今在我们的生活语言中，很多词汇还来自这些译经。武威市，还建有鸠摩罗什寺。鸠摩罗什，中国历史上第一位译经大师，在人们的心里，就是佛陀的舌头。

玄奘自东向西而行，同样将求佛的脚步来回印在"河西走廊"，回到长安后，译出大小乘经论共七十五部一千三百三十五卷，其中主要有《大般若经》《解深密经》《大菩萨藏经》《瑜伽师地论》《大毗婆沙论》《成唯识论》《俱舍论》等，但今天的人们似乎更津津乐道于他不远万里求佛的经历，在人们的心里，他的行踪简直就是佛陀的脚步。

鸠摩罗什和玄奘，是穿过"河西走廊"传播佛法的众多佛教徒中的两个代表。和他们一样的众多求佛者，将"河西走廊"踩成了一条佛音盛传、宗卷翻译的走廊。

前秦建国的第十五年，也就是公元 366 年，一名叫乐僔的僧人，出现在敦煌郡东郊三危山下的党河边，发现山崖壁面上非常适合凿造佛教洞窟。而石窟这种源自古印度、供修行僧人冥想修行的建筑，传入中国并在龟兹地区落地已经 300 多年了。乐僔在三危山上修造了一龛简单的石窟。后来，又有前来三危山修行的僧人法良，修建了第二龛石窟。北凉时期，三危山下、党河之畔，逐渐形成了一个小型的僧侣社区，洞窟修凿的风气，亦如党河不断流淌的水，在这里延续。不断有僧人、供养人在这里修造洞窟，这便是今天我们看到的敦煌莫高窟。

有了莫高窟的打样，"河西走廊"靠近祁连山的一侧，逐渐出现了一个庙、五个庙、莫高窟、榆林窟、昌马石窟、文殊寺、马蹄寺、天梯山、五佛寺、炳灵寺等石窟，构成了一条"石窟走廊"，沿途刻满了佛的微笑。一座石窟，就是信徒们给佛在高处建造的家，让佛能安居于"河西走廊"上；一座石窟，就是悬在半山上的一盏信仰之灯，照亮附近的百姓迷蒙的心田；一座石窟，就是佛教徒们安装在半山上的佛眼，佛从石窟门朝外俯瞰，慈悲地注视着繁忙的"河西走廊"。

在"河西走廊"，寺院与古塔，是遍布城市与乡村间的另一种庄稼，白马塔寺、雷音寺、文殊寺、圣容寺、鸠摩罗什寺、白马寺、大佛寺、卧佛寺、五佛寺，等等，收藏着一缕缕象征和平与慈悲的香烟，释放着一层又一层冰雪融化后河流醒来般的能量。站在国家版图完整和民族交往融合的大视野看，白马塔寺无疑是"河西走廊"众多寺院中分量最重的一座。

公元1237年，蒙古第二任大汗窝阔台的三皇子阔端驻兵凉州，标志着蒙古军队已经对青藏高原上的吐蕃政权，形成了从东到北的战略合围。

1244年秋，阔端委派部将多达那波带领使团，从凉州出发，前往西藏的萨迦寺，邀请当时青藏高原上威望最盛的宗教领袖、萨迦派的第四代传人萨迦班智达，希望双方能够在凉州举行会谈，争取和平统一。

　　为了青藏高原上的众多生命免遭战火，也为了让萨迦派在"河西走廊"能够有更大范围的弘扬，萨迦班智达先遣侄子八思巴和恰那多吉等人直接奔赴凉州，随后，自己不顾年迈体衰，带领众多僧人和经卷前往凉州。公元1246年，途经青海进入甘肃省天祝县后，萨迦班智达一行就算是踏上了"河西走廊"，这条"和平走廊""信仰走廊"再次迎来一位伟大的学者与尊者。

　　当时，阔端正在蒙古和林参加推举其长兄贵由继承大汗汗位的王公大会，直到第二年才返回凉州，与萨迦班智达举行了首次会晤。一个代表蒙古汗廷，一个代表青藏高原的僧俗百姓，双方的会谈产生了重要的《萨迦班智达致蕃人书》。随后，西藏结束了400多年的分裂局面，正式纳入中央政权的有效管辖之下，使双方避免了一场战争所造成的惨重伤亡和破坏，两个民族从此拉开长达数百年和平相处的序幕。佛陀的莲花，遇上世俗的战刀，化解出了一道和平的曙光。

　　萨迦班智达再也没回西藏，而是选择在凉州城南郊隐居、译经、讲学、著书，最后终老于此。

　　无论是从长安出发前去印度求佛弘法的玄奘，还是从西而来带着西域血统的一代翻译大师鸠摩罗什；无论是东晋十六国时期负责开凿天梯山石窟的北凉高僧昙曜，还是从西藏来到凉州，完成"凉州会盟"的萨迦班智达，一个个穿行于昼夜间的绛红色背影，一枚枚在寺院讲经说法的舌头，一双双在油灯下抄写经卷的手，让"河西走廊"变成了一条"信仰走廊"。

　　公元366年的乐僔，公元382年的鸠摩罗什，公元627年的玄奘，公元1244年的萨迦班智达，仅仅是这条"信仰走廊"

绽放的四朵莲花的笑容。"河西走廊"上，从来就没有缺少信仰者虔诚的心与坚定的步伐，更是不乏一座座洞窟中、佛塔前、寺院里飘出的烟火。

七

研究者也好，穿行者也好，很少有人关注到这么一个现象："河西走廊"贴着祁连山而行，山中那些坚硬的石头上，刻着各种动物、植物和人的图案，把这条大走廊装扮成了"岩画走廊"。山崖上的岩画，就是先民凿刻在山石上的眼睛，俯瞰着走廊上来往的动物和人、荣衰的历史和王朝、流向远方的河流、养活民众的庄稼。分布在群山万壁间的一幅幅岩画，也是一些以石为床、以岁月为梦的牛羊的另一种不朽的归宿，它们或悬在高处的崖壁上，或隐身于沙漠中的岩面上，既给"河西走廊"的腰部围出了两道花栏，也给它的上空仿佛组构出了一道绚烂的"星链"，在漫长的"河西走廊"上徐徐展开一部"岩画之书"。

公元前112年，汉武帝西出陇山、北抵黄河，站在鹯阴古渡，那是他第一次这么近距离地闻到黄河的味道，他看到黄河在这里开始转向，改变自东而西的流向，开始朝北面的群山腹腔中钻去，犹如钻进一个神秘洞口的巨蟒，留下一道让汉武帝和随从将士遐想的河影。

河对面，逶迤而来的祁连山余脉被浩荡大河拦截，仿佛水面上竖起的一道巨大屏风，形成了一道山河相接的巨幅风景。人类，以自己的思维和方式，在这道屏风上绘制出两个秘密与传奇：其一，就是在群山的沟壑中走出一条条通往远方的道路；其二，就是在黄河边的崖壁上凿刻出见证古时游牧生活的画面。

1976 年，兰州大学的一群师生在靖远县境内、黄河北岸13 公里处的吴家川的一处崖面上，发现了岩画，这是祁连山南段和黄河交界处最西端的一处岩画。它像一条甘肃中部地区沿黄河地带岩画考察之路的起点，考古学者相继在黄河两岸的靖远县、平川区和景泰县境内，发现了小黄湾、吴家川、山水沟、大兵道、水沟道、石板沟、石羊滩、尾泉沟、陈家坝、野麻滩、野狐水、黄崖沟等岩画点。遥想那古老的时光中，那时的黄河要比今天宽阔、壮硕得多，河水和这些岩画一定是紧密相接的，是缓缓流逝的时光将它们分开，但岩画上的那些牛羊、古人睁眼如昨，用目光和大河深情交流，目送一河浩荡之水喧哗着、过客般远去。岩画上的人与动物，成了这里的永恒。

如果将这些岩画点串联起来，会发现它们呈现出一个倒写的 V 字，顺着祁连山的走向，汇入了一条"岩画走廊"，形成了一部厚重、绵延的"石头上的画册"的第一章。按"河西走廊"两侧的岩画分布来看，沿黄河地带的岩画数量非常少，犹如一条岩画之河的童年，显得瘦弱而细小，但这里的岩画中，却有一个"显眼包"。

昔日的鹯阴渡口对面，是一个今天被叫作小黄湾的村子。乘坐一艘靠水力摆渡的铁船，就能渡过河去。在临河的一处石壁上，有一幅岩画，上面的鹿犄角，简直就是两排笔直树枝插在脑门上，这表明了它的性别。鹿身和四条腿的组合，仿佛一名儿童学画时画出的一条板凳，在"河西走廊"乃至中国众多岩画区的鹿形象中，这位"板凳哥"可谓独树一帜，是沿黄河地带岩画中的代表作。

无意间，我将标记在采访本上的、黄河流经甘肃省中部地区的岩画点和"河西走廊"连起来，发现了一条有趣的曲线：从吴家窑到小黄湾、尾泉沟、陈家坝沟、石羊滩，连成了一条滨河"岩画走廊"。在这些岩画前慢慢走过，它们距离地面高低不同，但都近乎紧挨黄河，随着黄河水量的变小和上游地区的一座座拦河大坝的修建、沿岸城市的规模拓展、乡村耕地增加等因素，孵化出黄河无数壮美之梦的河床所在的海拔悄然下降，这让河水和这些岩画的距离日渐拉大。漫长的岁月里，这些岩画点就像一个个游标卡尺，测量了、展示了、收藏了黄河的变小、变瘦及其带来的生态之变。

沿河的岩画，是山与水相逢地带的这些有着岩画分布的山沟，无疑是古人在早期游牧时期踩出的"古道"，车马时代，只能选择较为平坦、宜于大队人马行走的"古道"，"古道"日渐变成了"官道"。

我接着在采访本上涂鸦，试着将这条滨河"岩画走廊"及其外延的岩画点和"河西走廊"连接起来。纸上出现的图形让我大吃一惊：一个倒写的、大大的 V 字，像是分汊的支流汇进大河一样，这些岩画点连接成线，顺着祁连山汇入了一条更为宽阔的"岩画走廊"，这也是写在"河西走廊"上"石头上的画册"的第一章。

每一处沿着黄河分布的岩画点，是渡河上岸后踏入"河西走廊"的另一种导示。走出那些岩画遍布的干旱山沟，迎面而来的是左手祁连山、右手腾格里沙漠的地貌。在这种地貌里生活的先民，同样在山石和戈壁石上以岩画的形式，顽强地刻下了他们生活的印迹，以及他们和接触的动物之间关系的印证。这些岩画，要么分布在今天景泰县和古浪县交界的昌林山，要么分布在祁连山的舌尖伸向腾格里沙漠边缘地带，把景泰县、古浪县境内的梁家湾、姜窝子沟、狼洞沟、彭家峡、红石崖、郎家沟、大沟、臭牛沟、楼梯子沟、昭子山等岩画点串联起来，无疑会划出一道祁连山和腾格里沙漠交界带的"岩画弧线"。它无言地宣称：几千年前，这里是水草丰茂之地。

这条"岩画弧线"向今天的凉州区境内延伸，将石头上的生灵记忆朝祁连山腹地推进，标志着"岩画走廊"和传统视野里的"河西走廊"开始重叠，这是沿着祁连山铺呈的"石头上的画册"第二章：以群山与沙漠为床，孵化的一场石头上的艺术之梦。

顺着这部"石头上的画册"继续翻阅，永昌县和金川区无疑是其紧紧相连，甚至看不出明显分界的第三章和第四章。在我的评判中，这部"石头上的画册"翻阅至此，从数量到规模，都给关注者一种类似从溪流、泉水变成了河流的欣喜。我对这条"岩画走廊"的考量，也开始变得更加从容、细致。从东西两边挤过来的龙首山和祁连山，让"河西走廊"至此变成了一条细绳，匍匐在这两条绵延高大的群山间。长河适水草，群山宜隐匿，被群山逼仄出的地势，导致旧时来往河西走廊上的行人至此变得小心翼翼，商旅、军队、僧侣甚至邮驿，大多心怀恐惧、埋头赶路，谁还有胆敢在这里驻足，朝两边神秘、荒凉、带着匪气的群山张望？天空中的雄鹰与飞鸟，地上的人流与车队，在"河西走廊"上构成了一支匆匆划过的乐曲，这支乐曲在这里就构成了最急促的一个章节。

两边群山里藏着的秘密，对走廊上匆匆往来的过客来说，就像一座座花园里散发出的芬芳对失去味觉者一样，那些被先民凿刻在石头上的画，就是这些秘密中的一个。

从内蒙古阿拉善境内的腾格里沙漠和巴丹吉林沙漠中向西而来的商旅、军人，在永昌县境内汇入"河西走廊"，就像一条横流而来的河汇入"河西走廊"这条澎湃的大通道。从岩画的角度而言，阿拉善右旗境内，沙漠中的夏日玛、曼德拉、雅布赖等沙漠岩画点，由53处2万多组数10万幅岩画构成的"沙漠岩画之路"，犹如从东向西流来的一条岩画之河，在永昌县境内就汇入了和"河西走廊"并行的"岩画走廊"。

岩画的诞生地，必少不了山和水的汇融。源自祁连山腹地的东大河，进入永昌县境内逐渐分成了几条支流，第一条支流就是供金昌市区居民饮用水的二干渠，它跌跌撞撞地奔往祁连山和龙首山之间的武当山，二干渠和武当山，就是引导我寻找岩画点的双重导引。

萧湾村，两个字中有草有水，自然是游牧部族的欢喜之地，也一定是凿刻岩画的温床。爬上那座看起来并不起眼的小山梁，一面有农家土炕那么大的岩面上，是一头正奋蹄奔跑的鹿。

眼前的这头鹿，和我在黄河边的小黄湾岩面上看到的那头

"板凳哥"有着明显区别，它就像一块吸力极强的磁石，让我的目光就如一束细铁屑，顿时就被劫掠了过去：肋部和胯部分别长着两双翅膀，头顶的双角显示出自己的雄性性别，圆睁着的眼睛盯着前方，和头部的整体张扬相比，下颚略有回收，鼻子和嘴巴之间略带夸张的勾勒，让观看这幅岩画的人，容易将它理解为一匹比例被缩小的马，胸部的线条向外凸出则显示出它的健硕，右前腿向前屈伸，膝关节处构成92度左右的夹角，左腿则向后回收，在膝关节处构成了45度夹角，右腿膝关节比左蹄略高一点，这既不违背一头四蹄动物保持最快速度奔跑时的运动原理，又让左右腿之间在奔跑状态中形成了一种力学上的美感。它的前腿呈现出奔跑中的灵动，后腿保持着同频共振的样态，蹄子呈现出整体朝大地伸去的样子，像是两架向地层探伸的钻井，和高昂向上的头部、划得空气都能发出尖叫的双角、两对朝天竖起的翅膀、向上扬起后略向后延伸出的硕大尾巴形成了上、下分明的对比。但若再细看，这两个蹄尖却又略向后收，感觉像是两台待命的微型挖掘机，正准备掘起地表上的砾石，向大地深处探究它们好奇的答案。这头四蹄、四翅的神兽，按照现在的眼光看，也会让人解读为一架在跑道上滑行过一段距离后即将起飞的飞机，展示出一种跃跃欲飞的神态。

它是鹿，还是马？并不重要，它完全可以让"指鹿为马"的成语在这里变成一种可能。那全身被凿刻上龙鳞般的花纹，那奋蹄奔跑的状态，那朝天地间张嘴吐出的粗气，那恨不得划破云层的双角，那朝天宣誓般张扬的翅膀，那带有漂亮弧度、略带点肥硕状态的尾巴，都已经不再是生活在这里的先民眼中的动物了，它被赋予了特殊含义的神性角色，在这种神性面前，它凿刻于什么年代，是什么人在什么情况下凿刻的，显得不重要了。

从祁连山南端濒临黄河的小黄湾岩画点，到祁连山西端和党金山相接地段的阿克塞哈萨克族自治县红柳湾镇的青牙子沟岩画点，两者之间的一个个岩画点构成了祁连山的文身。累积数千幅的岩画中，单就动物的图案而言，简直就是一座巨大的动物图库，从牛羊到虎狼，从飞鸟到走兽，呈现出了一种丰富多彩的样貌，尤其是鹿或马的形象，天山、祁连山、阴山和贺兰山都有，但插上翅膀的"飞鹿"或"飞马"，据我所知，还就只有眼前的这一幅。任何东西，唯一性会提升其价值与地位，岩画也不例外。

在萧湾附近的金川西村二社居民区北侧的红羊圈，我看到一块长3米、高2米、面积约6平方米的石头上，有一幅岩画，上面有佛塔、动物、骑马狩猎场景、香炉、文字等8个图像，被当地文物部门认定为永昌县西夏时期岩画的代表，它和不远处的"花大门"石窟、红羊圈岩画一样，不仅是游牧文化的一种印记，更是西夏王朝的文化影响力在这里分布的证据。

"河西走廊"上单位面积内密度最大、最集中的岩画点，无疑是永昌县境内的毛卜喇岩画点。抵达那座三面凌空的小山前，挂在山坡上的一幅幅岩画，在河西的夏日阳光下，亮出一条条金黄色的线条。

走过一幅幅岩画，我眼前依次闪过野牛、骆驼、鹿、大角羊、虎、狼、狐狸、狗、马等动物的形象。命名的身份不同，

自然就会产生对所命名对象的不同的叫法，难怪当地人称其为
"羊鹿山"，整座山就是一座凝固了的大型动物园，最大的一面
石壁上，竟然刻画着十多种动物。

在永昌县北山的青石头沟内，大约3公里的崖面上，分布
着12处岩画点，仿佛晾晒在山坡上的12幅巨大的史前画卷，
上面刻着动物、狩猎、畜牧、符号等图像，它们像参加接力赛
的队员，接过从祁连山到焉支山的岩画接力棒，然后再奔跑向
龙首山甚至往北更远处的合黎山岩画区。

祁连山脚下，沿着标号为058的县道，往东南方向行驶不
到10公里，就到了永昌县新城子镇南湾村的牛娃山。凿刻在石
头上的200多幅岩画，就是200余朵绽放在石头与时间双重视
域中的艺术之花。和羊鹿山相比，牛娃山的岩面多呈现出一种
青黑色，这种石头的硬度相对较大，给凿刻岩画的先民带来的
难度相对较大。但古人并没因为石面坚硬而偷懒，一幅盛装岩
羊、蛇、大角羊、野牛、狼、狗、骆驼、斑纹猛虎等动物图案
的石头，就是一幅天然的画框，200多幅这样的画框，以山梁
为展厅，犹如举办了一场动物黑白摄影展。

"丝绸之路"还没开通之时，流牧于此的游牧族群就在青草
与荒山间踏出了一条大道，来往于此的牧人，被庞大的动物群
导引着，在水、草、山有着最美相遇的地方，刻画下自己的生
活印迹。这些岩画，就是他们留在石头上的印迹，是他们留给
岁月的礼物，让祁连山中段的"河西走廊"和岩画挂满两侧的
"岩画走廊"时而重叠。

考察完祁连山中的岩画，我的脚步转向"河西走廊"东侧，

赤金山与腾格里沙漠西北角交界处，那里的岩画多为动物、狩猎、游牧等场景，是春秋战国时期，月氏和匈奴在这里进行游牧的写照。沙井文化博物馆里，我意外地看到了两幅岩画：一幅是两个骑在骆驼上决斗的武士，一幅是骑马者追逐三只羊的情景。民勤是"河西走廊"上的一个重要节点，但因县域内大部分地方紧邻腾格里沙漠，会让人理解为这里是岩画的空白区。那两幅岩画的发现，虽然没让民勤在岩画分布上剃了光头，但这里的内容无法撑起沿"河西走廊"摊开的"石头上的画册"的一个章节，只能算是书中的两幅插图吧。

沙井文化，是因为 101 年前，瑞典考古学家安特生在民勤县的沙井发现古文化遗址而得名。考古学界已经有了定论，沙井文化时期，游牧在民勤一带的主人是古老的月氏，这些天生的美术家被匈奴人赶跑后，向西朝天山一带流徙而去，真不知道天山脚下的岩画，是不是他们留下的一份遗产。和当地朋友谈起我划定的"岩画走廊"时，其中一位朋友开玩笑说：整个"河西走廊"上留下了那么多的岩画，我们这里最早的原住民是月氏人，可见他们和别的那些善于凿刻岩画的民族比起来，还是懒些，没给民勤的后人留下足够的岩画财富呀。事实是，民勤地处的腾格里沙漠西缘地区，没有山脉与岩石，提供不了凿刻岩画的材质。这片镶嵌在"河西走廊"上的土地，能养活一个个游牧民族，却养活不了开在石头上的艺术之花。

张掖境内的岩画，无疑扮演着"河西走廊"上徐徐展开的"石头上的画册"的第五章。张掖的岩画主要分布在祁连山腹地的肃南裕固族自治县境内，具体说是在"河西走廊"西侧榆木山一带。除了和其他地方岩画中的动物、狩猎等相同的内容外，肃南岩画的问世与被"张扬"，和酷爱岩画的裕固族青年杜成峰有关。杜成峰的家就在"河西走廊"西侧、祁连山脚下的亚拉格部落。21岁那年，他在自己家的牧场上放牧时，无意中发现了一幅刻在岩壁上的图案并被深深吸引，这次发现激发了他的岩画考察兴趣。20年间，杜成峰一直孤独地走在发现、宣传肃南县境内岩画的路上，《肃南岩画》一书就是这条路上行走的结晶。肃南境内的岩画除了和其他地方一致的内容外，有两个亮点深深吸引了我：第一个是岩画上出现了藏经文、佛像、莲花、法轮等藏传佛教内容，这说明它们的主人是藏传佛教的信徒，且出现时间比较晚；第二个是在金畅河、巴音大勒巴、榆木山黑崖子等岩画点出现了车辆——这是我在各地考察岩画时重点关注的题材，它或许告诉我们这样一个事实，在"河西走廊"还没真正凿通之前，生活在这里的史前人类就已经掌握了车辆制作与驾驭技术，让那些古旧的车辙碾过了这条大走廊！当然，还有相比较独特的岩画内容，那就是男女交媾图和单独凸显男性生殖器的。在肃南的岩画前，写实主义和浪漫主义的题材都有，前者是"河西走廊"一带岩画通有的，后者的夸张性在一幅幅岩画前表现得淋漓尽致。有的是夸大了人或骆驼的生殖器，让人很容易把后者读成"五条腿的骆驼"；有的为了表现骆驼高大而和牵驼人进行了对比；有的射猎人手中的弓比人都大；有的放大了盘羊角的尺寸但丝毫不影响其美学效果；有的是将骆驼的四条腿的高和粗进行夸张处理；有的是以醒目的花纹装饰老虎的身子；有的是将蛇的尾巴蜷曲成涡旋状；有的是将鹿角夸张处理成了"鹿头上绑着两根天线杆"的视觉效果。如果要让我给肃南县境内的岩画排个前三名的座次,如今被收藏在中国裕固族博物馆中的"车辆图"无疑占据首位,它见证了在"河西走廊"还没命名之前,先民就已经"车行于此"的历史。

出了嘉峪关往西,"河西走廊"的两侧地貌景观出现了变化,左手伸展的掌心里,依然托着祁连山造就哺育的冰川、高山草甸、牧场、河流、油田,是牛羊与青草的天地;右手犹如遭遇过一场意外的冻害而萎缩一般,掌心里是辽阔但显得贫弱的无垠戈壁,朝北、朝西分别延伸进蒙古国和我国新疆境内,是干旱和骆驼的栖息地。如此迥然的差异,让"河西走廊"变成了黄昏或黎明的时针,分开了白天和黑夜,变成了土葬仪式上木棺即将被封土时的一铲土,隔开了亡者和在世亲人间的阴阳世界。无论摊开的双掌如何不同,岩画都是它们共捧着的一份文化遗产。尽管置身的环境不同,但岩画的内容仍是有着惊人的相似性。这说明,在遥远而古老的"岩画时代",这里的生态没有今天我们看到的如此巨大差异,这片土地,就是岩画的创作者自由游牧的天堂。这被先民在"河西走廊"上持续凿刻、书写的"石头上的画册"上,嘉峪关境内的黑山岩画和玉门市境内的昌马岩画就是第六章和第七章。

在那里,石头和戈壁互为倾诉者与聆听者,风穿梭其间并扮演递话的角色。那些岩画上被永远定格的牛、羊、骆驼和狼,是被传递的、死亡了的消息,如果看到它们曾经生活的外部环境如今变成了一片干涸的戈壁滩和荒芜的山岗,会如何想?那块刻有"玉门关"字样的巨石,横卧在山谷里,一道弱如蜂腰的泉水潺潺而过。巨石与泉水，是古老的"河西走廊"从这里经过的佐证。今天乘着汽车或高铁而过的人们，你们的脚下被现代工具开凿出的道路，并不是"河西走廊"，真正的走廊是被水指引着、穿过山谷的。打开手机上的海拔表，显示的数字并不低。

我爬上山顶，朝南望见连绵、高大、头顶白色积雪的祁连山，孕育着雨雪和流水，滋育着山上山下万物生灵；朝北望去，扑入眼帘的黑山，和祁连山相比就像一条营养不良的灰蛇，将自己瘦弱的身子朝茫茫戈壁滩伸去；朝上望见寂寥的天空，因为地下少水草、少动物而连鹰都懒得光顾，凝结成了一块蓝色的忧郁；俯瞰山下那穿山钻峡的"河西旧廊"，那才是牛羊与车马时代走廊的真实模样，是玄奘和张骞走过的古道。供昔日的大批商队和军队穿越的峡谷，流水早已被时光施行了"瘦身"手术，两岸那稀疏的苇草便是这场手术的后遗症。看着谷底的苇草，遥望远处的祁连山下的牧场，在我脚下的山岗和祁连山之间，有一个超过 100 公里的 U 型槽，这无疑也形成了一个虹吸现象。祁连山的雪水在这种现象中，先低流，然后爬升到黑山的峡谷中，有水自然就有了草，有水草自然就吸引了岩羊、野兔、狼的到来，这些动物就是来到这里的古人的诱饵，他们的到来以及"河西走廊"的开通，让人类的足迹越发纷乱、扩散，他们在峡谷两边的崖壁上，留下了延宕在整个"河西走廊"上"石头上的画册"中的精彩篇章。我的目光在那个 U 型槽之间来回逡巡，那是驼马、牛羊、牧民的来往的通道，和东西走向的"河西走廊"构筑出了一个大十字。这通道上，一定也有岩画凿刻的记忆、图形、方法等密码，如风吹过。

和肃南裕固族自治县相邻的肃北蒙古族自治县，被"河西走廊"切成了两半，南端紧贴着祁连山，北边则是邻近蒙古国和中国的新疆、内蒙古的马鬃山镇。无论是祁连山中的党河、疏勒河上游的大山深处，还是茫茫戈壁滩上，肃北蒙古族自治县境内可观的岩画数量，无疑让其成为"河西走廊"上的岩画大户，是我追寻、拜读的这部"石头上的画册"中分量最重的第八章。

2024年的9月下旬，我的全部时光被"肃北岩画"这个框装走了。我先是进入祁连山西端北麓，在海拔3000多米的党河上游、疏勒河上游的高山上，依次叩访了大黑沟、野牛沟、灰湾子和七个驴等岩画点；随后，在肃北县作协原主席、诗人马旭祖的陪同下，前往"河西走廊"北段和我国新疆、内蒙古及蒙古国相连的马鬃山戈壁区，在那里幸运地考察到了黑山梁、五个墩、呼然扎得盖、山德尔、老道呼都格、霍勒扎德盖等岩画点。

马鬃山霍勒扎德盖，位于"河西走廊"上"石头上的画册"最西北端，就像一条河流突然潜入地下，从黄河边起步的、沿着"河西走廊"漫延的岩画之河，内流河般在这里消失了。这是我一路追寻而来的一道"岩画走廊"最西北的终点，它的北边和西北边，是蒙古国和我国新疆，它是从天山续伸而来的那条"岩画走廊"的延续。如果要追寻其最西南的终点，我还得调转方向，前往祁连山和党金山交界处的阿克塞哈萨克族自治县境内的青崖子沟岩画点。

　　如果将沿着黄河两岸分布的岩画弧线作为起点，按照我循着祁连山走向进行的"岩画长廊"之旅，距离肃北蒙古族自治县城 280 公里的石包城乡旱峡岩画点和距离肃北县城 580 多公里的马鬃山镇霍勒扎德盖岩画点，都让这道"岩画长廊"的直线距离超过了 1330 公里。按照地图所示，甘肃省最西端的县是阿克塞哈萨克族自治县，县内青崖子沟的 300 多幅岩画，完全担当了纵连"河西走廊"的"岩画之书"的压轴角色，是"河西走廊"上的这部"石头上的画册"的第九章，相较于它相邻的肃北县的岩画数量来，阿克塞的岩画给人一种阅读一部长篇小说，正到兴头上却来了个突然刹车式的结尾，总有种没过够瘾的遗憾。但这里岩画的重要意义在于和祁连山南侧、昆仑山东麓的柴达木盆地、青海湖一带的岩画遥相对应，让沿着祁连山铺开的"岩画走廊"，成了西接天山、昆仑山，东续阴山、贺兰山岩画带的重要驿站。

　　站在青崖子沟岩画点，回望自己从黄河边起步、历经"河西走廊"上的五个地市十三个县区、超过 1000 多公里的"岩画阅读之旅"，每一处吸引我的脚步和目光到场的岩画，都是先民在古老的时间上凿刻出的凳子，让我的思绪在上面就座，想搂着那些素朴中透着美感的画面沉睡过去。不由将这些岩画点在大脑中串连起来，竟然发现从黄河边的吴家川到黄崖沟，这部"石头上的画册"起步时就呈现出两条小河汇入主河道的样态，呈现倒写 V 字状。到"河西走廊"的西端，这条岩画之河同样呈现出分汊之状——西北方向，出现在马鬃山的茫茫戈壁中；西南方向，则出现在了祁连山深处，也呈现出一个大写的 V 字状。

这让分布在"河西走廊"两侧的岩画，呈现出一个大哑铃的图案。在这幅哑铃状的图案上，每一处的岩画都是沿着"河西走廊"绘就的、"石头上的画册"中的精美一页，引导着我，把"河西走廊"走透了。

从黄河、石羊河、黑河到疏勒河，从祁连山、龙首山、合黎山、焉支山、黑山到马鬃山，先民在石头上凿刻出了一部"岩画九章"的大书，记录了"河西走廊"上来往的车马和更迭的世事，让白云和星辰日夜阅读，让时间和历史阅读，让这片土地及其上面生存的人类阅读，只要石头不烂，这种阅读就不会终止。

创作或阅读"河西走廊"这部大书，"石头上的画册"是其中很重要的一部分，拜读这册磅礴画卷，就是轻轻唤醒那些落在石头上的梦，然后让我们走进其中，做起一场关于艺术和石头相遇的梦。

八

那一缕缕从祁连山上吹来的风，千年不衰。曾经，裹着无数马背民族将士手中战刀的寒光，冲向山下的"河西走廊"，和对手交战，在土里埋下了征战与仇恨的种子。曾经，扫帚拂地般吹走了那些西去求法、东来弘佛的僧侣的脚步，留下了一粒粒慈悲与祥和的种子。曾经，拂过鹰、鹫、雕等鸟的翅膀，让它们在"河西走廊"留下飞翔的背影，也通过排出粪便的方式，把来自远方的植物种子撒在"河西走廊"上，让种子的消息，随着春天的召唤应约而至。曾经，风中快行的驿使带着一道道来自中原王朝的政令，穿越"河西走廊"的州府县乡，奔向远方的城市与要塞。

"河西走廊"上，风一直是永不疲惫的信使，在每一片适合耕作的土地上写下种子的模样，然后扮演耕种者和收割者的角色，犹如在手无寸铁的铺子里锻造出铠甲，在一片片荒芜的田地上长出丰收的年景。

种子和风，相遇在"河西走廊"时，会有什么样的结合？会埋下什么？又会带走什么？会为什么奠基，又会为什么掘墓？

风给"河西走廊"吹来很多的种子：植物的与作物的，文明的与文化的，落地的与养胃的，过眼的与驻心的。不同的种子在这里适应或接受淘汰的命运，耕进土壤的植物种子，在走廊上长出各种庄稼与风景；嵌进走廊心脏的文明种子，给地面上的建筑、民俗充进各种造型或力量，伸进地下的根系，盘错出一道道历史的密码与一份份考古的资料，长成了一茬茬历史的粮食。

当那一粒粒叫"小麦"的古老种子，被风吹进大走廊的腹腔后，这片土地的命运甚至此后的中国粮食版图，都得到了重写。此后几千年的时间里，小麦在青苗或金穗时期，向这里的人们递上希望和喜悦。向外，发出了青与黄两种颜色的"邀请函"，邀约苜蓿、葡萄、蜜瓜、核桃、胡杨、胡椒等植物的种子或苗木，前来"河西走廊"。它们中有的如过客匆匆被带往远方，有的像是入赘的女婿被留在这里且被善待，有的像要出远门去打工的人，将自己的信息与身影带往更远的地方。这些种子的滞留与过往、落居与远行，让古老的"河西走廊"与时代交织，构建出一个新的坐标："种子走廊"。

就在我沿着"河西走廊"准备完成这篇文章的12年前，在兰州举办的"东灰山遗址研究座谈会"上，参会的考古学者一致认为，位于"河西走廊"中部的甘肃省民乐县东灰山遗址，曾先后发现了小麦等5种作物的炭化籽粒，其中的碳化小麦是中国境内已发现年代最早的小麦标本。

小麦，这种中国餐桌上已经离不开的作物，它的"祖坟"竟然在"河西走廊"。我以"寻麦人"的身份，再次沿着"河西走廊"前往民乐县城，然后转乘当地开往六坝镇的乡村中巴。在小镇下车后，朝东北方向步行2公里后，远远看见一座掩隐在庄稼地里的、灰土与沙土堆积而成的沙土丘。站在地面上立着的那块文物部门立的石碑前，我知道：这里，就是我要找的"中国小麦之源"——东灰山遗址。眼下，正是麦苗吐青时，浇过三遍水的小麦秸秆渐渐挺立，犹如有了婷婷身材的少女，全身碧绿衣装地站成一支盛大的炫美队伍，朝大地和天空亮出一片蓬勃生机。这支队伍，朝北漫延进广袤的新疆大地；朝南，在长江以北、大兴安岭以南延伸出一个辽阔而壮美的"小麦王国"。我眼前这些蓬勃生长的小麦苗，怎会知道，它们站在一条浩荡的中国小麦之河的源头，它们的"先民"初到这里，让"河西走廊"西侧、祁连山下的这片山地，成为小麦传入中国的原初"基地"。

一幅关于小麦源头的考古图卷，在我面前徐徐展开。20 世纪 80 年代，东灰山的"小麦之香"不断吸引着考古学者和植物科学家前来，中国科学院遗传研究所的李璠就是其中一位。在东灰山遗址，李璠采集到了陶器、石器、骨器、炭土、炭化五谷及动物骨骼等标本，经过研究考证，将这处遗址认定为新石器时代遗存，并公布了一个碳 14 年代测定数据——树轮校正年代距今 5000±159 年。这标志着，从自然科学考察的角度认定，东灰山遗址距今 5000 年左右。

那些已经变黑的炭化标本，在考古学者和科学家眼里，像农历六月的麦穗，绽出黄金般的诱惑，吸引着他们的目光和脚步。继李璠等人的挖掘后，甘肃省文物考古研究所与吉林大学合作，对东灰山遗址再次进行了保护性发掘，发现了小麦、大麦、粟、黍等作物的炭化籽粒，尤其是小麦粒完整饱满，且数量很多。此后，北京大学考古学系对东灰山炭化小麦标本进行了碳 14 测定，断定为距今 4230±250 年。考古学家的这一数据，虽然比农学家公布的数据晚约 1000 年，但这不影响东灰山的骄傲：这里出土的小麦炭化籽粒是目前中国境内年代最早的小麦标本。也就是说，小麦传入中国的时间上限是 4000 多年前，这后来养活中国餐桌的作物，和上下五千年的中华文化史基本同步。

小麦，这一让时下中国人离不开的作物，在中国的传播路径，竟然是从"河西走廊"起步的。

无论是考古学者，还是植物学家，他们的研究都指向一个问题：小麦沿着"丝绸之路"由西向东，经由东灰山起步，穿过

"河西走廊"后，逐步传入关中平原，最终到达中国古代文化的核心地带——黄河中下游地区。

谷子和糜子这些起源于中国本土的植物，对中国北方地区的生长环境的适应能力是与生俱来的。"祖籍"中亚的小麦，在中国的粮食榜单上，和后来的玉米、土豆等作物一样，都属于外来"移民"，它们传入中国后无疑有着适应水土与气候的过程。随着小麦产量的提升，大规模种植必须与灌溉设施相配套，从祁连山发源、流向"河西走廊"的条条河流，为小麦的灌溉提供了充足的水源，让这条大走廊在小麦收割季节变成了一条黄金般的麦场，以小麦为代表的农作物衍生的农业文明，也延续出了"河西走廊"上的生态链条。

从汉字的角度分析，在甲骨文中，"来"字最早也被诠释为小麦，和"麦"字一样都是象形字，字体的形状像一株即将成熟的麦子，麦叶直立，麦穗下垂。"来"字的本义应该就是小麦，后来才被假借为"来往"的意思。小麦，是较早来往于"河西走廊"的外来客人。

张骞出使西域凿空"丝绸之路"后，葡萄、苜蓿、核桃、胡萝卜等植物种子也沿着"河西走廊"传入中原地区。风吹麦浪，风传种子，我被"河西走廊"的风吹着，心里念诵起佩索阿的诗句："风推着我的后背，我随风行走。我的生活总是这样，我愿意一直这样——风把我推向哪里，我就走到哪里，而不让自己思考。"在河西走廊，风是植物、作物种子迁徙的推手也是无声的邀请，是无形的灯塔也是逐渐清晰的指向。从这个意义上说，"河西走廊"就是一个植物种子迁徙的大通道，这些种子经过"河西走廊"进入中国后，丰富了中国人的餐桌和味蕾。

小麦的大面积种植，让"河西走廊"挑起中国西部大粮仓的重任。距离东灰山最早出现的小麦3000多年后，另一个植物种子出现在"河西走廊"，这就是目前已成为中国第一大粮食作物的玉米。

和小麦沿着"河西走廊"自西向东传入中原的路径不同，玉米是从中原而来，自东向西穿行、落居在"河西走廊"的。

明清时期，"河西走廊"连接新疆和中原地区的地位更加凸显，驻守将士与来往商队对马、驼、羊等动物的需求增加，"河西走廊"沿线的草蓄资源根本无法满足军事和商贸这两个巨大的胃口，对玉米的需求显得格外明显，引发玉米在这里的种植面积逐步扩大。套种在小麦田里的玉米，不仅延续了这片大地养活作物的时间链，满足了动物的饲料要求，也完成了它在这里"由副变主"的粮食角色定位，成了当地的重要经济来源。

一块块玉米田，是玉米种子带给这片土地的礼物，玉米由出土到长高，由枝叶青绿到苞米金黄，被汗水和时间锻造成一艘艘停泊在黄土地上的商船，渡载着当地人的希望，完成了从田间到餐桌的单向奔赴。

"河西走廊"上的民众，也慢慢接纳了这个外来物种延伸出的文化。几百年来，"河西走廊"沿线的农民承续着耕种玉米的传统，看着它在干黄的大地上长出带来希望的绿色，看着堆在黄泥小院落的屋檐下、铺在农家院落里的金黄色玉米棒，即便是初冬季节，那些矗立在田地里的玉米秸秆，也像是一个个虽然瘦弱却坚守在寒风中的士兵，脚下的大地就是它们的阵地。

玉米，不仅成了陪伴"河西走廊"的一道景观，更是一种能让人安心的可靠作物。

"河西走廊"，这片外人心目中干旱缺水、生态脆弱的地方，对玉米却情有独钟，它迎娶了玉米，让它完成了从春天下地时一粒金黄、夏天成长时一秆碧绿到秋天收获时一地希望的过程。近些年来，在保持着一定种植面积的基础上，"河西走廊"主打玉米种子基地的建设，经过几代科技育种人和当地农民的努力，全国每3粒玉米种子就有1粒产自甘肃张掖甘州区，地处"河西走廊"核心地段的张掖成了中国玉米的"种子库"。

"河西走廊"变成了玉米种子繁育的"黄金走廊"与"国字号"基地。如今，和玉米一样的番茄、西瓜、土豆、蜜瓜等"外来户"，同样被"河西走廊"赋予新的角色：这里是全国最大的蔬菜、瓜类、花卉等对外制种产业基地，占全国种子出口量的75%。永登县的苦水玫瑰、天祝县的高原夏菜、民勤县的蜜瓜、山丹县的万寿菊、民乐县的油菜花、甘州区的玉米，等等，"河西走廊"成了中国的"种子走廊"。

"河西走廊"，在2000年间见证了种子世界中的"外来公民"落户这里，丰富了这片土地的肤色、肌理和内容。

九

依然呼啸着北方四季中的冷暖，但"河西走廊"上的风，却被现代科技改变了模样与功能，一架架矗立在"河西走廊"

两旁的风能发电装置，让风有了形状和新的用途：变成了能源。这些在半空中转动的"风车"和埋在地下的光缆、输气管道、输油管道以及架在半空的输电线，让昔日的物流通道、人流大道，正变成一条空地合一的"能源走廊"与"信息走廊"。

1937年10月13日，受国民政府邀请，任职于美国伊利诺伊州地质调查局的古生物学家、地质学家马文·韦勒和中国地质学家孙建初一行，出现在"河西走廊"西段南侧的北大河边。

马文·韦勒一行在继续向西南方向前行时，看到的是一片不毛之地，既无庄稼和牧草，也无能提供水喝的村庄。地面上尽是碎石，下面是厚厚的沙层，风像一群勤奋的仆人，会将走过这里的脚印很快扫去。

行进在这种地方，从眼见到感受，一定是枯燥与无聊的。10天后，马文·韦勒的眼前突然出现一片黑漆漆的、高出周围台地的戈壁滩，地质学家的经验告诉他：这是开采地下原油后被污染的结果。

马文·韦勒和孙建初等人走向那片黑戈壁旁的山谷，一条向北流去的小河边，有一座将要倒塌的小庙（当地人叫老君庙），犹如一棵因缺水而快要枯竭、歪倒的老树，挣扎着站立在山谷中。

马文·韦勒抬头远望，附近高处的黑戈壁上，有一股股细小的黑油从冲积层的碎石和红色黏土间渗出，形成一条黏稠的黑色之泉，慢慢流注到河床上面的低洼处，积聚成了一条黏糊糊的黑湖，和不远处的那条白色的小河，形成了黑白对比。黑湖边，有三个人（包括一名10岁的小孩）正通力合作，用长柄木勺将那些黑湖中黏糊糊的液体往木桶里舀。

见过用木桶背水的，没见过用木桶装黑油的。马文·韦勒心里很纳闷，便和孙建初一同走上前去。听完孙建初和那三个人交谈，马文·韦勒这才得知，眼前的这三个舀油的当地农民晚上就住在不远处的那座小庙里。天气好时，这三个人一天也只能舀一桶，再用毛驴驮到山上，倒进山上的一处低洼处，日积月累地在山上倒出一片很小的人工黑湖。每天，从远处的玉门城内赶来的牛车，从这片小黑湖中拉运黑油。这种黑油运到城里，可替换传统的羊油来点灯照明，也用于膏车、门轴。在玉门城中，人们将这种黑得像煤的液体称为"煤油"，供县衙和条件好的人家做照明燃料，用煤油来照明的灯，被称为"煤油灯"。

舀油人的讲述，让马文·韦勒明白，自己眼前所见的这种舀、运、拉、用、卖煤油的"黑色链条"，已经形成77年了。从一位年老"舀油工"的讲述里，马文·韦勒仿佛看到这样一个场景：1870年夏天，一名来这里的淘金工，无意间错把一块晾晒在地面上的"黑土块"当作牦牛粪点燃，没想到升起的火焰和耐烧程度超过了他的想象，这一误操作让越来越多的淘金工将这种"黑土块"当成了理想的燃料，这个消息很快在来这里的淘金工间传开。由于它们源于从石头缝中渗出的黑色之油，淘金工们称其为"石油"。

那天晚上，马文·韦勒一行就在河边的那座老君庙里借宿。黑色的油湖在星光下静谧如谜，泛着黑金般的光，而小河却在低声喧哗中流向远方，河面犹如白银般的哈达，朝山下的绿洲铺去。那条河在"河西走廊"刚刚凿通时的西汉，被称为"石脂水""石漆河"。或许，那时的古人就已经发现河边的石头缝里流出胭脂一样、黑漆一样的"油"，才有了如此浪漫而形象的名字。清代，这条河有了让我百思不得其意的两个名字："鸭儿河""几马河"。这条河离开祁连山北麓后，朝北穿过"河西走廊"的赤金峡后，将最后一滴水投向干硬的戈壁滩。

那天的发现，让马文·韦勒在《玉门地区地质考察报告》中，自信地写道："目前已可断言，石油即将出现于甘肃之西北部，石油河背斜地层为一储油构造，如具备良好条件，可望获取极佳产量。"他指出，石油河背斜是这次考察期间发现的唯一可望产油的构造。

马文·韦勒来到"石油河"考察前三个月，也就是1937年7月7日，卢沟桥事变发生，标志着日本帝国主义发动全面侵华战争。马文·韦勒深知石油在战争中的重要作用，他从国防角度看到，一旦中日之间发生战争，开发中国西北的油田，其重要意义和作用不难想象，中国政府应该"不惜任何代价钻探石油河构造，开发油田"。马文·韦勒根据自己此前参与油田开发的经验，认为从钻探第一口井开始，包括建立小型炼油厂，以最快的速度和最佳机遇估计，需要两年时间。

翌年8月，由孙健初测定的第一口油井经钻探自喷出油，"河西走廊"上出现了第一口油井，那条流过油田的河流，自此正式以"石油河"的名字标注在中国的地图上。古老的"河西走廊"上，石油开始为汽车提供动能，原来掩隐在群山或暴露在荒野中的古道，因为汽车的开通不仅摆脱了对水源的依赖而改变了走向，还变得开阔平坦，由昔日驼铃叮当、牛马喘息的黄沙土路变成了能通行汽车的现代公路。一口口油井建成，一座座日夜不停工作的"磕头机"的起伏，一升升原油从荒滩的腹腔被抽到地上再输往远方，让古老的走廊变成了一条以玉门为起点的"输油走廊"。由于油田靠近位于"河西走廊"上的玉门县，便被命名为"玉门油田"。1939 年到 1949 年的 10 年间，玉门油田累计生产原油 52 万吨，占当时全国原油产量的 95%。

新中国第一口油井、第一个油田、第一个石化基地、第一个石油工业基地相继出现在玉门油田，让这里成了一个能源原点。随着甘新公路、312 国道、连霍高速等一批又一批的现代公路修建，沿途修建加油站、加气站，成了这条"输油走廊""输气走廊"上的醒目而凸出的骨节。玉门油田，作为中国石油工业的大学校、大试验场、大研究场所，从这里起步的产品、人才、经验、技术等，沿着"河西走廊"走向祖国的各大油田，曾先后向全国各油田输送骨干力量 10 万多人，让古老的"河西走廊"变成了一条"石油人才输送走廊"。

从钻燧取火到能源互联，人类发展的历史就是一部不断发现、利用、更新能源的进化史，这一艰难而漫长的历史书写，在"河西走廊"上得到充分体现。从 2002 年 7 月到 2024 年 9 月，西起新疆轮南镇、霍尔果斯市和乌恰县，东至上海白鹤镇、广东深圳（最终抵达香港）、宁夏中卫市的"西气东输"（一、二、三、四线）工程建成。那些在新疆的地下沉睡了亿万年的天然气，以超过 120 亿立方米的总量，就像一个个 24 小时不间断地奔赴前方的战士，既不受天气影响，也不受地面影响，快速而有序地从地下通过"河西走廊"，送往全国各地。古老的"河西走廊"，被时代赋予"输气走廊"的角色与重任。

行进在"河西走廊"，我恰好看到了这样一幕：西气东输四线天然气管道工程吐鲁番—中卫段，正完成第6标段管道沿线的下沟、回填，这一标段就位于"河西走廊"的张掖境内。作为国家"十四五"石油天然气发展规划重点项目，这项工程是解决西部天然气输送瓶颈问题、保障国家能源供应安全的重要能源通道，"河西走廊"就地处这条能源通道的瓶颈部位，成了一条为时下中国注入清洁能源的"输气走廊"。

目前，4条"西气东输"的管道像4条地下河潜流，穿行在"河西走廊"的地下。每条管道，都是由直径1219毫米、单根长度为18米加长钢管焊接而成，像一位深潜在暗河中的游泳运动员，需要在一定时间后露出头来换气一样，输气管道也需在一定的间隔处设置压气站，通过一次次增加压力，保证气体在管道中的持续流动。分布在"河西走廊"上的这些压气站，像一枚枚棋子，落在当代中国的能源大棋盘上。它们以灰白色的罐体、黄色或白色的墙体、红色或蓝色的屋顶构成的多彩外观，就像一朵朵生命力强盛的花卉，屹立在沙漠、戈壁、湿地中。

在张掖境内的一个安装现场，一位技术人员给我介绍，输气管道的输气压力可达到10MPa，相当于大气压的100倍，这对管道材料的强度和韧性有很高的制作要求。既要管道承受高压，又要它尽可能扩大口径，这无异于让一条河既要保证像山涧溪水那样以湍急状态流过，还要尽可能保持宽阔的河床。新时代的"充气走廊"遇上现代科技，总会蹦出奇迹。目前，国内外管道建设施工通常采用长度约为 12 米的管材，"西气东输"的管道则采用了 18 米钢管，这样可以使焊缝数量减少约三分之一，焊接材料、补口材料等耗材用量相应降低，也可以缩短施工工期。

现代科技与古老的"河西走廊"相遇时，有愉快的握手，也会有处理不当就产生的伤害，"输气走廊"和古老的河西汉塞、明长城相遇时，就遇到了 12 次穿越长城的尴尬。现代科技向古老的文明让步，就是对后者的礼敬，也完美解决了长城保护的难题。

奔驰着的绿色火车、白色高铁、各种颜色的汽车，黑青色沥青铺在上面的公路，警卫般站立在沿途的红色标识的加油站，高速公路两旁的对称延伸着的绿色围栏，矗立在山脚下或站立在山梁上的白色风力发电轮片，色彩缤纷的压气站，都是现代科技给古老的"河西走廊"植入的新肤色、新服装，让古老的走廊变成了一条彩色的大河。

玉门，在"河西走廊"上总是以石油之城的面孔出现。追光而生和"氢"装上阵，这两件利用光和气的现代科技项目，让这里生产的新能源，同样通过"河西走廊"输往远方。

从祁连山上的林木、煤炭到山下挖掘并提炼出的石油，以及矗立山梁上的风力发电叶片和沙漠中光伏发电产生的电能，"西气东输"过境输送的气能，让"河西走廊"变成了一条能源复合大管道，书写了一部《能源演变史》，它庞杂而丰富的内容中，能源的迭代与嬗变是其重要一个章节，风能和光伏发电就是"新河西走廊"上，耀眼而精彩的两章。

迈进 21 世纪以来，开发新能源成为全世界解决能源问题的共同出路。从古老的化石燃料到新能源的转化，玉门油田最具阵痛感。随着油田资源的枯竭，到 20 世纪 90 年代就出现了石油产量断崖式下降，以玉门市被国务院确定为全国第二批资源枯竭城市为标志，老石油城因为大量居民的撤离而被外界称为"鬼城"。

玉门地处"河西走廊"的西段，阳光充足是这里的特色。石油资源的枯竭，让玉门这株几近萎弱的"向日葵"开始挺直身段追光而生，建成了中国石油系统第一个分布式光伏发电项目——石油沟 887 兆瓦光伏发电项目，拉开了"中国石油"在"河西走廊"试点"从黑到绿"的低碳转型发展之路。在新能源开发时代，玉门又建成了"中国石油"系统的几个中国第一：第一个大规模集中式光伏并网发电项目，第一个电化学储能电站，第一家实现绿电外送的企业，第一条光伏支架智能化生产线。通过追光变电的科技，在"河西走廊"的空中架起了一条能源走廊，源源不断地把一度一度的绿电输送向各地，点亮了千家万户的灯火。

和中原、南方人提起风来用的"春风""惠风""和风"等词不同，风，曾经是令"河西走廊"上生活着的人们讨厌的一个词！在现实中，风在"河西走廊"就是沙漠漫延的推手；在新闻中，风是瓜州境内把火车掀翻并造成一趟趟列车晚点的凶手；在口传中，风是阻止各种好消息在"河西走廊"传颂的狙击手。春风，是不度玉门关的；夏风，吹送的是酷热和干旱；秋风，吹送的是万里悲愁和塞上哀叹；冬风，吹送的是彻骨冷寒和无尽的乡愁。从文人的诗句和现实中的呈现,"河西走廊"上的风,是苦的、寒的,甚至是灾难的!

科技时代,风过"河西走廊",不再如以前那样畅通无阻,想停哪儿就停哪儿,它们会被半空中转动的风力发电叶片截留,这便有了一个新词汇:"风力发电"。

如果把"河西走廊"的风力发电比拟成一条河,要给它溯源,那一定是 1997 年夏天在玉门市玉门镇三十里井子竖起的 4 台单机容量 300 千瓦的风电机组。和今天遍布"河西走廊"的那些半空中摇摆着身子的"巨无霸"风机相比,这四个"河西走廊"风力发电的鼻祖确实显得体形瘦小且发电量小。但这四位小爷的出现,标志着玉门是"河西走廊"上第一台风力发电机的落脚地。无论是细弱得令人在地面上无法感受到的微风,还是内蕴能量推波助澜的飓风在半空中呼啸,路过那些叶片挥舞的空间时,它们都能感受到被拦截的滋味,这是人类利用科技对风的改变。

从地上的第一台"磕头机"出油,到地面上站立的"青光眼"光伏发电板,再到半空中的第一台"摇摆叶"发电机,标志着三种能源在这片干旱土地上的问世,伟大而古老的"河西走廊"开始领受现代科技充给它的各种能量,见证了玉门这个地方从"春风不度玉门关"到"长风万里过河西",从风光不再到"风""光"无限的能源转身。

"河西走廊"上传输的电能,本地生产的仅仅是一部分。目前,新疆生产的电能往外输出线路,其通过"河西走廊"输送电能已经 14 年。其中,哈密南—郑州 ±800 千伏特高压直流输电工程，累计向河南输送电能近 4000 亿千瓦时，占新疆总外送电量的近五成；准东—皖南 ±1100 千伏特高压直流输电工程建成投运，成为新疆连接华东区域的"电力丝绸之路"；昌吉—古泉 ±1100 千伏特高压直流输电工程，连续三年外送电量位居全国特高压工程首位；正在建设的哈密—重庆 ±800 千伏特高压直流输电工程，2025 年 5 月可投产，每年可向重庆输送电量超 360 亿千瓦时，能够满足重庆四分之一的用电需求。

那些昼夜不息地转动在半空的风力发电叶片，不知疲倦地挥动着它们的手臂，让古老的"河西走廊"仿佛也朝天伸出了舞动的双手，在半空中，划出了一条忙碌而高效的"能量通道"。设在"河西走廊"沿途的雷达站、气象塔、飞机场和一趟趟划过夜空的"红眼航班"，让昔日繁荣的走廊上空也变得繁忙无比，不仅给走廊的地面与地下，也给它的头顶赋予了新的生机。

从新疆而来的"西气东输"管道，就像一条巨大的蚯蚓保持着潜行状态，在"河西走廊"的地下钻出了一条能源走廊。通过"河西走廊"的"西电东送"，就像一条空中飞舞的巨蟒，在半空中架起了一条新能源走廊。

无论是昔日的挖煤炼油，还是今天的追光变电，时间是最好的裁判。"河西走廊"已经从上空、地面和地下等三重空间，开通了电力、物流与人流、天然气等三条通道。

三年前，随着甘肃省第一座集氢气压缩、装车系统和储氢设施于一体的氢气加注站建成，就像"河西走廊"上分布的古老驿站、现代的加油站和加气站一样，更多的氢气加注站逐渐沿着"丝绸之路"延伸，在甘肃、宁夏、新疆等省区形成一条氢气供应链，一条"氢气走廊"在"河西走廊"的地下悄然通行，成为甘肃省首条中长距离"输氢管道"，让"输气走廊"中又多了一道。

敦煌是大多数前往"河西走廊"旅游者的最终目的地，来到这里的许多游客需前往城东郊 10 多公里外买票，才能看到凿在三危山半空的佛教石窟。

站在敦煌市区的任何一条大街上，或者，从敦煌出发前往"河西走廊"最末梢的雅丹地貌，或者，计划翻越党金山前往青海的路上，都能在"河西走廊"北侧看到悬在戈壁滩上的一座高塔。无论昼夜，塔顶都发出珍珠般耀眼的光。那是全球最高、聚光面积最大的熔盐塔式光热电站之一。从塔顶发出的巨大光亮，来自 1.2 万面"超级镜子"的反射，连飞机在这里都得远远绕行，否则，那些镜子反射的光聚焦的热量，会让路过镜面投射范围的飞机瞬间被烧融。那些采光而成的电能，踩着自己的节拍，通过架在半空中的特高压输变电线，像一个个看不见的踩钢丝的杂技演员，炫耀着谁也看不见的技艺与能量。

三危山的半空，那些安居着佛像的洞窟，已经成了世界文化遗产，千百年来一直闪耀着佛光，是一盏盏指引人心智的明灯。敦煌城西北郊的光热电站，是中国企业自主设计、投资和建设的熔盐塔式光热电站，闪耀着现代科技的光芒，每年所生产的绿电可减排 35 万吨二氧化碳，减排量及消耗过剩产能的环保效益相当于造林 1 万亩。

一次次走过"河西走廊"，我发现，它的走向没变，两边的群山和沙漠分布格局没变，但时代与科技赋予它的内容与使命已经发生了巨大变化。从山间的绿色林木到地下的黑色石油，从天空中的光与风发电，到埋在地下的输气管道，能源的更迭，从政治、经济、科技等方面，影响着古老的"河西走廊"，也重新命名着这条走廊。

当一座军城失去了防守的意义，何异于干涸的河流徒剩朝天袒露河床？从城到营，从军堡到学校，永泰城在几百年间的坚守，是践约了对祁连山的一份契约。

黄 土 的 台 词

长期以来，河西走廊一直被文人美化着它手捧丝绸与哈达的形象，赞扬着延宕在它上面的和亲公主、长旅商人和弘法僧人，划过漫长走廊的足迹与形色，就像一只只扬起桅杆行走于这条旱河上的舟楫。山脚下或山腹中的洞窟、寺院，就是亮给那些舟楫的灯塔，长明灯似的发出明亮、醒目而温暖的光，濡染着长廊两边的百姓生活。同时，人们也一直忽略着弓箭与刀剑划过走廊的狰狞，攻与守的两方将士之血，浸染出一条战争之路。各为其主的官兵、传递军情的驿使、长夜暗行的探子，像一枚枚渐渐生锈的钉子，镶嵌在走廊千年不衰的记忆之框上。一面是传经、讲法、耕收和贸易呈现出和平的笑脸，另一面是攻伐、誓守、焚毁和杀戮展现的残酷；前者以"一带一路"的命名与实践，今天重新发出新的光芒；后者有如棋子般散落在走廊两侧的古城为其做着注脚。永泰古城，就是落在这大棋盘角落、河西走廊东南角的一枚。

祁连山东麓，从嘉峪关外的破城子，一路向南沿山修建的石包城、明水塞、寿昌城、骆驼城、锁阳城、新墩城、桥湾城、骊靬古城、松山古城，连成了一条跨越时间的链条，匈奴、突厥、回鹘、吐蕃、党项、蒙古等游牧民族在不同时期的侵扰，成就了这些军堡、古城的问世与骄傲！从时间的维度看，永泰古城是祁连山下古城中最晚出场的，成了祁连山下古城长卷的压轴之作。从空间的维度看，永泰古城酷似挽接在千里祁连山东麓众多纽襻中最南端的一枚扣子，这些纽襻连起了一道严实的防线，护佑了丝绸之路的平安与畅通，甚至一度替中华腹地挡住了侵扰。

一

从东南—西北方向起步的祁连山，在天祝藏族自治县和景泰县相接的平岭墩和鸡毛敖包之间，朝东北方向岔出一道山来，像是一头莽撞的幼虎探头探脑地闯入景泰县境内，当地老百姓因此称其为"老虎山"。这头"幼虎"也没想到，它一抬头，朝东就能俯瞰滔滔黄河，北可眺望到茫茫腾格里沙漠，回望西边是莽莽祁连山，南接金城兰州的门户秦王川，老虎山脚下的这片冲积扇地带，自然就成了一处"虎踞"之地。

黄仁宇在他的《万历十五年》一书中，很少写到万历年间的西北往事，倘若他知道那时的西北尤其是祁连山承负的中国重任，相信会有更多内容走进他的笔下，比如万历二十六年（1598年）发生在老虎山下的一件大事。

公元1598年初春，63岁的兵部侍郎、三边总督李汶前往西北地区巡视。当时，明初花大力气修建的万里长城构筑的防线上，主要防御对象是瓦剌、鞑靼等蒙古残余武装力量。当时的军情紧急，不允许李汶按惯例从驻地固原北上，抵达银川后沿着腾格里沙漠南缘西行至祁连山南端，也就是走明初修筑的长城内侧一线。

李汶从甘肃省靖远县石门乡境内的索桥渡口渡过黄河，进入景泰县后直抵祁连山下的土门（今古浪县土门镇）。他发现自己走过的这条便道旁，竟然是一条汉长城残迹，这条古长城要比明初修建的那道长城短400多公里。

在李汶这次出行的170多年前，明宣宗朱瞻基就主动收缩长城防线，让祁连山东麓到黄河西岸间的大片土地像被遗弃的孩子，暴露在盘踞于青海境内、祁连山腹地的宾兔、阿赤兔、永邵卜、瓦剌他卜和宰僧著力兔等蒙古残存势力的眼皮下。他们常常越过祁连山，从老虎山下进入景泰县境内，进而向南毫无阻拦地越过秦王川，直逼兰州城。

李汶抵达祁连山下的前一年，宾兔、阿赤兔和宰僧著力兔等部落联合，占据祁连山南部一带，河西走廊陷入风雨飘摇中，兰州也岌岌可危。祁连山默默注视着李汶的动向，看这位老将能在这里掀起怎样的军事风暴。

答案很快揭晓。李汶听从甘肃总兵官达（tá——作者注）云的建议，将指挥中心设在达云的出生地、老虎山下那座叫老虎城的旧军堡中。下令甘肃巡抚田乐和达云兵分五路，捣毁了阿赤兔的老巢，宾兔也遭到追击后败走贺兰山，盘踞在松山地区多年的蒙古势力被一举荡除。达云一战成名，取得明代历史上著名的"松山大捷"，被誉为"名镇西陲，为一时边将之冠"。

二

"松山大捷"后，李汶陷入沉思：这只是短暂的和平与宁静，谁知道那些来去如风的蒙古骑兵什么时候又会再来？还得像明初修长城和其关隘、墩台一样，还得"筑边建堡，设官屯兵，其道无徭"。

祁连山南端就是一个大棋盘，李汶像个布局的高手，让达云组织军民，用了6个月时间，以那道废弃的汉长城为基础，重新修建了一条长约200公里的战略防线，这就是明代长城中的"松山新边"。"松山新边"的主体防御工程仅仅用了半年，但沿线修筑的大量烽燧、军堡等附属工事，却用了整整10年，那是明代长城中最后亮相的一段，也是我们今天说的万里长城这篇大文章的最后一笔。"松山新边"的全部工程完工时，距离大明王朝灭亡仅剩下36年，明朝的重点防御对象早不再是当初侵扰西北的蒙古残余力量了，而成了东北崛起的女真人。这项国防工程，竣工之日就成了它的谢幕之时，只是给后世留下一段供"长城学者"津津乐道的历史题材。

"松山大捷"后七年的时间里，和平的阳光照在老虎山一带的广袤土地上。随着时间推移，当初的布局也渐渐暴露出问题，这在甘肃巡抚顾其志给万历皇帝的上疏中有着体现："兰州至红水五百里而遥，兰州官兵策应猝不能及。"也就是说，七年前，达云组织力量在今景泰县寺滩乡的宽沟构筑的红水堡（后来在此设红水县，1933年改名景泰县），距离兰州太遥远，如果这里遇上紧急军情，驻守兰州的官兵无法及时驰援！

顾其志在《奏城永泰疏》中明确建议：应该在老虎城建立一座军堡，在其南边再建两座小堡，不仅能使三者之间首尾相应、互传情报，也能形成掎角之势。至于这座新军堡的名字，顾其志都替皇上想好了，他给万历皇帝建议：老虎城之前被元朝残余势力占据过，他们对这块旧地极为眷恋，而且"老虎"这个名字听起来也不雅驯，我们在这里修建军营意在希望整个松山地区永远康泰，干脆就将老虎城改叫永泰城，一可让守卫这里的将士们感到耳目一新，二可永远断绝敌人的念想！可谓"一新耳目，永绝虏念"。

两年后，时任兵部副使的天文学家邢云路出现在祁连山的视线里。任陕西按察司副使期间，邢云路就曾上书朝廷，恳求修改沿袭近300年的旧历法，这个请求没被允许后，他竟然辞官告归，回到家乡河北省徐水县研究他心爱的历法去了，并完成七十二卷的《古今律历考》，校正了元代著名天文学家郭守敬的《授时历》。

时局像一双看不见的大手，把在老家潜心研究天文的邢云路提溜到了西北。公元1607年3月，邢云路奉旨来到老虎山下，在原"老虎城"遗址以西的一片开阔地上，督修一座新的军堡。老虎山下的黄土经过蒸煮、渗水、夯筑、晾晒后，在层层堆砌中以"墙"的方式出现了，以军堡的形制开始写就另一种台词。15个月后，"永泰城"和向南往兰州方向的镇虏堡、保定堡出现在祁连山东麓。"永泰城"虽然以城而名，但里面驻扎的全是将士，它的底色与身份还是一座军堡，当地人称呼景泰县境内其他几个军堡时，依然保留着"堡"的后缀，唯独对"永泰"敬重有加，称呼中后缀着一个"城"字。

永泰城修好的那年秋天，岳飞的第十七代后人岳仲武，在兰州参将的带领下，和从兰州出发的1500多名官兵一道，前往永泰城驻守。

邢云路在督建永泰城期间，曾在兰州城观测过日影，测算出的回归年长度与现代计算的数值只差2.3秒。这样一个天文学家设计的军堡，是否会"夹带私货"般地藏有天文知识呢？比如，坐在瓮城上的四个楼阁是不是象征着春夏秋冬？城墙上的12座炮台和一年中的12个月有无关系？城里曾有的一座16米高的灯山阁是不是象征着日月长明？城内的五口古井是不是内蕴五行？如果这些是真的，永泰古城在丝绸之路上多如群星的古城中，自然就深藏了一份别具一格的智慧。

督修完永泰城后，邢云路在众人的簇拥下，踩着土墙内侧的台阶，缓缓走上城楼剪彩，用他那河北口音激情高扬地吟诵自己创作的《永泰城铭》：

贴彼松岩，矗矗崇岗。

星分北落，狱镇四方。

襟带山河，为金为汤。

......

那是他代表一群戍边卫国的人，给立墙筑城的黄土献上一份由122个字构成的台词。

永泰城像一枚闪亮的铁钉，牢牢地扎在抗击盘踞于祁连山南端蒙古势力的前线，发出刀剑般的寒光，一度对来犯之敌起到极大的威慑作用！

在一幅现代地图前仔细琢磨，我发现老虎山确实像一只朝黄河方向探头的老虎，红水堡是它的大脑，正路和三眼井两个古堡是它分踞南北的一双眼睛，永泰城就是它的嘴：虎口！它平时总在沉默中紧闭，一旦战事涌起，面对来敌进犯时，虎口顿时张开，进入虎口后生还者能有几人？永泰城像一位冲在最前沿的小弟，心甘情愿替大哥兰州挡住来犯之敌，保护着200公里外的兰州城安危，这便有了"有了永泰城，兰州才安宁"的说法。

军事威慑的最高目的是促成和平，永泰城完工后第二年，祁连山南端就出现"厥居既定，边鄙不惊"的和平境况。

三

出生于河南汤阴的岳飞，怎么也不会想到他的第十七代后人岳仲武，因职守需要，会在1592年，以守边军人的身份，带兵前往永泰城驻防。

和一起征编的 1500 多名军人抵达老虎山下时，出现在岳仲武眼前的那座军城，和我 1992 年夏天第一次看到的规模一模一样：周长 1700 多米，墙高 12 米，四面筑有半月形城，城门向南开，外筑甬门，高 12 米，矗立着 12 座炮台，城墙四角有 4 座城楼；整座"城"的面积有 714 个篮球场大。

走进城里，岳仲武慢慢才了解到火药场、草料场、磨坊、马场、指挥所等机构的分布，这些构成了永泰城内脏的器官与部件，一个个威严、机密、有序。

都道和平岁月快，岂知边关明月缓。岳仲武在永泰城驻守八年后，清军入关的消息如疾风吹来，宣告明朝在祁连山下构筑的军事防线失去了意义，宣告了纽襻般的祁连山下所有军城都完成了使命，黄土的最终归宿仍是回归黄土。

刀剑入库，马放祁连。随着战事的消停，驻防官兵有的脱下戎装回归故里，有的转防到其他地方，岳仲武选择了返回兰州城居住。

老虎山原始森林的神秘、盛夏雪积山巅的景象、牛羊游走山涧的悠闲、山下辽阔广袤的腾格里沙漠、血液般流淌在家族中"精忠报国"的基因，让兰州城里居住的岳仲武常常举头北望。老虎山下的八年戍边生活，像是一道无言的召唤，让岳仲武的目光犹如雄鹰起飞，一次次越过黄河向北抵达老虎山。然而，他最终只能将这个梦寄放在久远的惆怅中，直至终老于五泉山下！

少年时期，岳镇邦就听爷爷岳仲武讲述在老虎山下戍边的故事。永泰城成了勾起少年岳镇邦好奇与雄心的鱼钩。

清顺治初年，岳镇邦举家离开兰州，迁到了永泰城定居，这不是中国文人"悠然见南山"的隐逸，而是承续岳家几百年间"精忠报国"的血脉。黄土夯筑的城墙依然坚固，但在时间的容器里，它内蕴的力量就像一柄生锈的宝剑一样日渐销蚀，此时的永泰已经从"永泰城"降格为"永泰营"。永泰城，陪伴大明王朝仅仅走了 36 年后，驻守的军官就从参将降为游击，又降成千总，最后变成把总，它那一度让祁连山西麓的敌人胆寒的光芒，犹如一盏不再添油的老灯，渐渐弱了下来。当地人对它的称呼从永泰城到永泰堡、永泰营，变成了今天的永泰村。

岳镇邦后来因为仕途而离开老虎山，曾官至大同镇总兵加左都督，但将家人一直留在永泰城里。岳镇邦的长子岳升龙就是在永泰城内出生的，青年时期就担任永泰营把总、守备。临终前，岳镇邦嘱咐岳升龙将灵柩运回老虎山下。岳镇邦的墓地就在永泰城南一块犹如摊开的手掌的台地上，当地百姓至今仍把那里称为"岳家坟掌"。英国历史学家托·富勒说过："坟墓是死者的衣服，一座坟墓是一件普通的衣裳，而一块丰碑则是一件绣衣。""岳家坟掌"就是晾晒在永泰城边的一件华美衣裳，一直飘着岳家的传奇。

永泰城依靠老虎山，遇上旱年，城内军民的用水常常是大问题。岳升龙带人去山里寻找泉源，修凿从泉眼到城里的水渠，将山里的水引入城内。山泉水流经城中变成了暗渠，既减少了水污染，也做到了水不占地面空间。

岳升龙升任四川提督后，才将九十岁的母亲从永泰城迁至成都。岳升龙的儿子、被乾隆皇帝在《怀旧诗》里评价为"三朝师武臣，钟琪为巨擘"的岳钟琪也出生在永泰城，他的童年就是在这座军城及周围的山坡、河谷、森林中度过的。这座军堡失去军事意义后，居民将藏于世俗生活中的信仰搬到了城楼上，在南城门上修建了药祖阁，北瓮城上建成了真武阁，东边出现了文魁阁，西边有财神阁，这些承载着各种信仰的建筑，也成了给岳钟琪和伙伴们制造童年乐趣的场所。

童年的记忆会像影子一样跟着一个人的一生，那座陪伴自己童年、少年的，充满奇妙的力量和充满建筑智慧的军城，或许对岳钟琪后来督修阿拉善的定远营（今内蒙古阿拉善盟府所在地巴彦浩特）和巴里坤的绿营兵城有着一定的启示。永泰城暗道里奔流的地下水系统，或许对他在宁夏平原督令开通大清渠、修建贺兰山西麓水库并利用流水带动水磨解决将士粮食磨粉难题、修暗渠将贺兰山泉水引进定远营也不无影响吧！

四

达云最初驻守老虎山时，有个手下叫李万疆，在追随达云参加"松山大捷"中英勇作战而官至参将，和达云的驻军一起入籍当地。李万疆在抗击永昌参将伊勒敦达春叛乱中，阵亡于前线，嘱咐身边士兵将其尸体运往永泰堡周围的一片空地埋葬。和早在1988年就被列为县级文物保护单位的岳家坟茔的壮观与华美比起来，埋了若干代人的李家坟就是一件堆放在时光角落的旧布衫。岁月能毁坏坟墓和墓碑，但有故事的墓主人并不会因为地下幽暗而失去光泽，李善澍是一位通过擦拭李万疆故事之盏并想让它重新放光的人。

1914年3月，辛亥革命带来的新思潮传到了祁连山下，时任红水县知县田兆昆想在当地办一所新式学校，就在他为谁来担任这个创办人而发愁时，一位青年以甘肃禁烟总会会员的身份，从兰州前来拜访。一番深谈后，田兆昆了解到这位青年才俊的底细：他就是李万疆的后人李善澍，出生在永泰城，1909年毕业于甘肃陆军学堂并以优异的成绩留校任副学长。

两个月后，李善澍受田兆昆委派，在永泰城的关帝庙内创办红水县第二高级小学，这是当时的红水县内第一所新式小学。永泰城初建时就不仅仅是一座简单的土夯建筑，里面盛装着多少戍边将士的家国情怀或乡愁，他们给了它活力和尊严。李善澍想从另一个角度延续这种活力与尊严，他邀请全县乡绅为新学校选址献计，前往兰州请专业设计人员为新学校制图，聘请外地砖木工匠来到永泰城下街偏右处、原来的衙署左侧的一片空地上，建成了一所黄泥土墙的新学校，取名为"永泰小学"。

永泰城初建后，迎迓的是保家卫国的军人，响彻的是军操声与出征前的军歌；永泰小学建成后，走进的是身背书包的学子，琅琅书声响彻昔日军堡内。祁连山下，战歌和牧曲一直争着坐庄这里的权力，当战歌高亢的声音惊起山巅积雪时，军城在百姓的血泪中筑砌而成，那是黄土在祁连山的悲歌。当现代文明的曙光照亮祁连山时，黄土如旧，但黄土的喉咙里传唱的台词已经不一样了。

李善澈初创永泰小学时，就想给这所"借居"于军城的小学安装一对腾飞的翅膀，左翼是教育的儒雅，右翼承续的是永泰城流淌的血性，体现这种血性的，就是他想设一座校中"陆军小学堂"，期望以后在这里读书的学生们，能够实现军事报国的理想。李善澈为此购置了 50 支洋枪，军事课上，李善澈带领学生进行真枪实弹的训练；放学后，学生可以挑选自己喜欢的军乐鼓号学习，那时的老虎山竖起了好奇的耳朵，白天听到是琅琅书声，晚上入耳的则是鼓乐号声。

战火是人类历史的插曲，和平与知识则是人类永恒的追求。永泰小学里的军事设施随着时光逐渐废弃、消失，承载山里人追求知识愿望的学校大门、院墙和教室，同时间展开了顽强的对峙，一直屹立在大山的视野中，如老虎山上更迭的四季，教书者的身影一代接着一代。百年时光里，先后有 25 任校长在这里书写着永泰城的另一种力量，他们小心地执举着、传递着一面教育的旗帜，让它飘展在祁连山的罡风中。

李善澈去世五年后的那一年，马生俊出生在永泰城。在县城读完高中后，马生俊回到永泰小学当代课老师。马生俊就像一个被命运之手拨着的钟摆，曾被调到外村教书，后来又回到永泰小学任教。由于村里近一半人迁移到灌区，入学孩子锐减，那些留守的儿童陆续被父母送到县城去读书。到 2014 年春天，全校只剩下了三名学生，由两位老教师授课，其中一位是做了 29 年代课老师的李爱仁，他的曾祖父就是李善澈；另一位就是这所学校的第 25 任校长马生俊。那年秋天开学，马生俊和李爱仁站在校门口，苦苦等了几天，报名的时间早已过去，却没有学生来报名了！他们含泪朝老虎山跪了下去，这一跪，既有对这所百年乡村学校的拜谢，也有无力改变学校命运的无奈与内疚。那个秋日的夕阳，将一抹余晖洒向永泰城，看着永泰城的心脏与灵魂——永泰小学终结于这个黄昏，两个民办教师的孤独身影，像两支瘦弱的旗杆立在那里，那面曾猎猎作响于祁连山下的旗帜似乎被风吹跑了，两位出生于斯、任教于斯的教师内心，被无声的呜咽洇得湿漉漉的。

五

当一座军城失去了防守的意义，何异于干涸的河流徒剩朝天袒露河床？从城到营，从军堡到学校，永泰城在几百年间走过的路，书写着人类历史的一个普遍规律：战争总是插曲，和平之手总会为战争挖好坟墓！早在20世纪中期，随着景泰川水利工程建设，祁连山东麓的老虎山、猎虎山、寿麓山里的大批"山里人"陆续搬迁到灌区，永泰城像是被砍去半截的手臂，空洞洞的袖筒舞动在风里。军情紧急时，曾有2500名军人驻扎于此，让它的内腔里整天弥漫着雄性荷尔蒙；人丁繁盛时，也曾有近千人生活在这里，那萦绕在城墙内外的烟火，是古堡最动人的风景。烟火萎弱的堡子，就像从树上摘下来在日光下晾晒日久的苹果一样，逐渐干瘪，失去光泽。永泰城，成了一具缺少生机的皮囊。

我想起走进古堡南大门时贴在两边的、已经被山风吹得有些褪色的春联：

　　千秋岁月千秋美

　　万里江山万里春

　　古城能够迎来年年春光，但哪里能留得住千秋不变的江山盛景与高光时刻？这副对联里，蕴藏着古堡里所剩不多的村民们朴素的愿望。文旅时代的来临，有游客无意中来到古城身后的南山，可能看到古城形似一头巨龟，有人用无人机从高空拍摄到古城照片传到互联网后，看到的人惊呼不已：这不是一头大乌龟吗？于是，"永泰龟城"的称呼在网络上传播开来。当地也没知识分子出来一辩：在中国的传统文化视域中，乌龟代表着缩头与退让，从提倡建城者到来此戍边者，这里何曾出现过遇敌侵扰时坚守不出的情形？战争来临时，每一位出城的将士就是一支射出去的箭，一朵升腾的火焰，一篇不屈的檄文，那是中国人面对强敌时秉承千年的态度。

　　犹如一匹战马在和平年代只能供拍影视作品用似的，永泰城作为一笔军事文化遗产，成了发展旅游经济的工具和拍摄影视剧的场地。李崇仁是永泰小学百年间 25 任校长中的一位，退休后就守在古堡内，一直义务充当古城的讲解员和永泰小学遗址的看护员。他用一口硬如山风的"永泰话"告诉我：有游客或摄影师来时，不是爬上城墙乱喊乱叫，就是带着城里人的优越感，导演式地让养羊的村民赶着羊进出城门，拍照后，扔下一地垃圾扬长而去。

　　永泰城里没有食宿条件，游客来之前担心村民做的饭菜和从山里流来的泉水不卫生，总带着速食和水而来，很少有人认真地听完李崇仁的讲述，没人留心他讲述古城历史和学校辉煌时扬起的头和努力挺直的身板，在游客走后的夕阳里留下弯腰捡拾垃圾的背影。这古城里延宕出的信念之灯呀，就如埋在古城地面下的泉水一样，默默地传递在这样的村民中。李崇仁何尝不是擦拭李善澈和李万疆故事之盏的人呢，他不希望永泰城只拥有秋霜般的短暂之光，而是像垒砌永泰城墙的黄土那样具有久远生命力，他何尝不是一座架在永泰城里的小桥，连接着历史和当下。

出生于永泰城的景泰县广播局退休职工张跃宾，耗时三年，先后用塑料管、压缩板、木头等材料三次还原永泰古城；在永泰城里的永泰小学教了36年书的王得彩老人，退休后一直想写一本关于永泰城的书；曾在永泰小学支教半年的曾小凤，每年教师节都会在县城的某一酒店订一桌酒席，邀请曾在永泰小学教过书的教师一聚。这些"永泰人"，和李崇仁一样，就像一粒粒孤弱的火星，每个人就是一豆明亮的光。

幸好，这几年国家加大对祁连山生态恢复的力度，那些漫山吃草的羊不再成为摄影师镜头下的"演员"；幸好，永泰城被列为全国重点文物保护单位后，那些爬墙翻门的摄影师和游客的行为受到限制。这座曾保卫一方平安的军城，就像一位老人保持着优雅的晚年生活状态，在和平年代里得到了尊敬与养护。

如今，网上也好，现实生活中也好，即便当地人聊起永泰城来也是脱口而出"龟城"。夕阳下，我从"岳家坟掌"看下去，古城如静静卧在一片黄色旱塬上的金龟。好吧，龟就龟吧！龟在中国人的心目中，还有长寿的寓意，但愿这座古城能够长寿！再坚固的城池也是黄土为台词构写的剧本，再长寿的龟城终将归于烟尘，那每次从长夜醒来后归于晨露的台词，都是太阳从大地上收走的哈欠。龟城，归尘，归晨，全是黄土回归自身的一场归程而已。

告别永泰城的返程中，我发现半空中转动着巨大叶片的风力发电机，构成了一片巨大的、耀眼的空中森林，和静卧在老虎山下的永泰古城形成了鲜明对比。历史和时尚，静卧和转动，文物和旅游，在这里相遇，互相默默对话！这不正是历史文物最好的状态吗？

　　一轮冷月和一座大山，在这里隔空凝视，成就了"明月出天山"的诗意。耿恭枪尖的天山月，发出独属汉代的光亮，永远闪着凌厉的光芒！

月 光 定 居 在 枪 尖 上

　　吐尔迪的身份是一个在吐鲁番火车站"钓鱼"的"骑手"。在他们的行话里，"钓鱼"就是等待客人上车，"骑手"就是用摩托车载人。

　　从火车站出来，我一眼就看见吐尔迪腿斜跨在摩托车上，眼睛像一部打开的雷达朝出站口扫巡，捕捉着属于他的客人。我的红色冲锋衣和背包，一定让他立即认定，我是他的"鱼"！

　　"你的嘛，哪里的去？"别的"骑手"还没反应过来，吐尔迪像个兔子一样敏捷地跳下摩托车，跑了过来！

　　我试探着和吐尔迪开始交流："他地道！"

　　"他知道？"吐尔迪迷茫但迅速不屑地向不远处那几个同行看了看："这里的事情嘛，全得问我，吐鲁番还有我吐尔迪不知道的吗？"

"是一条古代的道路，叫'他地道'！"我拿出自己来之前就手绘好的地图，描述我要去的"他地道"线路。看着，看着，茫然和歉色像上午越来越浓烈的阳光，浮上吐尔迪的脸。他从我的手绘图上看出了点门道："这不是要翻越天山嘛，要走你说的'他地道'，得先到大河沿。"描绘那张手绘图的依据，是我在敦煌藏经洞的《西州图经》里读到的几句简单的记述："他地道，右道，出交河县界，至西北向柳谷，通庭州四百五十里。足水草，唯通人马。"我是从"他地道"的南起点——鄯善县的鲁克沁镇而来的，想沿着这条古道穿越天山到天山北麓去。

再次低头研究那张手绘图的时候，吐尔迪在旁边用维吾尔语打电话，我听不懂，只是隐约地听到他断然而命令式的口气中有"汽车"等汉语词汇。不到20分钟，他就指着一辆驶来的小轿车说："这一下子，我吐尔迪的摩托车失业了；到大河沿100多公里远的路，要找个力气好的车子才行！"

我警惕且不解地问道："力气好的车子？我们现在所在的火车站不就叫大河沿么？怎么还去大河沿？"

"我的摩托车力气不行，力气好的车子就是汽车。我们这里有三个大河沿，这里是大河沿的爷爷，是能装下火车站的地方，叫大河沿镇；不远处的大河沿村，是大河沿的爸爸；你要走的'他知道'经过的一个山沟沟，才是真正的大河沿。"

火车站前熙熙攘攘的人流中，我和吐尔迪告别后，开始了我的"他地道"之行。

一

简易公路修到红星农场就到头了，在这里，我只能告别现代交通工具，开始徒步行进在"他地道"上。

海拔 3600 多米的琼达坂，犹如一个巨大的惊叹号竖在天地间，一直是我前行的一个巨大标识。它是天山南北的分界线：达坂南北分别是属于新疆的吐鲁番地区和昌吉回族自治州境内；2000 多年前，那支汉廷派出的远征军，翻过天山的一段段经历，就像一段段精彩的、或长或短的句子，连成一篇精彩的文章。

走在寂寥的山路上，没有想象中的田鼠、狐狸等动物，更听不见想象中的狼号豹啸，只有从山谷里如流水冲来的风声。2000 年前，那支军队就没有我这样轻松、休闲的旅行心理，他们沿着险要而隐秘的"他地道"，怀着警惕和信心：警惕源自对潜伏在山林中随时发动袭击的敌军的忌惮；信心源自对自己国家实力的信赖。警惕与信心的交错，就像眼前这天与山、水与草、土与石、风与云的交错。翻越达坂、跨入北车师时，那些军人一定亦我这样静悄！我的静悄是没人愿意陪我如此辛苦地寻找一条对很多人来说毫无意义的废道；他们的静悄是出于军事策略，一点风吹草动就会引起敌方的警觉。

"他地道"是连接天山南北两个车师古国的一截肠子，在古老的史书和现在的旅游指南中，也被称呼为"车师古道"。古道像一条收留岁月的皱纹，深深地刻在天山额头。这支翻越天山的远征军，全体将士肩上扛着使命，眼里充满希望，脚下遍布危险。翻越天山途中的山路弯曲、海拔高带来的缺氧、植被渐渐稀少容易暴露，没有人知道死亡和下一个时辰哪个来得更快。

水会寻找自己的力量。山顶的积雪是溪流的源泉，翻越达坂后顺山而下，山沟逐渐接纳了越来越多的溪流，汇聚的过程便有了一条小河的流量、体量和气势。寂静的山谷因水有了随海拔依次降低而出现的名字：从六道桥到头道桥，像六位坚守岗位的哨兵，依次矗立在幽深的山谷。头道桥附近的石崖上，四个褪色的大字"车师古道"锲入海拔 2000 米的灰白色岩石上，这意味着我从达坂行到头道桥，完成了 1000 多米海拔落差的下山路途。

山林中，不时遇见哈萨克族牧人，他们骑马的身影穿梭在林间，炊烟般轻柔地穿行在林子深处，把延续千年的世俗生活图景，清晰而有力地镂刻在天山的记忆里。

"车师古道"曾连接着的车师前、后两个小国，早就消亡了，但古道两端世居于此的两个古老民族，如常年定居在琼达坂上的积雪，一直生活在这里：古道南端的吐鲁番地区境内，以维吾尔族为主；古道北段的昌吉回族自治州境内，哈萨克族牧民主要居住在吉木萨尔县泉子街镇，他们会在夏天赶着牛羊，赶着一份诗意和未曾丢弃的游牧传统，向天山深处和高处的夏牧场而去。这些牧民，像一艘艘被拴在靠岸水里的小船，被季节之浪一次次推着，来回游荡于夏牧场与冬牧场之间，给古道上往来的商旅提供一杯热茶和道路的资讯。

· 二

"他地道"也好，"车师古道"也好，如今在天山北麓的这一段，有个很普通的名字：吉木萨尔沟。吉木萨尔，是一个由蒙古语和突厥语混合而成的词，意思是"水果之城"，这条沟的出口处确实曾有一座城。我循着"他地道"而来，主要是为了探究那座神秘、偏远但又有历史分量的古城。

沿着吉木萨尔沟穿越天山北麓，沟口的一片开阔地上，一尊骑马军人的雕像出现在我眼前时，我明白，它就是一部沉重如铁的大书封面，召唤着我，开启对这本书的拜读。

那尊雕像的原型或者主人，在近2000年前也和我一样，是从天山南麓翻越"他地道"而至此的，他是那支远征军的领队与灵魂，而我，是时隔2000年后通过消失在文献中的"他地道"而来的、他的追随者。

七月的内地骄阳似火，天山脚下的夜晚，风从树梢吹到青草丛里，让这座绵长的山脉保持着一股凉爽。千百年来，一轮如灯璀璨般的月和一座生铁般的山，在这里天地各居、互相凝视、默默对话，成就了"明月出天山"的诗句与意境。那不仅是指一片明亮于夜空的光，更是汉字里"明白"的明：它懂得明辨是非，明白从这里经过的来去者扮演了怎样的角色。

我选择了在那尊雕像附近露宿，再次享受天山的夜晚。踩着冰凉的月光，我慢慢踱向那尊塑像，静静站立在塑像前，内心里再次温习史书中有关塑像主人的记述，那些早已熟记在心的文字，像一座座移动的岛屿，涉过 2000 年的时光之河而来。

2000 年前的故事，犹如被历史巨浪打翻后形成碎片的船骸，散覆在时光的大淖中，沉睡的时间长了，打捞、梳理就成了一件麻烦的事情，既需要翻阅资料，更需要实地调查！知与行的坐标处，是对我眼前这位塑像主人及其同行者一起缔造的故事大厦的追溯与描摹。

匈奴人唱着"失我祁连山，使我六畜不蕃息；失我焉支山，使我妇女无颜色"的悲歌离开了祁连山。190 多年后，匈奴人控制了天山，给汉朝控制西域构成了新的威胁。公元 74 年，汉明帝再次组建了一支由一万四千名精锐骑兵组成的远征军，这是汉朝第二次向遥远的西域派出远征军队，旨在清除匈奴在天山一带的残余势力。远征军的最高指挥官为奉车都尉窦固，副将为驸马都尉耿秉和骑都尉刘张，耿恭担任司马，跟随这支部队出征。

朝廷一声令下，催生了一部战争大片的所有元素：长途出征前的精心谋划、征集粮草时的紧张有序、将士们和亲人告别的泪水。接着是猎猎旗帜开始飘扬，将士们开始对远征之地的各种想象，甚至不乏取胜还乡后的荣光与亲朋好友的羡慕。

出长安，过平原；翻陇坂，涉黄河；穿戈壁，越绿洲；顺祁连，抵天山。抵天山，意味着进入战争状态。他们小心翼翼地沿着"他地道"穿越天山，出现在天山北麓今吉木萨尔县地界。他们开始快速筑城，试图以城来抵御匈奴骑兵的进攻。

耿恭所在的这支远征军抵达天山北麓前，一个词已经成了汉廷的噩梦：姑师！这是一个被史学者称为西域三十六国之一的地方割据政权。姑师原本像一张保存完整的羊皮卷，被汉军击溃后败离祁连山的匈奴军队，占据天山南北后，像一把匕首闪过一道寒光，这张羊皮卷被划得七零八落：姑师被分为车师前国、车师后国及山北等六国。车师前、后两国就像天山驮着的一对行囊，跨居天山南北。姑师的王权被切割，但山南山北的民众依然保持着民间交往，在天山深处踩出了一条交易古道。道因国名，这便是后来人说的车师古道！汉军的到来，试图将这张被划开的羊皮卷重缝在一起。

三

耿恭所在的远征军收复了天山北麓的车师后国，车师古道再次恢复，军人、信使、商旅再次出现在古道上。汉明帝下令，耿恭担任驻屯于天山北部的戊己校尉，驻师于他带人修建的那座带有防御性质的简易城池——金蒲城；天山南部的戊己校尉由关宠担任，驻屯于车师前国的柳中城。

天山像一个驼背，金蒲城和柳中城成了汉朝挂在这个驼背两边的褡裢，里面装着沉甸甸的重任，里面晃荡着驻守将士的乡愁与守土重责，里面也发出对匈奴骑兵有着诱惑的迷人气味。

耿恭驻守在金蒲城时，西域脱离汉朝的实际控制已经达数十年之久，汉朝在这里的影响力如秋草般孱弱，对这支远征军而言，万里跋涉至此，无疑是一场冒险。然而，那个血脉偾张的年代，从军且赶赴西域似乎成了一种个人价值取向和精神追求甚至时代品质：远出西域抗击匈奴，是对个人成功的定义，也是对国家情怀的体现，哪怕丢掉生命也值得。匈奴与汉，两种血性相遇在天山这个棋盘上，拉开一场实力和毅力、智慧和坚韧的博弈。

金蒲城很快被涌集而来的匈奴骑兵和野狼包围。狼的评判标准中，没有正义之师与侵略之军的区分，只有强弱之判。或许，它们习惯了骑在马上来去如风的匈奴骑兵，对远路而来的汉军的气味是陌生的、警惕的甚至敌意的。狼群目睹了匈奴骑兵围城后，似乎嗅到了汉军在被围困日久后可能失败的信息。狼是有尊严的，是不会去吃死尸的，为了维护这种尊严，它们在等待着汉军快要支撑不住的那一刹那。白天，汉军要抵御匈奴骑兵的进攻；夜晚，要抵御另一种损毁毅力的侵扰：城外的草原狼嗥叫着，试图扰乱守军的睡眠。

攻城与守城，围攻与突围，双方的较量进入拔河般的状况。耿恭决定派人，翻越车师古道，前往天山南麓的汉军驻守地柳中城求援。匈奴首领意识到，掐断外援求助的信息通道，是实施包围战的必要条件。匈奴的精锐骑兵，埋伏在古道的某个隐秘部位，耿恭派出的求援人员，全部遭到伏击。汉军的求救信息，一次次死于半道中。匈奴人始终没能掌握汉军的驻守实力及下一步的意图，汉军即便被俘，也是立刻就服毒、咬舌或互相刺杀身亡，以免落入敌手。

宁死不愿被俘，这是那个时代的汉人风骨：有派往西域的使者张骞被俘后始终未降，逃命后依然不忘使命，返回汉地后开始第二次出使西域并凿开了一条伟大的丝绸之路；同样为使者的苏武，出使匈奴被扣押十多年，一直坚持不降。他们以气节，书写了那个时代的故事，命名了那个时代的爱国标准。

时间变得慢了起来。金蒲城内，这支没有外援的汉军，一寸一寸地熬着时光，和匈奴骑兵、狼、饥饿、寒冷做着艰苦的对峙。

冰凉的天山月，在圆缺变化中，冷冷地注视这场对峙！

匈奴人的攻城频率加快，耿恭下令让军中善射者给箭头上涂上毒药，然后走上城头，冲匈奴士兵喊话：汉军的铁箭神器，一旦射中，会让你们生不如死。匈奴士兵自然不理会耿恭的喊话，继续攻城。中箭者退回军营才感到剧痛，继而伤口血流不止，史书中记载说："虏中矢者，视创皆沸，遂大惊。"匈奴军营中暗传着"汉兵神，真可畏也"的赞叹！

汉，一个连对手都敬畏的王朝，一个不仅在武器装备和生产技艺上领先时代的王朝，还引领着那个时代周边地区、邻邦的物质和精神的双重潮流，这才是支撑帝国旗帜高扬的重要营养，是一座巨大的精神容器。

匈奴军队失去了围城的耐心，撤退了。

耿恭赶紧带着部队撤离金蒲城，向西转移到今新疆奇台县境内，第一支汉朝远征军修建的一个军事小堡：疏勒城（不是现今新疆喀什地区的疏勒县——作者注），试图以这里为据点，继续和匈奴军队较量。匈奴骑兵就像闻到猎物气味跟踪而至的狼群，很快又包围了疏勒城。为了溯源耿恭于2000多年前带领将士的那场苦守，我将自己的脚步送往位于奇台县城南 64 公里处的半截沟镇麻沟梁村，在那里看到了当地人称的"石城子"。整个城堡的布局含着汉军的筑城智慧，确实是易守难攻。这里曾出土的云纹内席纹青灰陶大板瓦、筒瓦、实心砖、黑灰陶钵、陶瓮、陶盆等汉代文物，是那支汉军固守于此的铮铮证词。

站在山坡上，我仿佛看到了 2000 多年前的一幕。漫长的冬天熬过去了，比冬天更艰难的春天来了，耿恭带领的这支孤军看不到外援的希望。天山脚下，寒冷不好熬，酷热更不好熬。死亡的气息像秃鹫，直逼而来。匈奴骑兵切断了疏勒城的水源。一切外援被切断，连水都没了，考验汉军毅力和对国家忠诚度的时间到了。

耿恭下令掘地挖水。一寸、一尺、一丈，挖出的黄土堆积得越来越多，越来越深的土坑像一条张着嘴的旱鱼，一直向外冒着热气！军心再次动摇，大家心里嘀咕：这里能找到水么？这时，马刚拉出的粪便，就会有人抢到手里，用嘴一嘬，榨取那可怜的一点水分，汉军出现了文献记载"笮马粪汁而饮之"的情形。

耿恭的心里或许也没底，但他和任何一个优秀的将领一样，任凭内心波澜万丈，脸上写着淡定和平静，下令士兵继续往下挖。奇迹出现在地下 45 米的刻度上：冒出的水，挽救了这支疲惫不堪的军队，这就是唐代诗人王维《老将行》中"誓令疏勒出飞泉"的典故。

水的问题解决了，粮食问题依然像把剑，高悬在这支孤军的头上。他们把弓弩上用动物筋腱做的弦和串联盔甲的皮革等都统统煮着吃了。饥饿蔓延，不少战士在离家乡万里之遥的这片陌生土地上，没有死于战争，却被饥饿的钳口夺走生命，但没有一个人偷偷出城去投降。

在匈奴军队的眼里，困守孤城的这支汉军，就像一块硬铁。

疏勒城头，那面经过四月云、五月风、六月雪、七月雨、八月霜、九月寒浸染的军旗，被风吹得残破不堪，像一位宁死不降的战士，高昂着头颅，发出的豪迈笑声如一道道光束，照进幽黑的时间暗室，点亮了那支远征军的精神之烛。

四

底线还未出现，考验不断升级。那天，匈奴首领派来的招降使者出现在城下，高声冲城墙上的汉军喊道："如果你们的将军能带队投降，我们的大单于愿意让出白屋王的位子！"

城头上，汉军全体将士看着耿恭，试图从那张冷峻的脸上读到答案！耿恭下令，让守城战士开门，放匈奴招降使者进城。汉军内部掀起了一层波浪，大家吃惊不已但又觉得不出意料：确实是看不到守城希望了，这座城是守不住了，戊己校尉要带大家归降匈奴了。在士兵们的一阵阵低声嘀咕中，匈奴的招降使者，带着胜利者的傲慢骑马走进疏勒城。

耿恭一边假意盛情邀请匈奴招降者往城墙走去，后者以为这是要在城墙上宣布归顺匈奴的举动，却没注意到，守在城门边的汉军旋即关闭了城门。

匈奴招降使者缓缓走上城墙，只见前面的桌子上摆着一溜大碗，那是战士们平时吃饭的碗，里面盛着汉军最后剩下的白酒。无论是站立在城墙上的汉军将士，还是在城外骑在马上等待耿恭宣布投降消息的匈奴士兵，双方都看到惊人的一幕：那位招降的匈奴使者，刚走到城门正上方，就看见耿恭朝旁边的汉军士兵一挥手，一道寒光闪过，匈奴招降使者的人头已经被砍下。那些装着白酒的碗，被战士端着，依次放在匈奴招降使者滴血的脖子下，碗里的白酒顿时变成了血酒。

令人更为惊奇的一幕随之出现：匈奴招降使者的尸体被横在几支长枪搭起的铁架上，下边堆满了天山的干松木。随着耿恭的一声令下，松木被点燃，熊熊火焰焚烧着招降使者，也烧断了守城汉军的投降念想。

尸体的焦味，被天山的风吹到对方的营帐里。匈奴的首领和战士亲眼看见，耿恭和随从们端起酒碗，集体大笑着喝下那碗血酒，昭示了这支军队绝不投降的决心。焚烧招降使者的那一把火，烧掉了匈奴人对这支军队的招降幻想。这件事，让1000多年后的另一位汉室将军岳飞，在收复失去的国土时，写下了千古名句"壮志饥餐胡虏肉，笑谈渴饮匈奴血"。

强敌与久困前，壮美与信心是展示给敌方的，而恓惶与不安的种子，只能在内心里悄悄发芽。外援依然未到，粮食危机一天天加剧。匈奴人也似乎拿这支坚守的对手没有办法，他们在围城的牧帐里点火取暖，饮酒吃肉！双方的僵持，成了一场耐力的比试！

缺粮的危机还没解决，寒冷带来的危机随着第一场雪降临了，大地像一张白纸，等待着奇迹的书写。

　　像一只濒危的豹子发出一丝弱脉，困守在疏勒城里的耿恭不知道，八个月前，下旨让他们出征的汉明帝已经驾崩，19岁的太子刘炟即位后早就忘了先皇曾派出过那么一支远征军，整个朝廷似乎也将耿恭和那支远征军忘记了。不久前，天山南部的匈奴联军展开围攻，设在车师前国的西域都护几乎全军覆灭。这意味着唯一能就近援助耿恭的一支力量，彻底被匈奴人摧毁。

　　疏勒城，成了远悬于汉朝视野外的一盏微弱的灯，随时都会被西域的风吹灭。

　　求援就是求生，耿恭派出了自己最信任的部将范羌，这是他在这场战争赌博中最后的一个筹码了。如果范羌失败，命运之风，会吹灭这支军队最后的一束希望火苗。

　　天山的雪，落了下来！积雪越来越厚，似乎要将这里变成一个巨大的白色坟场。耿恭和他的将士们还能熬过眼前的寒冬吗？那时，有多少狼夜袭城中？有多少狼被汉军猎杀变成了度日的食物？似乎，整个天山的狼都闻讯而来，奔跃在车师古道上，向古城四周涌来。或许，那条从天山深处延伸而来的古道，从那时便有了一个民间意味的名字：野狼谷，这个名字至今仍在叫，而且有个民间企业家还在山谷中建了一座狼园，里面养了几百匹狼。

　　穿越野狼群聚的天山深谷，该具备怎样的勇气？范羌在求援信息屡屡送不出去、粮草断绝多日、狼群长嚎于夜并伺机袭击的绝境中，带着求援的最后希望，将穿越"他地道"。

　　雪提供了最好的保护色，范羌和随从反穿羊皮袄，白色的皮袄融入雪地中,是几个白点融入一片白色的海洋中,那不是白马入芦苇的诗意,不是银盘盛白雪的浪漫,是借助死亡之色完成的冒险。在雪色和寒冷的保护下,范羌成功地溜出了疏勒城。古道被雪淹没,范羌只能凭借沿着古道来时的记忆,向天山深处找路而行。差不多 2000 年后,我穿越车师古道时,即便是夏天,也能见山顶积雪,何况范羌是隆冬之际穿越的?何况冬天的狼是最缺食物的?

传统的史籍总是给帝王将相着墨很多,认为影响王朝历史走向的命运主角是皇帝与将相。其实,处于金字塔底层的那些人往往才是历史剧本的匿名作者,这些被搅动在历史齿轮上的小人物,常常被忽略。如果没有范羌这样的小人物,"他地道"上悲壮的一页或许就该重写或者空白了。范羌一行像几片逆行的雪花,从低处向高处攀升并成功地穿过了"他地道"。

翻过天山,抵近天山南麓的柳中城,范羌这才知道,在匈奴骑兵的攻击中,柳中城的守将关宠和守军早就集体战死了。范羌和随从依旧反穿着羊皮袄,像几粒白色的盐,滚动在天山脚下的茫茫雪地里。他们让我想起这样的情景:几个扇动红色翅膀的蝴蝶,穿行在一片玫瑰花海中;几个时刻保持着警惕的蜥蜴,在茫茫沙漠中贴地而行;几辆破旧的绿色老解放牌汽车,穿行在莽莽林海中。他们以融入大地之色的伪装穿过了"他地道",一直徒步到 800 多公里外的敦煌城。

敦煌守军将领的飞书抵达洛阳,朝廷才想起有这么一支军队曾被派往远方。朝廷围绕救援展开了争论,司空第五伦为首的一派认为,远征军要么被匈奴人收拾得尸骨无存,要么归降匈奴了，这样的事例在汉代又不是没有过。司徒鲍昱那段铮铮谏言回响在大殿："今使人于危难之地，急而弃之，外则纵蛮夷之暴，内则伤死难之臣。此际若不救之，匈奴如复犯塞为寇，陛下将何以使将？"这段荡气回肠的话，飘进了皇帝和大臣的耳朵，多少年后，从史书中飘进我的眼里。一个守信用的王朝不能遗弃捍卫国家尊严的人，不能不救自己的英雄。一个民族，一个国家，如何对待自己的英雄，决定了这个民族或国家的精神高度，也会决定其民众的忠诚度。鲍昱的谏言，成了汉朝援救耿恭率领的远征军的动员令，一场汉代版的"不抛弃、不放弃"的拯救英雄大戏，在汉章帝的一道圣旨下启幕。

公元75年的冬天，范羌给集结于敦煌的7000名援军做起了向导，贴着天山南麓，向西快速出发。积雪掩埋道路，大地如纸，援军的脚印成了戳给天山脚下的印章。这印章盖得吃力，也清晰而有力。一个多月的行军后，援军收复了位于天山南麓的"他地道"南起点：柳中城。

望着身披一件白袍般的天山，援军上下无不嘀咕：山那边的疏勒城，是否已失陷？耿恭是否也和关宠一样，已战死于匈奴骑兵之手？分歧再次产生，很多人已经对山那边不抱希望了，这意味着他们不希望冒雪踩冰地翻越天山了。范羌坚信，苦守在天山北边疏勒城的汉军，如一只濒危的狮子正发出临终前的脉息。范羌的呼吁响彻雪地："愿意跟我去救校尉的，马上出发！不愿意的，可留在这里。"当场，有2000多士兵响应，他们踩着皑皑积雪翻越天山。救援军急行的足印，像一把蘸足墨汁的巨毫，悬空挥洒于宣纸般洁白的"他地道"，歪歪斜斜地书写出一场汉代军人对同胞的救护传奇。

越过"他地道"，援军在疏勒城下看到这样一幕：为了阻止匈奴骑兵攻城，耿恭下令每天往城门、城墙处浇水，夜晚的巨寒立即将这些水冻成冰，一座光滑的冰城成功地挡住了匈奴骑兵，这意味着城里的守军也无法出去：这是一场赴死的守卫战。

援军击退匈奴围兵后，在城外点火，烧化厚冰后，这才得以进城。

城门开启时，守军和援军出现了史料中记载的"共相持涕泣"。对前者而言，这一滴泪，是一群军人为自己的尊严而流；对后者而言，是为敬仰真正的汉家骨气而流。步入城堡，援军比匈奴人更诧异：包括耿恭在内，死守疏勒城的，只剩下了26名将士！这是度过200多个艰难日夜的最后守城者，将一曲"汉歌"高唱于天山脚下。开始，这支几百人的合唱团阵容庞大，耿恭是总指挥；最后，剩26人时，依然坚持唱完，耿恭依然坚持指挥。这场合唱，听众和观众都是敌人。

2000多名援军成功拯救了26名将士的生命，随着他们的撤离，疏勒城由孤城变成了死城，死于历史记忆之中。

离开疏勒城的那一刻，耿恭勒马回首的刹那，坐骑突然一跃，天山的胸腔内回荡起一声长鸣，那如鼓槌般的嘶鸣，擂响了天山的鼓面。耿恭的枪穗迎风飘出天山下的一抹艳红，那是匈奴军队不甘的双眼瞪出的血丝，是死于此地的汉军将士的血色，是一位汉家将军书写的忠字牌彩虹，它定格成一种宣示：凡我疆土，必守不弃。在视国如家的军人眼里，没有一寸疆土是多余的！这种宣示，成了一面看不见的旗帜，红如云霞，流淌在后世代代视这片土地为祖国疆域的军人心里。多少年后，有了左宗棠在 70 岁时命人抬棺进疆，林则徐流放伊犁时不计个人荣辱投身当地水利建设；有了王蒙的"巴彦岱时光"、碧野的《天山景物记》、茅盾的《白杨礼赞》、周涛的《阳光容器》、沈苇的"新疆时间"、刘亮程的《一个人的村庄》。

两个月后，援军带领生还的远征军撤回玉门关。这群将士，以自己的经历和行动，命名了那个时代的军人，也给后世中国军人树立了标准。

五

尽管有着足够的心理准备，在玉门关外迎接的中郎将郑众还是惊诧不已：远征军归来者，仅仅剩下了 13 人，个个"衣屦穿决，形容枯槁"。出玉门关时是 7000 男儿的庞大队伍，从疏勒城中撤离时的剩 26 人，又有一半人或死于匈奴骑兵的追击中，或严重营养不良而导致体力不支死于归途！

远征、守城、撤退的三部曲中，没有一名逃兵，只有这样的汉家男儿，才让其身处的朝代为后世军人立出一个庄严的标杆。

玉门关的阳光照见两行泪从郑众的双颊流下，他连夜慨然上书："恭以单兵守孤城，当匈奴数万之众，连月逾年，心力困尽，凿山为井，煮弩为粮，出于万死，无一生之望。前后杀伤丑虏数百千计，卒全忠勇，不为大汉耻，恭之节义，古今未有。"这段内容传入文学家范晔耳中，令后者心生敬意，在《后汉书》中称誉耿恭和前汉的苏武都是"义重于生"。这也是有汉一代一个将军和一个使节给后人树立的典范！

今天我们言己为汉人，其渊源更多是直指领受"汉"的一代影响，诸如民族识别是汉族、书写用汉字、说话用汉语，甚至有人穿汉服，等等。"他地道"的去与来，让我突然领悟到，有汉一代，不仅为中国树立了汉赋这样磅礴大气的文体高峰，也为中国制定了一些隐性的公民标准，给家国精神划出了一个边界。我们赞许有节操重义气的男人为汉子，同样将背叛祖国的人斥为汉奸。从这面镜子里，不难看到一个民族的骨体，是由这些"义士"增加钙质的，这面镜子，更需要后人时时擦拭上面的历史蒙尘！汉，树立了中国的魂魄与标准，唐，树立的是气质与精神，这一点，在"他地道"上演绎得非常精准，前者的主角是耿恭、范羌和汉军，后者是高仙芝、岑参和唐军，他们上演了两幕事关国家在西域声誉与影响的大戏。

耿恭带队远征、苦守，为后来的汉军重兴天山北麓并稳固都护府蹚出了一条路；大唐军队远征天山北麓时，同样踩着他走过"他地道"，让大唐的圣旨能够顺利抵达北庭都护府。

汉代的天幕上，征战者的辉光如星空闪耀。卫青、霍去病、李广、赵充国、班超、马援……一个个在马背上成就英名的将军，将光荣久远地留给闪亮的史册。披在他们身上的光环，远胜耿恭，但远征之远、苦守之苦，恐怕没有人超过耿恭吧！我们常常惊叹于世界战争史上的斯大林格勒、伦敦乃至中国抗战时期的武汉、南京等大城市的保卫战，往往忽略了那些在历史长卷中匆匆划过一页的小地方保卫战。疏勒城保卫战、金蒲城保卫战，汉代的威名或许不是靠这些小城守卫战成全的，但正是这些一个个小战逐步积累出汉代的基业。

从金蒲城到疏勒城，两个小城保卫战，是耿恭挥舞的两面汉军旗帜猎猎作响于天山，那上面日渐厚起来的历史烟尘，或许让它褪色，如果认真聆听，你一定会听见它在历史的罡风中飘展出的响音。

撤离疏勒城后，耿恭返回洛阳，再也没能看到过天山之月。返回内地后，耿恭是否曾抬头西望，缅怀艰绝苦守但心火蓬旺的远征岁月呢？他最后的人生结局是遭弹劾而被入狱免官，最终老死家中。

天山，是他再也望不见的一缕香灰。那一轮天山月，是他再也披不到身上的一件遥远的梦衣。

汉家将军的本色与骨气，让对手凛然起敬，却败北于史官的遴选：耿恭在天山北麓的这曲悲歌轻轻地闪过《后汉书》《资治通鉴》等史籍的逼仄角落，寥寥几句而过，以致后人对他了解甚少。

离开车师古道北口前，我站在将军撤离这里 2000 年后塑起的这尊雕像前，默默地鞠上一躬。

我端好相机，准备给那尊塑像拍张照片时，恰逢一个当地演艺团队给外地来的旅游团表演节目，舞台灯光给夜色中的将军雕像涂上了一层金黄，恍如给耿恭披上了一副黄金铠甲。我刚将镜头调整好，突然发现，一轮天山圆月恰坐在将军头盔顶端，稍一转角度，那轮月在枪尖上跃动。咔嚓一声，独属于我的照片诞生于此。

那座雕像其实就是一张照片，是历史的相机拍摄的，远处的天山和更远的汉朝是它的双重背景，遥远却又清晰。

当地人是怎么称呼车师古道的，我没从吐鲁番城区里生活的吐尔迪、天山北麓的牧民哈麦提或本土学者那里找到答案，这或许与突厥语、匈奴语的消失有关。连见证大唐威武的"别失八里"，这样辉煌的名字早都被如今的吉木萨尔县取代了，车师古道的乳名被丢失又有什么呢？"他地道"名字丢失又算什么呢？历史的风吹递过来，一层层地掩埋着过往，裹住了功利而残酷的历史书写。他地道、车师、疏勒、别失八里等游牧文明带上的名字，被一种强大的力量推向文化交锋前的暗道里，兀自喘息乃至消亡。

大地是有生命的，地名就是这些生命的容器、标杆或界桩，失去地名的地方，就会迷失某种方向。他地道、别失八里、疏勒城、金蒲城、柳中城等地名都已掉进时间的沼泽中了。幸好，那一轮划过耿恭枪尖的天山月，一直高悬于天，定居在我的记忆中了！离开新疆回到家，从相机里往出导照片时，看到那轮悬在枪尖上的月亮，晶莹、圆润，发出金黄的光亮，那是时间奖赏给耿恭的一枚勋章：永远定居在枪尖上，永远也不会褪色，永远闪着凌厉的光芒！

栽在柯柯牙的每一棵树，就是一双绿
色之手，像倒掉鞋子里的沙一样，将柯柯
牙曾经的积沙逐渐清除出它的视野，锻造
出一面不断扩展的绿色镜子，映照出了一
行行关于生态的诗句。

柯柯牙的
"绿色命名术"

一

　　21世纪的第一个十年期间，我怀揣着一个"行走在祖国的边上"的宏大梦想，从西藏自治区聂拉木县的樟木口岸开始，按照顺时针方向沿着中国的边境而行，边界地带的雪山、峡谷、江河、湿地等地貌，让我很多时间选择徒步，这比别人多了一份认识大地、认识边疆的角度。

　　在新疆，离开伊犁州最北边的霍城后，我选择向南翻越天山，经由夏特古道进入南疆，目标是和吉尔吉斯斯坦交界的温宿和乌什两个边境县。夏特古道，是我多年来徒步穿越的古道中最为艰险的一条，也是从视觉上认识新疆生态分辨度最高的一次：走在那个季节的北疆，简直就像踩在一条铺在大地上并缓慢升高的绿色阶梯上。沿着古道爬升，随着向雪线的逼近，森林和青草逐渐稀少乃至消失，山脚下的满目苍翠逐渐变成了白雪和黄土交错的地带。抬起头，高处是皑皑积雪与闪着刺目银光的冰川。随着连接南北疆的现代公路建成，夏特古道像一位被单位遗忘的退休人员，恹恹于被冷落的晚年岁月，平淡无奇且少有人光顾。除了一些铁杆探险者或对古道有着深厚情感的牧民外，基本上没人再将足迹印在古道上，这让古道如生锈般看不出旧日模样。站在最靠近冰川的一块巨石上，透过一道道冰川发出的寒光，我仿佛看到一百多年前的芬兰探险家、后来担任芬兰总统的马达汉，在 1907 年 3 月底的冰寒天气中，和他的 8 名助手、翻译通过夏特古道穿越西天山的一幕。

和我自北疆向南翻越天山的方向不同，马达汉的探险队伍是从天山南边的阿克苏而来的。从马达汉的日记中，我了解到他行至木扎尔特山口时，冰川一直延伸到他们的脚下。一百多年后，对比马达汉当年的描述和眼前所见，雪线犹如一头被恶化的环境围猎的雪豹，无奈中向更高处退去了，裸露的山坡就像退潮后露出憔悴之色的岛屿，那是一道道贴在天山之巅的伤口，一篇篇凌乱撒在天山坡地、关于生态退化的证词。

天山毫不吝啬，就像一位严正的家长分家产一样，赐予天山南北两条浩荡大河：伊犁河、塔里木河。伊犁河是一条国际性河流，将健硕的身躯朝境外延伸而去，向北穿过碧绿的草场，滋育出丰沛而灿烂的游牧文化，地处中亚的巴尔喀什湖，是它最后的归宿；塔里木河是中国最大的内陆河，向南穿越辽阔的荒漠，滋育出一片片绿洲里荡漾的农耕文化，最终，悲壮地终结在浩瀚的沙漠中。

夏特古道犹如一张隆起的弓，木扎尔特冰川就是弓背，是一座巨大的固体水库。发源于此向北而流的阿合牙孜河是特克斯河最大的支流，特克斯河又是伊犁河最大的支流；发源于此向南而流的阿克苏河，位于天山最高峰托木尔峰的西侧，是塔里木河最大的支流，木扎尔特河位于托木尔峰东侧。

整个新疆像平躺在大地上的一枚硕大且不规则的叶片，天山就是这枚叶片上隆起的中脉，从天山发源的一条条南北纵横的江河，就是这枚叶片的叶脉。那一次，我沿着夏特古道穿行天山，就像阅读一部大书，从霍城开始到木扎尔特冰川脚下，每一米都是写满绿色和游牧气息的绿色篇章，闻起来也带着令人清爽的青草味。到天山南坡，顺着木扎尔特河往下走，就会感觉到天山其实并不公平，越往沟谷底部走，植被越稀少，绿色面积越来越少。走出夏特古道的南终点破城子后，河流一改南北走向，变成了从西北到东南的曲线，沙漠就是这条曲线乃至塔里木河的墓碑。而木扎尔特河改变流向后留下的那片冲积地带，就成了它的弃儿。

一个地方一旦被水遗弃，就意味着死亡。那片被木扎尔特河遗弃的台地，就是一片植物生长的禁地。

站在木扎尔特河即将告别天山的山坡上，我端起望远镜自东向西地扫过去，镜筒里是一片广袤的干黄之地，西南方向依次浮现着两颗豌豆般和蚕豆般的绿，那是源自天山南坡的喀拉玉尔滚河和库玛拉克河浇灌出的两片绿洲：新疆生产建设兵团第一师五团的团场和阿克苏城。从木扎尔特河到喀拉玉尔滚河和库玛拉克河走出天山后构成的冲积扇，就像从天山挥出的一把巨大扇子，上面是不断蔓延的干黄，镶嵌在上面的那两片绿洲看起来小得可怜。眼前的这景象，就是南疆的缩写，一直印在我的记忆中。

二

那次穿越夏特古道，走出挂在天山南北坡那两片碧绿后，突然被迎面而来的一幅辽阔的干黄撞疼了眼睛，让我后来乘飞机从天山上空穿越南疆，都是提前暗暗算计好，快到那两片可怜的绿洲时，拿出望远镜，贴着舷窗，朝机身下的山峦、草场、戈壁与沙漠间瞄过去，映入眼帘的是大面积交错的绿与黄，犹如从中间翻开后倒扣着的一部厚书的封面与封底，从东往西或从西至东，视角不同会让这部厚重长卷的封面和封底互换角色。但这部书隆起的书脊无疑是连绵的天山。天山最高处的托木尔峰一带，耸入云霄、连绵横亘在海拔7400多米山巅的皑皑积雪、晶莹冰川，是这部厚重长卷镀银的书名题写位置，上面仿佛写着：新疆之书！

托木尔峰所在的这一段天山，就是这部新疆之书的浓缩。

每次乘坐飞机经过托木尔峰时，遇上天气晴朗，总会看到一点细微的变化：随着时间的推移，被木扎尔特河绕道而行、忽略的那片冲积扇地带上的绿色，犹如一滴浓墨落在一张宣纸上四下洇散，不断在扩大着它的面积。

距离穿行夏特古道 20 年后，我终于有了一次贴着地面走近木扎尔特河奔出天山后，西岸那一片变大的绿色之地：柯柯牙。

柯柯牙，维吾尔语意为绿色的山沟，取这样的名字，无疑是当地人对被木扎尔特河遗弃的戈壁台地寄予一种绿色的期待。然而，在 40 多年前，这片土地一直荒凉依旧，青色难来。

我首先是通过参观纪念馆的方式，来了解柯柯牙。任何一个有价值的纪念馆，都是一部解读其收藏内容的教科书，"柯柯牙纪念馆"就是一部浓缩了这里 50 多年间生态变化的档案。

刚进纪念馆，那幅挂在纪念馆左面墙壁上的"阿克苏柯柯牙荒漠绿化卫星遥感图"，就像装着一位从 1986 年开始，就一直坚持参与、见证柯柯牙从干黄到碧绿施行变脸术的老人遗像的镜框。那张地图犹如一条柯柯牙生态变化之路，1986 年、1996 年、2012 年和 2020 年，四个年份的卫星遥感图，既是四张从黑白到彩色、体现着摄影与照片冲洗技术进步的时光照片，也是栽在那条生态之路上醒目的界桩，清楚地显示着从几乎没一点绿色到一片壮硕的绿，将天山脚下的戈壁至温宿县城、阿克苏城区连在一起的大地肤色之变。

那四张遥感图就像四张档案袋，真实记录了柯柯牙乃至温宿县城附近再向阿克苏城郊的大片荒地，通过栽树、植绿进行的一场整容术，那四张档案袋里装着这样一组具体的数据在支撑：1986 年至 2020 年，柯柯牙荒漠绿化工程完成造林 126.26 万亩。加上这几年的造林数据，一张面积超过 173 万亩的绿色地毯，成功地铺在了这片昔日的荒地上。

将目光从墙上收回来，大厅里的那座大型沙盘，就像一位站立着的导游，以具象的地貌展示着在柯柯牙栽树植绿的成就，阐释着墙上的卫星遥感地图之变背后的艰辛。一张张挂在墙上的图片，一件件珍藏在玻璃柜中的实物，一份份从政府机关发出的文件，让我将其综合起来，读到这样一个有关柯柯牙地区 40 年前的生态信息：多年平均降水量是 56.7 毫米，年蒸发量却高达 2500 毫米到 3000 毫米，也就是说，这里是一片水资源严重透支的地方，无疑是树木栽种与成活的禁区。除了缺水，这里的土全是沙土、沙壤土、黏土、重黏土和盐碱土。这些名词的专业性可能会让我们不感兴趣，也无法体会它们在物理或化学上的特性，但它们构成了一个共同特性：平均盐碱含量达 2.87%，最高可达 9.87%，而造林要求土壤盐碱含量不得超过 1%。这意味着，这片土地无情地向人类宣告：树木，无法成为这里的移民！

水和土，是树木生长的基本条件。缺少这两个硬件的柯柯牙，就像被两种癌细胞侵蚀日久的老人，呈现出垂死的病症。

我手机上的海拔仪显示脚下的这片土地海拔已经接近 1200 米，比阿克苏城区高出近 100 米。40 多年前，对 7 公里之外的温宿县城和 10 公里外的阿克苏市区来说，柯柯牙就是悬在头上的一块沙尘源，风一起来，刮起的沙尘、盐碱土、黏土，就是一片带着毁灭意图的沙海，吹涌着一层又一层的黄色干浪。那时的柯柯牙，就是一个卷动着沙尘的风箱，每年从这里刮起的浮尘天数超过三分之一，最大风速每秒 40 米，也就是每小时达144 公里。一颗飞舞着的沙粒，仿佛一辆在高速公路上超速的汽车，快速朝县区、市区甚至更广阔的地区奔去。那时的阿克苏市区，肆虐的风沙催生了这样几个大家视为正常的情景：白天，突然来袭的沙尘让市民看不清红绿灯的变化，导致交通瘫痪；沙尘暴肆无忌惮地冲进城区后，政府办公楼的工作人员必须开灯才能工作；沙粒常常打碎车窗和居民楼上的玻璃窗，在温宿县和阿克苏市区，开玻璃店一度成了最好的生意。"阿克苏人民很辛苦，一年要吃两斤土；白天不够晚上补，出门常常找不见路；沙子飞来像老虎，躲得了初一躲不了十五"，成了男女老少嘴边常说的顺口溜。

柯柯牙，成了阿克苏人谈起来恨得"磕磕牙"的地方，成了他们日夜诅咒但又无可奈何的"邻居"，要想在这里生存下去，就得改变这个邻居的面貌。历史和环境留给阿克苏人改造柯柯牙面貌的，只有栽树植绿这一条路。

站在纪念馆里，一组组枯燥的数据背后，隐藏的是改变柯柯牙面貌投入的时间与财力；一张张黑白图片，让我清晰地"读"到参与者的样貌与神情；一份份发黄的文件，仿佛历届政府坚定地传递柯柯牙生态之变的"接力棒"。如果真想知道并体会当地人是如何撕毁那两条栽树的禁令，如何把水引来，如何改良坏土，如何把树栽成并把荒滩变成绿地，如何体会汗水的味道、成就的取得，那些移民般的树木如何在这里安家，还得走进柯柯牙的旷野。

三

如果我是在 1985 年春夏的某一天踏进柯柯牙，那么，我就像翻开了一本关于土地的、奇怪而神秘的图鉴。那一年，阿克苏地区的技术人员对这一带的土样进行分析，发现全是沙土、盐碱土、沙黏土、沙壤土、黏土、重黏土等不宜树木栽种的"死土"，它们以 250 多条土沟的样貌，分布在托木尔峰脚下西南部的冲积扇地带上，纵横交错出了一片植物生长的死地，科学术语叫荒漠固化地带。这些"死土"还扮演着另一个角色：一旦起风，就是沙尘的策源地。

人类在地球上的生存史，就是一部和大地谈判、改造自然样貌的历史，随着技术力量和集群力量的介入，人类掌握了打通"禁区"的更多钥匙。改变柯柯牙，就是这些众多钥匙中的一把。

不堪柯柯牙引起的沙尘之苦，阿克苏可谓举全市之力要发动一场对柯柯牙的"变肤之战"，主要标志就是消灭那些死土。那一年，在阿克苏市和温宿县召开的会议中，有关柯柯牙的内容是最多的；从政府机关干部到林业部门的技术人员甚至市民、牧民，柯柯牙成了他们谈论最多的话题；新华书店引进的书籍中，林业方面的书最受欢迎。

40 多年过去了，无论是柯柯牙纪念馆墙壁上的黑白照片，还是柯柯牙沟渠流水与纵横阡陌的幻影深处，都刻录着一个又一个护林员、林业技术员、工程师、农民和牧民有限且渐渐褪色的记忆，他们的一生和别人一样说长不长说短不短，但却因为参与柯柯牙的生态改变、重新命名了柯柯牙的肤色而变得与众不同。

穿行在柯柯牙的田野中，时值 8 月，正是北半球大地上植物蓬勃生长的时节，这里的土地已经完全被一片又一片的绿色覆盖，根本看不到纪念馆里的文字描述的艰难景象。我只能依靠那些文字或图片，试图向读者描绘 40 年前发生在这里的一幕。1986 年秋，阿克苏市政府下令启动柯柯牙荒漠绿化工程。因为没有列入国家建设项目，自然也就成了没有上级拨付的工程资金、没有大型机械设备投入、没有劳动报酬支付的 "三没" 工程。巧合的是，那一年的秋天，具体说是 1986 年 10 月 14 日，尼日利亚剧作家、诗人、小说家、评论家沃莱·索因卡获得了该年度的诺贝尔文学奖。在其代表作《森林之舞》中，沃莱·索因卡替森林发出这样的邀请："我们的祖先应该回来参加聚会。"

沃莱·索因卡怎会想到，距离他的国家尼日利亚 1 万多公里的东方大陆腹地阿克苏，政府开始动员各界力量，想通过栽树的方式把荒蛮的柯柯牙变成森林，邀请树木、青草、动物在这里聚会。

无论是民间传说，还是《温宿县志》中的记载，温宿地方官早在清朝、民国时就从吐鲁番聘请工匠，想把天山流水通过开凿坎儿井、穿引地下水的方式引进柯柯牙，将这里的沙源压住甚至变成良田，但均以失败告终。

从历史纵面看也好，从地理地貌分析也好，这是一场颠覆人们认知且有些不可企及的绿色梦想。隔着40年时光，站在正午的柯柯牙腹地的苹果园里，看到一个个悬在半空的苹果，从绿叶中毫无遮拦地探出头，淡绿中洇出青白的肤色被染上嫩红，像是一个个怀孕少妇的乳房上的一抹乳晕——正在积攒着甜蜜的乳汁，耳边自然想起那几天和我在一起的、生活在新疆伊犁多年的作家毕亮不停唱的《苹果香》，感到每一颗苹果，就是一只跃跃欲动的手，每一根枝条就是挂在树梢上的冬不拉，弹奏着只有站在这苹果树下且认真聆听者才听得懂的、属于柯柯牙的《苹果香》。

我模拟《苹果香》，献给改变柯柯牙生态的人们一首诗歌：

南归的大雁驮着暮色，飞回了故乡。北风的吟唱，卷着雪花，告别了柯柯牙的山岗。春天的苹果花，是悬在半空的白毡房。秋天的苹果香，是娶回家的新娘。栽下苹果树的人呀，早已去了天堂，再也听不见渠水在哗啦啦响。露珠之上，星辰月光，柯柯牙最美的歌，都为您而唱。

如果不是在纪念馆里看那些"炸地"的黑白照片，我无法相信脚下软乎乎的、哺育各种作物的土地，其前身是经过上万年盐碱侵蚀、凝固、风化后板结的、硬如铁砧的"石板"。8月骄阳的热浪翻卷过田埂、沟渠、树梢，四下里一片寂静，我仿佛从热浪的喘息中隐约听到40年前的一股合金般的声音：那场从春天开始刮的风，犹如一发发射出的密集炮弹，从春到夏，呼啸过干黄的天幕和大地，呼啸在秋天黄色的火焰中；从四面八方调来参与这项工程的农民、武警、技术员、勘测者的汗水砸得地面喊疼；随着爆破人员点燃导火线后，高坡峭壁上的盐碱地被炸药撕碎腹腔的爆炸声；架子车、汽车、推土机、拖拉机碾过荒原时，车辙和荒地接触时发出的摩擦声；连炸药都只能炸出脸盆大的一个小坑的地方，只好改成采用抽水泡地，可那些地面坚硬厚密得连水也渗不进去，水如冰面上舞蹈的陀螺，向低洼处流去，一边旋转着，一边朝人们发出嘲笑，等等。这是一场特殊战争中各种声音的组合，构成了一曲叫醒土地的合唱。

炸土平沟持续了一个多月，成绩单也出来了——平整出了一条长7000米、面积2000亩的林带平地。参与这项工作的8台推土机，有7台被硬土层所伤，彻底坏了。

跟在推土机后面的，是拖拉机，它们从远处拉土，用以进行压碱作业、改良土壤，把死土变活。

跟在拖拉机后面的，是一支由一把铁锹、一双手、一块干馕、一辆自行车组成的"四个一队伍"。他们由各部门和各单位抽调的干部、工人、农民、牧民和学生等构成，身份不同，但走在从阿克苏城区到柯柯牙十几公里的土路上的时间相同、任务相同。他们成了当地春、秋季节的两道风景，成了一支一代又一代传承"绿的命名术"的力量。

跟在那支"四个一队伍"后面的，是一支由250多人组成的修渠队伍，负责开渠道、建桥涵、修水闸等。被引来的水通过防渗干渠后，他们还负责排水压碱。后来，我看到一个数据：40多年间，在柯柯牙修建的堤坝、渠坝，成了一道长度超过650公里的"水边长城"。

跟在修渠队伍后面的，是一群又一群的平田整地者。如果说推土机推平 250 多条土沟的工作是一幅一幅壮观画卷的素描，那么这些平地、筑埂的人，就是这幅画的着色者，他们让荒滩有了田地的模样。经过一年时间，他们在柯柯牙干渠两侧各100 米范围内，开垦出了 4100 亩田地，它们就像一群营养不良的孩子，还无法完成与年龄匹配的奔跑，还不能立即栽种树木。需要从远处的农田拉来良土掺进去，让那些曾经的死土、坏土"改恶从良"。

跟在那些平地人后面的，既有在干滩上栽树的人，也有在盐碱地上种水稻的人，铁锹和犁铧翻开、划开的是一层层希望的波浪，涌过那片植物的禁区，一道道出埂就是那些波浪涌起的标志。

走进柯柯牙之前，我在入住的阿克苏宾馆吃自助餐时，特意准备绕过装有米饭的餐盘。在我固有的认知中，地处塔克拉玛干沙漠北缘的阿克苏地区怎么会有大米呢？餐盘中米饭所需的稻米，一定是从内地运来的。了解了柯柯牙的历史后，这才知道：早在 1987 年春季，在柯柯牙开垦的 900 亩荒地中，有500 亩位于阿克苏地区农业学校后面，它们被学校的教师用来进行水稻种植试验，当年获得平均亩产稻谷 500 公斤的成果。

水稻在柯柯牙落脚是奇迹，各种树木像不同国籍的移民来到柯柯牙"定居"，也是奇迹。如今，柯柯牙的道路边、水渠边、农场边、民居边，到处都栽满了苹果树、樱桃树、国槐、枣树、速生杨、桑树、葡萄树。我从一位在地里劳动的农民手中借过他的铁锹，选择了两棵大树间的空隙处，朝下挖去。那位农民不解地看着我挖坑。很快，两棵树在地下延伸的根须逐渐密集起来，根本分不出哪条根须是哪棵树的。挖着，挖着，缠绕在根须上的那些细若游丝的、黑乎乎的菌类状物出现了，它们在植物学上被称为"营养菌丝"，构成了一个庞杂的地下能量输送网，就像树木的能量货币，在根须间来回流动，互相传递着成长的能量。地面上的树木，显然不是40年前栽种的，那时栽下的林木，早就被砍伐后用于制作家具、筷子、椽子等。我所看到的这两棵树，不知道是栽在这里的第几代了，地面上进行的栽与伐的更迭我看不到，但所掌握的植物学知识提醒我：如此厚密的"营养菌丝"，是树木根须在地下几十年时间的积累，是柯柯牙栽树历史的见证，它们已经组成了一个生机勃勃的地下迷宫。最初参与植树的人，有的早已辞世，有的成了白发老人，他们是一场持续40年的绿化工程的启动者，他们的后人一代又一代地接过了栽树的接力棒。经过多年的栽种和培育，柯柯牙的"冰糖心"苹果在全国水果市场上有了很高的知名度。

当初，那些从外面拉运来的各种各样的树苗，像突然而至的移民，这里没有它们的祖先，但它们却繁衍出了更多的后代，构成了一个绿色的庞大家族。林木葱郁、枝杈粗壮后，猫头鹰、麻雀、喜鹊、啄木鸟等各种鸟类被招来了。野草疯长，引来地鼠、兔子、獾等各种动物。柯柯牙生物的多样性，让我想象出一场各种乐器合奏的交响乐。沃莱·索因卡在《森林之舞》中替森林发出的邀请，在柯柯牙实现了，这种实现满足了当地人对生态之变的期待。

四

在柯柯牙，栽树是一场持续了 40 年的长跑，是艰辛的代名词，而护林则是柯柯牙"荣誉"的代名词。在"柯柯牙纪念馆"中，我留心到一个细节：没有具体的栽树者名字出现，但却将"柯柯牙'三北'防护林管理站"的首任站长依马木·麦麦提的照片悬挂在墙上，上面配着他的一句名言：把每一棵树都种成我的孩子！这句话成了几代护林人攥在手心的绿色宣言。纪念馆里专门设了一个玻璃专柜展示他用过的护林装备：那是一件洗得近乎发白的黄色护林服和一件严重褪色的红色护林服。依马木·麦麦提退休后，他的儿子艾斯卡尔和女儿阿米娜都义无反顾地加入柯柯牙护林队。

年年栽树，让柯柯牙就像一个绿色的"泉眼"，从这里流出的绿色，在托木尔峰的注视下，向更大范围的区域蔓延，让昔日干黄的植物"绝地"变成了一个面积不断扩大的绿色地毯。如今，这张绿色巨毯的面积超过了 1153 平方公里，和海南省保亭县一样大，北边已经延伸到天山脚下，南边和阿克苏城区连在一起。从天山深处搬迁来的牧民，从内地搬迁来的移民，都是这张巨大绿毯的织毯工，年年继续着栽树植绿，不断扩大着这张绿毯的面积。

当初栽树是为了防风固沙，以新疆杨、胡杨和沙枣树为主，后来，经济林逐渐成了主角，种树的生态使命延续的同时也添加了"种富"的使命，这就催生了各种设施农业基地和樱桃、苹果等农产品加工基地的建设。

如果偶遇一场夏雨的清晨，雨水和雾气会成为飘荡在田野里的主角，为各种设施农业园染上一种清新的气息，它像是一个外地而来的移民，逐渐成了这片曾干渴的沙地的习以为常的气味，为逐渐浓香起来的各种水果添加了清凉的味道。

柯柯牙人以大地为试卷，以40年间不断栽树植绿，完成了一份生态之变的成绩单：年沙尘天气减少了61%，年降雨量由18.1毫米突破100毫米，森林覆盖率接近75%。

栽在柯柯牙的每一棵树，就是一双绿色之手，就像倒掉鞋子里的沙一样，将柯柯牙曾经的沙清除出它的视野，让如今生活在柯柯牙的人们，轻松地走在岁月之路上。那些栽树植绿者，在这片荒寂之地锻造的绿色镜子，映照出了一行行关于生态的诗句。

离开阿克苏时，从市区到阿克苏红旗坡机场的路上，林木、湿地、庄稼地、果园构成了一道绿色走廊，而机场就处在那条几十公里长的走廊中间。随着飞机缓缓升高，我发现，"红旗坡"完全就是建在一个绿色花园里的机场。飞机飞得越高，我俯瞰到的绿色地毯的面积就越大，心里渐渐不由自主地吟唱起我的同事、著名词作家杨玉鹏创作的那首《柯柯牙》：

没见过最狂的沙，你就问柯柯牙；没吹过最野的风。你就问柯柯牙。柯柯牙，柯柯牙，静静沉思没有回答。可春风已经拂过她的脸颊。

没见过最绿的风，你就来柯柯牙；没尝过最甜的果，你就来柯柯牙，柯柯牙，柯柯牙，满脸笑容没有说话，它捧出千顷绿洲请你住下。

……

柯柯牙，一个被绿色命名的地方。

米易人给日神颛顼安了个新家，以自己的节日和民俗，让日神崇拜有了现代的意味；以古朴的祭祀与时尚的表演，将太阳的种子播在了城乡的角落、生活的日常和细节中。

阳光的鼓槌，在米易的鼓面敲击出了属于它的声音和节奏。

阳光敲击
米易的鼓面

一把攥着光明的手，掀开罩在城市上空的阴湿帘布，从云层里钻出来的一束束阳光破窗而入，千万家平房、楼房的玻璃窗顿时亮堂了起来。办公室的同事，尤其女同事，像一支支绷紧在弦上的箭，随着紧握箭柄的手指一松，向门口射去。等了好大一会儿，我才见他们带着一脸的幸福感回来，就像沙漠里渴久了的行者，足足地喝了一肚子水。

在我那时工作的成都，这一幕老是被复制着，时间久了，我才知道答案：这座城市像个怀着无数沉闷心事的寡妇，常年阴着脸，太阳一出来，同事们就着急回家取出被褥要晒。阳光，在那座城市如此金贵，狗看到天上出太阳，都会朝天狂吠，蜀犬吠日的成语就源于此。

20 世纪最后几年，我在成都的一家报社工作。夏天，同事们在出太阳时飞奔回家晒被褥衣服；冬天，同事们纷纷向领导请年假外出，几天后归来，脸色像一个个即将成熟的苹果，被放进秋天的时光之缸里浸泡足了似的：他们坐着绿皮火车，去川南的攀枝花"烤太阳"去了！

攀枝花，以一朵花命名的城市。第一次听见这个城市的名字，就在大脑里闪出这样一幅图景：那该是多大的一朵花，绽放出的魅力，像甩向成都的一个个鱼钩，让天府之城的人，请假、买票，挤上一列列摇摇晃晃的绿皮火车，穿山越岭地在蜀地中熬过 20 多个小时，竟然就是为了去 700 公里外的小城晒太阳。

有时候，免费的东西更珍贵，比如空气、真情、信任和阳光。攀枝花的太阳，却需要花费时间、金钱才能去享用。后来，我虽然离开了成都，但同事们冬天请假去攀枝花晒太阳的事，种子般落在了脑海里。我一直纳闷：那些掏钱去晒太阳的人，坐火车、越群山、穿林地、过隧洞地去遥远的攀枝花，图个啥？他们究竟在攀枝花的哪朵花瓣上和阳光对话？

一

"米易"，第一次听见这个县名，我和很多人一样，将其理解成"易米"的倒装，想象中那个地方一定盛产米，吸引周围各地的人赶集似的前往那里，以米为介，交换各种生活用品，逐渐形成了一个商衢勾连、四通八达的陆地码头。然而，如果选择乘坐飞机前往攀枝花市下属的米易县，得在攀枝花机场或西昌机场降落，米易和这两个机场之间的距离，大致构成了一个等边三角形。如果选择火车，只能走那条有 50 多年路龄、1000 多公里的成昆铁路。从成都前往米易的火车，三天才有一趟，隧道有近 400 个，火车可谓是一直钻着山洞，是名副其实的"隧道之旅"。

米易，是成昆铁路上 124 座车站中的一个。

走近米易，时间之手缓缓伸过来，矫正着我对它最初的望文生义：这里并不盛产米，它有个典雅的乳名："迷旸"，迷水就是金沙江；旸，本义是指旭日初升，引申义为晴天。迷旸，就是位于迷水之阳的地方，米易，是金沙江北边一片阳光灿烂的地方。

古人对一个地方的命名是有讲究的，有的蕴含着哲理，有的荡漾着诗意，有的寄托着良愿。很多古老而有文化内涵的地名，走向现代语境且被简化的过程，就是丢失其文化底蕴与浪漫气息的过程。

了解了迷旸的地名来历，我的脑海里立即涌出了一个带着太阳迁徙的人，他从《史记》中走出，带领一群追随者，像一寸一寸阳光积垒的移动岛屿，一步一步地从黄河流域移到金沙江边。

我们总习惯忽略光环遮蔽下的人与事，尤其对那些历史人物。高中时读《史记》，看到《五帝本纪》中关于黄帝的叙述，我觉得三皇五帝时期的中国历史，就是三皇加五帝这八个主角书写的。后人关注黄帝，懒得去留意他的儿子昌意。《史记》简单地告诉我：昌意被分配到若水，娶了蜀山脚下的女子昌仆，生下了五帝中的颛顼。司马迁在《史记》中，给颛顼也只是给了一个模糊的蜀地血统。

地处川南的米易人，嫌想象中一寸一寸由北至南移动的颛顼速度太慢，干脆让颛顼坐在想象的翅膀上，在阳光下连个模糊的背影都没留下，蹦地一下从中原直接到了川滇交界处，落地于雅砻江和安宁河之间的那片向阳山谷。

颛顼继承帝位后，引得炎帝后裔共工的不满，共工联合其他天神反对颛顼。共工的结局是在反抗失败后，带着绝望朝不周山一头撞去，导致天穹失去撑持而向下倾斜，天与地分开了。神话总是美丽而浪漫的，共工这一个导致山裂地崩的举动后，竟然还被后人供奉为水神，他的儿子后土也被人们奉为土地神。

三十多年前，我看过《史记》后，一个少年的好奇，像一道辐射里程有限的老雷达，不停在书中扫来扫去，终未穿透历史的迷雾，探究颛顼和共工的目光，像一束瘦小的手电筒光，在司马迁不知所终的记述中消失。

抵达米易，看到"中国颛顼文化之乡"的宣传招牌时，我内心里涌出了阵阵排斥的浪潮，先入为主地认定，这是当地为了迎合旅游时代而杜撰的一篇蹩脚的文章。

按照 19 世纪形成的西方宗教研究领域第一个最大的学派——自然神话学派的代表人物麦克斯·缪勒的说法，太阳神是人类最早塑造的神，人类最早的崇拜是太阳神崇拜。

中国百姓的神位里，日神是谁？共工怒触不周山后，将天和地分开了。日神颛顼称帝后，甘愿放弃神位，犹如脱下受人敬重的神衣，换上和黎民百姓身着一致的兽皮麻丝，成为三皇五帝中第一个自甘为人的。这代表着日神从大众的敬仰牌位中消失，让后来的中国人仰视白昼天空时的目光，逐渐转向商周以后兴起的天神、地神甚至鬼神系统的信仰中了。

这不仅是日神的消失，也表明崇拜太阳和光明的"华族"的消失。

米易人把颛顼"请"到南方，就是替中国重新祭起了日神。

二

米易，连接滇川的崇山峻岭中的几条山沟串起的骨架，雅砻江和安宁河两条银腰带环绕的地方，隔着4000多年的时光安置日神的牌坊。傍晚，我和县文联主席李雅斌在安宁河边散步，他指着路边那些有关颛顼传说的石碑，给我阐释"中国颛顼文化之乡"。

我像个知道答案却故意惹老师生气的学生："这不都是些传说么？没史料和事实支撑，反而让你们像一位篡位后不合法的皇帝给自己加冕！"

他着急了："怎么不合法？中国颛顼文化之乡是我们经过几年的田野调查工作，中国民间文艺家协会批准的。"

我笑了笑，继续惹他："那你说说，4000多年前的交通条件，颛顼怎么从中原到达这里的？这几千公里的长途迁徙中有具体路线么？即便是颛顼带着他的追随者飞到这里，也该有一座可供降落的机场吧。"

其实，我的内心里已经对这个问题有了答案：颛顼在哪里出生不重要，颛顼怎么到这里来的不重要——他带着自己的跟随者，无论是沿着费孝通说的"藏羌彝大走廊"，还是法国学者石泰安说的"甘川青藏走廊"，都不重要。那时中国的交通条件，他们即便没遇到途经地区部落的拦截或袭击，即便是天天赶路，走到这里需要多长时间？我们只能想象，颛顼是飞过来的：被米易人唱着混合有汉、彝、傈僳等民族特色的迎神曲，敬献着他们在海拔 980 米到 3447 米的山地上生产的五谷和水果。从 2000 多年前的《史记》里，从遥远的北方，从神话里。从国人记忆的死角中，把颛顼恭请到了如今滇、川交界的十万大山与九千深水相间的米易！让山河遮蔽的日神重新发出神性的光芒，复活了中国人关于日神的记忆。

听到我将颛顼奉为中国日神时，李雅斌的脸上写满了惊讶。我明白他的惊讶既包含着一种期待，又有着一种替米易受宠若惊的心理。按照古人的说法，羲和、炎帝、神农、日主、东王公和太阳星君才是中国的日神，颛顼怎么能算作日神呢？

我继续替颛顼辩护，也向李雅斌揭开谜底：我们现在以正月初一日作为一年节气的计算起点，是从颛顼而来的，这种历法被秦朝统一六国后，向全国推行，历法的名字就叫《颛顼历》，这种历法延续到汉代，成了中国历法的"正统"。

中国是个农耕大国，几千年来一直重视历法。每一部历法的研制与运用，能离得开太阳么？颛顼将造反的共工赶到山穷水尽时，后者一怒触山，导致天地分开，河山变形，并被后人奉为水神，而颛顼却自觉地从日神的位置上走到人间，这给后世那些追逐神位上的权力者，打磨出了一面镜子。

和印度、埃及、希腊和南美洲的印加文化一样，中国也是太阳神的最早崇拜之地。其他文化圈内的太阳崇拜的延续性怎样，我无法知道，但在中国却有着一个奇特现象：如果太阳是一粒种子，它起初是被刻在石头上的。岩画的创作者把太阳崇拜留在石头上，在农耕时代渐渐远离人们的视线；古代的彩陶上，太阳神像变成了泥和水合制出的日用品，最终被埋在了地下，即便有了后来的考古发掘，也只是从地下走进冰凉的博物馆里；在金沙遗址和三星堆，古人将太阳铸造在青铜树上，或许希望它能开花；也有些地方会保留一点太阳祭祀的内容，但让太多表演遮盖了原本素朴的底色。这些，都无法让太阳的种子生根、开花、结果。

米易人隔空取物般地将颛顼迎接到阳光迷恋之地，给日神安了个新家，以自己的节日、民俗粉刷，装修了这位日神的新家，让日神崇拜有了现代的意味，古朴的祭祀与时尚的表演，将太阳的种子播在了城乡的角落、生活的日常和细节中。

米易县有5个乡，其中彝族乡就有3个。走进彝族乡，和那些"太阳部落"的彝族人交流，一起生活了几天后，我发现，即便是时下的手机时代，很多生活在半山腰里的彝族人，还保持着让太阳指挥生活的习俗，他们就像一辆辆行驶在城市大街上的汽车，以十个月为一年的"太阳历"就是指导交通的交警，在这种指导下，有了集市、节日、祭祀和歌唱，有了离太阳最近的生活：蜻蜓的翅膀和雄鹰的鸣叫是金黄的，玉米的额骨和麦粒的舞蹈是金黄的，河水流淌和核桃的心脏是金黄的，连"彝人制造"的歌唱也是"看见那红红太阳温暖着大地"般的金黄，至于他们的哈欠和梦，也呈现出一层被太阳粉刷过的金黄外表。

谈起领受太阳恩赐而享誉"太阳部落"的族群，很多人第一时间会想到藏族、彝族等少数民族，很少有人知道傈僳族也是以"太阳的子民"自诩的。

米易县东南的新山乡，是一个傈僳族乡，星星点点的傈僳族人村落，金光灿灿地蹲在龙肘山的坡面、山腰间，像是挂在秋天屋檐下的一个个苞米棒，总是闪着太阳的光，散发着阳光的味道。傈僳族人同样有着浓深的太阳情结，这些太阳粉丝们被誉为"追赶太阳的民族"，他们的祖先本来生活在怒江、澜沧江边。有一天，古老部族中的一支，决定朝着太阳升起的地方而去，他们翻越老君山、玉龙雪山、大凉山，也跨越了金沙江、雅砻江，山河在脚下，太阳在前方，直到米易境内的安宁河与龙肘山横在眼前，这一山一河便是向这批走累的古人发出的定居邀请函。这片被阳光染得金灿灿的地方，成了他们浣洗疲累、安置梦想的家园：无论衣帽的颜色是怎样的，但那上面一定得绣着金灿灿的太阳图案，这让每一位傈僳族人仿佛都佩着一轮太阳在大地上行走、耕作，这才是太阳派驻人间的信使，是把太阳种在大地上的人；太阳落山后，傈僳族人会燃起熊熊的大火并围火而舞，那是他们把对太阳的歌唱延续到了夜晚，让太阳以另一种方式存活在人间；为亡者送葬的人中，点着火把的人仅排在撒买路钱者的后面，寓意为亡者点起阳光般的光明，送其回归太阳的怀抱；傈僳族死者的坟墓上，也刻着太阳图案，那是亡者在另一个世界里和太阳保持对谈的方式。

我有幸见到一次傈僳族人欢迎嘉宾的仪式，男性村民吹奏着涂抹了一层层太阳色的葫芦笙，发出迎宾时的真诚，从那一管管笙管里爬出的声音，带着太阳的呐喊，在龙肘山的每一道褶皱里奔走，跳进安宁河与雅砻江之间的每一朵浪花里洗浴，那带着山河交错般高低音搭配得当的声音，确实是内地带有浓烈表演色彩的笙声无法比拟的；常年在日光下劳作，男人的脸上仿佛戴上了被太阳锻造的青铜面具，发出明亮的劳作之色，而傈僳族姑娘头饰上的黄金线条，仿佛太阳笑起来露出的小褶皱。

我问毕业于中央民族大学中国少数民族语言文学专业的戴光宇博士，在傈僳语中"米易"怎么解释，他的答复出乎我的意料：米（mǒ），是天的意思；易（yì），是做的意思。连贯起来就是连老天都辛苦劳作的地方，其实，稍微延伸一下，不就是太阳工作的地方吗？在这里，我确实看到了太阳的工作。在傈僳族人集中居住的撒里海村，村民的经济主要来源是核桃林。眼下，核桃已经从树上下到院子里，这也是它们剥去绿色的外衣、亮出黄金铠甲般外壳的过程。核桃是米易县境内生长海拔最高的植物，也是最接近太阳的植物。吃过晚饭，我漫步在撒里海寨子四周，满眼是金黄的梯田。北方的梯田因为干旱缺水而只能种点耐旱的糜子、谷子、荞麦之类的小杂粮，体现出了北方农民们对环境的无奈和惋惜，而傈僳族的梯田里装的却是金黄的水稻和满心的喜悦。这个民族呀，把果树栽到离太阳最近的地方，把梯田修到离太阳最近的地方，把庄稼种到离太阳最近的地方，把对生命的赞歌唱到离太阳最近的地方。白天，稠稠的阳光铺天盖地地洒下来，这片土地仿佛被晒化了的糖浆；夜晚，阳光钻进这片土地主人的大脑里，让他们的美好期待游走在自己的梦境中。他们身上流的汗是被阳光染黄的，聊天时嘴里吐出的话是被阳光染黄的，甚至，夜晚的梦是黄的，黎明前的呼吸也是黄的。

夜晚的米易，也荡漾着太阳演绎出的另一种味道。约会总有着其私密性，这导致人类借助月光、星空来为这种私密性披上一件美丽而神秘的外衣，让约会成了两个人的夜晚狂欢。然而，傈僳族农历三月十二至十八的男女青年约会的节日"约德节"，完全是在阳光下进行的，阳光和亲友一起见证年轻人甜蜜的爱情，青年男女的接吻也是舔着阳光进行的。

告别撒里海，顺着山路往回走，其实就是一次赏阅当地立体农业的过程，那也是"太阳在当地工作"的写照。吊在枝杈间的一颗颗枇杷，像是涂抹了一层黄金粉末，让枇杷和水稻、芒果、玉米组成了米易的"四大金刚"。它们都是一厘米一厘米的阳光照射和一毫米一毫米的汗水，通过一道道看不见的输管浸泡出的，朝天空亮出的肤色。农民怕飞鸟啄叨枇杷，在枇杷快成熟时，用各种不同色彩的纸将枇杷包了起来，看上去好像是穿了彩色外套。数量再多，草原上的牧民也能数清自家的牛羊。枇杷再多，经过这一个个纸包给婴孩穿衣般地清点，每一株树上的每一颗枇杷，农民都记在心里。

三

　　一天，在米易县城的一家餐馆吃晚饭时，我看到餐桌上有一张精致的菜单，每份菜、水果、小吃和饮品的后面，都标注着诸如安宁河畔、老高山基地、核桃坪村、益满达农庄等食材产地。菜单上出现的牛肉、野参、寿菇、红苕、荞麦粑、枇杷等名字，仿佛闪耀着一道道阳光。吃的是黄金般颜色的核桃、菇片、煮玉米、烤红苕、荞麦粑，喝的是黄金般颜色的枇杷汁、玉米汁。这里的人，把最接近太阳颜色的作物都能酿成黄金液体。

　　人类对太阳的崇拜有着多样性的表现，印度人修建太阳神庙，埃及人过"太阳节"，印加人自喻为"太阳之子"。在中国同样如此，北方游牧民族将太阳神像刻在石头上，古蜀人将太阳神鸟铸在青铜树枝上，日照人在天台山中凿刻太阳神石和修建太阳神陵，等等。米易人则把生活过成了太阳般明媚的诗意，整座县城就像一个巨大的蓄电池：当地人喜欢把白天在阳光下积蓄的热情和能量，散发在夜晚。瓦蓝的天空被安置成远景，黑黢黢的鸡冠山和鸡罩山像两片微张的嘴唇，上下唇之间轻含着整座县城，街灯和路边的各种灯饰，犹如镶嵌了两排黄金牙齿，轻轻咬着柏油路面；静静流淌的安宁河面上，被两岸的灯光铺上了一层细细的金粉，仿佛向白天借来的缕缕阳光舍不得用，在月光下偷偷地自我欣赏。

希波克拉底说过：人类最好的医生就是空气、阳光和运动。米易，就是一位好医生。

在尼采的笔下，日神代表着一个梦幻世界，她的美丽形象只在梦中出现于人们灵魂面前。夜晚的米易县城，散发着日光般神韵的气息，透露着日光被借用到夜晚般的梦境之美，让我觉得仿佛是日神不经意间迷路了，推开黄昏的小门，悄然走进了米易夜晚的庭院。

巴黎有拿破仑，纽约有自由女神，呼和浩特有成吉思汗，很多地方都有作为当地形象代言人的名人塑像。米易将自己所在的这片地方奉为"中国颛顼文化之乡"，我试图在这里找寻颛顼的塑像，却没找到。几千年前，颛顼试图把太阳当成种子，植种进他的《颛顼历》中，古代亚洲北部的游牧者想把太阳种在岩石里，彝族人想把太阳揉进金黄的玉米酒里，傈僳族人把太阳和水稻一起栽进高山梯田里。米易人把这粒种子抟造成了一个古代伟人的形象，却并没具象地展现在红男绿女、车来船往的地方，而是将一粒粒颛顼的种子，播种在水之阳、山之巅和民之心，让这信仰的庄稼，一茬又一茬地在民众心里茂盛长久。

离开米易时，我巴不得将那清澈得能洗肺的空气压缩成包，快递回自己的家乡；我巴不得让照往米易的阳光中途转弯，照向我的家乡。

我选择坐汽车的方式，告别米易，前往攀枝花市。一路行过，这才明白一株株攀枝花的每个枝条，都沿着一个个看不见的梯子，努力向太阳攀登，让一座城市以此花命名，这该是多大的一朵花，"几树半天红似染，居人云是木棉花"，宋代诗人刘克庄说的木棉花，就是攀枝花，那被染得如夕阳般红彤彤的花色，是幸福生活的脸庞，米易是攀枝花这朵花中，献给太阳神低调而尊贵的黄金之吻。

阳光的鼓槌，在米易的鼓面敲击出了属于它的声音和节奏。

杜甫，和成都隔着的不是千年时光，而是一首叫《春夜喜雨》的诗。那是一枚散发着诗意的黄金秤砣，稳稳而沉沉地悬在成都的秤杆上。一场春雨，成了成都人、四川人念想杜甫的闹钟，立即能唤醒他们的"锦官城记忆"。

以诗命名一座城

30 年前，我怀揣着年少诗人的激情，从甘肃的古城天水出发，开启了一次追寻杜甫于 1236 年前的那次入川之旅。这一程，杜甫的行踪是我的导航，引领我叩访着诗人在公元 759 年冬天的寒风中，悲楚而仓皇地离陇进蜀的足迹，体味着他在命运与时令的双重冬风中，飘叶般在沿途所遇的薄凉冷冰。

那年最后一个月的二十多天里，杜甫带着妻小，揣着一份乱世求生存的素朴愿望和不灭的诗心，缓缓行进在漫长而冰凉的泥石古道上，脚下的那双布鞋，依次跨越了渭河、西汉水、白龙江，在秦岭腹地的"汧陇古道"上，留下一道瘦弱的身影和十二首浸透世态炎凉的诗。

一

翻过秦岭，踏进蜀地，进入四川省境内，古老而绵长的蜀道上，一位落魄的诗人在蹒跚而行中留下多少叹息？

渡过青白江后，一步步接近成都，杜甫和家人似乎闻见迎面而来的春节气息，却像一个饥饿的孩子站在飘着肉香的餐馆外，因没钱进去饱食一顿而心怀羞愧，他被贫困之绳牢牢拴住脚步，连进入这座城市核心区的资格都没有，他和眼前这盛大节日蕴藏、散发的欢快无关。

成都怎会知道，它和一位伟大诗人有了如此生分的相遇方式。站在成都北郊的蜀道上，一路劳顿的杜甫，望着西斜的夕阳挂在远远的群山肩膀上，余晖中，他低头看见自己瘦弱的影子铺在地上，仿佛也看见一路而来的蜀道上，洒满他瘦弱的身影和对成都的美好憧憬。

行程千里，山河变幻，不时有路人擦肩而过，但孤独一直是杜甫在千里蜀道上的通行证，寂寞如绳勒左肩，贫穷似雪落右肩，咽喉里窜动着孤与寒的两道气流。

从青白江南岸的青石渡口上岸后，杜甫没敢也来不及回头，他知道，一条青白江和一座秦岭，已将故乡隔成一道遥远的张望与回忆，眼前的成都，才是置放他双脚的鞋子，孵化他梦想的木榻。

一步步接近成都，那繁华之地出入的商队，在杜甫眼中渐渐清晰，厚实的城墙裹不住这座古城盛大的商业气息和喧闹的人间烟火味，扑鼻而来的便是一阵紧似一阵的诱惑。晚风中，从城里飘出的饭香，像一条条溪水奔流中遇到岩石溅起的浪花炫目而美丽。身后的青白江，一波又一波浪涛向东涌去，眼前的成都，将是一把不上锁的箱子，收留自己客居这里的岁月。什么时候，这种借居之日结束了，那个陌生而巨大的箱子会合上盖，让自己在成都的时光酿成一坛老酒。

饥饿和疲惫袭来时，诗人那咕咕作响的饥肠变得和常人不同，像草场上奔涌无数野马一般，一股股诗意荡漾、回旋、翻腾，杜甫内心潮起的浪漫，淹没了他的疲惫与不快。

诗人何为，就是站在冰雪中，也能在心中为别人架起一炉旺火，自己淋在雨中，也能想着给别人撑一把伞。

暮色中，雾气和炊烟合成一道渐渐严实的墙，遮住了杜甫打量成都的眼光，他只能以一位诗人的浪漫，想象城里的华屋、高楼和佛塔的身影，在夕阳中的天际线上划出美丽的弧线，他仿佛看见城区的大街旁，一株株古树以苍苍之躯立在寒冬腊月的冷凉中，鼎沸的人声、歌舞升平中的吹拉弹唱和酒香，从茶楼酒肆中飘出，奔窜在大街上，升腾在城市上空，在杜甫的眼里，变成了一个个巨大而醒目的禁入令：那种生活不属于他！

暮色四合，鸟雀归巢，初月升空，繁星渐出，杜甫来不及更多感慨，自古以来，这片土地收留了多少行旅与过客，他何苦要在哀伤的泥淖里挣扎呢？

杜甫只能朝遮掩了夕阳的西山方向而行。成都西郊一条叫浣花溪的浅河旁，一片寂荒之地，才是他这一路而来的终点。

你以暮色冷沉迎我到来，我以黎明般的清亮投身你的怀抱；你以陌生面孔示我，我以一腔诗意敞开心怀。从东北角至西南方向的黄泥土路上，一首《成都府》在杜甫胸中渐渐成稿，这是他献给成都的礼物，是他第一次还没进城，就以诗人身份试图接近对这座城市的命名。

时隔千年，那条土路早消失在成都市金牛区和武侯区的高楼之下，但那首《成都府》如一茬久远、青绿的庄稼，葳蕤在成都的记忆之地上。杜甫当年以羁旅者的身份，用那一口中原口音忍不住念诵出的诗句，还有几人能听得见呢——

翳翳桑榆日，照我征衣裳。

我行山川异，忽在天一方。

但逢新人民，未卜见故乡。

大江东流去，游子去日长。

曾城填华屋，季冬树木苍。

喧然名都会，吹箫间笙簧。

信美无与适，侧身望川梁。

鸟雀夜各归，中原杳茫茫。

初月出不高，众星尚争光。

自古有羁旅，我何苦哀伤。

诗歌可以写得磅礴大气、浪漫虚无、蔑视哀伤，但眼前的困窘像一道严严实实的栅栏，将杜甫和成都隔开，他只能以一首漫长行倦即将告终的诗歌吟诵，作为献给成都的见面礼。然而，夜色堵住了成都的耳朵，听不见诗人的歌吟，而是递给杜甫一个冰冷的肩膀，让他像一只年迈、自卑的田鼠，望见一座丰盈充实却不属于自己的粮仓，只能胆怯而迅疾地沿着城市外围向西绕行，疲倦的双眼里无法盛下成都的繁华景致，和成都擦肩而行在郊外的冬风中。

二

在朋友的帮助下，杜甫在浣花溪之畔，搭建起了几间草屋，自称为"草堂"。"浣花流水水西头，主人为卜林塘幽。"这是杜甫刚建完草堂后写的诗，诗意的描述背后，其实是无法在成都市区安家的窘况，是栖身之地远离市区的真实写照。

成都，没有气候意义上的寒冬！春节后的气温回升带来的喜悦，很快就冲淡了郁积在杜甫心头的不快，春天的气息扑面而来。

迎面而来的春风，吹散了诗人遭受战乱的郁闷，杜甫一定会在闲暇时漫步在浣花溪旁，身着一袭黑色长衫，犹如一只缓慢移步的乌鸦，头顶却飘浮着一片片盛装着诗意的白云，一首又一首诗歌如犁铧划过他丰沃的内心。那一个在常人眼中与平日无异的春雨之夜，对成都和杜甫而言，却是一个多么幸运的礼遇。夜色中，诗人坐在浣花溪旁的草堂前，远看江船上的那一豆灯光，闪亮在雨雾中。他和那豆灯光之间，是一条黑漆漆的、被细雨淋湿的小路。

坐在春夜细雨中，一阵又一阵的花香暗中袭来，唤醒了杜甫的诗兴。在他的诗意想象中，几个时辰过后，即将来到的是一个清新、潮润、安静的早晨，这场春雨，会如一群认真而细心的浣衣女，将全城的花清洗得鲜艳、美丽，让整个城市披上一件湿透了的红色外衣，沉浸在一片辽阔深远的香气带来的馥郁中。一首属于成都的诗，就这样诞生了：

好雨知时节，当春乃发生。

随风潜入夜，润物细无声。

野径云俱黑，江船火独明。

晓看红湿处，花重锦官城。

翻开一部成都的历史，里面有多少这座城市的名字？它们被今天的人们记住的又有几个？

如果没有杜甫在那个普通的春雨之夜写下这首《春夜喜雨》，谁能知道成都还有"锦官城"这样一个别名？这便是诗歌的力量。一位诗人，以诗歌命名一座城，给它带来了一种怎样巨大的幸运。

任何一首经典诗歌，都是经过时间严格裁决的，犹如历经风雨冲刷而一直屹立在诗歌之河的码头，摆渡着一个个读者从陌生的此岸到了解、熟识、传播的对岸。杜甫前后在成都居留了近四年时间，他在一千多个日日夜夜中创作了多少首诗歌，已经成了一个谁也解不开的谜团，但留世的诗歌有240多首，唯有这首《春夜喜雨》，是杜甫以诗为成都的一次命名，是杜甫为成都缝制的最合体的一件诗歌外套。

三

距离那次追寻杜甫入川整整 30 年后的冬天，确切地说是 2025 年初的料峭时光中，我因为领取"川观文学奖"，再次来到成都。

那天傍晚，我和文友在天府国际金融城里的一家火锅店小聚。暮色渐渐落在成都盆地，朝窗外望去，能看到对面被暮色衬托得更加巍峨的两座塔状建筑。沉沉暮色犹如喧哗的海面，两座塔身上点亮的、拼凑出各种图案的灯光，像是两头巨鲸猛然出海、朝天长啸的身上挂着的闪光水珠，吸引着我的目光顺着楼宇的身段朝上瞥去。扑入眼帘的是两道朝天伸去的、钢筋混凝土合成的轮廓，在半空划出两道威武的弧线。我知道，那是成都人喜欢的、对外界朋友介绍时总自豪地称呼的"天府双塔"的建筑。它们像是两位闪现在成都天际线上的金融巨人，脚下不远处就是中国古代纸币——交子的出土地。双塔的腹腔内运营着四川乃至西南金融的有生力量，在现代金融与天府大道为经纬勾勒出的时代坐标上，画出一条蓬勃的金融力量曲线图，浮动着天府国际金融中心的脉搏与气息。

这珠光宝气的城市，这珠光宝气的时刻，谁会去想诗歌呢？几分钟后，那两座巨塔身上重复的灯光秀，已经耗尽了我的好奇。正要将目光收回时，突然看到两座塔通体变红，犹如两柄从燃烧着的熔炉中抽出来的巨大铁棒，齐刷刷立在夜空中，红色的塔体上顿时变幻出四行黄色大字，左边的塔身定格着"绽放思想光芒，凝聚前行力量"；右边的塔身上定格着"川观文学奖，18日璀璨登场"的字样。哦，这是成都以"西红柿炒鸡蛋"的视觉盛宴，向文学致敬的一种现代方式。那朝天竖起的两根红彤彤的火柱，在我眼里立即变成了两条自天上飘落的红色绸带，上面那闪着黄金般光芒的24个大字，写着对文学的祝福。

这时，手机里传来微信的消息。我掏出手机一看，屏幕上清楚地显示当时的时间是：2025年1月17日晚6点30分。关于成都双子塔为文学亮灯的各种消息，在朋友圈里飞传着。那一刻，文学与现代霓虹成功对话，文学与万家灯火交相辉映，文学与现代金融交流。

我一直凝视着那被定格成红色火柱的双子塔，直到它们恢复了"为文学亮灯"前的初样，这才回到眼前火锅沸腾的现实中。

不是每个城市都像成都这样，白天和夜晚都张开一张叙说文学的嘴，金融和文学能在同框完成精妙的对话。也不是每个城市都有成都的这种福分，一直都浸泡在文学的琼浆中，一直沐浴在文学的春雨花香中，这里的人们一直豪饮着文学琼浆，也一直传承着滋育文学、敬重文学的传统，让这座城不仅有古时司马相如的传说和薛涛笺的流传，也有如今在中国诗歌天幕上璀璨发光的《星星》诗刊；不仅和国人一样礼敬四川生活过的李白"诗仙"席位，也同样把说着一口河南话的杜甫在寒风中匆促搭建的草房，经过千百年的时间浇筑，精心呵护成了一处闪着诗性光芒的城市地标。这是一座有着文君酒、薛涛笺、东坡肉、杜甫诗、文翁路的城市，必然被四季不减的文学之香拥于怀中。

我打开高德地图搜寻，发现双子塔周围的地名，是诸如天府国际金融、成都银泰、交子公园、高新国际、开发银行、创新时代广场，等等，在地图上荡漾出一片珠光宝气的水域，冠以这些地名的各种高大建筑，似乎就是一艘艘面无表情的港口，吞吐着属于它们的人、物和信息。这一切，会让人感到一种金属般的冰冷与淡漠，会感觉这种地方，是诗歌的冰洋或沙漠。然而，就是这样两座矗立在这金融水域上的巨无霸双塔，为那夜的文学亮灯，何尝不是为文学睁开了一双敬重之眼。那不仅是在夜色初降的成都亮出了一道风景，也是为那晚在现场或手机、电脑上看到这一幕者的内心，射去一缕文学的光。

那个珠光宝气的"双塔睁眼"之夜，回到宾馆，我不时想起杜甫和他的草堂及诗。如果杜甫活在当下，是不是会为自己赢得一次诸如亮灯的礼遇呢？

成都，和杜甫隔的不是一千年的时光，而是隔着一首诗的距离。

四

杜甫无意以诗命名他寄居的成都，今天，我们念诵起他在成都期间创作的千古名篇，无论是《绝句》："两个黄鹂鸣翠

柳，一行白鹭上青天。窗含西岭千秋雪，门泊东吴万里船。"还
是《绝句》："迟日江山丽，春风花草香。泥融飞燕子，沙暖睡
鸳鸯。"无论是《江村》："清江一曲抱村流，长夏江村事事幽。
自去自来堂上燕，相亲相近水中鸥。老妻画纸为棋局，稚子敲
针作钓钩。但有故人供禄米，微躯此外更何求。"还是《蜀相》：
"丞相祠堂何处寻？锦官城外柏森森。映阶碧草自春色，隔叶黄
鹂空好音。三顾频烦天下计，两朝开济老臣心。出师未捷身先
死，长使英雄泪满襟。"句句经典，字字珠玉，但谁还能从这些
诗句立即想到成都呢？

　　研究生毕业后，我选择前往成都，供职于一家国家级财经
媒体。报社距离浣花溪很近，让我能一次次散步前往草堂，聆
听一位伟大诗人当初在寒酸苦楚里心忧天下的诗音，聆听他在
草屋被秋风掀翻时的哀泣。在成都的那几年，一旦下雨，我总
能听见那十个字被一个又一个四川口音朗声喊出："晓看红湿处，
花重锦官城。"一场雨，成了成都人、四川人念想杜甫的闹钟，
立即能唤醒他们的"锦官城记忆"。一首《春夜喜雨》，就像一
枚黄金铸造的秤砣，稳稳地吊在成都的秤杆上，沉沉地坠在一
代又一代成都人的心尖上。这首诗的40个字，就像40颗珍珠
被串起来的项链，悬在成都的脖颈上，"花重锦官城"中的那个
"重"字，沉沉地缀在这条项链的最醒目处。

　　和杜甫一样，借居成都的日子结束后，我也离开了这座让
人"来了不想走，走了想回去"的城市。每次回去，只要遇到
下雨，总能听见周围来自全国各地的口音约好了似的，轻声念
叨"花重锦官城"。锦官，这个成都的别名，就像被埋在层层

厚土下的文物，一场细弱的雨，都能变成洪流冲刷走这些厚土，让这两个字闪着诗意光芒，从人们的口里喷薄而出，从人们的意识中迅疾浮出。

《春夜喜雨》被选入小学语文课本，让这首诗铺天盖地地走向国人的记忆。人们提到杜甫时，或许会想不起他的生地和葬地，但谁能忘了这座他生命中寄居过的"锦官城"？

就像杜牧以"春风十里扬州路"和"长安回望绣成堆"，徐凝以"洛阳自古多才子"，刘禹锡以"乌衣巷口夕阳斜"，张继以"姑苏城外寒山寺"，王维以"咸阳游侠多少年"，王之涣以"春风不度玉门关"，等等。这些诗人以诗句无意中命名、成就、宣传了扬州、西安、洛阳、南京、苏州、咸阳、玉门等城市。在时光和诗歌浸透的成都，历代吟诵它的诗歌很多，但在知名度和美誉度上，有哪句能超过"花重锦官城"呢？

杜甫呀，以一句诗，给成都命名！这命名犹如高悬在成都上空的一块黄金匾额，一千年来，在成都人、四川人乃至中国人心中，从未褪色，令人仰视、敬颂。

成都只收留过杜甫四年时光，但却让后者在此期间创作出了数百首诗歌，他并没享受到"金牛道"带给他的财富与荣耀，那是时代和他的共同遗憾。离开成都时，他留下了这样的叹息："惜哉形胜地，回首一茫茫。"

就如我们不可能回到唐朝的成都一样，杜甫也不可能来到今天的成都目睹"为文学亮灯"的盛景，也无法成为巴金文学院的签约诗人。看到双塔以亮灯的形式睁眼，祝福文学的场景，我顿时想起以"花重锦官城"为成都命名的杜甫，内心涌出一种敬念：这胜地依然花开千重、万石金牛，依然银盏托酒、玉手抚琴，依然火锅沸腾、人间喧嚣。杜甫当年所经的那种"苍苔托酒二两半，草堂无力遮风雨"的日子早已不再。唉，我的内心涌出了这样的诗句：

千年一梦流霞旧，霓虹为诗睁开眼。

野径相随江船绝，双塔腰过天际线。

万家灯花正绽时，谁怜子美浣溪边？

春雨若记锦官城，何须送诗到眼前？

我仿佛看见，双子塔睁眼祝福文学时，从草堂缓缓走出的杜甫，目光穿过大半个成都，用那河南口音呢喃道："这巨大的丰饶与繁荣，是我无法跨越的荒芜。"

南海的浪涛温婉伸来，珠江流水至此划
上句号。江海邂逅的时光，万盏渔火对谈一
天星光，命名了一幅"明珠漂浮在大海"的
绚烂景象。

江海相逢的"天空之城"

没见你时，初闻名字，我就想象你的样子：身着一袭奇特
衣衫——左襟濡染着黄色的陆地文明，右襟浸染着蓝色的海洋
文明，珠江流完2000多公里后，素面朝海，临风而立。

如明珠，灼灼其光，在南海北端温婉伸手的地方，你让珠
江流水至此画上句号。

如处子，静处偏远，浪花在江海邂逅的刹那息声寂静，万
盏渔火对谈一天星光，你让南海的波涛在此平铺如绸。

这江海相遇之地，这"明珠漂浮在大海"的绚烂景象与
"珠海"之名的扩写，让一颗少年不羁的诗意之心开启一趟地图
上的远旅，一扇想象之门，缓缓向我打开，展开与之有关的一

切美好联想。

初见你时，你在一幅扇形的巨大空间里，绽放着淡然的笑容——面朝大地的一半碧绿，面朝天空的一半湛蓝，海陆交界处的层层浪花，缓缓进退，如皓齿绽露，让我怦然心动于海风轻拂的晨昏街道，仔细品味有关你的一切味道。

再见你时，你碧海连天的胸襟，像一枚印章落于纸上，让我少年时期对你的想象，得到鉴定与确认。

离开你后，你成了一块远得够不着的蛋糕，发出金黄的诱惑，让我沉湎于关于你的记忆中。哪怕这种记忆伴我年迈，在两鬓斑白中坐听夜雨穿檐、霜花遍窗，将走过的、念过的、恋过的城市，一一置放在记忆的窗户之外。

一

作为一个名词，"珠海"初入我眼时，是从地理课本上进入高考试题的一个知识点。作为黄土高原上一所县城高中的高二文科生，那时的我必须背会这样一个信息：1980年5月，中共中央和国务院决定将深圳、珠海、汕头和厦门这四个出口特区改称为经济特区；1980年8月，中华人民共和国第五届全国人民代表大会常务委员会第十五次会议批准在珠海设置经济特区，面积为6.81平方公里。也就是说，"珠海"有可能变成那时的一道高考题。

从20世纪80年代开始，中国大陆上吹起的改革开放之风，吹醒了一个沉睡国度的五脏六腑，吹醒了万千青年的创业之梦。作为特区的珠海，像一块大洋深处神秘的飓风策源地，浩浩荡荡地向外吹送着它的改革之风。

我一边在必须死记硬背的题海中打捞出有关"珠海"的信息，一边以一个黄土高原上的少年诗人情怀，展开对"珠海"的无边想象；像一个面对魔方的儿童，我将"珠海"拆解成"珠"与"海"，想象着一颗坐立在海上的明珠，该是如何硕大、明亮、珍贵、稀奇；想象着那片盛放着明珠的海，该闪耀出怎样的光芒？

更多时候，我面对一幅中国地图，缓慢移动的目光像一列绿皮火车，从读高中的小县城起步，向东南沿海而去。那时流行的一句歌词，是为我的这趟想象之旅递来的送辞："你问我要去向何方？我指着大海的方向。"那是多么"豪华"的一趟专列呀！它只载着我一个人，沿途没有停靠站，却想停就停，想开就开，不受高山与河流、平原与沼泽的限制。我既是列车长又是售票员，既是司机也是锅炉工。我想在哪节车厢坐就坐，想在哪节卧铺车厢睡就睡。如果那趟专列是一个移动的王国，我就是它至高无上的王，也是它忠诚的护卫。

那趟专列快到终点时，我似乎闻见了大海的味道，仿佛看见一片湛蓝的大海铺开浪漫，一颗耀眼的明珠将大海照得通体明亮。再长的旅途终有末点，再长的梦境终有醒时。缓缓巡行在地图上的目光，停留在那个叫"珠海"的城市时，"豪华专列"停靠在终点了。幻象从云层跌落，从想象中的快乐回到现实：我继续以死记硬背的方式，巩固高考地理科目中有关珠海的内容。

对一个从小山村走到县城中学的农家孩子来说，珠海，就是一场奢侈的想象，一袭遥不可及的梦衣，一首永远无法完成的诗行，一曲永远不敢大声唱出来、压在心底的歌，一趟只能存活在想象中浪漫长旅的终点。

刚考进县城中学时，我穿越县城南大街去邮局寄信时，买到的第一本杂志是《全国中学生优秀作文选》，上面有一篇文章吸引了我，但发现里面有个值得推敲的细节。便给作者 W 所在的地址写了一封信——广西桂林的一所中学。我没有考虑到一个细节：作者写作并获奖时已经是高三。我的信到达那所学校时，W 已经考进了杭州大学中文系。那封冒冒失失的信，像一个找不到住宿地的流浪汉，开始被 W 的中学母校门房人员收留并转送到杭州大学中文系。W 不仅很礼貌地回信，而且给我的写作提了很多意见，这也拉开了我们长达几年的书信来往序幕。在那个"信交往的时代"里，这是普遍但高贵的交流方式。

后来，我们之间的书信交往更加频繁了，内容一直围绕着文学、阅读、写作展开。一天，收到 W 最后一封信，寄信地址是珠海一家银行。大学毕业后，W 和父母一起选择留在了珠海。

桂林多好，杭州多好，凭她的成绩、写作能力，完全能在这两个城市体面地留下来。为什么选择珠海？那个让我中学时在地图上做纸上旅行或者梦游的城市，究竟有多大的魅力呢？就像我对她的美好想象一样，珠海，就是一场遥远的想象，甚至是一种期待！是一个黄土高原的少年，面朝大海做的关于文学和想象的梦。

二

像暗恋一个心仪但遥远得让人不敢去想见面的人，有朝一日能相见，却是那样任凭心怦怦跳动如急敲的鼓面。走进珠海时，我在惴惴不安中，小心迈步，仔细地做着了解它的各种功课，它让我感到，自己要走进的是一个传说、传奇。

2006 年末，我以 20 集大型纪录片《中国回族》编剧与撰稿的身份，前往珠海做前期采访。其间曾采访了一位新疆的女性 L，她从乌鲁木齐将生意拓展到香港、广州、深圳等地，却一直将珠海视为企业的大本营，在珠海居住了 28 年，并将珠海认定为终老之地。第二年夏天，我陪同摄影组再次来到珠海开始拍摄。第一次近距离地看这座城市的楼房、人流、海滨、渔船、浪花，在这些词汇叠加出的城市印象中，我在想，一个女性从中国的西北角到东南角，为什么要选择珠海？珠海究竟有怎样的魅力，让这样的人选择留居于斯？

就在那年，我的老友、著名作家陈继明离开生活多年的银川，离开他担任编辑的《朔方》杂志社，南下珠海，执教于北京师范大学珠海分校。我再次思考，珠海哪来这么多吸引人的魅力？让一个出生于西北、大半生在西北度过的人能辞别故乡前往珠海，那闻惯了西北风沙的鼻子里，钻进海风后会有怎样的嗅觉反应？那习惯了西北面食的舌尖，面对海鲜会是怎样的味蕾记忆？

犹如一个批评家对一篇文章用形容词去界定一样，对一座城市，用一个或多个形容词去直接界定，同样是危险的甚至愚笨的。但是，我还是执拗地通过所知的那些选择远路而来的留居者的事例，推测珠海的性格：开放、包容？还是封闭与挑剔？

从 W 到 L 再到陈继明，我想，"梧桐初成，凤凰来兮"的珠海，无疑是微笑着的、开门迎客的。

第三次到珠海，是我在香港公开大学读书的时光结束后，选择从海路到澳门再进入珠海。缓缓走过拱北口岸时，看到一些扛着蛇皮袋的人们，急匆匆地来去。一问才知道，他们是珠海人，利用多次出入境的机会，将自己单薄的身影夹在来往于澳门与珠海之间的游客中，在快捷的通关环境里，尽量逃避关税，把在澳门和内地之间差价较高的商品分拆携带入境销售以赚取差价。他们有一个特定的名称："水客"；他们的行为被称为"走水"。这些"水客"组成了一道经济学意义上的瀑布，价格上端是经济发展较好的澳门，落地之处是当时仍相对澳门地区经济比较落后的珠海。

边地往往扮演着一个国家晴雨表的角色，体现着国家的管理能力。动荡年代，边境线上的城镇、牧场、村庄会遭受战火的烧灼；和平年代，这里会成为展示所在国经济实力的小窗口。从香港、澳门过来，我通过口岸踏进珠海的刹那，无论建筑还是人的气象、文明表现都让人感叹，仿佛是踩着一个梯子往下而行。而那些"水客"，总让人升起一股幽怨来：珠海经济不发达，它的人民中就会产生"水客"这样的身份来。

那次，从澳门进入珠海，让我学会了对珠海的另一种解读。我拿珠海放在自己设定的天平上，称东西似的和内地的一些城市比较，珠海之美立即生出分量。甚至，将珠海这个名字拿出来，和上海、威海、北海、海口、海林、乌海、海伦、海门、海宁等名字中带海城市一一比较，脑海里就闪现出"珍珠浮涌在大海上"的"珠海"诗意。

三

和诗人谢小灵见面前，我们已经以诗人的身份多次"邂逅"在几家文学、诗歌刊物上。就像我们沉醉于一部影坛新秀执导的影片时，并不关心导演是哪个国家的，阅读那些诗歌佳作时，常常也不关心诗人是哪个省市的。亦如钱锺书的那句名言——吃好鸡蛋即可，没必要非去看出蛋的鸡屁股。因此，我并没去关注谢小灵生活在哪里。

我们相遇在鲁迅文学院。春天入校，花开花谢，学习的日子在大家友好的交流、交往中淡淡地往前推。慢慢才知道，谢小灵是南昌人，却选择前往珠海，在一所高校教书。这是又一位离开家乡，被珠海吸引着投身其中的人。四个月的学习期间，她一直悄然地，像五月京城盛开芍药中的一枝，不起眼，不张扬，兀自芬芳，但不自卑。谢小灵让我联想起珠海：虽然是边地，但却独秀于城市之林；虽然是最早的开放城市，却不张扬自己的实力。仅就我认识的这几个人中，从杭州、乌鲁木齐、银川、南昌，像是一块块铁，被磁铁般的珠海吸引而去。

2017 年之末，我再次从雪乱于空、棉衣裹身的北国动身，前往珠海。珠海依然微笑待我，一双无形的温柔之手，让我脱下厚装，感受这个城市的温热。傍晚，我漫步在海边的大堤上，左边是自行车、摩托车、自驾车、公交车汇聚的车流，右边是不断向大堤涌来浪涛的大海，一艘艘渔船在幽暗的海面燃起一个个红点，像是一根根正在燃着的香头，那古老的大海其实是一条宽阔无垠的大道，连着更辽阔的远方。和地球上的任何一座城市一样，它是自己通往世界的起点，也是世界来到这里的终点。

在拱北口岸，我看到地下商场里不少澳门人在购物，通关大道上，从澳门方向而来的人，不似我当年看到的"水客"那样肩扛手提地背着物品，反而是离开珠海前往澳门的人，大包小包地带着从珠海购买的东西。和几个从澳门过来的人聊天，才知道：有的澳门人一大早就等候通关，从澳门入关，来到珠海的菜市场买好菜，再赶回澳门。昔日是珠海人前往澳门做"水客"，现在是澳门人前来珠海做"水客"，这海水倒流般的现象，是珠海经济发展实力的见证，也是中国改革开放几十年来的成果显现。

城市建设就是城市更衣甚至施行换肺变胃手术般的过程，它让百年前珠江入海口处的香洲渔港消失，也让渔民在海滨搭建的简易住房和苦咸的海风混合着的鱼腥味消失。码头、港口、渔业等靠水吃饭的建筑、行业依然存在，"靠水谋生"依然是一些渔民的传统,珠海的城市发展走上了"靠天吃饭"之路。在珠海,国际化的航空新城建设和连续举办15届的中国国际航空航天博览会(简称珠海航展),将使珠海变成"天空之城"。

在市民艺术中心的规划图前,我不仅为那种精妙而大胆、充满美感的设计而叫绝,更是留心到它的设计者——国际著名建筑设计师Zaha Hadid(扎哈·哈迪德)。可惜,这位享誉全球的伊拉克女设计师去世了,她以自己的作品告知世界:珠海的开放,也体现在世界视野下的善待市民。

临别珠海前,站在海陆分界的大堤上,我看见夕阳给远处的港珠澳大桥上涂抹上一道金光。通过航拍的画面,我看见珠江入海的模样,清晰地感知到珠海为城,昔因珠江;今之为城,既有航天展上珍珠般飞舞于空的飞机,也有铺筑在大海上的桥梁。

从"江海之城""开放之城"到"天空之城",珠海,一直高歌于海天合唱的伴奏中,微笑于河海交汇的背景下。

当脚底烟霞变成笔下风云，便是一本理想的"行走之书"，那是对中国行走文学的一种贡献：变成山水为知己而非过客；向读者推荐观点而非景点；藏山水于案头，留文章于山水。

我们在梦里梦见

1985 年的夏天，我到黄河对岸景电二期工程的一个泵站打工。结束后，蓬勃万丈的少年意气冲淡了在工地上搬砖、运灰的疲倦，站在黄河边，那一河浑黄的水流，就像土黄色的焰火燃烧出黄金的光芒，内心里萌生出一种贴岸想看黄河的冲动，一个壮游黄河的梦想。

那正是喜欢身披星月、阅尽河山的年纪，尧茂书单筏万里漂流长江、彭加木科考探险罗布泊、三毛"万水千山走遍"等各种远行者的故事，在全国各地传颂着，好似一阵又一阵的鼓槌，不断敲击着无数少年的心。我多想离开"巴掌大的故乡"，去更大、更多、更美、更富足的地方看，以徒步或骑行的方式，约会般地亲历一个个独具特色的地方。

夜色中，我静静伫立在岸边，头上一轮明月像是悬在空中的动员令，明晃晃地启示着我：只要有一颗浪漫的心，一个坚定的想法，少年黄河行就可天亮动身。第二天一大早，那辆老式的"二八大杠"自行车，成了我叩访黄河的坐骑。自行车的后座上，驮着打工的行李和从工地厨娘那里讨求的馒头，也驮着属于我的漫游方式，开始穿行过黄河沿岸的土路和堤坝、村庄和集市、庄稼地和护堤林，眼前闪过河滩、湿地、峡谷和沙漠，尽情地挥霍了生命中唯一的高一暑假。半个月时间里，我完成了对黄河百余公里的叩访，那是一次对故乡的短暂告别，对黄河的贸然进入。

自行车和随身带的馒头、行李，让我衣、食、住、行都无忧地度过每一个夜晚。走着，可见麦田金黄；躺着，可见星光灿烂；睡着，可枕涛声入眠，享受了野外孤旅的乐趣。有一天晚上，河边露宿的我，梦见一位古代穿着的中年人，一袭长衫、一双布鞋，迈着矫健的步子前行，山河逐渐向后退去，他却迈入一个个陌生之地，身后的毛驴都跟得气喘吁吁，身边的仆人更是汗流浃背。我的脸上写满了羡慕：能这样穿行江河，何其幸福又何其艰辛呀！醒来后，一脸茫然，不知入梦中行者，究竟为何人。

我并不知道，距那个骑行之夏 382 年前，也就是公元 1607 年的暮春三月，20 岁的江阴青年徐霞客，戴上母亲缝制的远游冠，从草长莺飞的老家出发，开启了他的一次远足。完成了一次以家乡为圆心，以江浙为半径的壮游。

我是通过语文课本上的文章"认识"徐霞客的，对他身份的认知也就局限在"一位旅行家和文学家"上。那个孤行黄河之夜梦见的古人，我压根也没敢和徐霞客有任何联想。

一

高一时的那次暑假骑行，像一罐让我上瘾的饮料，想起来都甜。后来的记者职业，不断为自己的人生餐桌上添加着旅行的菜单。西夏王朝、贺兰山、六盘山、祁连山、黄河、"伊斯兰文明的中国之旅""走在祖国的边上"等一系列自己向时间订购的"作业簿"上，目录位置上已然写好了人文历史、自然地理、民俗风情等写作题材，每一项"作业"的完成，都需要我像一位开着三轮车的农夫，驱动着"读万卷书""行万里路"和"写万字书"的三个车轮，走在自己的旷野之路上。

这"读""行""写"紧密结合的路，我一走就是30多年，把一个脚下生风的少年郎走成了双鬓发白的中年人。这过程中，逐渐更多地了解了徐霞客：15岁那年，江阴的很多少年整天手捧四书五经，忙于应付即将到来的童子试，小镇少年徐弘祖却沉迷在他喜欢的《山海经》《水经注》等"野书"中。结果不难猜测，徐弘祖落榜了。

徐弘祖喜欢两个男人，第一个是吟诵着"仰天大笑出门去，我辈岂是蓬蒿人"的李白，第二个是喜欢云游山水的父亲。落选童子试后，徐弘祖朝天喊出自己的"大丈夫之词"：朝碧海而暮苍梧！他把人生的方向盘及时拨向了钟情山水探险。自此，徐弘祖常常是身披朝霞出门、晚霞归家，将家视为客栈。这种生活方式被名儒陈继儒戏称为"霞客"。徐弘祖干脆就自命名"徐霞客"。这一改名，给中国历代名人榜单上贡献了一个响当当的名字，给后世喜欢探险和写作的人树起一座丰碑，给"读万卷书，行万里路"的结合树立了一个榜样。

旅行，是需要闲钱和闲时支撑的"双闲之事"，需要热爱大自然之心和良好的体力为"游足好闲"做保障。徐霞客的家境丰裕，摆脱了功名之苦后为自己的人生腾出了足够的时间，这样的条件和喜好，刚好满足出行游走的需要。

21 世纪的第十个年头后，我像一位小学生在作业本上一笔一画认真写作业一样，完成自己设定的"走在祖国的边上"的写作计划。这种孤独的行进，持续到第四年的夏天时，我在中国、俄罗斯、蒙古三国交界的阿尔泰山深处采访，手机突然接到一条来自浙江的信息：我获得了"第六届中国当代徐霞客"的荣誉称号，邀请我于 5 月 19 日上午在宁海县城领奖。

对我来说，这是一份之前想都不敢奢想的荣誉和鼓励。我按照组委会订好的机票开始了从新疆到浙江的"空中之旅"，于5 月 18 日傍晚抵达宁海。

那时，我和读者一样纳闷：为什么要去宁海领奖？为什么要选择 5 月 19 日这天？

我到了宁海后才知道，这里和徐霞客的一次看似偶然、普通的相遇，竟然是一条伟大的人文之路开凿的起点，是"中国旅游节"开设的缘由。

家中的院墙再高，也隔不住少年好奇的心如烟花升空，家乡的小河再宽，也拦不住少年出走的脚步。童子试落榜后，徐霞客像一根被命运打造的皮条，以家为原点的每次的出行，被弹出去后很快又回来。如果说徐霞客日后的远行是一块日益变得辽阔、丰盛的庄稼地，少年时期在家乡的这种近距离出游，就是积肥、储水、备耕的各种积累。19 岁那年，徐霞客的父亲去世，按照旧时礼数，他开始了三年守孝。那一定是眼中阅遍群书、胸中勾勒山河图画、心田栽种远游种子的三年。

大明王朝正在风雨中摇摇欲坠，弥漫着萎靡与腐朽的气息、灰暗与失望的色调，国家和个人的治愈都显得重要，徐霞客没让自己的叹息沉入时代哀歌的大洋中，他放弃了传统科举的仕途，选择了一条亲历山河之路。

守孝期结束后，那些想象中的神性山河，发出的呼唤犹如朝霞蓬勃而鲜艳，更似一位熟稔的皮匠，开始把徐霞客这根皮条加工得更加宽、长、厚、韧，朝更远的地方弹射。在这种召唤下，徐霞客开始践行他那"朝碧海而暮苍梧"的诺言，大胆而无虑地选择了独属于他的人生之路，将那双充满力量的脚，迈向一片深邃的陌生和未知。

我一直深信，徐霞客的远游壮行，一定是中了李白那句话的"毒"："丈夫必有四方之志，乃仗剑去国，辞亲远游，南穷苍梧，东涉溟海。"才冲自己的未来之路喊出"丈夫当朝碧海而暮苍梧！"这两位"丈夫"的心中，都藏有一个"苍梧"，它在大地上的任何地方，它是他们的朝圣之地。

徐霞客远行的脚步和"苍梧"之地宁海相遇时，注定是一次各自命名对方、成全对方的历史相遇。

　　我抵达宁海的傍晚，入住的宾馆床头摆放着一本《徐霞客游记》，开篇就是《游天台山日记（浙江台州府）》。隔着 402 年的时光，我仿佛还能清晰地听见，徐霞客在公元 1613 年三月三十日（公历 5 月 19 日）的夜晚，夜宿在梁皇山下的农家小屋，回忆起白天从宁海县城西门出发后，一路向西而行三十里的沿途风景与感受。徐霞客一边用他的江阴话轻轻念道，一边在他的日记里轻轻落笔，那便是如 12 枚生铁铸像般沉沉缀进中国旅行文学史中的 12 个字："云散日朗，人意山光，俱有喜态……"那是徐霞客融合了好日子、好地方、好心情和好文笔的"四好出行"写照。这也是为什么要将"中国当代徐霞客"的颁奖地选在宁海这座并无盛名的浙东小城的原因；这也是文旅时代，有关部门将徐霞客从宁海县出发的 5 月 19 日，定为"中国旅游日"的原因。我来宁海，为的是和徐霞客相遇。

　　从宁海西门出发，徐霞客走上的是万里孤旅，成就了他在中国古代探险史和文学史上的地位。徐霞客之前，唐代僧人玄奘，选择从当时的长安城西门出发，开启了一条万里求佛路；徐霞客之后，民国时的瑞典探险家斯文·赫定带领一支"中瑞探险队"从当时的北平城西直门出发，完成了一项经中国通往中亚的航线气象探险，也就是今天的 G7 国道的大致走向。

　　宁海、长安、北平，三座城的西门，三位伟大的人走出了三条伟大的路。

　　在宁海的那个夜晚，我再次梦见了少年时骑行黄河之夜梦到的那位行者，醒来后我当即断定：他就是徐霞客！我们隔着 402 年、146730 个夜晚，完成了一场托梦与接梦。他在梦里对我说："我出生江南，无法完成壮游华夏的梦想，当年，只好选择从宁海起步，一路向西而行，力争走完华夏的'南龙巨脉'。'南龙巨脉'的丈量，就交给你吧！"

醒来后，想起徐霞客在《江源考》中写的那句："北龙夹河之北，南龙抱江之南，而中龙中界之，特短，北龙亦只南向半支入中国，惟南龙磅礴半宇内。"他说：中国有两条龙，北方的那条龙，就在黄河之北，南方的那条龙则怀抱长江。至此才明白，我和徐霞客呀，注定要成为华夏江河中的两位朝圣者、叩访者、亲历者、书写者。回想起自己身后的山河经历，从黄河源走到入海口的大河之旅，对昆仑山、天山、祁连山、贺兰山、吕梁山、太行山和兴安岭的群山之旅，对西夏、吐谷浑、回鹘、高昌等北方少数民族王朝的寻古之旅，让自己和世俗生活保持了一定距离，却被山河收养。我的心里顿时升起些许安慰："徐老，我没辜负您的托梦，这江河，咱走了，写了，够了！"

二

在宁海参加完"中国当代徐霞客"的颁奖活动后，我悄然自县城西门而出，按照徐霞客当年的行走路线开始徒步，一边轻声念叨着：旅行未必是完美的，但徒步绝对深藏着对自然、道路和前辈的敬重。我觉得，途中心无旁骛地徒步与观察，归来认真地书写沿途所见，是献给徐霞客的两份佳礼。

青年时出游，脚步不负爱你的山河，在山影水波旁踏踏实实落下脚印；暮年时回归，山河不负你的脚步，在你所经的沿途写下追念与敬重。那条驮负过徐霞客最初壮游理想的山间小路，像他漫游山河的长卷之开篇，如今被当地文旅部门命名为"霞客路"。

山坡上的林木葱翠如昔，农民在地里忙活的身影和当年徐霞客眼见的没什么两样，只是河水里多了农药和洗衣粉，山岗上矗立着一座座高压电线铁架，当年供马和人行走的乡间土路变成了柏油马路，上面走动的早已不是驮负徐霞客行李的马，来往行驶着的成了一辆辆汽车或电动车，村庄里因为年轻人多出外打工显得有些空寂。

我脚下的乡村公路不再是一首略显潦草且肆意穿越的诗歌，而是变成了一篇中规中矩的作业。徐霞客当年走过的这条路，也是李白 27 岁时出四川，在江陵遇见天台山玉霄峰道士司马承祯后，被后者送给自己的一句"有仙风道骨，可与神游八极之表"所鼓励，千里奔赴天台山的所经之路。李白从这条小路穿越天台山后，进入天姥山，创作出了《梦游天姥吟留别》。

我一边行走，一边猜度着徐霞客当年走过这里的情形：和一匹当地的毛驴擦肩而过、向一位当地农民问路、依靠一株当地的百年老树小憩一辰、被当地的一处山崖吸引而驻足片刻……那年三月的最后一天，徐霞客离开宁海县城后，骑着马西行三十里，因为听说山中有老虎出没而投宿梁皇山下的一户农家。"云散日朗，人意山光，俱有喜态"的开篇文字，就是在那户人家的一豆灯光下写出的。第二天，他从梁皇山出发，西行二十五里后到松门岭，因为下雨路滑只好下马步行。

每一位农耕时代的探险家，都以徒步的方式走向他们心目中的圣地，在徐霞客的探险生涯中，国清寺无疑是他徒步走进的第一个圣地。

旅行是一种在陌生中的移动：随时都在陌生环境和陌生人群中。相比沿途看到的村庄、城镇、田野、商旅和农户。从徐霞客记述的第二篇日记中，可以看到他离开宁海第二天，在天台山遇见僧人，随后投宿国清寺，这就是徐霞客遇见的第一个"陌生地"。

从宁海县城出发时，徐霞客就和一位名叫莲舟、来自徐霞客老家江阴迎福寺的僧人同伴，一同向天台山而行。中午，在筋竹庵用餐时，偶遇了来自国清寺的僧人云峰。

云峰见徐霞客要带如此多的行李翻山去石梁，便建议道："从这条路到石梁，山险岭峻，路途漫长曲折，上山下山都不方便携带行李。你不如轻装前往，让挑夫将重的行李担上，随我去国清寺等候你。"

徐霞客便让挑夫挑着行李随云峰先去清国寺，他和莲舟一起沿着山路前往石梁。

在天台山里转悠了三天后，徐霞客这才来到国清寺。

又是一次有缘的"相遇"：2021年5月18日，我因领取"中国徐霞客诗歌散文奖"前往天台山，领奖地就在国清寺旁边。江南多雨，天台山的雨似乎更多，或许是常年大部分时光下雨，高大的天台山被雨浇软，出现了李白在《梦游天姥吟留别》中写的"天台四万八千丈，对此欲倒东南倾"景观。傍晚时分，我喜欢一个人偷偷地去国清寺，走在游客全无的一片寂静里，浸在一片迷蒙的雨雾里，耳边是细若风语的软雨落肩。我和徐霞客之间的那 408 年时间，一下子薄如宣纸，仿佛就隔着一道细细的江南雨，隔着院子里一条窄窄的石条桌，隔着半空摇摆的一枝柳叶，隔着从禅房里传出的半页经文。细雨当清茶，邀约品茗人，徐霞客仿佛掀门帘似的，轻轻一挥手，从大殿外缓缓走来，我们就对坐在寺院的檐下，细细叙述各自在山河里行走的经历和心得。那大寂静的时光里，落地的细雨是无数认真听众。

一座山如果因寺而出名，暗地里想必就契合了"山不在高，有寺则名"的道理，如嵩山的少林寺、阴山的五当召、祁连山的马蹄寺，等等。天台山和国清寺，山与寺互相成就。在中国，带"国"字的寺院不多，岭南有国恩寺，开封有相国寺，北京有报国寺，张掖有西夏国寺，东边就是天台山的国清寺。国清寺是这四座"国"寺中最东端的。

寺院，除了我们惯常理解的，为传播佛法、僧侣修行提供场合外，还能为外地赶考的举子、奔波的商旅、逃荒的灾民等遮风避雨，更以其肃穆与庄严，内蕴的良善与慈悲，而成了一席人性修习的课堂，让人心生敬畏与悲悯。408 年前的四月初三，也就是入住国清寺前一天，徐霞客专门到石梁的昙花亭礼佛，这证明他是一位敬重佛学的人。初四到初八，徐霞客在国清寺一共夜宿四晚，除了喝茶、聊天、采访和学习外，想必也从这里领受了一包对大自然和信仰心怀敬畏的种子，装在行囊中，撒在了后来的远行路上。

或许是我缓缓穿过国清寺前的石塔旁和各间院落时，或许是坐在大殿前的台阶上和院中石条凳上听雨时，心里对徐霞客念念不忘的缘故，那个枕着一檐雨滴声入梦的夜晚，我竟然又在梦里梦见了那个朝气满满的徐霞客。他和我隔着小石条桌，给我讲述他当年日记里记载的在国清寺里的几天情景：入住国清寺的当天晚上，他就和云峰和尚"如遇故知"般重逢。李白以"丈夫必有四方之志"鼓励徐弘祖变成徐霞客，是徐霞客鼓起远游天下的第一位精神"向导"。天台山之行遇见云峰和尚，是徐霞客启动壮游之旅的第二位"向导"。前者给了徐霞客诗意、浪漫与文采的启示，后者以当面交谈和实地带路，给徐霞客的旅行课中添加了爱心、慈悲和尊重万物的加持。

这或许是筋竹庵午餐时，熟悉当地情况的云峰和尚给徐霞客提供的一份"天台山攻略"。第二天，徐霞客从国清寺出发，前往两位唐代高僧寒山和拾得的隐居地明岩。第三天，在云峰和尚的陪同下，前往桃花坞、鸣玉涧、双阙、琼台。第四天，离开国清寺，朝雁荡山方向而去。

天台山是适合静修的，是修行者完成课业的理想之地。这里，留住了寒山、拾得等僧人和司马承祯、太乙道人等道士的身影，滋养出了中国佛教的天台宗和道教的天台派，也吸引了李白、白居易、孟浩然、贾岛等诗人的目光或脚步，他们完成了一首首诗歌；这里，收留了唐代天文学家僧一行为编制《大衍历》来到这里求算学的岁月，吸引了唐贞元年间来此求佛学法的日本高僧最澄，回国后在日本比叡山创建了日本天台宗；这里，也吸引了11世纪的高丽僧人义天，来到国清寺求法后，天台宗传入朝鲜，让国清寺先后成为日本、朝鲜佛教天台宗的祖庭。按今天的话来说，国清寺就是一个国际网红打卡地。

天台山，这万花筒般的宝库散发出的魅力，吸引徐霞客在此停留了四个夜晚、五个白天的时光，这时光是不属于静修与礼佛者的，而是属于一位探险家的。天台山是大气的，邀请到了徐霞客前来；天台山也是小气的，只给了徐霞客84小时。然后，就目送着徐霞客像一尾鱼离开池塘，游向大海，像一朵在天台山上空飘移的云，向远方飘去。

三

徐霞客留给后人的印象，多是探险家身份透出的勇敢和智慧，总以为他是一位超然世外的逍遥之人，很少有人留意到他亲近佛学中滋育的悲悯之心，以及对民生艰难的关注。这是两束光，一直让我紧随其后，从一位追光少年变成了守光人。

纵然阅尽千山，倘若让徐霞客列出自己身经群山的排行榜，我想，天台山和鸡足山应该是排在前面的，这是被两位和他相遇、相伴的僧侣导师般指引的两次讲座、两座佛殿，让徐霞客从中领悟到了慈悲的真谛。天台山是徐霞客游赏的第一座山，对他有着启蒙意义。从宁海前往天台山，莲舟法师一路陪同徐霞客。途中，徐霞客没少受佛雨滋润。在天台山入住国清寺后，又有云峰和尚相随，和后者谈山论水期间，一定也没少沾佛家智慧。51岁那年，徐霞客取道南京，和迎福寺里的静闻和尚结伴南下，一同前往有着"金殿空中香雾迷，十里松风吹不断"

盛誉的云南鸡足山。那时，如此长路上必是交通阻塞，盗匪肆虐。乘船渡湘江时，徐霞客和静闻和尚遇到了强盗打劫，受伤的静闻和尚到南宁崇善寺时已生命垂危。临终前，静闻和尚对徐霞客说："我出家二十年，立志要去朝拜鸡足山，今已不行了，我死后望你能将我的骨头，带到鸡足山去。把我用血一笔一画抄写的《法华经》供奉在鸡足山的悉檀寺。"静闻和尚圆寂后，徐霞客将他火化成灰，背着装有骨灰的小罐和那份血经，从广西经贵州，进入云南，沿途还创作出六首《哭静闻禅侣》的诗歌，表达了对这位僧侣之友离世的悲痛："西望有山生死共，东瞻无侣去来难。"历时一年后，徐霞客终于到了鸡足山，在迦叶道场里，徐霞客将静闻的血经奉敬予佛祖，完成了友人的遗愿。这份经历，不难看出徐霞客重情讲义、不负践诺的一面。

宁海和天台山之后，我的身影和徐霞客足迹一次次相逢、重叠。

鸡足山下，我仿佛看见徐霞客带着一身疲惫，身负静闻骨灰和血经而来。我顿时明白徐霞客能够持续多年远行的原因：除了一副强健的体魄和一颗不死的旅行之心，还有把旅行当信仰、不计成本完成朋友的遗愿，这才有了他行程中相遇的衲影经声、慈悲大爱。

在腾冲，我理解他那个时代中能到如此边陲之地的不易，仿佛听见他给我说："大丈夫不该只待在国家的腹地感受和平，或在城市里体味繁华！当把足迹送往边地，方能领略一代代将士保家卫国的血有多热，誓言有多铮铮。"

在金沙江边，我耳边回荡着徐霞客在《江源考》中的长叹：

身为长江边长大的人，他在故乡时"望洋击楫，知其大不知其远；溯流穷源，知其远者，亦以为发源岷山而已"。探究江河之源，成了他遥远的梦想和遗憾！在《江源考》中，我读到了徐霞客对长江和黄河之源的论述，前者是他望着一江浩荡朝源头递去的一份遥想，后者则是纯属根据文献进行的一场"地图上的旅行"，这不是他偷懒，而是当时的交通、环境以及他的个人体力和经济条件等限制。我的心里，埋下了替徐霞客溯源江河的种子。

在黄山，当别人在功名利禄的路上奔波不已时，徐霞客竟然用一整天聆听山雪融化，这种慢生活成了时下人们艳羡的对象。我的时针，仿佛被徐霞客伸出的手轻轻摁住，不再往前滑动，让我也有了一整天对着山、云、松发呆的空闲。

庐山，我看见他不仅诗意飞扬地赞叹那条被李白写过的瀑布："环映青紫，夭矫滉漾。"更是以自己的足迹勾画出了一幅庐山的景观地图。

在河池县，我听到了他对民生艰难心生的痛之叹："城内外俱茅舍，居民亦凋敝之甚，乃粤西府郡之最疲者。或思恩亦然。闻昔盛时，江北居民濒江瞰流亦不下数千家，自戊午饥荒，蛮贼交出，遂鞠为草莽，二十年未得生聚，真可哀也。"他把这目睹的真实与深切的感叹，写进日记里，别人读到的是一段事实，我读到的是美国旅行作家和小说家保罗·索鲁的那两句话："旅行文学和小说的区别，前者记录眼睛看到的，后者发掘想象力所能洞晓的。""当人性的东西被记录下来，好的旅行文学就诞生了。"

徐霞客并非尽情挥霍自己的爱好，哪管黎民苍生。他的幸福在于活在自己的热爱里，将一颗热爱自然山水的心和一颗热爱众生的心融在一起，跳动在他的漫游途中。他穿越了西南边地和探险视域的双重荒蛮地带，完成了现实与精神的双重旅程，书写了一本精神和知识的双重图谱。

一次次的出门远行，我试图读懂徐霞客并将其化为我行走的动力，树为一座移动的纪念碑，也试图以热情和坚持作为行走江河的通行证。人类历史发展中，最好的传承力量就是努力完成前辈的未竟事业，让良善、智慧、正义的码头，一直江船渔火般亮在这历史长河两岸。江河溯源，是徐霞客当年的梦想，也是我想帮着他完成的事情之一，是我们今天所说的霞客精神的承续。

我逆河而上，一路风霜，直抵源地。从冰川里挤出来的细细水流恍如银线，让我仿佛看到披在徐霞客肩膀上的那一丝丝头发，那是岁月染白的青春。跪倒在江河源的碑石之前，我才发觉，这艰难一路，是替徐霞客圆了一个相隔了400多年的梦。我轻声告慰："徐老，我替你还愿！这盛世，交通改观、通讯巨变、民族通融、文明互鉴，再不似您在世游走时，关山难越、河源难溯、担心匪患、忧虑交通。"

临终前，徐霞客曾说：张骞出使西域，玄奘远赴天竺，耶律楚材跟随蒙古西征，他们都曾游历天下，但他们都是奉命而行，我徐霞客，一名普普通通的老百姓，靠着一根拐杖、一双旧鞋，走遍天下奇景，此生无憾。同样，我无法像张骞、玄奘、耶律楚材等领命之人，完成一篇宏大的命题作文。我也无法像徐霞客走得那么艰难、遥远，但我能做到、也做到了像徐霞客那样听命自己、取悦自己、检阅自己，一道孤铧般在大地上犁过自己的脚印，做到穿越"四等"境界：在上等梦境中，向往星辰大海；在中等机缘中，叩访山川人文；在低等烟火中，品味粗米油盐；在末等环境中，书写锦绣文章。同时，努力做到"四万"梦想：读万卷书、行万里路、阅万人脸，书万字文。把写字桌移动在大地上，把行经的万水千山写成案头文章，这才算是一名合格的"中国当代徐霞客"吧！这才敢伸出手，穿越过 400 多年的时光，和徐霞客握一次手吧。

四

没有一双发现美的眼睛，没有一颗热爱生活且敬畏自然的心，没有一支记录行旅所见的笔，一个一味行走山河间的人，无非比邮差走得远了些而已，无非是"同城跑腿"将足迹延伸到乡村和山川而已。这也是探险家和文学家融为一身的徐霞客，给真正意义上的中国旅行及旅行文学树立一座丰碑的意义所在。

"云散日朗，人意山光。"记载于《徐霞客游记》开篇中的这八个字，已经彰显了他的文采。他选择了日记这种最简单也最能真实表达心意的文体，把脚底烟霞变成了笔下风云，铺就了一条写作之路。他的日记，融合了望远镜、显微镜和放大镜的功能，既记载了山川河流、岩洞湖泊、森林瀑布，也有旅途中的民俗、被盗、遇险；既有个人的经历，也有对国计民生的担忧，这是他对中国旅行文学的贡献。

徐霞客的行走与书写，即便放在今天也有着不可替代的启示意义。正确的旅行发心，决定了他不像南北朝时的谢灵运，出门远游时动用数百僮仆伐木开路，写出一首首山水诗；优渥的经济条件，决定了徐霞客也不像清朝时因愤于"悠悠斯世，无可与语"的戴名世，选择从江宁到北京的远游，遇上雨季而一路淋雨且深陷困窘，以一副满身泥浆、行李湿透、脸色憔悴的形象抵达北京；坚持实地行走，决定了徐霞客更不像清朝时的袁枚，既怕太阳晒黑了皮肤，又不愿走路，只好在想象中书写他的"旅行诗文"——同是外出，余光中称袁枚是"文士踏青"。徐霞客是"勇士探险"，是今天那些坐在空调房里，喝着咖啡，利用百度或 DeepSeek 完成一篇篇"地图上的旅行文章"者所不能相比的。

真正的旅行者，通过文字，变山水为知己而非过客；通过文字，向别人推荐的不是景点，而是观点；通过文字，达到藏山水于文章中，留文章于山水间的目的。

徐霞客将散文的光辉投进日记这种体裁，让日记大放异彩；把日记的真实投射在散文的镜面上，让散文有了可信度和趣味。一本《徐霞客游记》，自此便成了旅游文学、行走文学的经典之作。它的序言作者潘耒这样说："文人达士，多喜言游。游，未易言也：无出尘之胸襟，不能赏会山水；无济胜之支体，不能搜剔幽秘；无闲旷之岁月，不能称性逍遥。"潘耒紧接着说出了旅游的"四不"："近游不广，浅游不奇，便游不畅，群游不久。"这让我看到徐霞客打造旅行者和写作者的合体时，把胸襟、身体、时间、金钱、文采、学识等作为材质，以独立行走的状态、旷野求生的智慧和对抗孤独的勇气作为佐料，才有了这么丰满而喜悦的形象，那也是我在梦里梦见的形象：永远成熟的、饱满的、意气风发的，永远不会老的一个人，那是一个理想男人的模样。

从少年时读《徐霞客游记》，这本书便成了的人生之路上的小灯笼，在前面一直缓缓移动，照亮我的前行之路，让自己的大半生时光被旅行与行走命名，让自己的很多文章被命名为"旅行文学""行走文学"。

人到中年才发现，父亲给我取名，不仅
是他或别人在茫茫人海中喊我时，我能回
头答应的三个字符，也是内含一个美好愿
望的符号，更是一种让我在漫漫人生路上
走好的期许。

附录：这世上命名我的
人呀，一直在

我不能穿着你那件不再合身的外套
走过老街，前往贴在村边的渡口
但，我会用你的语气继续和我的儿子交谈
把它当作家产传下去

我无法饮尽你没喝完的酒
但我会把你遗留在尘世的空瓶子
垒成另一座"发裕堡"
你的胡须是如约而至的雪

我将你赐予的名字和面容
打造成碾过岁月的两道车辙
跌跌撞撞地走过人间，终点
是在你的坟前，跪成一座雕像

——献给父亲

步入中年后，我发现自己比童年、少年和青年时期更需要父亲，更需要他像我刚出生时给我取乳名一样，让我裹着一团美好的祈愿成长。在他的教育下，我变成了一名怀揣朝气的少年和一首奔跑的歌；在他的影响下，我变成了一名朝碧海而暮苍梧的青年和一首硬朗的诗。如今，我像一艘驶入中年深海的船，我多希望他像一盏灯塔，站在茫茫夜域、高岗峻岭，给我以指示与加持，但他却在另一个世界的厚厚迷雾中，躲居15年了。我能想起他的模样，却再也看不到他的脸庞，听不见他的声音。人在中年失去父亲，该是内心里最大的不甘和憋屈。

一

除了父亲这个重要的角色，他对我还有一个重要身份：我的命名者。

在常人的理解中：命名者，拥有多大权力呐！其身居高位，掌握强大的话语权，可以命名山川河流、官员职衔、政治事件、文化现象等，让人们仰望、羡慕不已。然而，我们常常忽略了天下父亲对自己孩子的一项垄断性命名权：取名。

乳名，是父亲撒在我们耳边、挂在我们嘴上、长在我们心里，对我们未来生活美好寄愿的一把庄稼；是从父亲口里吹出、终身定居在我们记忆中，把我们从村里其他孩子区别开来的一缕炊烟。耕地会被荒废，这把庄稼一旦耕植于心，便是终身的伴当；房屋可以迁建，这缕炊烟一旦飘过眼帘，便是一生的风景。

天下父母，虽然在相貌、地位和学识上各有不同，无论是居庙堂之高，还是处江湖之远，但在给子女取名这项神圣的权力前一致平等且从不滥用。他们尽自己最大的良善之心，怀着各种美好的祈愿，把给孩子们取名视为一项神授的任务。学养与眼界的不足，让旧时接受教育有限的乡亲们给孩子取乳名时有了各种限制，甚至有些随意：一个孩子是他爷爷67岁时生的，就有了"六七"这样的名字；一个希望孩子日后能参军的父亲会给孩子取名"军娃"；甚至还有"狗剩""牛蛋""羊娃"等内嵌动物特性的名字，给人一种力量、行走、生命的感觉。这些名字像是一群奔跑在村子里的小动物，像一股股从乡民嘴里吹出的田野之风，自由而肆意地奔走在农家小院、田间地头。女孩子的乳名里则多带有朴素色彩，多是如"梅花""海娜""杏儿"等给人迎风摆动、多姿温柔的印象，像是一片移动在村子内外的绚烂植物，文静、漂亮、绰约。

乳名里的男孩和女孩，就是长在乡野中的一群小动物和小植物。

人与人之间在童年时或许就得承受很多不公平，比如出身、长相、家境等，但在拥有一个美好的名字上是公平的。任何一位没有金钱、知识和地位的父亲，都享有并行使给孩子取名的权力，这个权力分为两种：给孩子取乳名和正名，前者往往被称为"小名"，是我们童年的床，上面睡着父母和其他长辈、亲人的疼惜与童年伙伴的亲昵，是一种专门属于长辈、亲人和发小间昵称时的专利。老话说："若要好，小名叫到老！"如今，我一旦回到家乡，长辈和儿时玩伴还是很自然地称呼我的乳名。我对这种称呼很受听，这是一种亲切与信任。

一个孩子除了拥有父母取的乳名外，还有一个完整的、带姓缀名的"官名""大名"，也就是我们所谓的"姓名"，它是上学时让老师、同学乃至社会人士称呼的。它就是母亲遵父亲之托，缝在我们身上的一个标签，影子般紧随着我们的一生，把我们从长大后与村里的、学校的、单位的、他乡的、陌生酒桌上相遇的其他人区别开来。和充满土气、谦卑的乳名相比，一般而言，官名都取得体面、光鲜、大气。乳名和官名，就像一张纸里包着的两块糖，体现了父亲的期待、学识和预见。

在旧时的故乡，很多人不识字或文化程度低，但又希望自己的孩子有个叫得响、能带来好运气的官名，这让给孩子取名成了一件大事，常常是读过书的"先生"或到外面经过世事、见过世面的人才有的权力。常常是小孩的父亲手里端着饭盘，上面放着当天蒸好的馒头和表达心意的钱币、礼物，抱着孩子的母亲紧跟其后。到"先生"家里，恭恭敬敬地报上孩子的生辰八字、父亲和母亲五代以内的先人的名字，等候取名者掐算、挑字组合后，方能求得名字，这便有了"端着盘盘求名字"的来历。

父亲 16 岁就离开家乡，投身到新中国第一个有色金属基地——白银矿（今白银有色金属公司）的建设中，便有了那个时代醒目且令老家人羡慕的身份：工人！和获知我的两个哥哥出生信息的渠道一样，父亲是从母亲写去的信中，得知我出生的消息。和给我的两个哥哥取好乳名与官名后，装在信封里邮寄给母亲一样，我的乳名和官名也夹在那封信的其他汉字中间，带着父亲一生的美好愿景，邮寄到了乡下。

从此，襁褓中的我，就被母亲用"明圣"这两个字轻轻亲唤，那是我生命中听到的第一个完整的词汇，她和家里的长辈们以及村人们在后来昵称这个名字时，习惯在乳名后加了个儿化音。它是我儿时甚至一生中最忠诚的伴当，我的耳朵里听的最多的名字是它，我一生中听的最私密也最亲切的是它。如今，年过半百的我回到家乡，母亲和邻居长辈、亲人甚至发小们，当着我的面仍然称呼我"明圣儿"，但年少时的我和今天的他们一直以为我的乳名是"明胜"，意味着内含一种将来能取得人生胜利的良好期盼。

我们那个年龄的农村孩子，一般都是 8 岁到 10 岁开始读一年级。我 7 岁那年，父亲特意从工厂请假赶回家，把我放在自行车的前杠上，一手握车把，一手扶着我，前往学校。我听见他清晰地告诉老师我的名字，并盯着我的名字落在入学报名册上：唐荣尧。

说实在话，我小时候一直不喜欢父亲给我取的乳名与官名，我以为"明胜"两个字，像是要把我推到战场似的，盼望我打胜仗，觉得这个名字俗不可耐，而且名字后缀个儿化音，听起来软绵绵的，没有发小中的"小强""狗蛋"这类名字响亮；至于"唐荣尧"这三个字，缘于祖上从明万历年间自江南泰和府戍边至此，按照辈分排序取名，到我们这一辈最后一个字是"尧"，父亲在"唐"和"尧"之间取了个"荣"字，这还了得，至今还总是让人误会我自大狂狷。偏偏家乡人向来把"荣"字发为"云"音，从小到大，我名字中的那个"荣"字，活活给念成了半生中满耳的"云"字。要命的是，国人对"尧"字并没有我理解得那样透彻，无论是小学读书去学校第一次向老师报名，还是后来去邮局取稿费单，还是去一些诸如银行的柜台办事，总听见别人把"尧"字发成"绕"音。我给别人解释自己的名字时，"荣尧"两个字连在一起时，读起来有些拗口，非得停顿下来，宣读圣旨般地一字一顿地说：唐是唐朝的唐，荣是光荣的荣，尧是……（顿的时间明显要更长些），尧是浇水的浇，去掉三点水。这种介绍名字之累，是别人理解不了的，即便是现在，"尧是浇水的浇，去掉三点水"这样的梗，依然埋伏在我的生活中，随时随地都有可能爆雷。

上初中前，我对父亲给我取的名，无论是乳名还是官名，都是不满意的，我认为他在命名我这件事上，并不成功。常年在外工作的父亲，并不知道我的名字在班上被点名、在外面被人叫时遭遇的各种尴尬。直到我上初二时的那个暑假，父亲请假回来帮母亲夏收，有一天，我当他的面提及这件事时，他一愣："怎么会这样？我取名是有讲究的，你去揭开上房的柜盖，里面有答案。"

揭开柜盖，我才发现那上面是父亲用毛笔字工工整整地写着自太爷、爷爷、父亲三代以来的家族各个成员的名字、乳名、出生年月及具体时辰，我和两个哥哥、妹妹的信息排在最后，这简直就是一个浓缩的家族信息表。排在我前面的两位哥哥的乳名分别是"今圣"和"君圣"，官名分别是"今尧"和"富尧"。父亲随后告诉我，希望大哥能按圣人的标准过好今生，希望二哥能像君子一样的圣人标准要求自己，希望我能明白圣人之道。如今，那件木柜依然完整地保存在老家。

圣人，多宏伟的字眼，我们这三个出生农家的孩子，如何配得上？父亲是不是给予我们的希望太宏大了？记得那天，父亲淡淡地给我念出一段古语："人皆可以为圣人，而君子之学必至圣人而后已。不至圣人而自已者，皆自弃也。"后来，我才知道这是《二程集》中的一段话，意思是人人都可以成为圣人，一个君子学习的最高目标应该达到圣人的标准，如果达不到圣人的标准，就是对自己的放弃。

父亲说的那段古话，我听得云里雾里的，脸上一定是写满了不解。接着，他给我背诵了清初的教育学家颜元的那句话："圣人亦人也，其口鼻耳目与人同，惟能立志用功，则与人异耳。故圣人是肯做工夫庸人，庸人是不肯做工夫圣人。"

父亲见我还是不解，恍然间意识到我才是个初中学生，便说："当圣人当然难，退而其次，可以当君子呀！"

我一脸欢喜："那当然，做君子比做小人好！"

"那你说什么才是君子？"

当时正值暑热季节，麦子的收割、晒场、打碾、簸扬、进仓都得在酷热中完成，位于黄河谷地的家乡就像一个大蒸锅，完成夏收的乡民们就像这热锅里蹦跶的豌豆，白天根本没有停歇时间。晚上，铺天盖地的蚊子在没有退去的热气中飞窜于黄泥小院，让劳累一天的大人小孩无法安然入睡。我想了想回答道："君子就是白天能摇着扇子，坐在屋檐下的阴凉中，摇着扇子，吃着西瓜；晚上，炕上能有蚊帐，睡在里面不让蚊子叮着。"

"你说的那是地主的生活，不是君子所为！"

"君子是怎样的？"我反问道。

"君子谋道不谋食，小人谋食不谋道。就这么简单，如果做不了圣人，至少我希望你能做个君子。"

后来，我才知道，只要努力与恪守做人的道德要求，人人皆可成为尧舜一样的圣人，这是中国人千百年来一直追求的人格信仰和生活信念。这片土地不仅孕育着苦难和希望、平凡和辉煌，更是不断呼唤着圣人。父亲以"包天"之胆给我们三兄弟取的乳名中所含的"圣"字，不就是承继了中国人在给儿女取名时寄以"望子成圣"般美好愿景的传统吗？谋道成了我确立给自己的人生目标，多少年后，也成了我传给儿子的人生格言。

按照家谱上的排序，我们这一代人是"尧"字辈，父亲给我们哥仨的姓名中分别取"今""富""荣"。大哥后来顶替父亲进了工厂工作。大哥喜欢做生意，曾一度将自己名字中的"今"字改为"金"，经过几次投资生意失利后，他带着对父亲取名预见性的敬佩重新恢复了那个"今"。二哥大学时学的是建筑学，毕业后成了一名监理师，生命中最好的时光恰逢中国大地上掀起建筑高潮，物质生活上确实体现了名字中的那个"富"。我的职业履历表上，从教师到宣传部干事，从新闻记者到专业作家，大半生的时光里确实是贴着自己喜欢的文字而行，相比对物质生活的追求，我更喜欢让荣誉降临、镶嵌在生命中。

人的一生，有很多东西容易被丢掉，但父母赐予的名字却很少被抛弃。一个人的名字，并不一定要多么好听、惊人、新奇，但能和其主人有一种美妙的般配以及衍生出的意境，那就应该是理想的名字。我的人生经历准确无误地告诉我，父亲给我取的名字，就是给我人生方向的命名，就是给我立了一个人生的目标。

张爱玲说过，为人取名字是一种轻便的、小规模的创造。就给我们哥仨取名而言，几十年的时间证明，父亲在给子女取名上却不是轻便的，是真正的创造。我后来读父亲藏书中的《老子》时，阅见第二十八章时，被这些文字吸引："知其雄，守其雌，为天下溪。为天下溪，常德不离，复归于婴儿。知其白，守其黑，为天下式。为天下式，常德不忒，复归于无极。知其荣，守其辱，为天下谷。为天下谷，常德乃足，复归于朴。"方明白，一直敬拜老庄的父亲，给我取名时，一定也是希望我成人后不能只是喜欢得"荣"，而不能受"辱"。那时，我已为人父，从小就教女儿学习围棋，没想到她后来在北京办起了少儿围棋学校，让我取名时，我不假思索地想到了"上道"之名。并以"知白守黑"四个字的书法条幅，作为开校礼物送给她。

二

　　好的父亲，是儿女们的第一所学校，他未必能传授适宜生存的技能与顺应潮流的大道理，但一定能传递一些品质，比如诚实但不木讷、机敏但不圆滑、上进但不投机，等等。

　　上小学时，一个周末的上午，母亲让我和二哥去村外的地里割草喂猪。一则是天气太热，二则是那条流过梨园的小渠哗哗流水勾起了我俩的玩兴。二哥带着我和遇上的几个伙伴玩起了打坝拦水的游戏，用来铲草、背草的铲子和背篼，被用到了从水渠旁的地里挖土、运土上。一个淋漓尽致地玩水耍土的上午，在不知不觉中消失了，直到大家觉得肚子饿了，头顶的太阳从梨树枝梢间热辣辣地射下来，我们才意识到该干的事情竟然没干，要铲一背篼青草显然来不及了。二哥"灵机一动"地爬上梨树，折下几根枝条，横担在背篼中部，然后在他的授意下，我俩脚忙手乱地拔草，很快，一个满装一背篼青草的假象完成了。二哥以为去田里劳动的母亲一定是在厨房里给我们做午饭，没时间和精力去猪圈旁看我们究竟是不是背回一满背篼草。然而，当我们走进院子时，没想到父亲却在我们事先不知道的情况下请假回家探亲，坐在门台上的父亲从我们背草的动作上研判出了二哥和我合谋的谎行，他走过来，一个掂量的动作就让我们的造假行为暴露无遗。

　　母亲在厨房里做饭，并不知道接下来发生在院子里的场景：父亲没一句责骂，只是让我们把那半背篼青草掏出来，把那横担在背篼里的梨树枝条拿出来，罚我俩站在烈日下，面朝临街的院墙。我俩分别用额头顶住用来作假的其中两根小梨树枝，并使之和地面保持平行。我们的身旁是背篼和从背篼里倒出来后很快就晒蔫了的青草、梨枝、铲子，它们就像两个被抓了现行的小偷用的工具与赃物，被公示于众人面前。院门敞开着，我们的这个滑稽样子，引来街上路过我家的邻居和童年玩伴们好奇地围观。一位参军多年回家探亲的"解放军叔叔"刚好路过家门口，也被父亲邀请到院子里。父亲现场吟出了一首顺口溜，向围观者"揭露"我和哥哥的造假行为：母差你俩去拔草，贪玩岂知日头长？虚虚笼笼半背篼，背草回家哄肉头；猪吃不饱怎能壮，年少撒谎怎成长？一旦养成坏习惯，人生路上成了绊。今日当着众人面，训导儿娃听详端：若要人生走得长，诚实二字挂心上。

　　在那场"现场训诫大会"上，当着"解放军叔叔"和村子里围观看热闹的乡亲及我们的同龄伙伴，父亲没一句责骂和训斥，却让我终生难忘。那84个字组成的打油诗，像84条消防管喷出的灭火剂，是对我少年时期跟着二哥第一次编造谎言之火的有效扑灭。那天的正午，虽然是站在炎炎烈日下，我却感受到灰烬般的羞愧、阴霾般的沮丧、考前般的焦虑。那是我第一次感受到"羞愧难当"，也是我第一次领受到一个人说谎的代价。后来，每当做错事情，父亲都会根据所犯错误的不同程度，用头顶小木棍、筷子、铅笔、蘸笔等"惩具"的方式，让我们面壁思过。今天回想起来，父亲当年给我们的那场文明但带有善意的惩戒，和奖赏一样珍贵，是他第一次镶嵌在我生命中关于真诚的命名！

好的父亲，就是儿女良好人格的第一塑造师，他未必能言，但可以在身教中将诚实、骨气、善良、孝顺等人类发展历史中积累的精神食粮，悄悄传喂给儿女。父亲小学没毕业就离开家乡，去当工人，那个地方是中国第一个以贵金属命名的城市：白银。第一批建设者的身份，让他们能和当时参与白银有色金属基地建设的领导近距离接触并建立珍贵的友谊。大哥初中毕业后，因家乡的村子是距离县城最远的，不具备去县城读高中的条件。按照父亲的工龄，加上因20多年值守在轰鸣的熔炼车间造成的职业病，父亲可以让大哥顶替他成为一名工人。为了让大哥的青春岁月别荒废在迎面而来的农村岁月，当然还有骨子里向往陶渊明式的归隐生活，父亲决定提前退休，让大哥成了他所在的选冶厂的一名工人。办理好退休手续后，父亲带着陶渊明般"孤云归家"的感受和大捆的书返回家乡。当时，大哥的厂领导是和父亲一起工作过的，按说，父亲只要给领导说一句话，大哥的工作岗位会更好些。母亲怯怯地建议，能不能给厂领导去说一声。父亲断然拒绝："唐某人只负责给国家上交一名接班的合格工人，没必要去求领导；在厂里能不能干得好，看他儿娃子的本事了！"

我大学毕业后，二哥也提前两年被分配到白银了，我多想和他们一起团聚在白银，但按当时的分配政策，我只能被分到籍贯所在县的乡下初中去教书。然而，诗歌像一团燃烧在我体内的火，驱使着我奔向腾格里沙漠南缘的一座小县城。父亲退休前所属的白银公司在县城东郊有不少厂子兴建的农场，办有一所农场中学。那时，我多想让父亲能开口给他曾经的领导说一句话，让我能既守在沙漠边过一位诗人的日子，也能进到那所虽然地处城郊，却归近百公里之外的白银公司管辖的农场子弟中学教书。父亲断然拒绝了我："自己努力来的东西更值得拥有。"

父亲认为自己年轻时在外工作，家里的农活、劳务全落在母亲身上，退休后便专心帮母亲务农，却又做出不少非农民的事情。故乡临山面河，父亲刚回到家乡就带着铁锹，走上村庄背后的那座山。山顶上旧时曾有座道观。他在废弃的道观背后凿出了一眼窑洞，安装上一扇木门，里面通了从家里拉上去的电线，安装了电炉和电灯，早上背一壶水，带点干粮，在那眼窑洞里读书、练书法、吹笛子或自制的铁箫，遇上阴雨天或冬季常常会一天不下山。父亲后来开始在山上栽树，早晚上山都是背一塑料桶水浇树。有时，也会带着自制的鱼钩，去黄河边的洄水湾处钓鱼。

父亲，在农民的土地与氛围中，用自己的行动勾勒了一幅农作、钓鱼、栽树、读书、画画的非农民式的田园隐居图。

如果以当时的地区行署、市区、县城和公社为原点分别画圆，故乡是距离这四级行政单位最远的乡村，这导致这些行政机构的领导很少到故乡来。偶尔，破天荒地有领导"神仙下凡"似的去故乡视察工作，听说有这么一位退休隐居归乡且琴棋书画俱佳的"工人师傅"，便带着好奇心前去拜访。那时的那些领导，有文艺天赋的少，更是很少能接住父亲现场出的对联、答出考问的典故，常常被父亲拒之门外或当场嗤笑。那时，家里的大门是一道粗柳枝编的篱笆，父亲在篱笆门两边的土墙上凿出两个小洞，洞口之间拉着一道绳子，绳子中间悬着一块秤砣般大小的石头，前来拜访的人，出入篱笆门时，无不得低头，常听见父亲送走这些拜访者后自言自语："我不求人，但不反对别人来求见我，既然是拜见，就得有低头拜访的态度。"

我问父亲大门悬石头，会不会影响亲戚老乡甚至拜访父亲的人来家里，他这样回答我："人活一辈子，不要把别人的看法想得那么重。那块石头是给前来附庸风雅者亮出的警示，能来的人是不计较这个的，别说亲戚好友，哪怕是小偷都会想办法进来的。老话说得好，酒肉的朋友，米面的夫妻，钱财的亲戚，势利眼的邻居。你强了，就是爬也会有人来家里求你，你弱了，就是请人家也未必来，来了没准也是欺负你的。"

父亲，把孤傲打造成了一份送给自己的礼物并独享至终。

三

村子里的童年伙伴大多在 8 岁以后才上学，父亲让我们三兄弟都是 7 岁就上学，和全村的同龄伙伴比起来，我起步最早的应该是读书、练习书法和学山水画。

上小学四年级时，父亲给了我两本书，一本是《千家诗》，一本是《痛史》。若干年后，我才明白他推荐这两本书的用意，也为他那时就仿佛能看到我后来写作路向的预见力而深深折服：我从少年时期到现在仍坚持诗歌阅读与创作，长期的记者职业又将我近些年的创作引向了非虚构。父亲那时以一本《千家诗》给我打开了一扇诗歌之门，推门进去首先看到的是中国古代诗歌的辉煌;《痛史》是一本写南宋灭亡、元军入主中原后文天祥等忠臣义士奋勇抗元的小说。上大学时，父亲就屡屡告诫我，诗人很容易掉进自我的圈子而忽略家国情怀。后来，我每次想进行个人情感、故乡风物、成长故事等"私人写作"时，那本《痛史》就像一艘潜艇，缓缓从脑海里浮出来，变成了一座指示塔。

也是四年级那年，父亲开始布置给我校外功课：练习书法。临摹得找章法，他不惜买来一本柳公权的《玄秘塔碑》字帖和一本颜真卿的《多宝塔碑》字帖。父亲将研细的红胶泥装进一个空罐头瓶里充当墨汁，一块他画好习字格子的大方砖就扮演了"宣纸"的角色。毛笔是轻易不能用来练习的，他从村外的梨园折来毛笔般粗细的枝条，按毛笔的长短将细的一端削尖，当作毛笔。写过三次"红胶泥"字后，就看不清大方砖上的格子了，得拿铲子铲掉后，再在格子里练习。可惜，我的书法和后来的国画一直没学好，他为此给我宽心：书画如天霖，是滋养心田的，不是如渠水用来浇灌庄稼以养嘴和胃的！（写到这里——2024 年 9 月 3 日，恰逢我担任总编剧、总撰稿的 5 集 8K 央视历史文物纪录片《千年文物》开机拍摄后第六天，我和拍摄团队前往西安碑林作开拍前的文物调研，站在柳公权和颜真卿两位书法大家的《玄秘塔碑》和《多宝塔碑》前，我的内心潮起一股股久违的感念，人到中年才明白，四十多年前，父亲用这两册字帖，犹如给我学习书法的大门上贴上了两尊门神，让我刚入门就知晓，学习书法要带着敬畏之心，才能看见中国书法中最美的作品，就领会了什么叫中国书法的法度与规矩。）

艰苦的条件用来练习书法可以，父亲教我学国画就没这么寒碜了。他说书法就像家里养儿子娃，要吃得苦；国画就像养女娃娃，得富养，学画画的入门书、纸张和笔墨不能寒碜。他给我买来一本胡佩衡的《我怎样画山水画》作为入门书。我并不知道胡佩衡的绘画水平究竟如何，也不知道他在中国画坛上的"江湖地位"，只是按照那本书的内容去了解传统山水画。父亲那时每年有12天的探亲假，他常常将其用在夏日麦收时节，白天帮母亲忙田间农事，晚上在一豆灯光下教我背唐诗、宋词和了解基本的绘画知识。

探亲假结束后，父亲要回厂子去上班，但会在临走前安排好作业：临字帖多少遍，临山水画多少幅，背唐诗多少首。下一个假期或春节回家时，父亲会检查我对这些"作业"的完成情况。方砖上临摹字完全可以偷懒，学绘画与背诗词是无法偷懒的。

到了初二，父亲把我临摹的书换成了《芥子园画传》，一看这本书的作者才知道，这本被中国画学习者奉为入门必敬摹的书，竟然是胡佩衡和别人于1960年合作选订出版的，而早在1919年，胡佩衡就被聘为北京大学画法研究会导师，并受蔡元培嘱托创作出版了《山水入门》。原来，这是一位真正能胜任给山水画入门者写教材的大师。

给我购买的学习国画的入门书，让我至今对父亲的审美心生敬意！毛笔、墨汁是父亲给我买的，为了鼓励我学好画，父亲用当时厂里的一种先进的塑脂材料给我做了一个笔筒，并在上面刻了一幅山水画。父亲把他精心磨制好用于自己写字、画画的一方小砚台也送给了我。唉，可惜随之而来的初三阶段紧张的学习及后来上高中后更紧张的学习，书法和国画就被日渐淡冷了下去。

后来，每每和父亲谈起这两件遗憾事时，他总是笑着说："书与画都养活不了人，学生以学业为重没什么错。书法能让你知道做人要有尺度与章法，国画能让你学会欣赏中国艺术之美，就足矣，不能将它们当饭吃。"

大学毕业后，我选择前往祁连山东麓、腾格里沙漠南缘的景泰县工作，在县委报道组任职期间，曾去位于祁连山支脉的猎虎山中的一家石头加工厂采访，回来后曾和父亲说起那里的工地上堆着很多墨绿色的石头，他眼一亮，祈求似的问我："能不能带上我，去看看？"我骑着摩托车，载着父亲朝那家石头加工厂而去。因为上次采访归来，写了一篇关于那家厂子的稿子并在市上的报纸发表了，老板很开心，要给我赠送他们加工的石头器具。父亲立即制止了，他提出：能不能自己挑三块石头。老板很大度地指着办公室外堆满石料的场地，让父亲随便挑。然而，父亲却指着老板办公桌下堆着的三块石头，想带它们回家。

那三块石头，跟着我们回到家后，父亲用砂纸磨去它们的外表，我才看到这是三块墨绿色的玉石。我看过历史上发生在我国云南和缅甸边境的"赌玉"的翡翠故事，那是隔着表皮赌里面是否是玉的传奇，没想到，父亲竟然也有这种隔皮看玉的本领。那三块石头经过父亲的精心打磨、雕刻后，依次变成了我家的"三宝"：一个带螺纹旋盖子的石头杯子，端在手里自然担心摔坏且随时喝水不烫手，寓意为"一辈子"要小心、从容、珍惜；一个底座上刻着"黄粱美梦"四个字的玉枕，这是父亲希望我能枕着它有助于入眠；最后一块沾着不少泥巴、一点也不起眼的石头，被父亲抱回家洗干净后，一下子露出了祁连山翠玉的表面和做砚台的外形。一方上好的砚台，须有一种肉眼看不见的气孔，犹如吸收周围湿气的鼻孔，还得有一条看不见的舌头，将舔舐到的湿气轻轻卷回口腔——石头的内部，以此来保存墨汁的潮湿，防止跑失湿气。我曾问父亲，是如何隔着裹着一身泥巴与苔痕，发现那块石头的里面藏着一方砚台所具备的脸面、鼻孔、舌头甚至盛墨、淡墨的腹腔，他总是笑了笑说，这些技能全隐藏在中国传统博大的文化中。后来，看到父亲晚年手执罗盘在黄土大山的深处，为自己挑选墓地，我也就释然了：他能隔着黄土和岁月看到自己去世后的归身之地，隔着一层泥巴看见一块石头的来世有什么难。

锻造农活所需的农具，制作家里摆放的炕桌、木凳、木椅、木柜、镜架，甚至农用的架子车、铲柄、铁锹把，在自己做的家具上绘制各种图案，给乡亲们剃头、理发等活计的娴熟，让父亲拥有了铁匠、木匠、画匠、剃头匠等身份。我在落居的异乡结婚时，父亲深知我没钱为所藏图书买书柜，在老家亲手为我定做了几个书架和写字桌，乘坐长途班车送到我手里。

父亲亲手制作并留给我的书桌、书柜、画作、笔筒、木凳、玉枕、木刻、香薰等物件中，我视那方砚台为第一珍品，那是父亲在弥补我小时练习书法、学国画时没有一方像样砚台的遗憾，也是希望我别将书法这一中国传统艺术丢了。

一方好的砚台，是文人的一张脸！是文人安放在书桌上的眼睛，它不一定大，但得有神。给儿孙赠送砚台，是古代文人的传统。父亲将那方用祁连石雕刻的小砚台送我时，引用林语堂在《苏东坡传》中写的一句话来勉励我："好砚台是文人书桌上的重要物品，因为文人一天大半的生活都与之有密切关系。父亲给孩子一方砚台，他必须保存直到长大成人，他还要在砚台上刻上特别的词句，祝将来文名大噪。"父亲对我说："你年少时，我没钱给你买一方上好的砚台，我现在能用心给你用这块祁连山的石头刻一方砚，希望你能写好中国字！"

如今，每每看到那方小砚，我因为没能练出一笔自己喜欢的字而心怀愧意。

四

在孤傲的日子里，一次次举起了酒杯和自己对饮！这是父亲给我的一生的印象。

父亲小时在家门口栽下了一棵柳树，他退休归来时，那棵柳树散开的绿荫仿佛撑在大街上的一把大伞，逐渐成了夏日乡亲们纳凉、谝传、集散信息的地方，让我家成了庄子里的一处地标。记得父亲正式办完退休手续回到家，指着那磅礴壮观的一树绿荫对我说："陶渊明41岁归隐田园，我也是41岁时开始办理退休手续。他门前有五棵柳树，因此自名'五柳先生'，连白居易都写出'归来五柳下，还以酒养真'的诗句羡慕陶渊明。咱家就这一棵柳树，我没法和陶渊明比才华之高，比柳树之多，但模仿陶渊明以酒养真的日子还是能过的。"

少时的家贫，青年时所在单位的军事保密性质及微薄的工资要用以养家糊口，父亲和酒基本是绝缘的。估计是从他提前退休、计划过自己理想中的田园生活时，青年时怀才不遇的心境与放归田园的心态叠合，让酒成了父亲退休生活中的一篇引言，随着他每天饮酒量的增多，酒变成了他生命之书中越来越密集的插图。

退休回家后，父亲喜欢上了饮酒，这或许和他年少时腹怀才华无处用的负气及后来喜欢道教有关。酒是流淌在我们这个家族中的一条地下径流、一道写进家族史的密码，爷爷之前的先人们，估计再馋酒也因为连肚子都吃不饱而连想都不敢想。爷爷和奶奶晚年喜酒，爷爷到99岁辞世的那年仍天天几杯白酒下肚，奶奶80多岁时仍能酒入柔肠、脸色不变。父亲退休后，退休金几乎全用来买酒了。

父亲喜欢独自饮酒，从不在家里设宴待人，从不划拳行令，只喜欢一个人独饮，有时连酒杯都不需要，拿起酒瓶就完成了嘴唇和瓶口的零距离接触。酒必须是纯粮酿造的高度酒，从隔天去村里的小卖部去买，到托去县城的老乡成箱批发，一口口酒像是一条无声的小溪，从酒瓶到酒杯，从嘴里到肚里，每天静静地流淌在父亲的身体内。

父亲的退休日子在淡淡的酒香中缓缓流逝，堆满院子角落的酒瓶，是那种被酒浸润日子的见证。有一次，要给家里的那头黑毛驴盖一间驴圈，没有砌墙的土墼，父亲用自己喝光了酒的那些酒瓶子，砌出了一面墙。

担心酒深伤身，母亲在父亲举瓶抿酒时免不了要叨叨几句。为了避免这种善意的唠叨，父亲会隔几天偷偷地把批发来存在家里的酒背上山，在那眼简易窑洞里看书、喝茶、练书法、画画的间歇，逐渐将瓶中之酒从抿变成了酌、饮、喝，过着在神的注目下饮酒的日子。喝光了的酒瓶子，父亲全部去掉盖子，口朝外堆在半山腰上，白色的玻璃瓶或破了的玻璃瓶碎片，在阳光下发出一片又一片大大小小的白光，让一座山的半面山坡成了一座闪闪发光的水晶之山；晚上，月光皎洁时会把山坡变成一件缀满银片的梦衣。大风吹来，钻进瓶子后发出不同的声音，汇合成天下独有的酒瓶大合唱，让那座山成了一部大音箱。

夏夜时分，地处河谷地带的家乡犹如一只大蒸笼，老乡们纷纷去山上纳凉，常常会看到父亲坐在山顶的平台上，兀自吹奏他用一根细长的钢管凿孔调音后制成的铁箫。爷爷去世后，父亲按中国人的传统开始蓄胡须，不几年，父亲便留给周围人一个须长近尺、仙风道骨的形象。在别人的眼里，这是父亲老的标志，是他缓缓走向年迈者行列的步履！在我的眼里，这是他保持个人风骨的一种表现，他老的标志，是口里念叨起我的名字时，脸上有一种自豪和甜蜜。

记得父亲还没退休时，有一次回家，发现家里的窗户纸上画着一张八卦图，便大声问母亲这是怎么回事。母亲以为这是一件让父亲生气的事，便怯怯地把我喊来，让我当面解释。我也为把白白的窗户纸涂鸦成这样而感到做错了，立即想起少时那次拿半背篼草装满背篼的拙劣骗局而接受额头顶木棍的惩罚，便如实告诉父亲：翻阅父亲的藏书时，发现了其中的八卦图，觉得很好玩，就忍不住画在了窗户纸上。

没想到，父亲兴奋地在院子里转了几圈，高兴地说："这是好事呀，周易八卦可是老祖先留下的财富呀！你这么小年纪就能喜欢，多好！"殊不知，那也就是我年少时的一时兴起而已，随着学级的逐升，学习任务加重，学习、接近周易八卦也就成了年少时的一个梦想。时隔几十年，具体说，是 2023 年 6 月，我被引进到甘肃省工作后不久，就接到了创作一部关于伏羲题材的纪录片的任务。我前去天水的卦台山拜谒伏羲庙，望着"一画开天"的伏羲塑像和香案中袅袅升起的香烟，突然想起年少时在窗户纸上涂鸦八卦、父亲在山上窑洞的一豆灯光下钻研周易八卦的情景来，顿时泪流满面。我不只是要以创作的方式为伏羲这位中华人文始祖立传，也算是替父亲做了一件他心存敬畏但无力完成的事情。

晚年的父亲更加喜欢道家的哲学观点和生活方式，常常以"酒有十害，佛家禁之；酒有十利，道家倡之"作为自己整天饮酒的借口。后来，父亲在时常看书喝茶的那眼窑洞上面，在旧时道观的遗址上，重新修建了一座供奉祖师爷的小殿。宗教建筑的屋顶自有讲究，对那座小殿的屋顶用怎样的装饰，乡亲们没了主意。恰好父亲那两年嫌自己喝过的"沱牌大曲""烧刀子""二锅头"等牌子的酒不过瘾，尤其是嫌它们一斤装的体量小，改喝五斤装的高粱酒。父亲拿出自己喝过的高粱酒瓶，爬

到那座祖师殿的屋顶，将它们堆起来，垒成了一座估计是中国
唯一的道观建筑"玻璃顶"。

阳光灿烂或月光皎洁，山下的村民抬起头来朝山上远望，
就能看到那由一个个五斤装的高粱酒瓶垒出"银顶"发出耀眼
的光，即便站在村子外的田地里，或者那些从黄河对岸渡船抵
达家乡地界的归来游子、外地游客、路过商贩，都能看到那发
光的银顶，它成了故乡的一道景致，我仿佛听见父亲最初修这
"银顶"时的初心："让这些能自然发光的酒瓶子，成为一座不用
添油的小灯塔！照亮老乡的心，也能为外地隔河渡水而来的人
指个方向！"

我对父亲的这种酒意人生一直不解，也不敢过多去问，偶
尔表达出疑问时，他总是一边揣着酒瓶，一边斜着头随意抛出
一句："且去问五柳！"我知道他是中陶渊明的"毒"太深，喜
欢过田园生活，遍览群书但"不求甚解"。

我因工作调到外省后，每回到故乡，常常如少年时和他坐
在正房的土炕上，却不再如少年时听他讲历史传说、民间故事、
文学作品，更多的是默默地看着对方，接过对方递过来的酒瓶
呡两口辣酒，听着对方的呼吸，共同守着一份默契。他像一头
年迈的雄狮，知道当年教我的知识已经如少年时的衣装不再合
身，更多的是默默聆听我在外的经历和感受。听完后，常常用
"峣峣者易折，皎皎者易污"十个字告诫我。

我清楚地看到，父亲从中年到晚年的时光之路，铺满趔趔
趄趄的脚步和酒香，他就那样摇摇晃晃、醉意蒙眬地走过了自
己的后半生。直到他去世前的那天晚上，依然是喝完夜酒后，

临睡前给母亲轻松地说了一声："我要走了！"母亲以为他这是和往常喝完酒后的一句玩笑话，并没在意，任由他安然入眠。父亲在梦中坐化般离世，身边那个没喝完的酒瓶，像站立在他身边的哨兵，目睹着他安详、传奇、默默地告别了这个世界。这个一生充满创造传奇的人呀，连告别世界的方式也同样如此。

五

小学的暑假，父亲常常利用一年中积攒的 12 天探亲假回家，帮母亲收麦、碾场、秋种，那是我人生中最舒服的时光：白天的农活结束后，我们或在院子里铺个麻袋躺着，或躺在麦场的麦捆上，头顶是穿越在白莲花般的云朵里的月亮和漫天星星，鼻孔里钻来新鲜的麦香。父亲开始给我讲述嫦娥奔月到女娲补天的传说，吴越春秋到战国七雄的战事，讲得更多的是文学。

每位少年都有崇拜父亲的情结，后者一旦拥有渊博的知识、多样的技艺、风趣的生活，就给这种崇拜涂抹了一道金色的外表。黄泥铺地的农家小院或麦场上，躺的时间长了便会觉得硌得难受，侧一下身侧躺时，我会看见父亲脸面的俊朗轮廓。躺着的父亲，就是一座微缩的山脉，让我既纳闷又敬重：他的肚子里怎么装了那么多知识，那么多故事和诗句是如何钻进他大脑的。他简直就是我童年、少年时期想象中的一座知识大仓，是一座移动的图书馆。我后来才知道，身为长子的父亲读到一年级下半学期时，因为家境贫穷和秋收忙碌而辍学，回家帮爷爷务农。第二年开学时，父亲满心欢喜地去上学，命运又复制了第一年的情景。父亲因此开玩笑说自己的读书时光就是两个半年级。招工到白银有色金属基地，父亲领到第一个月工资，就迫不及待地去书店买了一本《康熙字典》，那是他系统认知汉字的开始。每个周末，他都雷打不动地去图书馆看书，刨去给家里邮寄的费用和自己的生活费外，剩下的钱就用于买书和自学画画的笔、纸、颜料。读书、画画、练习书法的爱好，贯穿了父亲的青年、中年时期。

初三时，我告别家乡前往县城读书，那时就养成了记日记的习惯，常常在日记中练习写作文。寒假回到家后，我将日记本恭恭敬敬地奉给父亲，想得到他的指教。多年后，初三时的那册日记本的最后一页，依然保存着父亲写在上面的这段话：

东方漏出了鱼肚白，我还是像每日一样起床，这是因为这两年养成了习惯。立冬后半月天气了，今天比较冷，但它不妨碍干活。中午前后，干地里的活比较好，耕地我还干不来，虽说四十多岁了，农业活对我来说还是开始，这是因为从小参加工业，三十年来不从事农业的原因。老父亲已七十多岁的人了，还给我们耕地，他老人家的身体很好，干活老当益壮，他边干边教导我们，特别是对他的三孙子（作者本人——作者注），用耐心细致的教导。看到荣尧学会耕地了，他老人家显出满意、高兴的神情，就这样我们耕完了地，又教会了人。

晚上村里演电影，我一则怕冷，二则是看过了的，但在家无事就翻荣尧儿的日记本。日记写得不错，内容、文法还可以，就是形式少，像个流水账一样，但好的一点就是能够天天写。

学习就是贵在坚持。子曰：学而时习之，就是这个道理，父母不怕劳心身，只望子能活成人。

以此鼓励你的学习！

那应该算是父亲对我走上文学创作的第一次指导。高一学期结束时，我就选择上文科还是上理科向父亲请教，他告诉我："做自己喜欢的事，选择自己喜欢的路就行，但要记住学文科不是为了写儿女情长的文章，要写天下苍生与山河历史。"

大学毕业后，父亲就像一位小学老师参加自己学生的大学升学宴一样，觉得自己读的那些知识已经见底了，我此后见面时，逐渐不谈文学了。少了父亲的一分敲打，我的傲慢在不知不觉中漫生于心，逐渐如涨潮的海水，漫过自己内心的大堤。记得刚出版西夏题材的《王朝湮灭——为西夏帝国叫魂》一书后，我把它作为一份献礼，呈给父亲时，我脸上无疑是带着一份骄傲的。我心想：以前谈古典诗词，谈李白苏轼，您总是无不精通，文学是我们共同守护、分享的一份精神财产，西夏乃贺兰山下崛起的、以党项羌为主体的地方割据王朝，您又能知道多少呢？父亲一如他多年看书的状态：把小炕桌摆在炕上，盘腿端坐，装好一锅旱烟，开始慢慢翻动着书页。他一直教导我："看书和吃东西，是不可躺着做的两件事。"

我像一位答完题后等待老师阅卷的学生，站立在炕沿旁看着父亲：有的地方他很认真地看着，有的地方则一翻而过；有时脸露悦色，有的地方则让他眉头紧皱。他用了近一个小时的时间匆匆翻阅完了《王朝湮灭》，随后轻轻地合上，放在炕桌上，从裤腰带上解下一串钥匙，挑出其中一把，嘴朝屋子正中间的方向一努。我立即明白，那是父亲做的一件桌柜合一的家具，桌面和抽屉让它具有办公桌的外形，上面摆放着他亲手做的一件摆放家谱的木质家具，抽屉下面是对开门的两层小柜，里面是他的藏书！那件能被父亲摆放在上房地面中间的家具，上供家谱，下藏书籍，完全是我家的镇家之宝。我知道那里面藏着父亲的书，但很少能看到它们。

打开书柜，虽然只有两层，但确实让我眼界大开，既有小时我从父亲手里"借"过的山水画入门书籍与画册，也有各种版本的古代诗歌选本，最让我吃惊的是人民文学出版社于1973年出版的一套《鲁迅全集》，我随手翻出其中的一本《而已集》，扉页上印着父亲的名章，印章上侧位置是他用钢笔写的自己的名字，下侧是"一九七四年三月七日"的题字，这本书和其他书一样，都是父亲用印刷着"700-12-1型透平鼓风机运转记录表"字样的白色硬质纸所包的书皮。1974年3月，那不是小妹出生两年后吗？一个上有父母、下有四个孩子的普通工人，是如何从自己微薄的工资中省出这些买书钱的？如今，我每每回到老家，那一柜子书在我看来，简直就是一座高质量的微缩图书馆，一个凝固了的装满文史哲知识的容器。

我抬头看了看父亲，他就像一位辛勤的农民，带着交谊极深的好友走进藏有充裕粮食的地窖，脸上带着自豪且担心外人知道的谨慎。我简直就是一个走进糖果店并允许随意剥开包装纸可以试吃的小孩子，目光被粘住似的，一本一本地看着父亲在书脊上写的书名，一边念出这些书名。父亲似乎有些等不及，朝我低声说道："第二排左数，第四本！"

　　我的手指像一位接到指令的士兵，快速划到父亲所说的位置，书脊上的《燉煌》，是父亲用毛笔工工整整写的繁体字，仿佛挂在秋天屋檐下的两包金黄色的苞米，散发着一种神秘的气息，吸引着我，也让我的内心升起疑虑：我写的是西夏，他给我推荐这本书干什么？我小心但迫不及待地打开扉页，父亲的藏书签名下方，写着"一九八二年十一月于新疆"。那是我读初二期间，我记得那个晚秋季节，父亲因中陶渊明那归隐田园的"毒"太深，加上20多年在熔炼车间看守轰鸣的机器导致的职业病，便选择了提前退休，告别了在工厂期间赢得的"唐师傅"的称谓。回到家乡后，看到老乡们依然活在贫穷落后的境地里，父亲深知"一叶碧绿不是春"，他经过一番认真研判后，以自己的退休工资作担保，向信用社贷款，联合几个头脑机敏的老乡，收上故乡及周围几个滨河村子的上好红枣，晾晒干后装进麻袋，再用一辆一辆毛驴架子车拉到临县的火车站，直接发往新疆。那是一次让家乡人惊呼"活了这么多年从没见过这么多钱"的长途贸易。后来，当我在新疆看到当地的红枣那么壮硕、鲜艳、可口，为父亲能将块头只有新疆枣三分之二大的家乡红枣卖给新疆人，真是心生"把梳子卖给了和尚"的感叹，那简直就是成功地把东北的煤拉到大同、把内蒙古的枸杞拉到宁夏、把西凤酒拉到茅台镇售卖。父亲的本意是想利用家乡的特产，进行长途运输后产生的利润来改变乡亲们的经济状况，他后来曾组织人收购靖远县的苹果长途运输到云南，曾组织家乡的中青年到新疆淘金，可惜的是，后来有外地商贩看到红枣和苹果贩运产生的利润，竟然把个头小、质量次的红枣和苹果掺进去以次充好，导致了这条从村子修往外界的致富之路被掐断。

那本《敦煌》的作者是日本作家井上靖，是山西人民出版社 1982 年 6 月出版的。首版半年时间不到，父亲就利用前往新疆卖枣的时机，在乌鲁木齐的新华书店买到了那本书。看完《敦煌》后，我才知道那是一本写西夏的书，应该是第一本以西夏为题材的小说（父亲买回《敦煌》四年后，由佐藤纯弥根据这本书改编后执导，西田敏行、佐藤浩市、中川安奈等人主演的同名古装剧情片，于 1988 年 6 月 25 日在日本上映，这也是目前唯一的一部以西夏为题材的电影）。

那天，父亲语重心长地告诫我："西夏是中国历史中的一个片段，能研究它非常好，但千万不可骄傲！你的这本书和《敦煌》能比吗？《敦煌》是一本好书呀！"我问他："您认为，什么样的书才是好书？"

"你们的那个圈子里获得什么奖的，不一定就是好书。写书人死了后，躺进棺材时，他的后人能选择一本放在他的枕头下，让它在地下能陪着他的书，才是好书。用来陪葬的东西，都是最好的。帝王也好，平民也好，都是如此。"父亲关于好书的评判，一直到现在都影响着我。

那时，我正在西夏书写的海洋里划着小船孤行，父亲关于《敦煌》和好书标准的讲述，就是送给我的一支桨，让我后来陆续有了《王族的背影》《神秘的西夏》《西夏帝国传奇》《西夏王朝》《西夏陵：王朝的见证》等一本又一本关于西夏的文学作品，以及担任总编剧的央视 10 集大型纪录片《神秘的西夏》等影视作品。

从 1975 年开始，父亲就一直坚持着文学创作，只是他供职的工厂甚至整个白银公司都没有文学刊物，他只能把笔记本当成一片文学的水潭，浅浅地、悄悄地划着自己的文学小舟，始终没能找到停靠的码头。带领乡亲们去新疆淘金的路上，他写下："春风未到玉门关，我已飞度过天山。为众寻求生活路，新疆何处才是边？五千里路风霜苦，阳关一日变难关。"从新疆返回后，他写下："天涯归来进阳关，祁连冰少雪消完。党河流水日渐瘦，乌鞘寒风泪不干。"故乡的黄河、农事、风俗皆成了他笔下的题材，连家门口的那棵大柳树，也成了他书写的对象："贫舍斜月晓莺啼，曙光入门梦半醒。喜柳成荫增村景，恨鸦聒噪睡不成。"这些诗句，载着一个归隐田园者的情感与梦想。每年过年时的春联，父亲是要亲自题撰并书写的，就连对门口的那棵柳树也是要写副对联的。有一年，他就写了个大大的"夫"字，前来拜年的乡亲对此不解，他说：夫字乃天出头，意为我家柳树比天还高！

父亲晚年的种种乖张举动让我不解，这个在外工作多年的人呐，一直不肯和让他深感怀才不遇的时代和解，从他乡背回来多少怨愤和郁闷？让他一直向平庸而贫穷的生活发起挑战？他的田园生活实践背后，有着怎样的不甘？

父亲一直钦羡徐霞客所言"大丈夫当朝碧海而暮苍梧"的壮游，但每个年龄段的现实像一道道绳索，一次次锁住他想走出去的脚步。他曾带着帮乡亲们致富的想法，利用将家乡的红枣、苹果销往新疆、云南的机会，游历这两个省区。但此后，就再没出过远门。我问过他，为什么在退休后不出门远游、饱

览山河？他以"父母在，不远游"回复我。我当时确实不知这
句话的要义。后来的日子里，看到他对爷爷、奶奶的各种孝敬，
才知道他说的那句话里含的内容：他宁愿把壮游天下的中年时
光，换取孝敬父母膝下的碎碎寸金。

父亲所在的白银公司在腾格里沙漠南缘的景泰县境内设有
一个农场，那里距离家乡不到30公里，为了照顾家人，他在退
休前两年的时间里，选择在农场工作。看到爷爷不能如青壮年
时期奔走，父亲萌生了寻找一个能给爷爷做手扶的化身。他想
到曾工作过的农场路边，那些垂柳枝条被年年砍掉，便骑着自
行车，乘船渡过黄河，向农场主管领导申请后，砍下一截适合
雕刻拐杖的歪柳。回到家后，父亲根据那截柳树的特点，在上
面雕刻出了7条活灵活现的龙头，每条龙的嘴里有一颗悬空雕
凿的木珠，而整条拐杖弯曲的身子就像一条龙。父亲还在上面
刻上了一首诗，表达了自己因尽孝而不能远游他乡的心情。

看到和爷爷一样的老人步履蹒跚，父亲又萌生了给全村老
人雕刻拐杖的想法。过一段时间，父亲便骑着自行车乘船过黄
河，然后就是一路海拔提升的上坡路，27公里的路途中海拔攀
升200多米，有些路段、山坡必须推着车才能翻越。他向其他
农场的领导申请，将歪柳树上旁出多余树枝砍下来，再用自行
车驮回老家。那些歪柳树经过砍伐、驮运、晾晒、石压、雕刻、
油漆后，变成了一根根龙头拐杖，先是村里每个年龄比他大的
老人都能拄着父亲的拐杖走过晚年，后来是他同龄甚至比他小
的人，都享受到了父亲送出的这份礼物，每根拐杖上都有他自
己创作的一首诗。从最初的"东西南北方位定，春夏秋冬有序

行；清风明月无人管，绿水青山催白头；人皆为子做牛马，劳苦
奔波枉费心，荣华富贵一觉梦，双鬓银髻拐随身"，到"漂泊江
湖波浪流，慷慨性情惧惊忧；逢达迈运避远遊，守定寒室宿安
宁"。这不仅是一份孝心的表达，更是他晚年对外界的隔绝，对
生活的参透与通达。尤其是最后这一首，四行诗的每一行都巧
用了相同的偏旁。父亲晚年用的"龙头拐杖"上，都刻着这首
诗，他将一根根拐杖当成了展示自己的文学梦想的移动舞台。
如今，当我回到家乡，看到健在的老人们拄着父亲雕刻的拐杖
而行，恍如看到父亲卑微地低下身子，扶着一位又一位老人度
过生命中的最后时光。父亲虽然去世了，却让我在故乡的土路
上、院子里、树荫下看到了父亲的另一个形象，它和故乡的风
与土、人与事一样，真实而深刻地将痕迹印在了那片土地上。

六

比起家乡美丽的挽留，我更憧憬远方炽热的火焰和陌生的
月光！走出家乡到县城读书的日子，父亲通过一封封毛笔字
书写的家信鼓励我、教导我：在以家乡为美的基础上，培育以
大地为美的胸襟与视野。他那时对我常说的是"大丈夫四海为
家""儿子娃脚下尽是路"。得益于这些教导，我一次次扩展着
求学和工作的范围，拓展着做人的视野，丰富着生活的情趣，
提升着对困境的忍耐力。就像雪选择冬天，骆驼选择沙漠一样，
我将自己的青春脚步，送往离故乡越来越远的地方，在一个个

异乡的土地上留下无奈或喜欢，父亲的目光总像一颗移动在我上空的星星，鼓励着我！

父亲呐！无论我在外地多么匆忙与迷茫，您都会给回家的我递上一杯让时光慢下来的酒，一杯让我心暖的热茶，一副化解一切冰雪的笑脸。无论我在外面多么遍体鳞伤，您都是稳坐在一所自己打造的、包治百病般的、乡村医疗所里的主治大夫：笑看风云，淡定自如，医术高超！一席谈话，就是一剂治疗我心病的良药。

父亲去世，让我觉得上天将我大脑中最敏捷的一根神经撤换了，把我颈椎上最撑劲的一根骨头捻碎了，把我膝盖中最给力的一道骨髓抽走了。那是我人生最低潮的时期，面对那段时光的各种无奈和失意，我只能捧着他的照片，像我在每年清明时节给他扫墓时，伏在坟前的供桌上，一遍遍在心里否定着："照片不是我父亲，碑石不是我父亲，他没有走！"

父亲去世后，我每每在一篇文章的标题下署名，或在一张表格上填写自己的名字时，我才清晰地认识到，我们原来都是那株姓唐的穗上结出的谷粒；您是我曾经的敬慕，我是您命名的期许；那个排在您和我名字前的"唐"，是我们共同的守护与连接。

随着一年又一年的清明和春节前的上坟，每每跪在父亲的坟前，一遍遍摸着那冰凉的石头供桌，我便会一遍遍念叨："您何曾离去？您何曾离去？"这五个字，逐渐成了一句安慰我的"五字真言"。我的额头离开地面，跪着的双腿站起来时，似乎看见父亲从地下的棺木里飞出，稳稳地坐在我仰视的云端，一盏灯似的引着我，继续行进在这斑驳的人间。

今夜，在异乡的秋风里，我清晰地感受到"朔草枯云低，断雁饮塞风"的中年时光，我一遍遍地回忆着您在我这个年龄时的样貌与举止，我对标着您的中年生活经历和做人骨气。我在这个年龄里才深深领受到父亲用诚实、善良、孝顺、阅读、文学等一个个词汇里蕴含的内容，命名着我，也命名了我。人到中年才发现，父亲给我取名，不仅是他或别人在茫茫人海中喊我时，我能回头答应的三个字符，也是内含一个美好愿望的符号，更是一种让我在漫漫人生路上走好的期许。我不想，文绉绉地用"父亲"称呼您；我多想，像小时候用家乡话称您一声"大"（dá，西北人对父亲的敬称）；我多想，跪在您的坟前说："我一生的努力，只是想对得起您对我的命名！"我也多想，听见您回道："儿呀，这辈子你没辜负我给你取的名字，来世若再做父子，我仍会给你取同样的名字，让它像一盏灯，虽然微弱，但一直亮在渐渐变厚的家谱上、县志上，亮在这薄凉、辽阔的大地上！"

2024 年 9 月 24 日三稿于中蒙边界之马鬃山口岸

后　记

这是一本"命名"之书！是我给那些对山川地理、历史事件、儿女姓名、家长里短等命名者，完成的一次文学礼敬，也是对"命名者"的故事打捞，更是对自己的大地行走，完成的一次文学"命名"。

一

我的半生所遇，向我展示了一座座美好故事与严酷现实并存的城市、一处处炊烟衰败与希望滋生的乡村、一条条在污染中喊疼但未放弃奔走的河流、一座座顶负积雪或贫瘠的山脉、一个个朝气奋发走向远方的少年或被沧桑压塌双肩的中年人，它们和他们的背后，有着各自不同的"命名故事"。那些被我一脚一步地丈量过的地方，既有那想抱着亲一下的熟悉感，也有那痛彻如失恋后重逢的陌生感，当然，也有我保留着的初恋般的新鲜感，更有因为生态、环境、民风变化带来的失望感。它们、他们和我，在这些感觉体验中互相命名着对方。

命名，是人类介入甚至试图改造自然的行为之一，这就决定了它一定会包含贪婪或期待、美好或诅咒等情绪与心理。命名也就成了人类的一种本能，大到对战争性质、文化事件、宫廷政变、环境变化、植物界定、动物归类等，小到对家庭记忆、孩子取名、个人成长、求学入仕等。人类发展的历史，何尝不是一部漫长、厚重且永无终点的"命名史"？命名，是人类历史中萌生的一场永不停歇的梦想。

每一代人，都肩负着命名自己的生活、命名所经的时代的使命，都深信这种使命是对命名对象的体面赐予，是带有优越感的行动，是积极生活的象征和体现，甚至还会夸大这种命名的权力与功用。

每一个命名者，都感到自己足以代表某种特权、品行和能力，代表着正确，似乎是自我宇宙的中心规划者，也是神圣图景的描绘者，更是故事温床的锻造者。但很少有人真正理解加缪的那句话："错误地命名事物，就是给世界增加不幸。"

当我试图用文字去揭开命名者和被命名者的关系与故事时，我才发现，自己和他们、它们之间竟然有着那么明显的距离，包括命名我的——我的父亲。他们和它们，是我的时光、路途和天气，是向导、朋友和灯塔，常常使我想起自己的角色和位置。

我呀，就是自己身边每天早上醒来的影子与闹钟，成了自我命名的产物。我和其他人一样，以自己的方式命名着自己的生活与生命，以此取悦自己。我的人生，其实一直存在于和它们、他们相遇的每个小时刻中，而非什么惊天动地的大事件里。

二

这是我的第一本"非虚构作品"的集结，创作它们的时间跨度，有 20 多年。本书的创作以 2024 年 12 月《环球人文地理》刊登我的、近 2 万字的大专题《打开河西走廊：西部伟大通道的千年进行式》为终结。"命名"，这一主题就像一道道缆绳，将书中的文章串起来，就像停泊在岸边的船，等待着上船观览的您！

这本书像座仓库，里面堆满了命名者的故事，他们身上集聚、散发的，既有家国情怀，也有儿女情长。

首先从我的家乡、以被梨花香命名的小村开始，从梨花到香水梨，从不折花枝到"请果子下树"，从晚秋"请果子上房"到给隆冬时分的鸟儿留一点口粮，梨花树下，我上的是一堂对树木与物候的敬畏课、生态课。

以故乡为原点的一次大地漫游就此开始，向东北方向出发，翻过贺兰山至阴山，一抹绛红色命名的地方，信仰的火苗在群山间、草原上的百姓内心摇曳，信仰的甘霖也浇灭了扑面而来的战火，护佑着这方水土的平安与吉顺。不教胡马度阴山的，不是龙城飞将，是那一缕从香客额头前升起的信仰之光。如果说长城是中华的脊梁，阴山深处的"赵国北长城"，就是这道脊梁最初的奠基和命名，它翻开了一部"国家院墙"的历史，是东方老墙花白胡须中最古老的那根，是古老长城壮歌里的开场白与序章。阴山，同样是一座被长城命名的山。在蒙古草原腹地，多伦这座没有围墙的小城，既被南来北往的商业贸易命名，也被无数香客以佛音命名，更是一座被汉、回、蒙古等民族共同以抗击日寇之战命名的草原码头。

告别阴山，向东翻越大兴安岭进入东北平原，往北而行直至中国的"北极"漠河。一条以黄金命名的山沟里，既有一场边境之地上演的黄金争夺大戏，也有淘金客的命运浮沉。

大地上的漫游与挖掘命名故事的长旅继续开始。翻过祁连山，进入青藏高原，铁道兵、民工、打冰人、售票员、乘务人员、铁路警察、原住牧民和乘客，一起命名了青藏铁路和沿线的车站。那些如收割后立在地里的青稞捆一般，被铁轨的寒光照得发亮的站台，是站立在冷风霜雪中的一尊尊泥石雕像，也是一道道迎送往来的温情目光，更是为铁路旅客避风遮雨的驿站。对它们的命名，既有对原初藏语、蒙古语里美好祝愿的尊重，也有大量汉语词汇的涌来、介入。澜沧江上游，辛辣的纽玛命名了江源之地的味道，既是"格萨尔王的行军干粮"，也是时下江源人家的蔬菜与"纽玛面"的材料，陪伴着一杯杯青稞酒夜饮于青藏高原厚实的怀抱里。万山之祖的昆仑山，深藏着的岩画，以原始艺术赋予了它更多的气韵与品位、命名与内容。昆仑河边的冰冷岩石上，睡着先民凿刻出的、没有褪色也没有降温的艺术之梦，岩画命名了万山之祖的昆仑山，蓝天是古老岩画永不厌倦的读者，游牧者是这些岩画的守护者。青藏高原北大门的柴达木盆地，牧民、向导、技术员、勘探者、官员、将军等，对山岗、湖水、油井的命名就是今天青海省海西州境内城镇、盐湖、景区、道路的乳名。

我的家乡，是由东往西进入"河西走廊"的门槛，见证了这条伟大走廊的繁华与匆忙，也目送着我一次又一次进入"河西走廊"，让我探寻烽燧、堡寨、古城、驿站等古老建筑背后的故事，《黄土的台词》一文便承担了如此角色。"河西走廊"是一条被时代不断赋予新内容的大通道，也是被这些内容不断命名着的时光走廊，它迎来的不仅是物流与信息、文明与战火，也引来不断的命名与礼赞。新时期，能源、艺术、景观、制种等各种时代元素，默默地重新命名着"河西走廊"。

沿着"河西走廊"继续向北而行，进入"丝绸之路"的新疆段。2000多年前，曾有一曲奠定大汉灵魂的悲歌如风穿越于天山南北，从玉门关出发有7000人，归至敦煌时只剩下13人。一场汉家将士的远征与苦守，命名了纵穿天山南北的一片古战地，也命名了"汉"的原初样貌与风骨。天山最高点的托木尔峰，一直睁着它的冰晶之眼，俯瞰着夏特古道上的来往者，也替山脚下那片缺水的"柯柯牙"焦虑，一代又一代的柯柯牙人，完成了他们的"绿色命名术"。天山，既有战争与血性的命名，也有绿色与汗水的命名，前者适合人文写作，后者适合生态写作。"人文"与"生态",命名了我的"天山写作"。

感谢这个时代,能让我乘坐各种现代交通工具,在寻找"命名者故事"的路上走得更远。在大凉山腹地、傈僳族的"太阳部落",雅砻江支流横越的米易,阳光命名了山坡上的果树、半山上的水稻、山顶的玉米和彝族人在心中安放的太阳神殿。一座城的命名方式、命名者或许很多,但以诗歌的方式命名成都者,唯尊杜甫。一位落魄诗人的突然造访与几年滞留,给成都带来的是诗歌的命名,是意外的荣幸。江海相逢的珠江,迎迓河流的同时,也聆听着海涛,一条通关之路上,写着祖国强大的足音。古老的浪花与涛声里叠加着现代科技和天空之城的魅力,珠海,是海浪、河声与航天发动机一起命名的城市。

2015年的"中国旅游日",我前往宁海领取"中国当代徐霞客"奖时,才知道半生的路上时光,其实都是在和徐霞客神交,似乎都在接受着他暗地里的加持和鼓励。相隔400多年时光,我们似乎一直握手,一直交谈。我的远行之路,是徐霞客命名的。

从故乡出发的人生远游中,我在旷野的风雨中寻找着,在时光的深井中打捞着一个个有关命名的故事。东北至中国的最北端"漠河",西北至新疆维吾尔自治区境内的天山脚下,西南至川滇交界处的金沙江边,东南抵达沿海的浙江省宁海县和广东省珠海市。我在中国的大地上,找寻、整理、书写"命名者"的故事。

父亲是真正命名我的人,他那憨屈但倔硬的一生,是我毕其一生也读不尽的一部书。我的生活目标,就是不辜负他对我的期望：干净、尊贵、优雅地走完自己的人生。我想，这本书，其实是献给他的：我的大（dá）！

书中的这些篇目，是从近些年在《中国校园文学》《青年作家》《边疆文学》《青海湖》《湖南文学》《飞天》《鹿鸣》《环球人文地理》《四川日报》等报刊上发表的文章中挑选出来的。所写的地方，全是我个人孤旅中抵达的与阅读的，秉持了从事新闻时"不到现场不动笔"的理念，也守住了一个作家应该有的底线：不应约文旅部门的邀请写"游记式"文章。

这是多么漫长的一次"中国之旅"。从2000多年前发生在天山北麓吉木萨尔的一场战争，到2000多公里外的川滇交界大山深处的米易水果；从青藏高原腹地的囊谦县境内丈量澜沧江上游，到天山南麓上演生态魔术的柯柯牙；从天府之地的成都，到丝绸之路上废弃的军堡；从祁连山到阴山、昆仑山，从黄河到怒江、长江、黑龙江。

我笔下的这些命名地，曾经有人以科考、探险、勘探、旅行等方式留下足迹，留下了各种命名者的背影。我以文字之名，致敬那些命名者，也以自己的方式，捡回了一地属于自己的"命名权"。

三

完成这本书，是我对孤旅山河后，那些体现"命名"魅力之地的回望，是我寄居在正确的记忆里的一种体现！那些被命名过的地方或事件，它们的背后有政治、艺术、贸易、宗教、信仰的影子，也有山河、寺院、森林、走廊和战场的故事，更有香火、烟火、饮食及作物成长的味道，把这些记下来、写出来，是多么不容易但令人欣慰的一件事。完成这件事，就是完成了一场命名。从这个角度而言，我何尝不是一个命名者？

走访一个又一个"命名地"后，我还是羡慕那些缓缓穿过慢时光中的人，徒步的、骑驴的、赶驼的、乘马的，他们看到的或体验到的山河，他们笔下的"命名文字"，值得我永远学习，甚至，那些文字的真实与优雅，让我感到因无力达到而羞愧。因此，任何一位读者对我的写作给予的宽容，便是一种鼓励与加持。

感谢途中所遇并予我以温暖、灵感的人，感谢为本书出版付出努力的人们！

2024 年 2 月 10 日　一稿于载水岗
2025 年 4 月 10 日　二稿于载水岗
2025 年 7 月 2 日　三稿于载水岗